二 見 文 庫

めくるめくキスに溺れて

リンゼイ・サンズ／西尾まゆ子＝訳

The Key
by
Lynsay Sands

Published by arrangement with Avon,
an imprint of HarperCollins Publishers
through Japan UNI Agency, Inc., Tokyo

めくるめくキスに溺れて

登　場　人　物　紹　介

イリアナ・ワイルドウッド	イングランドの男爵の娘
ダンカン・ダンバー	ダンバー氏族の領主の息子
アンガス・ダンバー	ダンバー氏族の領主。ダンカンの父
ショーナ	ダンカンの妹
アリスターとイルフレッド	ダンカンのいとこ。双子の男女
レディ・ミュリエル	ダンカンの亡き母
グリーンウェルド	財産を狙いイリアナの母と結婚した男爵
レディ・ワイルドウッド	イリアナの母
エバ	イリアナの侍女
ロルフ卿とウィカム司教	イングランド王リチャード2世の使者
ギリー	鍛冶屋
ギルサル	ダンバー城の召使い監督係
ジャンナ	ダンバー城の女性召使い
エルジン・カミン	ダンバー城の料理長
ラビー	ダンバー城の厩舎頭
イアン・マクイネス	隣国の領主の息子。ダンカンの友人

プロローグ

一三九五年六月、スコットランド、ダンバー城

「何と結婚するって？」

「何とじゃない、誰と、だろう！　繰り返すが、国王陛下のご厚意なんだぞ、きみをレディ・イリアナ・ワイルドウッドと結婚させるというのは」ロルフ・ケンウィック卿《きょう》は目の前のスコットランド人をにらみつけ、内心、こんな役目を押しつけた国王リチャード二世に毒づいた。先月もひとつ縁談をまとめたばかり。いとこのエマとアマリ・ド・アネフォード卿を結婚させたのだ。あちらは、ありがたいことにあっという間に結婚が成立した。だが、今回はひと筋縄ではいかなそうだ。

「相手はイングランド人なんだろう」ダンカン・ダンバーはぞっとするというように顔をしかめた。「たいしたご厚意だ。青白い顔をした役たたずの女をひとり、スコットランドに追いやろうというわけか。その娘は何者だ？　王が愛人に産ませた子か？」

「何をぬかす――」堪忍袋の緒が切れ、ロルフは剣の柄をつかんだ。

「違う」

誰かが割って入り、ロルフは剣を半分ほど鞘《さや》から抜いたところで手をとめた。声の主はウィカム司教だった。司教はすでに引退していたが、エマとアマリの結婚を執《と》り行うようリチャード二世から要請された。そして無事務めを果たしたあとも、すんなりと静かな隠居生活に戻らせてはもらえなかった。報告のため宮廷にあがったとたん、もうひとつ急いでまとめなくてはならない縁談があると聞かされたのだ。レディ・ワイルドウッドを保護するためらしい。おかしな話だが、レディ・ワイルドウッドを守るためには、彼女をできるだけ早く、できるだけワイルドウッドから遠く離れた土地に住む誰かと結婚させることが大切なのだという。

ワイルドウッドの領地はイングランドの南部にあるので、相手はスコットランド人のなかから探すのが手っとり早く、最善の策と思えた。ただ問題は、持参金目当てに結婚を承諾しそうな貴族の独身男性がほとんどいないということだった。スコットランドでは、貴族のほとんどは子供がまだ歩きださないうちに結婚相手を決めてしまうからだ。なんとか条件に合う男性はひとりしかいなかった。アンガス・ダンバー。年のいった男やもめで、ダンバー氏族《クラン》の長だ。

あいにく、アンガスは再婚の意思はないと頑《かたく》なに拒絶した。いくら持参金を積まれても首を縦には振らなかった。宮廷に戻って、交渉は失敗に終わったと王に報告しなくてはならないのかとロルフがあきらめかけたとき、アンガスが息子のダンカンのことを持ちだしてきたのだ。ダンカンはもうじき三十歳になるが、まだ結婚はしていない。婚約者が若くして亡くなり、その後はとくに結婚相手を探すこともなく気ままに暮らしているという。

「まったく違う」ウィカム司教がダンカン・ダンバーに繰り返した。「レディ・ワイルドウッドは、陛下のアイルランド遠征の際に命を落とした裕福な男爵のご息女だ」

ロルフはため息をつき、剣を鞘におさめて、司教の言葉を補足した。「しかも莫大《ばくだい》な持参金付きだぞ」

「ふん」ダンカンが不満げに口をすぼめる。「莫大とはいくらぐらいだ？」

ロルフはリチャード二世が用意すると約束した金額を口にした。だが、ダンカンはなんの反応も示さない。ロルフはわずかに眉をひそめ、身じろぎしてしぶしぶつけ加えた。「それで充分でないというなら、多少上乗せしてもよいと陛下はおっしゃっている」

ダンカンはそれでも感じ入った様子はなく、こちらをにらんでいる。

「いくらくらい上乗せしてもらえるんだね？」ふたりの使者を息子のもとに案内してから無言を貫いてきたアンガスが、はじめて口を開いた。

「最大で倍にするとおっしゃった」ロルフはやむなく答えた。それでもダンバー家のふたりからは返答がない。まだ足りないかとロルフが不安になりかけたとき、ダンカンが悪態をついたかと思うと、剣を抜き、雄たけびをあげて走りだした。あっけにとられるロルフを尻目に、格子縞《プレード》の布をなびかせて中庭を突進していく。

中庭にいた人々が手をとめて、どうかしてしまったかのように疾走するダンカンを見やった。彼は剣の練習をしている男たちに近づくと、二度目の雄たけびをあげ、剣を高々と振りかざした。戦士のひとりがとっさに剣で刃を受けとめる。金属がぶつかりあう音が中庭に響き渡った。それが何かの合図だったかのように、手をとめていた人々は自分たちの仕事に戻った。そして、それきり領主の息子の奇抜なふるまいには目もくれなかった。

ロルフはゆっくりとアンガス・ダンバーのほうを振り返り、片眉をつりあげてみせた。

「迷ってるんだろう」アンガスが歯を見せて笑った。「あいつの決心がつくまで、なかでエールでも飲んで待つとするか」そう言うと向きを変え、城の階段をのぼりはじめた。

ロルフは首を振りながら司教を見やった。「どうします？」

「エールを飲みながら、答えを待つしかないだろう」ウィカム司教は笑みを噛《か》み殺しながらつぶやき、すっかり途方に暮れているロルフの背中を軽くたたいて階段のほうへ促した。

「きみはスコットランド人と接した経験が少ないのでは？」

「ええ、まあ」ロルフは眉をひそめて認めた。

「やはりそうか。わたしは幾度か接する機会があった。その経験から言うと、彼らはイングランド人とはちょっと違うのだよ」

「同感ですね」ロルフの眉間のしわが深くなった。「ぼくもそういう結論に達したところです」

「まあ、お兄さま、なんだってそんなに興奮しているの？」

ダンカンは剣で相手の剣を押さえこみ、あいた手で顎に拳《こぶし》をたたきこんだところだった。妹のショーナの声がすると、相手が地面に倒れこむのを見届けるまでもなく振り返り、剣先を地面に突き刺して妹を抱えあげる。そしてきつく抱きしめ、ぐるぐるまわりながら言った。「祝ってくれ！　おれは世界一の幸せ者だ！」

「それは見ればわかるわ、お兄さま」ショーナが息を切らしながら笑い、地面におろされると、一歩後ろにさがってにっこりほほえんだ。見ると、いとこのアリスターとイルフレッドも一緒だった。「だからその理由を教えて」

「十八になってから、おれがずっと夢見ていたことはなんだ？　ダンバーの男たちを死ぬほど働かせていたのはなんのためだった？　願いがひとつかなうとしたら、おれは何を願うと思う？」

ショーナが両手を腰にあて、首をかしげた。「崩れかけた古い城壁を修復し、城を大きくすること？」

「そうだ」ダンカンは笑みを抑えきれなかった。「その夢がかなうんだよ。いや。それ以上だ。新しい井戸を掘って、立派な馬も買える。羊だってかなり増やせるぞ！」

「そのためのお金はどうやって工面するつもり？」ショーナが疑《うたぐ》り深げにきいた。

「イングランド国王の金さ」

「あら、そう」ショーナといとこたちが、一様に信じられないという顔で目を見あわせる。

「いったいどういうわけでイングランド国王がお兄さまにそんな大金をくれるの?」

「イングランドの娘と結婚する見返りだよ」

「結婚?」ショーナがささやくような声できき返した。思ってもみない答えだったのだろう、虚を突かれたという表情をしている。そこに一抹の寂しさが垣間《かいまみ》見え、ダンカンの喜びは罪悪感にとって代わった。

ショーナはただひとりのきょうだいだ。子供のころは唯一の遊び相手だった。叔父が亡くなり、その子供であるアリスターとイルフレッドが一緒に住むようになるまでは。そのあとはいつも四人で泥のなかを飛び跳ね、転げまわり、森に分け入っては、追いかけっこや戦争ごっこをして遊んだ。少年ふたりが戦闘訓練を受けるようになると、当然の権利のように少女たちも訓練に参加した。今ではショーナもイルフレッドも、男性に劣らぬ剣さばきを見せる。

「それだけ払うということは、よほど不細工なんだな、その女性は」アリスターがショーナの横に来て、ばかにしたように言った。

「そうよ。ふた目と見られない顔に違いないわ」イルフレッドも前に出て、兄妹《きょうだい》でショーナを挟むように立った。

いとこたちは無視して、ダンカンは無言で妹の顔を見守った。青白い顔をして唇をすぼめている。ダンバー一族の長身を受け継いだショーナは、百八十センチを超える兄とさして背丈は変わらない。だが、ダンカンが肩も胸板も厚いのに対し、彼女はほっそりとしていた。髪も彼は父親に似て赤みがかったブラウンだが、ショーナは母親似で、漆黒の髪が滝のようにまっすぐ背中に垂れている。強く、そして美しい彼女は二十四歳で、まだ結婚はしていなかった。

ダンカンは毒づき、踵《きびす》を返して立ち去ろうとした。

「どうかしたの？」ショーナが兄の腕をつかんだ。

彼はその手を自分の手で包みこみ、安心させるようにほほえんだ。「ちょっと話しておきたいことがあるのさ」そう言うと、妹の手をそっと放し、城内へ向かった。

ありがたくイングランド人の娘と結婚しよう。金のため、そしてショーナのために。結婚する見返りに、イングランド国王に頼みごとをしよう。妹の婚約者、シャーウェル卿に圧力をかけてもらい、結婚の約束を果たすか、婚約を解消して妹を自由の身にするか決めさせるのだ。どちらにせよ、妹を今の宙ぶらりんな状態のままにさせておくわけにはいかない。

ダンカンはそう心に決めた。

1

「イングランド人だ！」

「なんだって？」心地よくまどろんでいたアンガス・ダンバーは体を起こすと、あたりを見まわした。厩舎頭《きゅうしゃがしら》の息子が城の開いた扉から滑りこんでくる。「いったい何事だ？」

「イングランド人が橋を渡ってやってきます！」少年は顔をまっ赤にして叫び、振り返ってばたんと扉を閉めた。

「いかん！」アンガスはよろよろと立ちあがると、隣のテーブルに突っ伏している息子を揺り起こした。「ダンカン、起きろ！　来たぞ。おい、起きるんだ！」テーブルからピッチャーをとり、息子の髪をつかんで頭を持ちあげ、その顔に思いきりエールをぶちまける。それから後ろに飛びのき、ダンカンが唾を飛ばしながら目を覚ますのを見守った。「早く起きろ！　花嫁が来てるぞ」

「何が来てるって？」ダンカンは眉をひそめ、同時に目を細めようとしたが、そのせいでただでさえずきずきする頭が割れんばかりに痛みはじめた。うめき声をあげ、またテーブルに突っ伏す。

明らかに飲みすぎだった。この前あれほど飲んだのはいつだったか思いだせないくらいだ。二週間前イングランド人の使者が帰って以来、どんちゃん騒ぎに明け暮れている。結婚を祝っているのか、独身に別れを告げていたのかはわからなかったが。いずれにしても、ついにダンバー氏族長の跡継ぎであるダンカン・ダンバーが結婚することになった。二十九歳にして自由を手放し、本来の責任を果たすべく妻と、そしていずれは子供を持つ決意をしたのだ。

そして今、花嫁が城に到着したという。自分はとんでもない間違いを犯したのかもしれないという不安がふと、ダンカンの胸をよぎった。持参金としてさしだされた夢のような大金も、自由を失う代償にはならないのではないか。ひょっとするとまだ間に合うかもしれない。この話は白紙に戻して……。

「ショーナはどこへ行った？　あいつも花嫁を出迎えなきゃならんのに」

ダンカンはため息をついた。自由をとり戻す望みは消えた。自分が結婚を拒めば、イングランド国王にはショーナの問題についてひと肌脱ぐ義理もなくなる。結婚を承諾する前、持参金の上乗せをさしおき条件としてあげたのが、ショーナのことだった。じきに、煮えきらない妹の婚約者は王に呼びだされ、子供のころに決められたとおり結婚するか、婚約は解消してショーナを自由にするかの選択を迫られるはずだ。ダンカンとしては後者のほうが望ましいと思っていた。今さらシャーウェルがショーナを迎えに来たとしても、父が門前払いにするに決まっているからだ。

「こら、ダンカン。花嫁が到着したと言ってるだろう。いい加減に起きんか！」

耳もとで怒鳴られ、ダンカンの頭から余計な考えは吹き飛んだ。ぱっと目を開け、顔をあげようとしたところに、今度はピッチャーいっぱいに入ったウイスキーがかけられた。毒づき、頭を振りながら飛び起きる。アルコールがしみて目がひりひりした。「父上、起きましたよ。あとちょっと待って――」

「待っていられん。さあ、立て！」腕をつかんで息子を立たせてから、アンガスがその姿を見てため息をついた。

「これじゃ目が見えない」

「それはかまわん。だが、体じゅうエールとウイスキーまみれじゃないか」しゃがれ声でとがめ、自分のプレードで乱暴に顔をふいてやる。

「そりゃそうでしょう。父上がかけたんだから」ダンカンはつぶやき、父のプレードをつかんで痛む目をふいた。

「そんなことはどうだっていい」アンガスがプレードを引っ張って整え、今度はドアのほうを向く。「ついてこい」

「目が見えないんですよ！」ダンカンは目をこすりながら抗議した。

「あとについてくればいい！　わしは早く孫の顔が見たいのだ」

「まだ結婚もしていないのに。子供ができるにはしばらく時間がかかりますよ」ダンカンはぶつぶつ言いながらも、大広間を引きずられていった。

「九カ月だ。九カ月はやる。その期間が過ぎたら、この古い城壁に子供の泣き声が響き渡ることを期待してるぞ。城のなかでにぎやかな子供の声がしなくなってもうずいぶんたつ」

城の扉を押し開け、アンガスは息子を外に引きずりだした。そして階段の手前で足をとめ、中庭を横切ってこちらに向かってくる一行を見やった。

「なんと」アンガスがぽつりとつぶやいた。「こいつはまいった」

「なんです？」ダンカンはぼやけた視界の先に目を凝らした。中庭を進んでくる馬に乗った人々がなんとなく見分けられる。

「これはまたきれい《ボニー》な娘だな」

「きれい《ボニー》な娘？」

「ああ。美人じゃないが、なかなか魅力的だ。だが、いかにも繊細そうだな」アンガスが不安げな口調でつけ加える。「本物のレディだな。馬に乗る姿はまるで女王のようだ。剣のように背筋をまっすぐにのばして……。ああ、あれは本物のレディだ」

ダンカンは、近づいてくるぼやけた人影をうさんくさげに見つめた。「本物のレディって、どういう意味で言ってるんです？」

「つまり、ショーナのおふざけに眉をひそめるだろうってことさ」アンガスがかぶりを振りながら、淡々と答えた。「覚えておけ。あの娘はすぐさまここの生活を正しにかかるぞ」

ダンカンは眉をひそめた。見る限り、この城の生活に正さなくてはならないところなどひとつもない。

「しかたがない」アンガスがあきらめたようにため息をついた。「誰だって、永遠に気ままな独身暮らしを続けるわけにはいかんものだ」


「どちらの男性だと思います？」突然きかれてイリアナ・ワイルドウッドはびくりとし、城の階段に立つふたりの男性から侍女へと視線を移した。

侍女のエバは荷物一式を積んだ荷車に座り、興奮に顔を輝かせている。うれしいのは今晩から野宿しなくてすむからだろうと、イリアナはため息まじりに考えた。もっとも、その気持ちはわからないでもない。もう一週間も、夜明けから日が暮れるまで馬車に揺られ、五センチはあるぬかるみに天幕を張って夜を過ごしてきたのだ。

「もちろん、おわかりになりませんよね」イリアナが答えずにいると、エバが申し訳なさそうにつぶやいた。

「いいのよ」イリアナは小声で言い、またふたりの男性に視線を戻した。若いほうが夫となる人だろうと勝手に思いこんでいた。もっとも、そうとは限らない。若い娘が年配の男性と結婚させられるというのはよくある話だ。なのに、一度もそのことは考えなかった。長くて退屈な旅のあいだ、婚約者はどんな人かとしきりに思いをめぐらせた。優しい人か冷たい人か。剣の腕はどうか。歯は全部あるか。健康か。

自分の思いこみにあきれ、イリアナはかぶりを振った。よく考えてみるべきだった。言い訳するわけではないが、実を言えば、このところじっくり物事を考える暇がなかったのだ。父の死と、それに続いて母が見舞われた災難。心配ごとが次から次へと襲ってきて、夫が自分よりはるかに年上の男性かもしれないという可能性には思いいたらなかった。今になってそのことに気づき、彼女は心細げに唇を噛んだ。

ふたりの男性はどちらも、それなりに魅力的だった。父子《おやこ》なのは間違いない。息子のほうは二十代後半だろうか？　父親は五十歳を超えていそうだ。息子は赤みがかったブラウンの髪を長くのばしている。父親のほうは、もじゃもじゃの白髪が四方に広がっている状態だ。息子の力強くていかつい顔からは、ここに来るまでに通ってきた土地のように荒削りな印象を受けた。父親も顔だちは似ているが、刻まれたしわに厳しさを和らげる人柄がにじみでている。そしてともに厚い唇にがっしりとした鼻、厳しくも優しくもなりそうな瞳を持ち、長身で引きしまった体つきをしていた。

「若いほうの男性だ」並んで馬を歩かせているウィカム司教が言った。イリアナはほっとして笑みを浮かべたが、それも階段の下に着くまでのことだった。はじめて、ふたりをちゃんと見たのだ。そのぼろぼろの服と汚れた顔が目に入ると、彼女の顔から笑みが消え、しかめっ面がとって代わった。

中庭を通りすぎるあいだ、イリアナはまわりの人々にあまり注意を払っていなかった。今あらためて振り返って見渡し、思わず唇を噛んだ。誰もかも服はくたびれてしみだらけ、髪はぼさぼさでのび放題だ。顔も汚れている。服ごと全身洗ったほうがよさそうだ。中庭と城にしても、早急に修復する必要がある。

「レディ・ワイルドウッド」

ぶっきらぼうな挨拶に、イリアナは前に向き直った。そして自分がしかめっ面をしていることに気づかないまま、義理の父親と顔を合わせた。

花嫁の表情に驚き、アンガス・ダンバーが後ろにいたダンカンの肩をつかんだ。「彼女が馬をおりるのに手を貸すんだ、ダンカン」そう命じ、息子を前に押しやる。ダンカンはよろめくようにして彼女の牝馬《ひんば》の脇に進みでた。

自分のほうにさしだされた薄汚れた手を、イリアナはおそるおそる見おろした。それからその手の主の、筋状に汚れがついた顔や血走った目を見た。ごくりと唾をのみ、しぶしぶ手綱を放して馬をおりる。ダンカンが軽々と彼女を受けとめ、そっと地面におろしてくれた。だが、エールとウイスキーと汗のまじったすえたにおいが漂ってきて、イリアナは思わず鼻にしわを寄せ、急いで彼から離れた。

見えづらかったもののイリアナのしぐさには気づいて、ダンカンは腕を持ちあげて自分のにおいをかいだ。そして肩をすくめた。別に変なにおいはしない。彼女はいい香りがしたけれど。野の花のような香りだった。

「はじめまして」イリアナは膝を折ってお辞儀をした。それから、助けを求めるようにウィカム司教を見た。この状況で次にどうすればいいのかわからない。何をすればいいのか、何を言えばいいのか。この人がわたしの夫となるのだ。体臭のひどい、この見知らぬ男性が。

「なかに入ったほうがいいかもしれんな、アンガス」司教がさりげなく促した。「長い旅だった。飲み物でもいただけたらありがたい」

「それはそうだ。こちらだよ、お嬢さん」だいぶ錆《さ》びついていた〝作法〟を不意に思いだしたらしく、アンガスはいそいそとイリアナの腕をとると、城の階段をあがっていった。みんながそのあとに続く。

アンガスの脚はイリアナよりもかなり長く、並んで歩くためには彼女はドレスをつまんで走らなくてはならなかった。そのせいで、階段をのぼりきるころには息切れがしていた。

イリアナが肩で息をしていることに気づくと、アンガスが心配そうに彼女を見おろした。

「か弱いな」がっかりしたように頭を振ってつぶやく。

その言葉は耳に入ったものの、イリアナが気にする間もなく、ダンバー城の扉が開き、新たな住まいとなる場所が目に飛びこんできた。なかは外観よりいくらかましなのではないかという期待は、無残にも打ち砕かれることになった。建物はかなり古かった。右手に階段があり、二階には狭い廊下に沿ってドアが三つ並んでいる。おそらく寝室なのだろう。今度は大広間を見渡した。この階のほとんどを占めており、まるで大きな暗い洞穴のようだ。矢を射るための細長い穴が窓になっているものの、位置が高すぎてそこからさしこむわずかな陽光は薄暗い部屋を充分照らすにはいたっていない。奥の大きな暖炉に勢いよく火が燃えていなければ、何も見えないのではないかと思うほどだ。

見えないのも悪くないかもしれないけれど。もう一度大広間を見渡してイリアナは愕然《がくぜん》とした。床は薄汚い藁《わら》で覆われ、壁もしみや煤《すす》だらけ。壁を飾るはずのタペストリーは長年放置されていたことがうかがえる。天板を渡しただけのテーブルと長椅子は今にも壊れそうだ。彼女は座るのが怖かった。体重をかけたら崩れ落ちそうだし、しみだの油だの食べ物のかすだのがこびりついている。

イリアナが育ったワイルドウッドの城は手入れが行き届き、効率よく切り盛りされていた。きちんとしたテーブルで食事をしていたし、床には藁ではなく、ふかふかの絨毯《じゅうたん》が敷かれている。こんな場所は見たことがない。わっと泣きだしたらいいのか、背を向けて逃げだしたらいいのかわからなかった。いずれにしても、こんな汚い場所で暮らすことはできない。

「エールはいかがかな?」そんなことを考えていると、アンガスが彼女をテーブルへと案内し、危なっかしい椅子のひとつに座らせた。それからピッチャーに手をのばしたが、イリアナが立ちあがりかけたのを見て眉をひそめ、あいた手で椅子に押し戻した。「休まないと、お嬢さん。長旅だったんだから」信じられないことに、彼は手近なところにあるジョッキをつかみ、まだ残っていたエールを床にあけた。それからピッチャーをつかみ、顔をしかめる。

「こいつは空か。おっとそうだった、わしが……」

アンガスがいらだたしげに息子を一瞥《いちべつ》する。それからイリアナがまた立ちあがろうとしているのに気づくと、ひと声うなって椅子に押し戻してから、厨房《ちゅうぼう》に向けて大声で怒鳴った。

「おい、ギルサル、もっとエールを持ってこい！」

振り返ると、またもやイリアナが立ちあがっているので、彼は眉をひそめた。「まるでうさぎみたいだな。わしが座らせるたび、ぴょんぴょん跳びあがる。もっと落ち着きなさい」

優しくなくもない口調でそう言うと、彼女の頭をじろりと見て、もう一度椅子に座らせた。

アンガスは今度はしきりに体をぴくつかせ、うなずいている。引きつけでも起こしたのかと思いつつイリアナが肩越しに後ろを振り返ってみると、背後に立っていた彼の息子が父親の合図に目を凝らしていた。

ついにしびれを切らしたらしく、アンガスが怒鳴った。「彼女の隣に座れ。甘い言葉のひとつもささやいてみろ」

「甘い言葉？」ダンカンが仰天したように言う。「おれたちは結婚するんですよ。今さら意味ないでしょう」

アンガスがぐるりと目をまわし、共感を求めるようにウィカム司教のほうを見やった。

「今どきの若者はこれだから」かぶりを振り、やがて厨房係らしき白髪まじりの女性が大広間に入ってくるのを見ると言った。「おお、飲み物が来た」彼女からピッチャーを受けとって空のほうを返し、イリアナのものと決めたらしいジョッキになみなみとエールを注ぐ。縁までいっぱいにしてから彼女の前にどんと置くと、また別のジョッキを空にしてから注ぎ、司教とロルフ卿にさしだした。

イリアナはジョッキを口もとに持っていったものの、手をとめ、その濁った液体をおそるおそる見おろした。表面に何やら得体の知れないものが浮いている。虫のようだ。

「どうかしたのか？　エールは口に合わないのか？」ダンカンがきいた。

イリアナは婚約者のほうを見た。ものが見えづらいのか、彼はまだ目を細めている。それでも父親が注いだエールを彼女が飲んでいないことがわかるくらいには見えているようだ。

「いえ。その……今はあまり喉が渇いていないの」相手が気を悪くするといけないと思い、彼女は弱々しい声で嘘をついた。

「そうか。それならおれがもらおう」ダンカンがジョッキをつかみ、口もとへ運ぶ。

「あら、でもそれ……」イリアナはぎょっとしたが、すでに遅かった。彼はひと息でエールを飲み干した。もちろん、例の虫ごと。そして、空のジョッキをふたりのあいだに置いた。

「無駄にしてはもったいない」そう言ってにっこり笑い、袖で口をふく。

イリアナはぽかんとしてダンカンを見つめた。ほほえんだその一瞬、エメラルド色の瞳が楽しげにきらめき、未来の夫はまったくの別人に見えた。顔は煤やら何やらで汚れているけれど、実はハンサムと言っていいのかもしれない。もちろん、袖で口をふくしぐさが、束《つか》の間の魅力をたちまち台なしにしてしまったが。上質で白かったはずの生地は、たぶん繰り返しナプキン代わりにされたせいで――それだけではないかもしれないが――しみだらけになっていた。

「イリアナさま？」

イリアナはため息をつき、侍女のほうを向いた。

「ドレスが」指さされて、イリアナはまた立ちあがり、肩越しにドレスを見た。椅子に座っていただけでしみや汚れ、食べ物かすがあちこちにへばりついている。しかもお尻のあたりが湿っていた。どうやら座面が濡れていたらしい。たちのぼってくるにおいからして、こぼれたエールの上に座ってしまったようだ。

イリアナは眉をひそめ、いらだたしげにドレスをはたいた。服は大切にするよう幼いころから教えこまれてきた。ドレスは高価なうえに、ロンドンの仕立屋は遠く、簡単に直しには出せない。だからワイルドウッドでは、ほかの子供たちと走ったり地面を転げまわったりすることは許されなかった。常に小さなレディとして、品よくふるまうことを期待されていた。ドレスの今の状態を見たら、母は卒倒するに違いない。

エバが膝をついてドレスの汚れをとろうとしたが、無駄なのは明らかだった。このドレスはもう着ることができない。イリアナは腹がたった。

「善は急げだ」

そのときアンガス・ダンバーの言葉が耳に入り、イリアナはドレスから、ロルフ卿と司教をまじえた三人の会話へと注意を向けた。

「たしかに」ロルフ卿が同意した。「早く式をすませてしまえば、その分早くレディ・ショーナの問題にとりくめます」

アンガスが息子のほうを向き、何やら言いたげな視線を送る。ダンカンはため息をつき、ぼそぼそと説明した。「父は、あなた方がシャーウェル卿のところへ行って決断を迫ることには反対なんです。あの男が結婚すると言いだしたら困ると思っている」

ロルフ卿が驚いた顔をした。「レディ・ショーナを嫁がせたいのではなかったのですか?」

「イングランドの腰抜け野郎以外の男が相手ならな!」アンガスが吠《ほ》えるように言った。

「なるほど」ロルフ卿が眉をひそめ、困ったように頭を振る。「ぼくが……」言いかけたものの、司教が身を寄せて何やら耳打ちしてきたので、言葉を切った。ほっとしたようにうなずき、アンガスのほうに向き直って笑みを浮かべてみせる。「今はその心配は置いておきましょう。レディ・イリアナと息子さんの式が終わったあと、レディ・ショーナとシャーウェル卿のことをどうするか話しあえばいい」

緊迫した沈黙がしばし続き、やがてアンガスが不機嫌な顔でうなずいた。「わかった。ではショーナを迎えに行かせる」

「迎えに？　城のなかにはいらっしゃらないのですか？」

「ああ、狩りに出ているのだ。遠くへは行ってないはずだ。すぐに見つかるだろう。戻ったらすぐに式をはじめればいい」

アンガスが城の外に出ると、イリアナはドレスをふいている侍女にもういいと手ぶりで示し、ロルフ卿に駆け寄った。

「ロルフ卿！」叫びながら婚約者のほうをちらりと見る。ダンカンは座ったままだったが、こちらを向いて会話に聞き耳をたてていた。彼女は声をひそめて王の使者に訴えた。「こんな調子ではやっていけそうにありません！」

「まったくです」後ろでエバがつぶやく。

ロルフ卿は別段心を動かされた様子もなく、無表情できき返した。「こんな調子では、というと？」

「見てておわかりにならないの？」イリアナは逆に困惑した。「わたしがこんなところで暮らせると思います？　あの人と結婚できると思いますか？」そう言ってダンカンを示す。「あの人、においうんです。この城全体がにおうわ。誰もかもが酔っ払っているのよ。お酒くさいの。お酒のにおいが体からしみでているみたい」

ロルフ卿は周囲を一瞥し、ダンカンの清潔とは言いがたい服から、壁にかかった汚れたタペストリーまで、布という布が端はほつれてぼろぼろになっていることにようやく気づいた。下を見ると、床に敷かれた藁の上には骨やら何やら正体不明のものが転がっている。「たしかに、少々……散らかってるな」

「散らかってるですって？　まるで豚小屋だわ」

「女性の手が必要ということかもしれんな、レディ・イリアナ」ウィカム司教が口を挟んできたが、イリアナはごまかされなかった。

「司教さま、女性が一万人いても、この城をまともになんてできません。ここの人たちは野蛮人です。わたしはこんなところに住めません。ドレスを見てください。あの椅子に座っただけで、もう台なしです。とにかく無理。あの人とは結婚できません」

しばらく沈黙が続いたのち、ロルフ卿は司教と困ったように目を見あわせ、やがてため息をついた。「母上のことはどうします？」

イリアナは身をこわばらせた。あざと涙の跡が痛々しい母の顔が脳裏に浮かび、肩を落とす。選択の余地はない。今、自分は窮地にある。ワイルドウッドから遠く離れた地に住む強い夫――継父から自分を守ってくれる夫が必要なのだ。それが、父の死後いきなり不幸に見舞われた母を救う唯一の手段だ。

「ほかに誰かいないのかしら？」彼女は暗い声できいた。

司教の顔には同情の色が浮かんでいる。「残念ながら、スコットランドには。それにもうグリーンウェルドにも知らせが行っている。これはあなたのお父上が亡くなる前から決まっていた結婚だという内容の、国王陛下の印章付きの手紙が届いているはずだ。今さら別の男性と婚約することになったとは言えん」

「もちろん、そうですわね」イリアナは力なく同意し、ため息をついた。「つまり、もう逃れようがないということね」

「残念ながら」ロルフ卿が気の毒そうに言った。「アンガス卿と陛下のあいだで契約書に署名もすんでいる。この結婚はもう、決まったことなんだ」

2

「本当におきれいですわ」

イリアナは、ウエディングドレスを着せるのに忙しい侍女を惨めな気持ちで見おろした。ロルフ卿と司教に、早く二階へあがって式の準備をするよう促された。彼らなりに、運命を受け入れる時間を与えようとしてくれたのだろう。

天地が引っくり返るような衝撃だった。けれどもこれも、ここ最近たて続けに身に降りかかった――そして永遠に終わりそうにない――不幸のひとつにすぎない。まずはじめに、愛する父、アボッド・ワイルドウッドが亡くなったという知らせが届いた。その知らせを持ってきた男がまともではなかった。領地が境を接するグリーンウェルド男爵という野心的な男なのだが、彼はお悔やみの言葉もそこそこに、イリアナの母、レディ・ワイルドウッドをぶちのめし、持参した婚姻契約書に無理やり署名させたのだ。もっとも、あとから聞いたところによると、母が言うとおりにしたのは、暴力を振るわれたからではなかった。したがわなければイリアナに危害が及ぶとグリーンウェルドに脅されたからだ。

そのとき馬で外出していたイリアナが戻ったのは、ちょうど間に合わせの式が終わったあとだった。来客があると聞かされる前に、母がものすごい勢いで彼女の腕に飛びこんできて、一気にことのなりゆきを説明した。そして母の腫れた唇から吐きだされる言葉を充分理解できないうちに、イリアナは母から引き離され、子供時代を送った城から連れ去られたのだ。

母の悲鳴が耳にこだまするなか、イリアナはまるでこそ泥みたいに縛られ、荷車の荷台へ乱暴に放りこまれた。ショックのあまり呆然《ぼうぜん》としてはいたが、馬車がグリーンウェルドへ向かっているのはわかった。ワイルドウッドから二時間ほどのところだ。グリーンウェルドに着くと、彼女は一室に閉じこめられた。最初の三日間は、ただ父の死を悲しんで過ごした。食事も飲み物もとらず、ベッドの上に横になって泣いていた。だが四日目になると、怒りがわきあがってきた。母の涙をためた目と、あざのできた美しい顔が、脳裏にまざまざとよみがえった。そしてイリアナは計画をたてはじめた。

逃亡する――それが唯一の解決策だった。見張りの目を逃れて城を脱出し、ワイルドウッドから母を救いだして、近くの親族のもとへ身を寄せるのだ。

まったく、なんと甘かったのだろう。今にしてみれば、あまりに敵を過小評価していたとわかる。グリーンウェルドがイリアナを、幼いころから知っているすべての人々、すべてのものから引き離して自分の城に監禁したのは、ワイルドウッドを支配するにあたってレディ・ワイルドウッドの協力を確保するためだ。だからイリアナを逃がさないよう、あらゆる手が打ってあった。

彼女は幾度となく逃げてはつかまり、ついには鞭打《むちう》たれ、塔に幽閉された。だが、しばらくしてグリーンウェルド本人が現れ、イリアナは結婚することになったと告げた。

浴槽が持ちこまれ、幽閉されてからはじめて入浴が許された。新しいドレスを着せられ、階下へ連れていかれて、そこでロルフ卿とウィカム司教に紹介されたのだ。ふたりは彼女をスコットランドまで連れていき、結婚させるために来たのだという。イリアナは信用できなかった。城を出たらできるだけ早く逃げだそうと心に決めていた――夜になって野営し、ロルフ卿と司教の話を聞くまでは。

イリアナの母はリチャード二世の亡き妻、アン女王のお気に入りであり、特別な友人だった。リチャード二世は妻を深く愛していたので、レディ・ワイルドウッドは一縷《いちる》の望みを抱いて王に手紙を書き、召使いのひとりにこっそり宮廷へ運ばせた。手紙のなかで彼女は自分の苦境と、グリーンウェルドのたくらみについて訴えた。グリーンウェルドはイリアナを、リチャード二世の統治に協力的でない有力貴族に嫁がせる算段をしていた。

リチャード二世はすぐにロルフ卿と司教を呼び寄せ、まずはスコットランドへ派遣して、ダンバー氏族と結婚話をまとめ、それからワイルドウッドに行かせた。グリーンウェルドは王に結婚の報告をしていなかったので、ふたりはレディ・ワイルドウッドの再婚に驚いた顔をしてみせたあと、イリアナの結婚はすでに亡き父によって決められていたと告げた。〝生前、アイルランド遠征の際に、ダンバー氏族の長とのあいだに約束ができており、国王陛下ご自身がその証人である。お父上がその契約遂行を見届けることができないと知り、陛下はロルフ卿と司教に代わりを命じられた。レディ・ワイルドウッドあてにその旨をしたためた手紙を持っている〟と。

そう言われると、グリーンウェルドとしてもイリアナを引き渡すしかなかった。

どうしてリチャード二世は近隣に住む男性ではなく、スコットランド人を夫に選んだのか？　イリアナが疑問に思って尋ねると、ロルフ卿は、今はできるだけワイルドウッドから遠く離れることが大切なのだと説明した。〝陛下は母上を助けるつもりでいるが、グリーンウェルドの手の届く範囲に娘がいてはそれも難しい。男爵はレディ・ワイルドウッドの協力を確保し、婚姻無効宣言をさせないためにイリアナを言わば人質にとったのだ。レディ・ワイルドウッドは、言うとおりにしなければ娘がその代償を払うことになると脅されている。レディ・ワイルドウッドもたぶん手が出せない。イリアナが結婚してスコットランドに住むことになれば、グリーンウェルドもたぶん手が出せない。レディ・ワイルドウッドも堂々と婚姻無効宣言を求めることができるだろう〟と。

そう聞いて、イリアナは安心した。これですべてうまくいく。じきに自分はスコットランドで無事結婚し、母は卑劣な夫から解放され、グリーンウェルドはその報いを受けるのだと。

だが今、イリアナは自分の愚かさを嚙みしめていた。王が夫にどんな男性を選んだのかなど、考えてもみなかった。いい計らいをしてくれるものと信じていた。だが、ダンカン・ダンバーを自分にふさわしい夫と思うのなら、リチャード二世はかなり趣味が悪いということになる。彼女は悄然《しょうぜん》とベッドの縁に腰をおろした。今にして思えば、逃げなかったのは失敗だった。王にすべて任せれば安心だと思っていたのだ。何も考えず、自分の未来、幸せ、命――そして母の命まですべて、この人たちの手にあずけてしまった。なんて浅はかだったのだろう。あげくの果てに、幸せになる機会を逃してしまった。この犠牲のもと、母が自由をとり戻すことを祈るしかない。

唇を噛みながら、イリアナはエバが選んだ淡いクリーム色のドレスを引き寄せた。これがいちばんいいドレスだ。けれども、今日が終わるころには台なしになっているに違いない。

彼女は顔をしかめ、ため息とともにベッドにあおむけになった。陛下の野蛮人と結婚し、初夜を迎えなくてはいけないというのに、ドレスの心配をして何になるの？

ふと天蓋《てんがい》が目に入り、イリアナは眉をひそめた。クリーム色の地に赤とブルーの小花模様が散ったきれいなカーテンだが、きっと……。

体を起こして立ちあがり、振り返ってベッドのカーテンを見た。思ったとおり、外側から見ると、ブラウンの地に、ワイン色とくすんだブルーの模様が散っているように見えた。暖炉の煙のせいだろう。カーテンは十年は洗濯されていないと思われる。いいえ、もっとかもしれない。寝具も同じようなものだろう。

「手に持つ花束がないのは残念ですわ」

イリアナはくるりと振り返り、自分がさっきまで着ていた黄色のドレスのしみ抜きをしている侍女をあきれ顔で見た。「花ですって？」声を張りあげると、侍女が驚いた。「なんのために花が必要なの？　この一族のひとりになるために着飾らなくてはいけないわけ？」

エバがきょとんとしてイリアナを見つめた。イリアナが癇癪《かんしゃく》を起こすところを見たことがなかったのだ。次の瞬間、侍女は目を丸くした。イリアナがベールをむしりとり、ベッドに身を投げだしたかと思うと、かかっていた寝具をはぎとりはじめたからだ。

「こんな汚い、おぞましいところでは眠れないわ。わたしのシーツは？」

エバが目をぱちくりさせた。「なんのことでしょう？」

「シーツよ！」イリアナはぴしゃりと言った。「母とわたしで結婚する日のためにと何年もかけてシーツに刺繍《ししゅう》をしたでしょう。あれはどこ？　一緒に持ってきたはずだけど」

「ああ、あれですね」黄色のドレスは脇に置き、エバはレディ・ワイルドウッドが娘に持たせると言い張った十数個の衣装箱のなかを探った。それだけの嫁入り道具を持たせることにグリーンウェルドは不満たらたらだったが、ロルフ卿と司教がその場にいたので、強くは反対できなかった。

「ありました！」侍女が体を起こし、柔らかな純白の寝具をひと組持ちあげた。端には花や孔雀《くじゃく》の刺繍が施してある。「これですね？」

「そうよ」イリアナは表情を和らげ、母と暖炉の前に座って長い時間をかけて刺繍したことを思いだしながら手をのばした。持ちあげ、清潔で柔らかな布を慈しむように頬ずりをする。目を閉じると、優しい母の顔が目に浮かんだ。だが、そのときドアをノックする音がし、現実に引き戻された。

「どなた?」エバが震える声で尋ねる。

「ロルフです。お時間なので」

イリアナは目を開けて侍女の不安げな顔を見つめ、やがてため息をついて、うなずいた。

「もう少しお持ちください」エバが声を張りあげる。

イリアナは寝具を侍女に手渡し、ベールをとりあげて顔を覆った。「シーツをはがして、ベッドを整え直して。あんな汚いシーツでは寝られないわ。それから誰か手伝ってくれる人を探して、荷物を壁際に寄せておいてちょうだい」

「荷ほどきしましょうか?」

「いえ、いいわ。この部屋を少しきれいにするまでは」苦々しげな顔で言って、ドアへ向かう。ふと足をとめ、後ろを振り返った。「浴槽を運びあげておいて。夫には今夜入浴してもらうわ。でなかったらこのベッドには寝かせない」

野蛮人と結婚するのはしかたがない。けれども、結婚生活をどうしていくかは自分しだいだ。ともかく、こんな生活はできない。打たれても、首を絞められても、殺されても、こんな生活はごめんだ。死んだほうがまし。イリアナはそう思いながらドアを開け、心配顔のロルフ卿の腕をとった。彼には、イリアナが侍女に言った最後の言葉が聞こえていたに違いなかった。

ダンカンはみんなと一緒になって妹の冗談に笑い、ジョッキの中身を半分ほど一気に飲み干してから花嫁をちらりと見た。アンガスの隣に座ったイリアナは、ロルフ卿とともに階下へおりてきたときからずっとむっつりとした顔をしている。結婚式のあいだもずっと暗い表情で、生気のない声で誓いの言葉を述べ、この結婚を喜んではいないことをはっきりと態度で示していた。

ダンカンはしだいに腹がたってきた。この結婚にまつわる裏事情は知っている。イリアナを継父から救うための結婚であることは。だったら、おれは白馬の騎士ではないのか？　なのに彼女は感謝するどころか、こんなところにはいたくないと言わんばかりだ。大勢の人々の前で、夫に恥をかかせている。さらに腹がたつのは、イリアナが結婚式に現れたとき、あらためて彼女をじっくり見て、妙に心をそそられてしまったことだ。

彼は顔をしかめ、イリアナをにらんだ。どこにこれほど魅力を感じるのかよくわからない。髪はブラウン。さまざまな色合いのまじったきれいなブラウンだが、ブラウンはブラウンだ。自分の好きなブロンドではない。大きな目は雨空のようなグレーで、自分の好みのグリーンとは違う。だが、鼻はまっすぐでこぢんまりしており、まさに理想的だ。そして、ハート形の唇はふっくらとして、なんとも愛らしい。こんな唇は見たことがなかった。男の想像力をかきたてる唇だ。ダンカンの頭のなかではこの数時間、ありとあらゆるみだらな想像が駆けめぐっていた。

しかも友人や一族の者たちがこのあとに控えた初夜をねたに冗談を飛ばし、興奮をいっそうかきたてる。もはや下半身のうずきは危険な領域にまで高まっていた。いくらエールを飲んだところでおさまるわけもなく、実際にひと晩じゅうアルコールを喉に流しこみ続けているが、いっこうに炎が消える気配はない。早く花嫁をベッドに誘いたくてたまらないが、相手が同じ気持ちでないことをはっきり示しているので、なおのこといらいらが募る。

「花嫁を見つめる熱い視線で、じき藁が燃えだしそうだ。ちょっと湖にでも入ってきたらどうだ?」

ダンカンは花嫁から視線を引きはがし、声をかけてきた男を見やった。いとこのアリスターだ。赤毛で、自分と同じくらいの背格好だ。アリスターはいとこであると同時に友人だった。少なくともかつてはそうだった。だがここ数年、ダンカンが父の氏族長としての責務を少しずつ引き継ぐようになってから、以前の親密さは失われていった。仕事が増えれば増えるほど、ショーナやアリスターやイルフレッドと狩りに出る時間はとれなくなる。だがその三人は、ダンカンがいなくなったことで逆に結束を強めているように見受けられた。

「夜、泳いだところでダンカンの悩みは解決しないわよ、お兄さま」イルフレッドがショーナに目配せしながら、からかうような口調で言った。ショーナが笑い声をあげる。

「イルフレッドの言うとおりね。お兄さまのなかで燃えてる火を消すには、はっきり言って、やる《ホホマガンディ》しかないのよ」

妹が性行為を意味するゲール語を使ったことに、ダンカンは眉をひそめた。男のように剣を振るうのも、酒を飲むのもいい。だが、女として、してはいけないことがある。彼は感心しないという顔で、汚れたテーブルにジョッキをどんと置き、ショーナをたしなめた。「そんな言葉を口にしちゃだめだ、ショーナ。今度言ったら、おれがその口を石鹸《せっけん》で洗ってやるぞ」

ショーナは動じることなく、ぐるりと目をまわして笑った。「そんな脅しはきかないわよ、お兄さま。わたしをお兄さまの花嫁さんみたいなレディに変えようったって、もう手遅れ」イリアナのほうへちらりと意地悪い目を向ける。「彼女、いかにもか弱いレディって感じね。とり澄ましていて。お兄さま、うまくやってける自信ある？」

「さあな。でも、それはおまえの問題じゃない。だろう？」ダンカンは妹の視線の先を追って言った。

「ありがたいことにね。いずれにしても、そろそろ床入りの時間じゃない？　来て、イルフレッド」

小柄ないとこはにやにやしながら、主賓席へ向かうショーナのあとを急ぎ足で追った。最初はダンカンも主賓席で、花嫁の隣に座って食事をしていたのだが、ひととおり役目を終えると、酔っ払って仲間と騒ぐために席を離れたのだ。もっとも、酔っ払うのは無理だとわかった。浴びるようにエールを飲んだが、今もしらふのままだ。ダンカンは妹がそのあいた席に向かって進んでいくのをぼんやり眺め、遅まきながら彼女の意図に気づいた。反応が遅かったところを見ると、やはりエールがきいているのかもしれない。妹を引きとめようとあわてて立ちあがったとたん、今度は椅子につまずいて床に倒れてしまった。

アリスターやほかの男たちに助け起こされたときには、もう遅かった。ショーナとイルフレッドが花嫁を階段のほうへと引きずっていこうとしている。イリアナはいやがっている様子だったが、妹といとこはまるで意に介さず、彼女の腕を抱え、かつぐようにして階段をのぼっていった。

「自分で着替えはできます。どうもありがとう」イリアナはもう一度断ったが、無視された。二階へ引きずりあげられて以来ずっと、抗議の声は無視され続けている。いいえ、その前からだわ。イリアナはいらいらと心のなかでつぶやき、きちんと荷づくりされた衣装箱を引っかきまわしている赤毛の小柄な女性を見やった。

ダンカンの妹といとこが両脇に現れ、床入りの時間だと宣言したとき、イリアナは凍りつき、パニックを起こしそうになった。少しでも時間を稼ごうと、喉が渇いていると訴えてみたが、ダンカンの妹のショーナといとこのイルフレッドは聞く耳を持たなかった。イリアナの腕をつかんで椅子から立ちあがらせると、抗議の声は無視して強引に階段のほうへ引きずっていったのだ。

部屋に入ってドアを閉めるなり、イルフレッドがさっそく荷物をあさりだし、ショーナはイリアナのドレスを脱がせる〝手伝い〟をはじめた。イリアナが手伝いを望んでいないことなど完全に無視して。

抵抗を試みたものの、小柄なイルフレッドが衣装箱のひとつから薄手の白いドレスをそろそろと持ちあげるのを見て、イリアナははっと息をのんだ。胸が締めつけられた。母が特別につくって、初夜のために荷物に入れてくれたものだ。そのときは、はじめて夫婦となった夜に最適なドレスだと思った。けれどもそのときは、結婚する男性に少なくとも好意を抱いているはずだと思っていた。こんな状況は想像していなかった。

文句を言いたいところを歯をくいしばってこらえ、イリアナは怒った顔でエバを見た。彼女たちが部屋に入ってきてからというもの、侍女は部屋の隅で身を縮めているだけなのだ。

「あれはだめよ、エバ。クリーム色のドレスを持ってきて」

エバはためらい、それから用心深く前に進みでて、イルフレッドが床に放り投げたドレスのなかから厚地のドレスを見つけだした。体の線を隠し、すべてを想像に託すようなドレスだ。

ショーナは当然ながら、そのドレスを却下した。「だめよ。この白のドレスにして」きっぱりと言い、イリアナの服をまた引っ張った。「それをこっちに持ってきてちょうだい、イルフレッド」

「クリーム色のほうを着ると言ってるでしょう」イリアナも負けじと言い張った。

「白のほうがすてきよ」

「クリーム色のほうがいいの」

「兄は白が気に入ると思うわ」

「あなたのお兄さまがどう思おうと関係ない……」ショーナが身をこわばらせたのを見て、イリアナは続く言葉をのみこんだ。怒らせてしまったかしら？　自分よりはるかに背の高い女性を怒らせたらどうなるのだろう？　自分は百六十センチ強あり、これでも平均より少し高いくらいだが、ショーナはさらに十五センチは高い。しかも力が強そうで、無茶をするタイプに見える。要はここの人たちと同様、野蛮なのだ。イリアナは腹を立てながら考えた。

ショーナはじっとこちらを見ている。

「何？」沈黙に耐えられなくなり、イリアナはぎこちなくきいた。

「あなたって……」イリアナの体つきに目を引かれたとは言えず、ショーナは困ったように口をつぐんだ。こういう柔らかな曲線を描く女性らしい体つきに、十代のころは憧れていたものだ。

「早くそのドレスをちょうだい」イリアナはいらだった声で言い、イルフレッドが手にしている薄手のドレスに手をのばした。隙間風の吹き抜ける古い城で、こんな格好で寝ろというわけね。

イリアナがドレスを身につけると、ショーナはドアのほうを向いた。「あなたはベッドに入ってて。イルフレッドとわたしは男たちが何をやってるのか見てくるから」

出ていくふたりを見送ると、イリアナは侍女のほうを振り返った。「お父さまからもらったフランチェスコのベルトを持ってきて」

エバがぎょっとしたように目を見開いた。「まさか、あれを身につけるおつもりではないでしょうね」

イリアナの表情が険《けわ》しくなった。「つけるの。すぐに持ってきて」

侍女は束の間ためらったものの、言われたとおりにした。ベルトをとりだし、不快げに顔をしかめながらさしだす。

イリアナは悲しい気持ちで革製のベルトを受けとった。父のワイルドウッド卿は旅先で異国のおもしろい品を見つけては、お土産に買ってきたものだった。そのなかでもこれは特別、奇抜だった。最後にイタリアへ渡った際に二本買ってきて、笑いながら一本は妻に、一本は娘にプレゼントした。友人のフランチェスコ・カラーロの発明品で、〝貞操帯〟と呼ばれるものだそうだ。

イリアナは父の友人のことを思って頭を振った。いったいどういうつもりでこんなばかげた器具を発明したのだろう？　厚手の革でできていて、中央に幅の広い帯がついており、それを腿のあいだに通し、前で錠でとめるようになっている。つけ心地は快適とは言えそうになかった。

錠をはずして中央の帯を下に垂らし、彼女はその珍妙な器具をとくと眺めた。それから意を決して、ドレスをまくりあげ、身につけた。なかなか面倒だった。お尻側に垂れた帯をつかみ、脚のあいだから引きあげなくてはならないのだ。それでもしっかりととめて鍵をかけると、満足げにうなずき、手にした鍵を見おろした。これはどうすればいいだろう？

イリアナは部屋をさっと見渡し、ベッドのカーテンを見あげた。軽く肩をすくめ、その上に放り投げる。厚手の生地なので下から見てもわからないことを確かめてから、ベッドにもぐりこんだ。と同時に荒々しい足音が近づいてきた。まもなく夫がドアを開けるだろう。彼女は覚悟して待った。

3

ゲール語ではやしたて、大声で笑う男たちに部屋にかつぎこまれてくる夫を、イリアナは頬をまっ赤にして見守った。今この瞬間だけは、言葉が理解できなくてよかったと思った。一団の先頭にいるのはアンガス・ダンバーだ。彼はイリアナに向かって片目をつぶってみせると、男たちにダンカンをおろすよう命じた。やがて、彼らはいっせいにダンカンの服を脱がせはじめた。

イリアナは目を丸くした。ダンカンがプレードをむしりとられ、その下に着ていた長袖のシャツまで脱がされるころには、その目は大きく見開かれていた。初夜については母から丁寧に説明を受けていた。裸の男性がどんなふうに見えるかも、なんとなく想像ができていた。ところが、今目の前にむきだしになった肉体は、想像を少々超えていた。

いいえ、少々どころか想像をはるかに超えているわ。彼女はぼんやりした頭で思った。無意識のうちに男性自身に目が釘《くぎ》づけになる。あんなものが自分の体のなかにおさまるなんて考えられない。冗談じゃないわ。きっと八つ裂きにされてしまう！　きっと……。

彼女は暴走する思考をなんとか押しとどめた。心配する必要がないことを思いだしたのだ。わたしは貞操帯を身につけているし、鍵は隠してある。夫が入浴しない限り、永遠に鍵は渡さない。でも、もし彼が入浴したら？

そんな心配はあとにしよう。もっと切羽つまった問題が迫っている。男たちはダンカンをベッドまで連れてくると、上掛けをめくってイリアナの隣に座らせた。

一瞬、体の線もあらわなドレス姿が全員の目にさらされ、イリアナはあわてて上掛けを引き寄せ、体を覆った。ドレスの薄い生地越しに貞操帯が見えてしまったのではないかと気にかかる。

そのままじっとしていると、エバが肩越しに心配そうにこちらを振り返りながら、男たちを追いたてるようにして部屋から出ていった。ドアが閉まり、ついにイリアナは夫とふたりだけになった。しかつめらしい顔を夫に向けたが、そのときはじめて、どうして男たちがダンカンをかつぎこまなくてはならなかったのかわかった。すっかり酩酊《めいてい》し、体を支える男たちがいないと、まっすぐ座ってもいられない状態なのだ。

「このベッドから出て」

ダンカンは目をぱちくりさせた。それでもイリアナの言った言葉の意味が、エール漬けの脳にゆっくりと浸透していった。「ベッドから出ろ、だって？」

「そうよ。あなたをこのベッドで寝させるわけにはいかないわ。まずはお風呂に入ってもらわないと」

「風呂だと？」最後の一文は聞きとれたらしく、ダンカンはかぶりを振った。イリアナは体の向きを変え、彼と向きあう形で座った。上掛けの下で膝を立て、足を夫の腰にぴたりとつけて怖い顔でにらみつける。

「何を言ってる」ダンカンがしばらくしてから言った。「次に風呂に入るのは七月だ」

「なら、七月まではここで寝ないで」彼女はつんとして言った。

夫がとまどっているあいだに、イリアナは彼の腰にあてていた足を勢いよく前に突きだした。押されて、ダンカンはベッドからごろりと転げ落ちた。

夫がすぐにも起きあがり怒りを爆発させるだろうと覚悟して、イリアナは防御の姿勢をとった。深く息を吸って待ったが、何も起こらない。沈黙が続くと、彼女は不安になってきた。唇を噛みながらもうしばらく待ってから、勇気を奮い起こしてそろそろとベッドの端に移動し、用心深く下をのぞいた。

ダンカンは床にあおむけに倒れていた。微動だにしない。殺してしまったのかしら？　まさかとは思いながらも、イリアナは一瞬、本気で怖くなった。だがよく見ると、胸はゆっくりと上下している。彼女は肩の力を抜いた。どうやら意識を失っただけらしい、飲酒のせいなのか、頭を床に打ったせいなのかはわからないが、どちらでもいい。ともかくほっとした。少なくとも今夜はこれ以上言い争わなくてよさそうだ。

相手に意識がないとなれば、もう一度よく観察してみてもかまわないだろう。イリアナは好奇心を抑えきれず、男性自身へと視線を滑らせた。そして、またもや目を丸くした。これまでにも男性の胸や腕、脚なら見たことがある。けれども、これはそういうものとはまったく違った。なんとも奇妙な代物が下半身にくっついている。あえて何かにたとえるなら、股のあいだに生えた大きな毒々しいピンク色のきのこ、といったところだろう。さわったらどんな感じなのか、興味を引かれる。

おそるおそる夫の顔を見て、まだ意識がないことを確認すると、彼女は手をのばし、一本の指でためらいがちになぞってみた。そして、驚いてさっと手を引っこめた。皮膚は柔らかくてなめらかだ。想像していたのとは違う。だが、嚙みつかれたかのように手を引いたのはそのせいではなかった。軽く触れただけで、夫の男性自身がむくりと起きあがり、太陽を求めてのびる木のようにぐんぐん大きくなっていったからだ。

イリアナはわれを忘れ、彼の体のほかの部分にも目をやった。夫は立派な体つきをしていた。肩や腕は自分の二倍は太い。胸まわりも同様だ。それが逆三角形を描いて細い腰へとつながり、そこから見事に筋肉のついた腿やふくらはぎがのびている。もっとも足はちょっと変わった形をしていて、人さし指が親指よりも長くなっていた。

突然大きないびきが聞こえ、イリアナはびくりとしてダンカンの寝顔を見た。だが、目を覚ます気配はなく、彼はやがて規則的にいびきをかきはじめた。ほっと息を吐き、彼女はベッドの自分の側に戻った。蠟燭《ろうそく》を吹き消し、静かにあおむけになる。朝起きて自分がベッドから蹴り落とされたと知ったら、夫はどんな反応を示すだろう？　もちろん激怒するに違いない。それでも自分にはこんな不潔な生活はできないし、不潔な男性に手を触れてほしくはなかった。母から繰り返し言い聞かされた言葉がある。〝はじめたことは、やり遂げなさい〟それがレディ・ワイルドウッドの口癖だった。わたしはその教えにしたがうだけだ。イリアナは決意を新たにし、夫のいびきを聞きながら、いつしか深い眠りに落ちていった。

ダンカンは身震いし、体を横に向けようとした。だが、何やらかたいものにぶつかり、うめき声をあげた。まぶたを開けると、目の前に白い布が垂れていた。一瞬、頭が混乱した。やがて背中に感じる骨まで凍えるような冷たさは、隙間風の吹き抜ける城の床からきているのだと気づいた。目の前の白い布は上掛けだ。どうやらベッドから転げ落ちたらしい。

彼は眉をひそめ、ゆっくりと体を起こした。背中が痛み、思わずうめく。もはや冷たくかたい石の床をベッドにしてもけろりとしていられるほど若くはない。かつてはひと晩床でごろ寝しても、朝にはぱっと飛び起きて元気に一日をはじめられたものだが、もうそういう年ではなかった。背中が痛み、頭もがんがんしている。しかも、寝室の窓からさしこむ朝日に目がくらむ。

ダンカンはため息をつき、痛みを和らげようと首の後ろをさすりながら、ベッドのほうに目をやった。若い女性が寝ているのに気づき、はたと手をとめる。あれは誰だ？ そう、おれは昨日、結婚したんだった。思いだして、彼はひとりほほえんだ。おれの花嫁か。ぐっすり眠っている。疲れきっているのだろう。よく思いだせないが、自分が夜じゅう花嫁を悦《よろこ》ばせたのは間違いない。飲みすぎたからといってできなかったことはこれまで一度もなかった。

ベッドの端に腰かけ、無言で花嫁を見つめた。目覚めているときも魅力的だと思ったが、眠っていると初対面のときから顔に貼りつけていた不機嫌な表情が消え、ことさら愛らしく見える。ダンカンは手をおろして自分の下半身に触れ、またほほえんだ。つんとした顔も悪くなかったが。

それにしても記憶がないとは残念だ。彼は不意に顔をしかめた。イリアナとベッドをともにしたと考えるだけで下半身がかたくなるというのに、肝心の行為を覚えていないとはどういうわけだろう？ 片耳の上あたりをかきながら、いらだたしげに花嫁を見おろした。彼女のほうは覚えているだろう。晩餐《ばんさん》のとき、さして酒に口をつけていなかった。それを言うなら、料理にもほとんど口をつけていなかった。出されたものをひと口かふた口つまむ程度で、実際のところ、おぞましいものを見るように料理を見ていた。どうやらここには花嫁を喜ばせるものはほとんどないようだ。愛の行為もそのひとつだったらどうしたらいい？

そこまで考えて、ダンカンははっとした。飲みすぎて自分が何をしたかよく覚えていないくらいなら、たぶん、処女に必要な優しさや気づかいを見せる余裕もなかったのではないか？
なんてことだ。だとしたら、イリアナは目を覚ますなり、例の冷ややかなまなざしを向けてくるだろう。ここに来てからというもの、目に入るものすべてに向けたあのまなざしを。だがなぜか父のアンガス・ダンバーだけは、彼女のさげすむような視線を浴びていなかった。父はおれやこの城、ここの人々よりいくらかましということだろうか？　ダンカンは父に嫉妬に近いものを感じた。

　あの目つきで見られるのはごめんだ。ゆうべイリアナを乱暴に扱ったのなら、今その償いをしよう。彼女が目を覚ます前に。そう心に決めると、彼はベッドの上掛けをめくり、腰まであらわになったイリアナの寝姿を見つめた。純白のドレスなのだが、薄くて透ける生地なので、その下の肌の色を映して淡いピンク色に見える

　ダンカンはしばらくのあいだ、ただ見つめていた。父は城に到着した彼女のことを〝美人じゃないが、なかなか魅力的だ〟と言った。たしかにそのとおりだが、今は飢えた男の前に置かれたハギス（羊などの臓物を胃袋につめて煮たスコットランド料理）くらい心をそそられた。

　イリアナは川辺の小さな空き地に腰をおろしていた。日ざしはあたたかく、心を落ち着かせてくれる。彼女はそよ風が肌を撫《な》でていくのを感じてため息をつき、目を閉じて柔らかな草の上にあおむけになった。太陽の光が体に降り注ぐ。そうしてしばらく横になっていると、

手がそっと頬をなぞりはじめた。

目を開けると、騎士がひざまずいてこちらをのぞきこんでいた。どことなく見覚えのある顔で、そうしているのがごく自然に思えた。騎士の手が首筋を撫で、胸の谷間を滑っていく。イリアナは小さく喉を鳴らした。あおむけのままのびをし、腕を頭上に持っていって体をそらす。唇のあいだからあえぎ声がもれた。騎士の手がついに片方の胸のふくらみをつかみ、ドレスの生地越しにその頂をつまんだりもんだりしはじめた。イリアナがまたあえぐと、騎士の唇がおりてきて、彼女の唇を覆った。夢のなかでは、なぜかそれもいたって自然ななりゆきだった。舌がなかに入ろうとしているのを感じてイリアナは唇を開き、自分も唇と舌で彼の動きをまねた。まさに愛の前戯だ。彼女は今自分にのしかかっている体の下で身をよじらせた。

騎士の唇が離れ、肌を軽く噛みながら喉へとおりていく。イリアナは深く息を吸い、やめないでと言おうとした。だが、汗とエールのまざったいやなにおいが鼻をつき、ふと凍りついた。甘い夢が遠のいていく。

イリアナは眉をひそめ、鼻の前で曖昧に手を振った。においを消し去り、喉もとの優しい愛撫《あいぶ》に注意を引き戻したくて。だが、においは消えなかった。ぶつぶつ言いながら、彼女は夢と決別して、無理やりまぶたを開いた。

それでも、何が起きているか把握するまでしばらくかかった。イリアナは川辺にいるのではなかった。ベッドのなかだ。熱心に体を愛撫している見覚えのある男性は、酒のにおいをぷんぷんさせた巨漢——夫だった。しかも、母のつくってくれた清潔な寝具の上にいる！

ダンカンは妻の肌を愛撫しながら満足げにほほえんだ。イリアナはまるでまっ赤な炎だ。この手のなかでうねってはぱっと燃えあがる。鼻をくすぐるいい香り。心地よい舌ざわりの肌。彼は首筋にそっと唇を這《は》わせていった。

ドレスの襟もとまでたどり着くと、はやる気持ちを抑え、その薄い生地をゆっくりと押しやった。左の胸があらわになる。ダンカンは思わず勝利の叫び声をあげ、さっそく薔薇色《ばらいろ》の頂を口に含んだ。と同時に、妻が耳をつんざくような悲鳴をあげた。恐ろしい危険を前にしたときに女性があげる、まさに絹を裂くような悲鳴だ。この寝室で何事か起きたのだと思って、彼はすばやくイリアナを放すと、さっとあたりを見渡した。だが、危険を感じさせるものは何もなかった。

寝室に衣装箱と湯をためた浴槽以外これといって何もないのを見てとると、ダンカンは眉をひそめて妻に向き直った。だが、彼女はもはやベッドに横になってはいなかった。部屋の隅に身を縮め、膝を抱えてこちらを見つめている。まるでダンカンが今にも彼女の手足をもぎとろうとしているかのように。

「どうした？」彼は一瞬とまどったが、すぐに思いあたって肩を落とした。「ゆうべはあまり優しくできなかったかもしれないな。すまない。すっかり酔っ払ってたんだ。今度は手荒なまねはしないと約束するよ」

　イリアナが目を見開いた。「ゆうべ、あなたは何もしてないわ」そっけなく言う。

　仰天して、今度はダンカンが目を見開いた。

「酔っ払って床で意識を失ったのよ」

「まさか！」彼はきっぱりと否定した。これまで女性を抱けないほど酔ったことなどないし、よりによって初夜に自分がそこまで酔っ払ったなんて信じられない。

「本当よ」

　ダンカンは上掛けを脇に押しやり、まっ白なシーツを見つめた。イリアナの言ったことは本当なのだ。そう悟ったとたん、ドアをノックする音がした。彼は小声で毒づき、勢いよく立ちあがると、ゆうべ男たちが床に置きっぱなしにした剣をつかんだ。

　ダンカンが剣を手に振り返った瞬間、イリアナはたたき切られるものと思った。だが、彼は自分の手に刃を滑らせて細い切り傷をつくった。たちまち血があふれだす。ぎょっとして見ていると、ダンカンは剣を床に置き直し、ベッドに飛びのってシーツですばやく血をふいた。ああ、母の美しいシーツが！　そのとき、二度目のノックが聞こえた。

　シーツを汚されたことに文句を言おうとイリアナは口を開いたが、言葉を発する前に頭からドレスを脱がされた。ダンカンはそれを床に放り、彼女を引き寄せて脇に横たわらせた。

「入っていいぞ！」

恥ずかしさにイリアナが思わず悲鳴をあげ、上掛けの下にもぐりこむと同時に、ドアが開いた。

「おはようございます」ダンカンが小声で挨拶する。

アンガス、ショーナ、ロルフ卿、ウィカム司教がぞろぞろと寝室に入ってきた。

「おはよう、ダンカン」上掛けの端からイリアナがのぞき見ると、アンガスが息子にほほえみかけていた。「おまえは……その……よく眠れたかな？」顔をそむけ、荒れた肌を赤く染めながら尋ねる。

「ええ、まあ。寝不足ぎみではありますが」それがダンカンの答えだった。いかにも意味深長な口調に、イリアナは顔がまっ赤になった。いっそのこと今ここで死んでしまいたい。

「シーツを確かめに来たのだが」アンガスが黙ったままなのを見て、司教が穏やかに説明する。

「シーツ？」妻が隣で身をかたくするのを無視し、ダンカンは意味がよくわからないふりをしてきき返した。「シーツを確かめるとはどういうことです？」

完全な沈黙がおりた。男たちは困ったように顔を見あわせ、ショーナはぽかんとしている。やがてアンガスがいきなり声を荒らげた。「だからその……もういい。早くよこせ！」

「はいはい、わかりましたよ。そんな大声を出す必要はないでしょう。ショーナ、向こうを向いてろ」妹が言われたとおりにするのを待って、ダンカンは立ちあがると、イリアナを上掛けでくるんで抱えあげ、ベッドの脇に立った。

　四人はそろってシーツをのぞきこんだ。血のしみを見たときの反応はさまざまだった。ロルフ卿はいかにもほっとした様子だし、アンガスは満足げだ。ショーナは驚愕し、司教はよろしいというようにほほえんだ。やがてロルフ卿が振り返って廊下にいる召使いを手招きすると、エバが部屋に飛びこんできた。そしてベッドからシーツをはがし、生まれたままの姿で突っ立っているダンカンは見ないようにして、そそくさと部屋を出ていった。

「さて」いまだに赤い顔をしているアンガスがうなずき、ショーナを引きずってドアのほうへ向かった。「よくやった。それでは……階下《した》におりて朝食をとるか？　おまえたちは……」

ダンカンが笑って首を横に振ると、アンガスは顔をさらに赤くして言葉を切った。「そうか……なら、われわれは……ふたりだけにしてやるべきですかな？」ロルフ卿と司教に話しかけたのだが、どちらももう部屋を出たあとだった。「おやすみ。いや……そうじゃなくて……」アンガスはドアまでたどり着くとほっとした顔になり、ショーナを押しだすようにして部屋を出た。ドアがばたんと閉まる。

　体にまわされた手が震えはじめたのに気づき、イリアナはダンカンのほうを見た。あきれたことに、彼は声を出さずに笑っている。震えているのはそのせいだった。何がそんなにおかしいのだろうと一瞬考えてから、彼女はいらだたしげに脚をばたつかせた。「おろして」

おろされると、イリアナは上掛けをしっかりと体に巻きつけ、責めるように夫をにらんだ。「母のシーツを台なしにしたわね」それを聞いてダンカンが今度は大声で笑ったので、彼女は憤然と足を踏み鳴らした。「笑いごとじゃないわ。母とわたしで長い時間をかけて刺繍したのよ。特別なシーツなの。どうしてだめにしたのか、ちゃんと説明してもらいたいわ」

ダンカンはようやく笑いやむと、少しばかりすまなそうな顔をしてみせ、それからため息をついてかぶりを振った。「悪かった。きみのことを笑ったわけじゃない。父があんなにどぎまぎしている姿を見たのははじめてでね。まったく見ものだったな」またひとつため息をつき、まじめな顔になった。どうやらイリアナは何がおかしいのか、本当にわかっていないらしい。彼は首をかしげ、興味深げに妻を見つめた。「母上は夫婦のことについて教えてくれなかったのか？」

「もちろん教えてくれたわ」教えられていないことがあるのかしらと内心考えながら、イリアナは夫をにらんだ。

「そうか。いや、ばかにしたつもりはないんだが……」ダンカンはなだめるように言った。「血のことで、ずいぶんとまどっていたようだから。いや、恥ずかしいことではないんだよ」妻がまた癇癪を起こしかけたのを見て、あわててつけ加える。「妹だって少々混乱してた。気づかなかったかい？」

「ええ、気づいたわ」イリアナは用心深く答えた。

「そうだろう。まだ誰も妹にそうしたことを教えていないからだ。婚約者が迎えに来る気配がないんで、今のところその必要もなさそうなんだが」

ダンカンはしばらくのあいだ口をつぐみ、妻の表情を読んでいたが、やがてため息をついた。多少のことは教わってきたのだろうが、男女の営みについてちゃんとした教育は受けてこなかったらしい。ショーナも知らないと言ったあたりから、イリアナはそわそわと唇を噛んでいる。

彼は身じろぎし、言葉を選んで説明した。「処女膜《メイデンズ・ベール》が破られると、普通、出血する」

イリアナは疑わしげに目を細めた。母からはメイデンズ・ベールのことなんてひと言も聞いていない。花嫁がつけるベールのことだろうか？　ぼんやりそう考えたが、すぐに幻想は打ち砕かれた。

「ほら、女性には生まれつきそこに……その……薄い皮膚があって……つまり、その……それを処女膜《メイデンズ・ベール》というわけだが……」ダンカンは彼女の脚の付け根あたりを曖昧に指さした。

「はじめて女性が夫と……その……結ばれると、ええと……膜が破れて、つまりは……その……血が出ることになる。血は女性が結婚するまで処女だったという証明なんだ」彼はイリアナの顔をじっと見守っている。そのぎょっとした表情を見て、理解したものと判断したようだ。

「だから、彼らはシーツを見たがったんだ。きみが……昨日まで処女だった証《あかし》として」

イリアナは束の間、血のことしか考えられなかった。自分にとって血は傷を意味し、傷は痛みを意味する。たしかに母は、最初のときは多少不快感が伴うとは言っていた。けれども、出血や痛みがあるとはひと言も言わなかった……。彼女ははっとして夫を見あげた。「あの人たち、どうしてシーツを持っていったの？　あれをどうするつもりなの？」

ダンカンは答えにつまった。口を開く前から、イリアナが腹をたてるのはわかっている。

「階段のてっぺんの手すりにかけるんだよ。きみが穢《けが》れのない体で嫁いできたこと、ゆうべ結婚が完成したことを人々に証明するために」

イリアナはうれしそうな顔はしなかったものの、ため息をついただけでベッドをまわりこみ、衣装箱に近づいた。いちばん手近なところにあった衣装箱を開け、ドレスを探す。だが、突然後ろからたくましい腕に抱きかかえられた。彼女は息をのんで体にまわされた腕をつかみ、夫にどういうつもりかと尋ねようとしたが、今度はぽんとベッドの上に落とされ、小さく悲鳴をあげた。

すぐにダンカンがのしかかってきた。驚きの声を唇でふさぎ、手で貪欲に体のあちこちをまさぐる。まるで全身をいっぺんに愛撫したいと思っているかのように。

唇が離れるとイリアナはあえぐように呼吸し、厚い胸を手で押し返した。抱擁から逃れようとしたのだが、無駄だった。ダンカンのほうは彼女の体を覆う上掛けを引きはがすのに夢中で、ささやかな抵抗には気づいてもいない。イリアナは早々に押し返すのはあきらめ、代わりに上掛けをぎゅっとつかんだ。わずかな目隠しをはずされまいと必死に指に力を入れたものの、こちらも負けは濃厚だった。上掛けはまたたく間に指からすり抜け、胸があらわになった。

とたんにダンカンは上掛けを引っ張るのをやめ、クリスマスプレゼントを前にした子供のように目を輝かせた。おかげで腰まわりはよじれた上掛けに隠れたままになったが、イリアナとしては安心はできなかった。彼は感嘆の声をあげて胸のふくらみに手をのばすと、さっそく愛撫をはじめた。重さを確かめ、もみしだき、片方を口に含んで飢えた子供のように吸ってから、もう片方に移る。

しばらくのあいだ、イリアナは呆然として抵抗することすら忘れていた。心ならずも熱いものが体を駆け抜けていく。あの官能的な夢のなかでも感じた、熱いうずきを。だが、やがていやなにおいが鼻につき、彼女は顔をしかめてもがきはじめた。

ダンカンのほうは妻の香りをかぎ、触れ、味わうことに夢中で、彼女が逃れようともがいていることに気づかなかった。しばらくすると彼女の抵抗に気づきはしたものの、無視した。最初のまじわりのときにどうなるかわかったので少し怯《おび》えているだけだろう。たしかに尻ごみしたくなるのも無理はない。誰だってそうだ。だが、だからこそ、早く終えてしまったほうがいい。しかしこう激しく身をよじられると優しくするのが難しくなる。まったく、炎のような女だ。そして、おれは乾いた焚《た》きつけのようにまたたく間に燃えあがる……。そのとき、イリアナが大きく体をそらしたはずみに、何やらかたいものが下半身にあたった。

ダンカンははたと動きをとめ、ピンク色に染まった胸に向かって眉をひそめた。もう一度下半身を押しつけてみる。またしてもかたいものにあたり、しかもそれが動くのを感じて、彼はぱっと体を離し、慄然《りつぜん》として身を引いた。女装が好きな男の話が頭をよぎる。「そこに何をつけてる？」

必死にもがいていたイリアナは、一瞬、もう抵抗する必要がないことに気づかなかった。だが、ふと見ると、夫が驚愕し、恐れおののいた表情でこちらを見つめ、答えを待っていた。彼女はとまどった。「何？」

ダンカンは妻の腰のあたりで丸まっている上掛けに手をのばしかけ……手をとめた。不安な表情で、もう一度彼女の胸を見る。そう、たしかに女の胸だ。上掛けをどける代わりに、彼はさっとイリアナの股間へ手をのばした。かたいものが手に触れた。ふたりは同時に飛びのいた。

「いったいきみは何者だ？」ダンカンはベッドを挟んで妻と向きあい、うわずった声できいた。

イリアナのほうは、脚のあいだにあるものが見えないよう上掛けで体を覆おうとしていた。ダンカンは打ちのめされた表情で彼女の胸もとを見つめている。顔からは、興奮も血の気も失《う》せていた。イリアナは予想外の展開に眉をひそめた。「何者だと思うの？」

「わからない。顔と胸は女だが……」彼が腰から下に目をやり、途方に暮れたように顔をしかめる。「女性がかたいはずのないところが……かたくなってる」

イリアナは愕然とした。ダンカンは貞操帯の前についている錠に触れ、それについてどう考えていいかわからずにいるのだ。彼がどんな結論に達したのかは考えたくもないが、今の反応からしてうれしい話ではなさそうだ。まったく、いったいなんだと思ったのかしら？

そんなことを考えていたので、ダンカンがベッドをまわりこんで近づいてくるのに、一瞬気づかなかった。イリアナはきゃっと叫んで反対側に逃げようとしたが、すでに遅く、上掛けが引っ張られるのがわかった。しっかりつかんでいようとしたが、無理だった。彼女はよろめき、ドアの横の壁にぶつかった。もうどうしようもない。イリアナは観念して手で胸を覆い、そろそろと夫のほうに向き直った。

4

妻が身につけている奇妙な器具を目にして、ダンカンは啞然《あぜん》とした。だが、太いベルトと前についた金属製の錠を見てとるのがせいぜいだった。イリアナがさっと向きを変え、衣装箱に向かって駆けだしたからだ。彼はとっさにベッドを飛び越え、逃げる妻の腰をつかんだ。ぐいと引き戻し、体をひねってともにベッドに倒れこむ。脚でイリアナの体を押さえつけて動けないようにし、今度は腰に装着されたものをとくと眺めた。

「なんてこった」あらためて見ると、思わず悪態がもれた。彼女がもがきはじめたので、両手を片手でつかみ、やすやすと頭上で押さえつける。だがそのあいだも、革製のベルトから目を離さなかった。「なんなんだ、これは?」おそるおそる尋ねる。

「貞操帯よ」イリアナが苦々しげな顔で答え、唇を嚙んだ。

「こんなもの、見たことがない」

「フランチェスコ・カラーロが発明したの。父の……友人なのよ」

「どうしてきみが持ってるんだ?」

「父が最後にイタリアへ旅行したとき、買ってきたの」彼女がしぶしぶ答えた。「母とわたしにひとつずつくれたわ」

「で、きみの母上は旅行中、貞操が守られるよう、それを身につけさせたわけか」ダンカンはひとり納得し、前のベルトを試しに引っ張ってみた。「革だな」

「そうよ」イリアナは息をつまらせた。手を振りほどこうとしつつ、彼の腕のにおいを吸うまいと顔をそむける。まったく、ひどいにおい!

ダンカンはいきなり彼女をうつ伏せにすると、今度は後ろから貞操帯なるものを観察した。まんなかの帯はしっかりとベルトに固定されている。

「起きあがらせて」イリアナが恥ずかしさでまっ赤になりながら、肩越しに言った。

ダンカンは答えなかった。視線が帯の両側のヒップへとさまよっていく。実に蠱惑的《こわくてき》な眺めだった。柔らかな丸みを帯びたなめらかなピンク色の肌が、濃いブラウンの革のベルトで区切られている。思わず手をのばし、片方のヒップをそっと触って、ほほえんだ。貞操帯だとわかってほっとしたのだ。一瞬、持参金に釣られてとんでもない相手と結婚してしまったかと思った。びっくりさせられた仕返しにヒップの片側をきゅっとつねり、イリアナが驚いて小さく悲鳴をあげるのを聞いて、またほほえんだ。それからまたあおむけに戻したが、ふと貞操帯をとめている錠に目が行った。

「これはどうやってはずすんだ?」まんなかの帯の下に指をさしこみ、肌に添って滑らせていく。だが、秘所の手前で革の帯に阻まれた。ダンカンはそれを軽く引っ張ってみた。

「鍵があるの」イリアナはくぐもった声で答え、それからごくりと唾をのんだ。

「鍵はどこだ」ダンカンがもう一度ベルトに添って指を滑らせる。束の間、彼女の全身を激しいうずきが駆けめぐった。指の動きがとまり、彼が問いかけるように頭をあげたときにはほっとした。

イリアナは咳払《せきばら》いし、夫の視線を受けとめた。「わたし……」いったん言葉を切り、また唾をのみこんでから、あとを続ける。「お風呂に入ってくれたら、鍵を渡すわ」

ダンカンがとまどった顔をした。何を言われているのか、まったくわからないようだ。

「まだ七月じゃない。どうして風呂に入らなきゃいけないんだ？」

「七月？」彼女は眉をひそめた。「七月がなんだというの？」

「入浴するのは年に二回と決まっている」ダンカンが誇らしげに言った。「毎年一月と七月の最終日だ。どうしてその習慣を変えて、六月の中旬に風呂に入らなくてはならない？」

「だって……だって、あなたのにおいがその、ちょっと気になるから」イリアナはおずおずと言った。

「なんだって？」

「聞こえなかったかしら——」

「聞こえるには聞こえた。耳は悪くない。だが、どういう意味だ？」

頭の上で腕をつかまれ、下半身を脚で押さえつけられて、イリアナは生贄《いけにえ》の処女のような気分になってきた。冗談じゃないわ。かっとなって思わず叫んだ。「あなたはひどいにおいがするのよ。だから、そばに寄りたくないの。お風呂に入ってきれいにしてくれなければ、金輪際、鍵は渡さないわ」

ダンカンが面くらった様子で体を引いた。妻の思いもよらない発言にすっかり虚を突かれたようだ。「夫としてのおれの権利を無視するのか？」

「そうじゃないわ」彼女はすぐさま否定した。そして、自分の正当性を強調しようとつけ加えた。「お風呂に入ってと言ってるだけ。あなたが入ってくれないなら、わたしも――」

「このおれを拒絶するんだな！」困惑の色がみるみる怒りの表情に変わり、ダンカンは怒鳴った。

「いいえ、わたしはただ……」イリアナの言葉がとぎれた。夫が突然体を離し、ベッドから飛びおりたのだ。

「もういい！　こんなばかな話があるか！」ダンカンがうなるように言い、脱ぎ捨てた服を拾いはじめた。

イリアナはゆっくりと体を起こし、不安そうに服を着る夫を見守った。「どうするつもりなの？」返事の代わりにダンカンがこちらをひとにらみする。彼女は唇を引き結んだ。夫がほとんど服を着終えると、イリアナは我慢ならなくなり、小声でそっときいた。「婚姻無効を申し立てるのね？」

　口に出すだけで体が震えた。その結果は考えるのも恐ろしい。傷ものとしてワイルドウッドに返され、母は今度こそグリーンウェルドから逃れることができなくなる。そうなったら終わりだ。イリアナの視線は無意識のうちに、鍵がのっているベッドの天蓋へと向かった。

「婚姻無効を申し立てる？」ダンカンがこちらを向き、彼女は夫の顔に視線を引き戻した。

「ところが、そう簡単にはいかない。そうだろう？　いまいましいことに、シーツはすでに手すりに吊《つる》されている。覚えてないのか？　きみの母上がつくったシーツだよ。おれの血がついた」

　イリアナはゆっくりとうなずいた。内心、安堵感《あんどかん》が広がっていた。夫は今さら婚姻無効を申し立てることはできないのだ。誰もが、結婚は完成したものと思っている。「じゃあ、どうするの？」もう一度きいてみたが、答えは得られなかった。ダンカンは身支度を終えると、足音も荒く部屋を出ていった。

　そして、怒りもあらわにばたんとドアを閉めた。ふと足をとめ、片腕をあげて腋のにおいをかぎ、顔をしかめる。六月にはいつもこんなにおいがしている。別段おかしなことではないが、妻には不満らしい。入浴し、イングランドの伊達男《だておとこ》みたいに粉か何かをはたけというわけか。ふざけるな。ここで折れたら、次はおれにタイツをはけと言ってくるだろう。スコットランド人から見たらいやらしい格好だ。体にぴたりと張りついて、男特有のふくらみをこれ見よがしに強調する。

そう、おれは入浴するのは七月と一月と決めているのだ。もう長いことそうしてきた。だから今後もそうする。妻がこのおれを変えようと思っているなら、考え直したほうがいい。夫として当然の権利を無視するつもりなら……無視できないようにしてやろう。そのときふと、彼女の股間を守っていた革のベルトと錠が脳裏に浮かんだ。

名前はともかく妙にそそる器具だ。イリアナは官能的な体つきをしている。あの姿をもう一度見るのも悪くない。いや、もちろんはずした姿のほうがいいに決まっているが。

まったく、とんだ初夜になったものだ。ダンカンは憂鬱な気持ちで廊下を進んだ。本当ならあんな妻は放りだすべきなのだろう。結婚が実は完成していなかったと人々に知られてしまうことになるが、それでも婚姻無効を宣言すればいい。だが、腹のたつことにイリアナにはたまらない魅力がある。きれいに包装されてベッドの上に置かれたクリスマスプレゼントのように。今すぐにでも包みをはがしてみたくなる。

できるかもしれない。大広間におりる階段のてっぺんで、ダンカンは不意にひらめいた。そうだ。できる。まずは鍛治屋《かじや》と少し話をしてみよう。

イリアナは陰鬱なため息をもらし、なんとか起きあがった。早くもちょっとした問題にぶつかっていた。貞操帯は望ましくない関係を拒むには役にたつかもしれないが、用を足すにはきわめて不便なのだ。

貞操帯だけ身につけた格好で、彼女はベッドを出てその足もとに立つと、支柱をつかんで体を支え、手をのばして頭上のカーテンの上を探ってみた。まもなく、そこは隠し場所としてはあまり適切ではなかったと悟ることになった。思ったよりも奥のほうまで鍵を投げてしまったらしい。なかなか手が届かなかった。

不意にノックの音がして、イリアナは体をこわばらせた。「どなた?」

エバの声が答えたので、イリアナはほっとした。なかに入るよう促し、すぐまた鍵探しに戻った。今度は下側からつついて、鍵が落ちてくるのを待つ。

「奥さま!」侍女は息をのみ、あわててドアを閉めると、イリアナのそばに駆け寄った。

「何をなさっているんです?」

「例の鍵をとろうとしてるのよ。カーテンの上なの。あそこに届くくらい長いものが何かないかしら。はずしたいのよ。切羽つまってるの」

エバは目を丸くし、さっと部屋のなかを探して、暖炉の脇から火かき棒をとってきた。

「これでどうでしょう?」

「そうね。なんとかなりそうだわ」イリアナは火かき棒を受けとると、また下からカーテンを突きはじめた。

「まさか……奥さまはあれをひと晩じゅう身につけていたわけではありませんよね?」

「身につけていたわ」

　短い沈黙のあと、侍女がきいた。「旦那さまは驚かれたのでは？」

「彼はゆうべ、床で気を失ってたわ。朝まで目を覚まさなかったの」

「でも、シーツには……」

「彼が自分の手を切って、あのシーツに血をつけたのよ。いちばんいいシーツなのに」

「じゃあ、そのベルトのことはご存じないのですか？」エバは、イリアナが身につけている唯一のものを気色悪げに見やりながら、期待をこめてきいた。

「知っているわ。今朝、みんなが出ていったあとに気づいたの」

「それで、どういう反応を？」

「どういう反応をすると思う？」イリアナはつっけんどんにきき返した。ようやく鍵が滑り落ちてきたので、ほっとして思わず声をあげる。火かき棒をベッドに放り投げると床から小さな鍵をとりあげ、ぎゅっと握った。安堵と喜びが入りまじったため息をつく。

「どうなさるんです？」

　イリアナは驚いた顔をした。「はずすのよ、もちろん」侍女がほっとした顔をすると同時につけ加えた。「せめて数分でもこれがないと、せいせいするわ」

　エバがぽかんと口を開けた。「またつけるおつもりなんですか？」

「あたり前じゃないの」侍女の非難がましい顔つきを見て、イリアナは眉をひそめた。「ゆうべも言ったでしょう、エバ。わたし、こんなところでは生活できないの。家もベッドも清潔でなければ。もちろん一緒に住む人も清潔でいてほしいわ。たとえ、わたしたちふたりとも殺されようとね」彼女は貞操帯の錠をはずしながら、つぶやいた。

「ギリー」ダンカンは鍛冶屋の腕をつかんで引きとめ、自分の脇に引き寄せると、ぎこちなくほほえんだ。今朝、寝室を出たらまっすぐ鍛冶屋のところへ行って話をするつもりだったのだが、午前中いっぱいあれやこれやと問題が持ちあがり、身動きがとれなかった。昼過ぎになってやっと鍛冶屋を捜すだけの時間ができたのだ。「相談があるんだが」

ギリーがためらい、やがてうなずいた。「はあ。ですけど、お父上に呼ばれておりまして。花嫁さん用に鍵をもうひと組つくってほしいと」

鍛冶屋の説明に、ダンカンはけげんな顔をした。

「どうして彼女に鍵が必要なんだ?」

「なんと言っても城の女主人になられたのですから」驚いて、ギリーが指摘した。

ダンカンはうなり、それがどうしたとばかりに肩をすくめた。「手早くすませる。こちらも鍵の話なんだ。錠をはずしたいんだが、鍵がない。おまえならどうすればいいか、教えてくれるんじゃないかと思ってな」

ギリーが目をぱちくりさせた。「持ってきてくだされば、開けてさしあげますよ」

ダンカンは、イリアナを鍛冶屋の小屋まで連れてくるところを想像した。彼女をテーブルの上に寝かせ、ドレスをめくりあげて脚のあいだの錠を見せる……いや、それはできない。昼食が終わるころには、城の隅々まで噂《うわさ》が広まっていることだろう。それに、ほかの男に妻の貞操帯を見せるのは気が進まなかった。ましてや、それをはずしたところは。

「いや、持ってくるわけにはいかないんだ。そいつは無理だ」ダンカンはきっぱりと首を振った。「おれひとりでなんとかしたいんだが、どうしたらいい？」

鍛冶屋が眉をひそめた。「その錠前を見ないことにはなんとも言えませんね。持ってこられないんなら、こちらから出向きましょうか？」

「いや。それもだめだ」ダンカンはいらだたしげに顔をしかめた。「どうやって錠を開けたらいいかだけ教えてほしい」

「そんなに簡単に開けられるなら、鍛冶屋はいりませんよ。少なくとも見てみないと、なんのお力にもなれません」

「なら……ああ、くそっ！」ダンカンは腰につけた剣に手をのばし、鞘から引き抜くと、剣先で足もとの地面にざっと錠の絵を描いた。「ほら」描き終えると、満足げに言った。「これでわかるだろう？」

ギリーがわずかに眉をつりあげる。「これはなんです？」

「鈍いやつだな、錠に決まってるだろうが！」

侮辱は受け流し、鍛冶屋は肩をすくめた。「どちらかと言えばねずみに見えますがね」

「たしかに、ねずみだな」ダンカンの左肩あたりからアンガスの声がした。

がっくりと肩を落とし、ダンカンは父のほうを向いた。「なんの用です？」

息子のそっけない口調も意に介さず、アンガスがほほえんだ。「ギリーを呼びに来たんだ」

「なら、どうぞ。こちらの用はすみました」

「いや。おまえにも話したいことがある」ダンカンが問いかけるように父を見ると、父は中庭にいる男たちを身ぶりで示した。「今日の午後、ひとりかふたり借りられないかな」

「ひとりふたりならかまいませんが」ダンカンはゆっくりと言った。

ダンカンが十九歳になると、アンガスは領地やダンバー城の管理を少しずつ息子に任せていった。年を追うごとに仕事は増え、今ではダンバー氏族の長としての仕事はほとんどダンカンに任されている。あくまで非公式にだが。表向きは氏族長はあくまでアンガスであり、生きている限りダンカンのくだした決定を覆す権限を持っている。だが実際には、重要な決断はほとんどがふたりの話しあいで――アンガスの知恵と、ダンカンの若さと情熱でもって――なされていた。

「よかった、よかった。なら、手があいたら城のなかによこしてくれ。いいな？」アンガスが上機嫌でほほえみ、ギリーのほうを向いた。「さて、鍵の件だが――」

「どうして城のなかで男手が必要なんです？」ダンカンは不審に思ってさえぎった。そもそも、こんな陽気な父は見たことがない。父は厳しく怒りっぽい性格だ。少なくとも、母のミュリエルが亡くなったあとは。かすかな記憶しかないが、母は太陽のような人だった。まわりの人々を明るく、幸せにした……癇癪持ちの夫も含めて。

「必要としているのはわしじゃない。おまえの妻だ」アンガスがさらりと答えた。「大広間の掃除をはじめたんだ。女性たちに古い藁を捨てさせ、床をごしごし磨かせている。新しい藁がいるから――」

「古いのはどうしてだめなんです?」

アンガスは息子の剣幕に少しばかりたじろいだ。「だからだな、あれはもう、一年近く敷きっぱなしだろう」

「だから、もうあと一年くらいは大丈夫でしょう。いつも藁は一、二年に一度しか換えてません」

「たしかに、今まではそんな調子できたが――」

「それのどこがいけないんです!」ダンカンは信じられない思いで父を見た。イリアナが不満を持つのも当然だと言わんばかりの口調に、裏切られたような気分になった。

「おまえの言うこともわからんではないが」アンガスがため息をついた。「おそらくおまえの母親も、彼女が死んでからのこの城の状態には我慢ならなかっただろうと思うよ。わしが放置していたのがいけないんだ。ミュリエルが死んでから、何もする気がしなくてな。悲しみに沈むばかりで、やるべきことをやろうとしなかった。城が荒れ果て、人々が――」

「ですが、アンガスさま」ギリーが割って入ったが、アンガスは手を振って彼を黙らせた。

「いや、ギリー、自分でよくわかっているんだ。もちろん、この城を守ろうともしなかったとは言わない。実際のところ、わしをたち直らせたのは怒りだった。その怒りで敵の首をはね、胸に剣を突き刺してきた。だが、生活面となると、わしはてんでだめだった。子供たちのためでさえ何もできなかった。ところが……」ダンカンとギリーはそんなことはないと口を開きかけたが、アンガスはかまわず続けた。「イリアナが来て、この城をきれいにしてくれるという。妻が以前していたように。そう思うと胸が熱くなってな。イリアナを嫁として迎えられて、わしらは幸運だよ」

ダンカンにとっては同意するのがなかなか難しかったが、とりあえず反論は控え、この場を立ち去ることにした。「藁をとり換えるのにふたりは出します。それ以上は出せません」


「ギルサル」

「なんでしょう、奥さま?」床を掃除する女性の召使いたちを監督している女は、肩越しに振り返ったものの、腰に手をあてて立ったまま問いかけるように片眉をつりあげる以外は、いっさい体を動かそうとしなかった。ギルサルが自分のことをダンバー城の女王蜂と思っているのは間違いなさそうだ。

忍耐が肝心よと念じながら、イリアナはエバを手伝って運んでいたタペストリーを置き、ギルサルに近づいた。部屋の端から端まで届くような大声で話さなくてもすむように。魚売りみたいに大声を出すことは、品位はもちろんのこと威厳にも欠けると、母から教わった。

イリアナはギルサルのそばで足をとめ、冷ややかな笑みを浮かべて言った。「アンガス卿が新しい藁を用意してくださってるわ。でも、わたし、藁に気持ちのいい香りがしたらもっと居心地よくなるんじゃないかと思うの。できたら女性の召使いをふたりほど、香草をとりに行かせて——」

「ヒースですね」

話の腰を折られ、イリアナは目をしばたたいた。「ヒース?」

ギルサルが唇をすぼめ、自信たっぷりにうなずく。「そうです。前の奥さまは藁にヒースをまぜてらっしゃいました」

顔をしかめまいとしながら、イリアナは先ほどよりさらに冷ややかな笑みを浮かべた。「そうかもしれないけれど、わたしはラベンダーのほうが好きなの」

ギルサルがすぐに首を横に振った。「レディ・ミュリエルはいつもヒースを——」

「わたしはレディ・ミュリエルじゃないわ」イリアナは冷たく言い放った。「わ、わたしはラベンダーのほうが好きなの」

「こんな北のほうにはラベンダーは咲きません」ギルサルは少しもひるまない。

こちらの負けだ。イリアナはため息をついた。見るまでもなく、相手の顔に得意げな表情が浮かんでいるのがわかる。「わかったわ」

「でもヒースならいくらでもあります」

「そりゃそうでしょうね」

「女たちを連れて、少しとってきます」ギルサルがゲール語で何か叫ぶと、吸い寄せられるように女性の召使いたちがさっとまわりに集まった。ギルサルは許可を待つそぶりすら見せず、女性たちを率いて出ていった。

それを見送ると、イリアナは力なくテーブルに近づき、ため息とともに長椅子に座った。今日は何をやってもうまくいかない。

その朝、階下におりてみると、大広間には人っ子ひとりいなかった。この城の生活をたて直すとかたく心に決めていたので、イリアナは朝食もとらず、エバに召使いたちを探しに行かせた。侍女はギルサルと三人の年老いた女性の召使いを連れて戻ってきた。高齢にもかかわらず、彼女たちはよく働いてくれた。だが、それでもそのうち、ダンバー城を変えるなんて自分には荷が重すぎるのではないかと思えてきた。仕事がつらいわけではない。もちろん、イリアナは今朝したような重労働に慣れているとは言えない。それでも、働いたことはある。真の問題は、女性たち——少なくとも彼女たちの態度にあった。

もう一度レディ・ミュリエルの名前を聞いたら、そして彼女がどんなやり方で城を切り盛りしていたか聞いたら、イリアナはどうかなってしまいそうだった。レディ・アグネスの名前もいやになるほど出てきた。レディ・ミュリエルはアンガス卿の亡くなった妻だろう。そしてレディ・アグネスは彼の母親らしい。どちらの女性もこの城のなかでは完璧な女性、レディの鑑《かがみ》とあがめられている。イリアナは午前中いっぱい、レディ・ミュリエルならああした、レディ・アグネス――ブラック・アグネスとも呼ばれる――ならこうしたと聞かされ続けた。

レディ・ミュリエルはこの先も藁は定期的にとり換えるよう言い残した。レディ・ミュリエルは毎春、壁に漆喰《しっくい》を塗り直した。レディ・ミュリエルは夫の前に身を投げだして矢を受け、わが身を犠牲にして夫を守った。ブラック・アグネスは立派に城を切り盛りし、七人の子供を育て、夫が留守のとき六カ月もイングランド人の攻撃に耐えた……。

ここの人たちがイリアナのことを先代の女主人のようにはなれないと思っているのは明らかだった。彼女の命令を拒否する者がいるわけではない。少なくとも表だっては。ただイリアナの指示を聞いて、レディ・ミュリエルならこうしたと答え、そのようにやりはじめるのだ。城をどうやって切り盛りしていくべきかそこまでちゃんとわかっているなら、どうしてこんなに荒れるがままにしておいたのか――そんな言葉が二度ほど喉もとまで出かかった。これまでのところはなんとか自分を抑えたが。

「なんとかなりそうですね」

元気づけようとするエバの言葉に、イリアナは大広間を見渡した。古い藁は片づけられ、床には何もなくなった。女性の召使いたちは何年ものあいだたまりにたまった汚れをこすりとる作業にかかっており、イリアナとエバは壁をきれいにできるようタペストリーなどかかっているものをすべてとりはずした。だが今になって、漆喰の上塗りを優先させたのは失敗だったと思えてきた。上塗りが必要ないわけではない。壁にかかっていた紋章やタペストリーをひと目見るだけで、この大広間にあるすべてのものはごしごしとこすり洗いする必要があるとわかる。

テーブルや長椅子も含めて。イリアナはげんなりしながら椅子の上で身じろぎした。何か貼りついているのか、ドレスが体の動きに合わせて動かない。また何かがこぼれたところに座ってしまったのだろう。気持ちは悪いが、今日着ているのは古くて裾のほつれた、質素なドレスだからまだいい。それでも、床掃除が終わろうと終わるまいと今日じゅうに少なくとも長椅子だけはきれいにすること、と胸に書きとめる。またしても上等なドレスをだめにするのはごめんだ。

ため息をついて、もう一度大広間を見渡した。まだまだ仕事は山積みだ。見たところ、床はレディ・ミュリエルの死後二十数年間、一度も掃除されなかったようだ。藁がとり払われてみると、床にはさまざまな形状の塊が無数に落ちていた。もとはなんだったのかは考えたくもなかったが、多くはかたくなり、なかにはほとんど石化しているものもある。こすりとるのも大変そうだ。召使いたちを見ていても、それは明らかだった。午前中のほとんどを使い、三人がかりで床磨きをしている。ギルサルも自ら働く気になれば本当は四人分の手があったのだが、どうやら彼女のここでの立場は、あくまでもほかの召使いの監督係らしい。初日から言い争いになるのは避けたかったので、ギルサルが仕事をしないことに関して、イリアナは何も言わなかった。とはいえ、アンガスに探りを入れ、ギルサルが正確にはどういう立場にあるのかききだすつもりだった。ついでに、もう何人か手伝いを頼めないか尋ねたいところだ。たった三人では、午前中いっぱい使っても床の四分の一もきれいにならない。しかも昼食の時間が迫ってきている。

「ほら」イリアナがまたため息をつくのを聞くと、エバが小声で言った。「まずまずじゃありませんか。少なくとも変なにおいはしなくなりましたよ」

それは本当だった。古い藁を捨てたせいだろうが、それだけでもだいぶ違う。もっとも、これから床磨きをすませ、壁を白く塗り直し、壁にかけてあったものを洗わなくてはならない。ざっと見積もって、大広間だけで三日はかかるだろう。寝室に手をつけることができるのはそのあとだ。そう思うと気がめいった。不潔な生活には慣れていない。なのに、大広間と同じくらい汚れたあの部屋であと三日は寝起きしなくてはならないとは。

イリアナは近くに置いてあるバケツに近づくと、床に膝をついて雑巾《ぞうきん》を手にとった。雑巾をバケツに浸し、絞って、床を磨きはじめる。

「だめです、奥さま！」エバが息をのんで駆け寄ってきた。「わたしがいたします。奥さまは散歩に出かけて新鮮な空気でも吸ってきてください」

イリアナは首を横に振った。「やることがたくさんあるもの。さあ、あなたも雑巾を持ってきて手伝って」

5

「まあ！」

料理人が昼食に出した、かたくなったチーズとかびくさいパンを長いことためつすがめつしていたイリアナは、叫び声を聞いてゆっくりと顔をあげた。

ダンカンの妹のショーナが戸口に立っていた。彼女は――そして常に一緒のアリスターとイルフレッドも――大広間の変貌ぶりに息をのみ、目を丸くしている。彼らは昼食の時間に遅れて最後に大広間にやってきたが、奇妙なことにイリアナたちがこの三日間に起こした変化に気づいたのは彼らが最初だった。少なくとも変化に反応を示したのは、アンガスを除けば彼らがはじめてだ。

義理の妹とは結婚式の翌朝、彼女がほかの人々と寝室を出て以来、顔を合わせていなかった。あれは三日前だ。ショーナと取り巻きのふたりは結婚式の翌日に消えたきり、姿を見せないままだった。イリアナがどうしたのか尋ねると、おそらく狩りにでも出かけているのだろうとアンガスは答えた。

「ここ、どうなってるの？」ショーナは入ってくると、いとこたちとテーブルにつきながら、押し殺した声できいた。

「広間の大掃除だとさ」

ダンカンがこばかにした口調で答えたのが耳に入り、イリアナは身をこわばらせた。

「大掃除？」ショーナがはじめて耳にする言葉だとばかりに言う。

イリアナはむっとした。

アンガスも同じらしく、娘をにらみつける。「そう、大掃除だ。イリアナと女性の召使いたちでこの三日間、身を粉にして働いた。おまえたちが森をぶらついているあいだずっとな」言い含めるようにして少し間を置き、さらに続けた。「おまえもその手のことをひとつふたつ学んでも害にはなるまいと思うがな。婚約者も未来の妻が家事にまるで疎《うと》いと知ったら、いい気持ちはしないだろう」

「妻ですって？」ショーナが鼻で笑ってエールに手をのばした。「わたしは妻になんかならないわ。お父さまもよく知ってるでしょう」

「そんなこと知らん」

大広間全体が突然、しんとなった。アンガスの衝撃的な発言に、誰もが顔をあげて次の展開をうかがっている。

「どういう意味？」ショーナがけげんな顔できく。

アンガスはかたくなったチーズを口に放りこんで渋い顔で咀嚼《そしゃく》し、ごくりとのみこんでから答えた。「交換条件なんだ。ロルフ卿に説得された。結婚式のあといろいろと話しあってな。例の煮えきらない婚約者を連れてくるため、ロルフ卿はその日の昼前に城を発《た》った」

「なんですって？　わたしはてっきり……」声がうわずっている。どうやらショーナは、ロルフ卿と父親との話しあいはまったく違った結論に達すると考えていたらしい。顔面にパンチをくらったような顔をしている。

ダンカンも同じ表情を浮かべているのを見て、イリアナは不思議に思った。ロルフ卿とウィカム司教が出立《しゅったつ》したとき、夫はそのことを知らなかったのだろうか？　ふたりが発ったあと父親と会話をする時間がなかったので、話しあいの結果を知らなかったのだろうか？ありえないことではない。ダンカンはほとんど城のなかにはいないので、人と話をする時間がないのだ。いつも朝いちばんに城を出て、日中帰ってくるのは食事をとるときだけ。夜は遅い時間にひっそり戻ってくるから、ほとんどの人はもう眠っている。

「聞こえただろう」アンガスが落ち着いて言った。「おまえはここでだらだらと過ごしている。いつまでもこのままではいけない。おまえも女だ。いずれ子供を産まなくてはならない。わしとしても、早くおまえの子供の顔が見たい」

「わたしを本気であの……イングランド人と結婚させるつもりなの？」ショーナは〝イングランド人〟という言葉をこれ以上ない侮蔑語であるかのように口にした。

「おまえの花嫁姿が見たいんだ」

続く沈黙のあいだイリアナは息をつめていたが、不意にショーナが勢いよく立ちあがったのには驚いた。ショーナは立ちあがりざま、わざとテーブルを傾けたので、上にのっていた錫《すず》のジョッキやピッチャーががちゃがちゃと床に転がる。「わたし、あんなろくでなしとは絶対に結婚しませんからね」金属がやかましい音をたてるなか憤然とそう叫ぶと、くるりと踵を返し、部屋を走りでていった。

大広間にふたたび沈黙がおりた。ダンカンがとがめるようにイリアナをにらみながら、ゆっくりと立ちあがる。ショーナが怒りを爆発させたのは妻のせいだと言わんばかりの目つきだ。イリアナは惨めな気持ちで、妹のあとを追う夫を見送った。

イルフレッドとアリスターも大広間を出ていくと、アンガスは長々とため息をついて立ちあがり、テーブルをもとに戻した。まわりの男たちの手も借りて落ちた食器類をすべて拾うと、イリアナの隣にどさりと腰をおろす。そしてギルサルが厨房へ急ぎ、新しいエールのピッチャーを持ってくるのを辛抱強く待った。

「娘のことは許してもらいたい」まずはイリアナのジョッキにエールを注ぎ、次いで自分の分を注ぐと、アンガスはため息まじりに謝罪した。「あの子は自分が一生独身を通すことになると思いこんでいてな。それもしかたないことなのだが」

なんと答えていいかわからず、イリアナは無言でうなずいた。

「わしはあいつを幼いころから自由にさせておいた」彼が続けた。「実際には、きちんとしつけをする暇がなかっただけだ。あまりにも放任しすぎたのかもしれん。いずれにせよ、花嫁修業がまるでできてない。そこでだな、本物のレディとなるべくきみが仕込んでくれたら、大いに助かるんだがね」

娘の家庭教師になってくれということ？　イリアナはとまどった。ショーナを見る限り、その手の教育がいくらか不足しているという程度ではない。完全に欠如している。

「結婚式はいつなんです？」イリアナはきいた。

「相手がここに到着ししだいだ。一カ月後くらいだろうか」

「一カ月？」悲鳴に近い声が出る。イリアナはエールをひと口飲もうとジョッキを口もとに持っていったが、思わず一気に半分ほど喉に流しこんでしまった。ジョッキをおろすと、アンガスが片方の眉をつりあげてこちらを見ていた。

「ずいぶん喉が渇いていたようだな。この城の女連中はスコットランド一うまいエールをつくる。そう思わんか？」

「ええ、とてもおいしいエールですわ」イリアナは無理に笑みをつくった。それから床に視線を落とし、小声でつけ加える。「料理もそうだったらいいのに」

アンガスが視線の先を追い、苦笑まじりにうなずいた。「たしかに料理人は長年のあいだにだいぶ腕を落としてしまった。妻が生きていたころは、彼の父親が料理をしておってな。

妻は手を抜かせなかった。だが、彼女が亡くなると……」彼は肩をすくめた。「万事がこんな調子だ」アンガスはしばらく黙りこんだ。思いは遠く離れたところへと――おそらくは亡き妻のもとへとさまよっているのだろう。だが、やがてわれに返り、イリアナを見つめた。「きみならできるかもしれんぞ。彼をやる気にさせて、うまい料理をつくらせることも」

「ええ、できると思います」彼女はきっぱりと言って立ちあがった。「というか、失礼してよろしければ、さっそく今から料理人と話をしてきます」そう言うと向きを変え、断固とした足どりで厨房へ向かった。

「これまでは苦情が出たことなんかないんですがね。領主さまはわたしの仕事に大いに満足してくださってると思いますが」

「あなたと話をするようおっしゃったのは、その領主さまなのよ」イリアナは厳《おごそ》かに言った。料理人は返事をする代わりにぼさぼさの眉の下からイリアナをにらみつけ、彼女の足もとの床に唾を吐いた。危うくドレスの裾にかかるところだった。

イリアナは心のなかで十数えた。癇癪を抑え、この男にどう話をしたらいいか考えるためだ。三日間たて続けに出されたかびくさいパンと水っぽいシチューを我慢して食べ、いずれは料理人のこともなんとかしなくてはと思ってはいたが、さしあたって大広間の掃除と壁の上塗りを優先せざるをえなかった。だが今は、タペストリー何点かを除けば――それだけなら夜に、暖炉の前で洗濯ができる——大広間はほとんど片がついた。床は磨かれ、テーブルと長椅子もきれいになった。暖炉まわりの壁についた煤もこすり落とさせた。そろそろ料理人の問題にとりかかるころあいだ。

料理人は背が低く、樽《たる》のような体つきの男だった。頬もふっくらしていて血色がいい。城の人々に出す料理よりもいいものを、こっそりひとりで食べているのではないかと思うほどだ。でなければ、よほど味覚が鈍いか。いずれにしても、彼がイングランド人の新しい女主人にひとかけらの敬意も礼儀も示すつもりがないのは明らかだった。イリアナが厨房に入ったときから完全に非協力的で、話をはじめても手をとめて聞こうとすらしない。そのうえ、彼女のドレスのそばに唾を吐き続ける。許せない癖だった。ましてここは厨房で、料理をしている最中なのだ。イリアナは床に吐かれた唾を見おろした。

「いいわ」彼女はついに言った。「あなたと仕事に関して話しあいを持つことが難しいなら、料理をしてくれる人をほかに探すしかないわね」相手が愕然とするのを見届けるまでもなく、ドアのほうを向きかける。

「ご冗談を！　そんなこと、できるわけがない。わたしはずっと前からこの仕事をしてるんだ。その前は父がしてきた。あなたにわたしを首にする権限なんてないはずだ！」

ようやく彼の注意を自分に向けることができたようだ。イリアナはドアの前で足をとめて振り返ると、驚いた顔をしてみせた。「もちろんできるわ、ミスター・ダンバー」

「カミン」料理人がむすっとした顔でつぶやいた。「エルジン・カミンです。ダンバー一族なのは母なので。父はここの料理人になったあと、母と結婚したというわけでして」

「なるほどね。で、エルジン・カミン、わたしは夫から全面的にこの城の切り盛りを任せられたの」厳密には事実ではないが、今はささいなことにこだわってはいられない。イリアナは今や一様に警戒の色を浮かべているほかの召使いたちを厳しい顔で見渡した。女主人の視線を浴びて、厨房係と、ギルサルを含む何人かの召使いが身をこわばらせる。「つまり、誰を残して誰をやめさせるかも、わたしの一存というわけ」料理人に視線を戻す。「あなたも含めてね。厨房に入ったときはそんなつもりは毛頭なかったけれど、あなたがわたしとちゃんと話そうともしないなら、別の料理人を探すほかないわ」

「話しあいますよ。もちろん、話しあうってのはいいことだ」エルジンは今や必死だった。当然だ。筆頭料理人というのはそれなりに格のある仕事だし、さまざまな役得がある。だいいち、この男は料理のほかに取り柄はなさそうだ。今イリアナが気がかりなのは、その腕がどれだけのものかだった。

「あなた、料理はできるの?」エルジンの反発と誇りをかきたてるために、彼女はわざとぶしつけに尋ねた。

「もちろん。父はスコットランド一の料理人でした。レディ・ミュリエルがそうおっしゃったんです。そして、わたしは父からすべてを教わりました」料理人が胸を張って答える。

「かびくさいパンと乾いてかたくなったチーズを領主に出すよう教わったの？」

エルジンの顔にきまり悪げな表情が浮かぶ。「いいえ」

「そうでしょうね」イリアナは重々しい口調で言った。「なら、今後はそういうことがないようにしてほしいわ。ところで、今夜の夕食は何かしら？」火の上でぐつぐつ煮えている大鍋の中身はすでに見ていた。またしてもシチューのようだ。この城に来て以来毎晩食べている、薄くて味のしない粥《かゆ》のようなシチュー。

料理人は大鍋のほうへ目をやり、不安げに眉をぴくつかせてから、救いを求めるようにイリアナを見た。「香辛料がないんです」

彼女は両眉をつりあげた。「ひとつも？」

「ええ、アンガスさまはレディ・ミュリエルが亡くなったあと、再婚なさろうとしなかったので」

そう聞いてもイリアナは驚かなかった。城の状態を見たときから、管理する女性がいなかったのだろうと想像はついた。「香草を植えたりはしていないの？」

「レディ・ミュリエルは植えておられました。でも、奥さまの死後、庭は荒れ果ててしまって」

「そうなのね」イリアナはその場に立ったまま、どうやって問題を解決すべきか考えた。まずは庭を見てみなくては。今は六月だ。香草が必要なら、すぐにでも苗を植えなくてはならない。香辛料は高価なので容易には買えないが、香草を育てることならできる。とはいっても、最低限いくつかの香辛料は必要だ。「香辛料売りはいつごろまわってくるの？」

「来ませんね。数年前からここには寄らなくなりました。寄っても、アンガスさまがいつも城にいらっしゃらないので」

イリアナが眉をひそめたとき、唐突にギルサルが口を挟んだ。「今朝ここを通りましたよ。召使いのひとりがアンガスさまに報告するのを聞きました。イネスへ行く途中、うちの土地を通るんですよ」

「イネス？」

「マクイネス氏族の領地です。隣でしてね」エルジンが心配そうな顔つきで説明した。「今日来たなら、あと数カ月は来ないでしょうね。かなり広い範囲をまわっていて、こっちのほうには年に四回しか来ないんです。香辛料がなきゃ、うまい料理はできません」

あせる料理人を見て、イリアナは小さく眉をつりあげた。脅しを本気にしたらしい。食事どきにおいしい料理を出さなければ今の仕事を失うと、不安に駆られているのだ。かびくさいもの、残りものには我慢できないが、香辛料がないのなら、料理が味気ないのはしかたない――そう言ってやろうかと思ったが、思い直した。エルジンには非情な女主人と思わせておこう。恐れは格好の発奮材料になる。やるべきことをきちんとやるようになったらそのときに、本人に非のないことを理由に首にすることはないと言ってやればいいことだ。

イリアナはドアのほうへ向かった。「アンガス卿に頼んで、誰かに香辛料売りのあとを追わせるわ。買いたいものがあると言えば呼び戻せるでしょう」

中庭に出てみたが、あいにくアンガスは見あたらなかった。しかたなく、厩舎頭と話をしている夫に目をやった。この三日間は意地の張りあいだった。ともに相手を無視している。だから今ダンカンに話しかけるのは気が進まなかったが、この城にはどうしても香辛料が必要だ。

ため息をつき、意を決して夫に近づいた。「あなた?」ダンカンが身をこわばらせるのがわかった。やがてゆっくりとこちらを向いたが、その顔は完全に無表情だった。イリアナは気まずそうに身じろぎし、やっとの思いで続けた。「あの……アンガス卿はどこかしら?」

イリアナが中庭に出てきたのを見て、ダンカンは話しかけられるのではないかとどぎまぎした。それが問題なのだ。妻をどう扱っていいかわからない。おれの夫としての権利を無視し、あなたはひどいにおいがすると言い放ち、さらに勝手に城じゅうを引っかきまわして、何もかも変え、磨きあげてしまった。男として、そんな妻にどう接したらいいのだろう?

これが通常の問題なら、父のところへ相談に行って知恵を授けてもらうところだ。だが、この件に関してはそれもできなかった。誰にも——たとえ父親であっても——まだ妻と正式には夫婦になっていないという屈辱的な事実を知られるわけにはいかない。

イリアナが身につけている器具について説明するなど、考えるだけで寒気が走る。それに父はすっかりイリアナにとりこまれてしまったようで、彼女が城の大改革にとりかかるのをなぜか喜んでいるのだ。どうしてなのか、ダンカンにはわからなかった。母が亡くなったときはまだ五歳で、母がいたころのダンバー城がどんなだったかはほとんど覚えていない。だからほかの人々同様、現状に充分満足していたのだが、どうやらイリアナには不満なようだ。そして、なぜだか急に父も満足できなくなってしまったらしい。イリアナに魔法でもかけられたのではないかと思うほどだ。あの父がほほえむようになったし、いきなりショーナを例のイングランド人と結婚させると言いだした。前々からさんざんけなし、〝イングランドのくず〟と呼んでいたあの男とだ。これもイリアナの存在が影響しているとしか思えない。

「あなた？」

ダンカンは顔をしかめた。そんなふうに呼びかける資格はないはずだ。結婚はまだ完成していない。だが、厩舎頭の前でそれをとがめるわけにもいかなかった。「知らない。小作人のところにでも行ってるんだろう。待てないのか？」

イリアナが残念そうにため息をついた。何をそんなにあせっているんだ？　権利を拒否されたのはこちらなのに。ダンカンはいらいらと考えた。

「おれも忙しいんだが」ぴしゃりと言ったものの、厩舎頭の手前、無理に笑みを浮かべてみせる。「何か用なのか？」

「今朝、香辛料売りがこの土地を通ったと聞いたの」

「ああ」

「この城には香辛料がないでしょう。使いをやって香辛料売りのあとを追わせ、ほかへ移る前にここに寄るよう伝えてもらいたいのよ」イリアナが一気に言った。

ダンカンはかぶりを振った。なるほど、またひとつ改革を推し進めようというわけか。さぞかしご立派な、金のかかる改革なのだろう。記憶にある限り、香辛料売りがこの城に立ち寄ったことはない。なんのためにわざわざ呼び寄せなくてはならないのだ？「香辛料などいらない。おれにはそんなくだらないことをしている暇はないし、そんなことに人を割く余裕もない」

イリアナは抗議しようと口を開いたが、彼はぷいと向きを変え、歩み去った。

一時間後、ダンカンが城へ向かって中庭を歩いていると、厩舎頭がばたばたと駆け寄ってきた。「旦那さま！　ああ、よかった。この一時間ほど、ずっと捜してたんです。どこにもいらっしゃらないから」

「どうした、ラビー？」厩舎頭の狼狽《ろうばい》ぶりに、ダンカンは眉をひそめた。

「奥さまですよ。旦那さまが立ち去ってすぐ、馬に乗って出られました」

「馬に乗って出た？　どういう意味だ？　城の外に出たのか？　どこへ向かった？」

「香辛料売りを追っていかれたんです。おひとりで！」

ダンカンは悪態をつき、厩舎へ向かった。「ばかな女だ！　この土地のことも、危険のことも何も知らないというのに。イネスがどちらの方向かも知らないんじゃないのか」

「方角はわたしがお教えしました」ラビーがしぶしぶ認めた。ダンカンにじろりとにらまれ、力なく肩をすくめる。「教えろと命じられたんです。あの方が今では城の女主人ですから。行かないよう説得はしたんですか、頑《かたく》なに……」

ダンカンは苦々しげな顔で厩舎に入り、自分の馬へ向かった。そして次の瞬間にはもう、馬を駆って中庭を出ていた。


スコットランドは荒々しく美しい土地だ。だが、残念なことに人を迷わせる。香辛料を手に入れようと心に決めて城門を出たとき、イリアナは自信満々だった。厩舎頭にイネスの方角を教えてもらったので、城を出れば苦もなく見つけられると思いこんでいたのだ。ところが、それが甘かった。城を出てから一時間近くたった今、もはやさし示された方角へ向かっているのかどうかさえわからない。当然ながら城へ戻るにも、どちらへ進めばいいのかわからなかった。

イリアナは馬をとめ、あたりを見渡した。見えるのは木々とうねる丘、切りたった崖だけ。どちらを向いても同じ、まったく見慣れない風景だ。もっともそれは当然だ。自分はここでは異邦人なのだから。じっとしていてもどこへも行けないと気持ちを奮い起こし、彼女はふたたび馬を進めた。だがさらに一時間がたつと、いったんとまってもう一度自分の位置を確認したほうがいい気がしてきた。

手綱を引こうとしたとき、突如、周囲の木々から男たちが次々と飛びおりてきた。驚いたイリアナは思わず悲鳴をあげたが、馬が後ろ脚で立ちあがろうとするのを感じて、それどころではなくなった。馬を制御しなくてはとあせっていると、男たちのひとりが代わりに手綱をつかみ、ぐいと引いて馬を四足で立たせてくれた。そして彼女を見つめながら、なだめるように小声で馬に話しかけた。

イリアナは唇を強く嚙み、自分をとり囲む男たちを見やった。全部で六人いる。背の高い、無愛想な強面《こわもて》の男たちで、こちらを無遠慮にじろじろ眺めている。この人たちがマクイネス氏族なのかしら。そうだといいのだけれど。

手綱をつかんだ男がゲール語で何か言った。耳に飛びこんできたわけのわからない言葉に彼女はとまどったが、なんとか笑みを浮かべてみせた。「こんなことを言うのは心苦しいんですが、実はわたし、あなた方の言葉がわからないんです」

アクセントを聞きとったのか、相手が黙りこんだ。やがてぼそりと言う。「イングランド人か？」

「ええ」イリアナはほほえんだ。「イリアナ・ワイルドウッド。ダンカン・ダンバーの妻となった者です。ひょっとしてマクイネス氏族の方々ですか？」

男たちがいっせいに驚いたように目を見交わす。やがて、英語を話す男がゆっくりとうなずいた。「ダンバー家の人間が、なんだってひとりでこんなところをうろうろしているんだ？　どうしてマクイネスの領地にいる？」

つまり、この人たちはマクイネス氏族の人間なのだ。結局のところ、正しい方角に進んでいたらしい。「ご招待も受けずに来てしまって申し訳ありません。でも、とても大事な用件なんです。ご存じのとおり、わたしはダンバー氏族の一員となってまだ数日です。料理人によると、うちの城には香辛料がないとか。でも、召使いのギルサルから、香辛料売りが今朝イネスへ向かう途中でうちの土地を通ったと聞きました。行商人はアンガス卿がいつも不在で商売にならないので、ダンバー城には寄らなくなってしまったそうです」

早口でまくしたてていることに気づき、イリアナは言葉を切って、また苦しまぎれの笑みを浮かべた。

「ともかく、次に行商人が来るのは数カ月先になってしまうでしょうし、切実に香辛料は必要なんです。ですから馬であとを追って、ほかへ移る前にダンバー城に立ち寄ってもらえるよう頼もうと思いました。もちろん、あなた方のところで商いを終えてからですけど」

「ダンバーは承知しているのか？」男がきいた。疑ってかかっている口調だ。

イリアナは注意深く言葉を選んで答えた。「ええ、まあ。ただ、そのとき、義父は、その、城を離れていまして。小作人のところをまわっていると聞きました。夫は忙しすぎて自分では行けないと言いますし……あの、わかっていただけます？」

「ああ」男がにやりとした「つまり、自分が追っていくとは言わなかったということだな」

イリアナは頬が赤くなるのを感じたが、答える代わりに苦笑いして肩をすくめた。

男は愉快そうな顔でゲール語で何やらしゃべり、彼女の馬を引いて歩きはじめた。ほかの男たちもすぐにあとに続く。「きみを城まで連れていこう」

「ありがとうございます」イリアナは小声で言った。彼らは六頭の馬がつながれている空き地へと移動する。男はイリアナの馬の手綱を持ったまま自分の馬に乗り、彼女が向かっていた方角へと歩を進めた。

イリアナは牝馬のたてがみをつかみ、押し黙ったいかめしい顔の男たちを不安げに見まわした。実際のところ、彼らはマクイネス氏族の人間だとは言っていない。それに、マクイネス氏族の人間なら安心とも言いきれない。ダンバー氏族が近隣の領主と友好関係にあるかどうかなどきいてみようとも思わなかった。ダンバー氏族とマクイネス氏族が紛争中だったらどうすればいいの？

だけど今、そんなことを心配してもしかたがない。イリアナは自分をしかった。いずれにしても、じきにわかるはずだ。彼らがマクイネス氏族の人間なら、マクイネスの城に連れていかれるだろうし、違った場合は別の城に連れていかれる。彼らがダンバー氏族と反目しあっているなら自分は手足を縛られ、身代金と引き換えに夫に返されるだろう。夫が身代金を払えば、だが。イングランドではたいていの場合そうなる。スコットランドでもそうだろうか？　ひょっとすると、生涯とらわれの身になるのかもしれない。

ほどなく城が見えてきて、イリアナはほっと肩の力を抜いた。あれはマクイネス城に違いない。別の氏族の城にたどり着くほど長くは移動していないからだ。そんなことを考えていると、不意に男たちのひとりが一行から離れ、前方へと馬を駆った。イリアナが着くことを知らせに行ったのだろう。となると、あらためてダンバー氏族とマクイネス氏族の関係が気になってきた。

もっともあれこれ思い悩む前に、一行は城壁の前にたどり着いていた。イリアナはすんなり中庭に導き入れられ、城の階段へと向かった。そこでは領主夫妻とおぼしきふたりが彼女を出迎えてくれた。

その顔に浮かぶ歓迎の笑みを見る限り、マクイネス氏族は現時点でダンバー氏族と良好な関係にあると考えてよさそうだ。イリアナはほっとしてほほえみ、馬をとめた。

マクイネス卿夫妻はともに五十代くらいだった。夫のほうは髪に白いものがまじっているが、かつては漆黒の髪が豊かに波打っていたに違いない。身長は平均的だが均整がとれていて、魅力的な男性だった。イリアナは彼に笑みを返し、妻のほうへ目を向けた。髪は夫より明るい色をしている。自然なブラウンで、ちらほらとグレーの髪がまじっていた。彼女もとても美しかった。イリアナは微笑を浮かべるレディ・マクイネスを魅入られたように見つめていたが、やがて馬からおりるのに手を貸そうと男性が近づいてきたので、視線をはずした。

「ダンカン・ダンバーの新妻にお会いできるとは、うれしい限りだ」マクイネス卿が言った。

地面におりると、イリアナは夫妻のほうを向き、小さく膝を折ってお辞儀をした。

「結婚式はいつだったかな？」マクイネス卿が興味津々できいた。

「三日前です」

「出席できず、残念でしたわ」レディ・マクイネスの少し非難がまじった口調に、イリアナは申し訳なさそうにほほえんだ。

「わたしのせいだと思いますわ。予定より早く到着してしまったんです。結婚式は到着してからほんの一時間後に執り行われました」

レディ・マクイネスが目をぱちくりさせる。「でもわたしたち、ダンカンに結婚の予定があることも知らなかったのよ」

イリアナはきまり悪げに身じろぎした。「それも、きっとわたしのせいです。実は、彼がわたしと結婚したのは、わたしとわたしの母を継父から救うためなんです。大急ぎで決められた結婚でした」

レディ・マクイネスはイリアナのひと言ひと言を驚いた顔で聞いている。やがてじっとイリアナを見つめて言った。「なんてことでしょう。じっくりお話をうかがいたいわ。さあ、なかに入って。飲み物をお出ししますから」

6

「それで、おまえは自分では行く暇がないと言って、か弱い妻をひとりで城の外へ行かせたのか！」

ダンカンは手綱を引いて馬をとめ、周囲の木々を見まわした。イアン・マクイネスが左手の木のいちばん低い枝に腰かけている。「彼女を見つけたのか？」

「新妻にはもっとよく目を光らせておくべきだな、ダンカン」イアンがやんわりたしなめ、漆黒の長髪をかきあげた。手をとめ、馬上の友人を見あげる。「なかなかの美人じゃないか。こんなところをひとりでうろうろしていたら、何が起きてもおかしくないぞ」

「ラビーから話を聞くまで、彼女が城を出たなんて知らなかったんだ」

「そんなことだろうと思ったよ」イアンがつぶやき、手をさしだした。

ダンカンは身をのりだして、さしだされた手を握った。それから体を起こして友人を引っ張りあげる。同時にイアンが飛びあがり、ダンカンの後ろにひょいとまたがった。「おまえの馬は？」

「この先だ」

ダンカンはうなずいて馬を進めた。しばらくすると、イアンのグレーの馬が見えた。馬の隣で手綱を引くと、友人がダンカンの馬からおりて自分の馬に乗るのを待って尋ねた。「彼女は無事か？」

「ぴんぴんしてるよ。今、城で父や母とおしゃべりしてる最中だ」イアンが答え、手綱を手にとってから、まっすぐに友人を見た。「結婚する予定があるなんて、ひと言も言わなかったじゃないか」

ダンカンは肩をすくめた。「予定なんてなかった。話が持ちあがったかと思うと、次はもう式だった」

「なるほど」イアンは馬を進め、ダンカンが追いついてくると、また言った。「彼女もそんなことを言ってたな。どういう事情なんだ？」

ダンカンはまた肩をすくめた。「イングランド王が使いをよこして、結婚する気はないかと打診してきたんだ。そこでおれは、ショーナのことをなんとかしてくれるなら、結婚すると言った」

「交換条件はそれだけか？　それだけで結婚を承諾したのか？」イアンが驚いた顔をする。

「あと、国王の身代金よりはいくらか少ない程度の持参金付きだ」

イアンがにやりとした。「いくらか多いんじゃないのか。いくらだった？」

「いくらだろうと、見あった額とは言えないさ」ダンカンはむすっとつぶやいた。

「おいおい、まだ結婚して数日だというのに、もう愚痴か？」

「ああ」

「どうした？　彼女、何かやらかしたのか？」

束の間ダンカンは前方をねめつけ、うなるように言った。「城の掃除をはじめた」

イアンが吹きだす。

「それから、おれに風呂に入れと言った」

友人がさらに爆笑するので、ダンカンはむっとして彼をにらんだ。

「悪かったな。だが、おまえだって今、自分が少々におうことは認めざるをえないだろう。狩りに出てみろ、獲物たちはおまえのにおいをかぎとっていち早く逃げていくぞ」

「まだ六月だ」ダンカンはつぶやいた。「六月はいつも、おれはこんなにおいがしている」

「たしかにそうだ。おれは昔から知ってる。でも、花嫁にとってはちょっとした衝撃だったんだろうよ」イアンがしばし黙りこみ、やがて探るようにダンカンを見た。「彼女が母に話しているのを小耳に挟んだんだが、この結婚は彼女を継父から守るためだったのか？」

「そうだ。だから王ははるか北に住む花婿を探して、気前よく持参金を払ったのさ。イングランドの彼女の故郷からなるべく遠く離れた土地に行かせたかったらしい」

「なるほど」ダンカンのいらだちを感じとり、イアンがつぶやいた。「ずいぶん勇敢な女性に見えたが」

「何も知らない土地をひとりでぶらつくのは勇気とは関係がない。ただの愚か者だ」

「それはそうだ」イアンは相槌《あいづち》を打ったものの、しばらくしてつけ加えた。「だが、おれたちが行く手をさえぎったときも怯えた様子は見せなかった。落ち着いて名前を名乗り、どこへ何をしに行くのか説明したよ」

「つまり、怖いと思うだけの分別もないってことさ」ばかにしたように言ったものの、ダンカンは内心本当にそうだろうかと自問していた。少なくとも、イリアナは最初に思ったような女性ではないようだ。城での冷ややかでとり澄ました女性と、香辛料を探して未知の土地にひとりで飛びだしていく娘が同一人物とは思えない。まだひとつふたつ驚かせるものを隠し持っていそうだ。貞操帯の奥にあるものは言うに及ばす。

「何か気になることがありまして、レディ・ダンバー？」大広間で行ったり来たりしている召使いたちをイリアナがじっと見つめていることに気づき、レディ・マクイネスは夫と顔を見あわせながらきいた。

マクイネス卿はさあ、とばかりに肩をすくめる。

レディ・マクイネスは眉をひそめ、イリアナのほうに向き直った。「レディ・ダンバー？

レディ・ダンバー！」

女主人の切迫した声を聞き、イリアナはようやく振り返った。不思議そうに眉をひそめていたが、やがて自分が呼ばれていたのに気づき、驚いたように目を見開く。「あら、わたしのことね。もちろんそうですわね。ごめんなさい。わたしまだ、〝レディ・ダンバー〟と呼ばれることに慣れていなくて」言葉を切り、頰をまっ赤に染めて恥ずかしそうに言った。「実は、そう呼ばれるのははじめてなんです」

レディ・マクイネスがほっとしたようにほほえんだ。「わかりますよ。生まれてからずっと名前で呼ばれていたのに、あるとき突然呼び名が変わるんですもの。なじめなくて当然だわ」

「ええ」

「ファーストネームで呼んだほうがいいのかしら？」

「ええ、できれば」イリアナは即座に答えた。「イリアナと呼んでください」

「じゃあ、わたしのことはアディーナと、夫はロバートと呼んでちょうだいね」アディーナはそう言うと、問いかけるように片方の眉をつりあげた。「召使いたちのことをじっと見ていたようだけれど、何か気になることがあるのかしら？」

「いいえ、ただ……みなさん、とても身なりがきちんとしていると思って」イリアナはもう一度大広間全体に目をやり、召使い全員が身につけているしみひとつないプレードを見やった。

「ああ、そういうことね」イリアナの言わんとすることがわかったらしく、アディーナが続けた。「それで、あなたのところの召使いがどうして……その、あまり身なりがよろしくないのかと不思議に思っているんでしょう？」

唇を噛みながら、イリアナはしぶしぶうなずいた。

「言っておくが、それは金がないからではない」ロバート・マクイネスが会話に割って入った。「ほとんどの者は知らないが、羊とその毛でつくるプレードから得る利益で、きみのご主人はなかなかの金持ちなんだ」

「ダンカンがプレードをつくっているんですか？」イリアナは驚いて尋ねた。

「ああ、もちろん彼自身が織っているわけではないよ。領民たちが織っているんだが、よく売れているようだ。スコットランドでも一、二を争う上等なプレードでね」

イリアナは目を見開いた。「それなら、どうしてうちの召使いたちはあんなみすぼらしいなりをしているんです？」

しばし沈黙が続き、やがてアディーナがため息をついた。「スコットランド人に関してよく言われる話があるわ。ここに来る前、いくつか聞かなかった？」

たしかにこの地に嫁入りするにあたって、いくつか話は聞いた。もっともそのいずれもあまりいい話ではないので、この場で繰り返す気にはならず、イリアナはうなずくだけにしておいた。

「たとえば、スコットランド人は……なんというか……けちだと言われているわ」アディーナが苦笑いし、それから軽く咳払いした。「でも、そんなのでまかせよ」

「ダンカンの場合はあたってるがな」ロバートが冗談めかして口を挟む。

アディーナがぎょっとして夫のほうを向いた。「まあ、あなた。ダンカンは倹約家なの。それだけよ」

「はん！」ロバートが笑った。「怒ることはないだろう。ダンカンはわたしの友人だが、彼をけちと言って何がいけないのかわからんね。事実、ダンカンはけちだ」誇らしげに断言する。「だからこそ金持ちなんだよ。どこかに金貨の山を隠し持ってるに違いないと思うね。ダンバーのプレードは寒い冬のあいだ、飛ぶように売れるんだ。わたしたちだって何枚か買っている」

「それに彼の商売は守られてるから」アディーナがつけ加えた。

イリアナは目をぱちくりさせた。「守られてる？」

ロバートがまじめな顔になってうなずく。「ダンバーの戦士は強いと有名なんだ。ダンバーの女たちは子だくさんでね。じゃんじゃん産んで、男子には戦士としての訓練を施す。ダンカンは彼らを、言わば貸すようなこともしているのさ。戦士が必要で、なおかつ雇うだけの財力を持つ人間に。そうやってまた、かなりの金を稼いでる」

イリアナは黙って考えをめぐらせた。ダンカンが家臣を率いて強力な武力を必要とする人間に傭兵《ようへい》として雇われているということより、彼がダンバー城でプレードづくりという事業を営んでいることのほうに興味を引かれた。「でも、ダンバーの人たちがスコットランドでも最高のブレードをつくっているなら、どうして誰もかも――」イリアナが言いかけると、ロバートが手を振りながらさえぎった。

「全部売ってしまうからだよ。領民には年に一枚ずつしか与えない。元日にな。あとは売るんだ」

「そうなんですか」イリアナはつぶやいた。

アディーナが咳払いした。「あなたをきちんと歓迎したいわ。あなたとダンカンのおふたりで、今夜ここで夕食をとっていかれません？」

イリアナは驚いた。「あら、でも、ダンカンは来ませんわ」

アディーナが小首をかしげ、含み笑いをした。「いいえ、来ると思いますよ。ダンカンは花嫁がひとりで城外へ出たというのに、放っておくような人ではないもの」

「そうかもしれませんけど……彼、わたしがここにいることも知らないと思います」イリアナはため息まじりに告白した。

それでもアディーナはいっそうおもしろがるだけだった。椅子に座ったまま身をのりだし、優しくほほえむ。「いいこと、ここスコットランドでは領主やその息子が知らないこと、知らされないことはないと言っても過言ではないの」そう言うと、座り直して満足げな笑みを浮かべた。と同時に、正面のドアが勢いよく開いた。

振り返ってドアのほうを見たイリアナは、心臓が縮みあがるのを感じた。ダンカンが入ってくるところだった。見るからに怒った顔をしている。激怒していると言ってもいい。即刻妻を連れ戻そうという勢いだった。だが妙なことに、イリアナのなかに言いなりになってたまるかという反発心がわきあがった。

アディーナのほうを向き直り、つくり笑いを浮かべて唐突に言う。「それだったらお言葉に甘えて、主人とわたしは喜んで夕食をご一緒させていただきますわ」

言い終わらないうちに間違いだったと悟った。背後に近づいてくる夫の怒りが感じられるような気がした。

イアンとともにテーブルについたときも、ダンカンは怒りをたぎらせていた。イリアナは内心ため息をつきながら、結婚のいきさつについてイアンがダンカンから聞いた話を繰り返すのを聞いていた。イリアナとその母親を守るために結婚が決められたという話はもちろん耳新しいものではなかったが、彼女が語らなかったこと——知らなかったから語ることができなかったこと——がひとつあった。相手が間違いなく結婚を承諾するようイングランド王が用意した持参金の額だ。

イアンが額を口にしたとたん、テーブルはしんとなった。マクイネス卿夫妻はその額の大きさに仰天し、イリアナも愕然とした。自分と母のためにそれだけの大金を払ってくれた王に感謝するべきか、自分の結婚にはそれだけの額が必要だと思われたことに侮辱を感じるべきか、わからなかった。

だが、じっくり考えている暇はなかった。ロバート・マクイネスがふとわれに返ったようにきいたのだ。「で、きみはその金で何をするつもりなんだね?」

イリアナは好奇心を覚えてダンカンのほうを見た。そして、彼の突然の変化に驚いた。ぎこちなさや怒りは消え、目が興奮に輝きはじめた。

「ダンバーのために使いますよ。おれが長年ためてきた金と合わせれば、いろいろなことに手をつけられる。まずは城壁の修復からはじめます。ずいぶんと荒れて、今にも崩れ落ちそうな具合ですから。それから堀をもっと深く、広くしたい。さらに、城全体を大きくすることも考えています。羊を増やして——」

イリアナは夫の生き生きとした表情を見つめた。まるで別人みたい。今ここにいるのは、わたしが結婚した怒りっぽくて陰気な顔の男性とはまったく違う人だ。今の彼のほうがすてきだわ、と彼女は思った。ダンカンは野心と情熱に満ち、話をしながらも全身から活力があふれでてくるようだ。隣に座っていると、彼の熱気で体が熱くなってくる気さえする。イリアナは体の左側が妙にうずき、鼓動が速くなるのを感じた。

不意にダンカンがロバートの発言にほほえんだ。その笑みを見て、イリアナは息がとまりそうになった。前にも一度だけ、その笑みを目にした。ダンバー城に着いた日だ。あのときもどきりとしたけれど、今度は本当に気づいた——外見さえさっぱりさせれば、夫は実はすごく魅力的な男性なのだと。

「ここまでがマクイネスの土地だ。きみは今、すでにダンバーの領地にいる」

イリアナはいまだに険しい顔の夫をちらりと見て、それからぐるりと周囲を見渡した。

ふたりはマクイネス卿夫妻と夕食をともにし、ダンバー家で供されるよりはるかに上等な食事を楽しんだ。女性ふたりはさまざまな話題に興じ、男性陣はダンバー城の改築計画について語り続けた。行きつ戻りつする会話のなかで、イリアナが新たに気づいたことがいくつかあった。まず、いでたちも態度も粗野ながら、ダンカンが非常に知的な人だということだ。彼が思い描く計画は、いずれもよく考え抜かれたものだった。第二に、ダンカンはただのけちではないということだ。少なくともダンバー城を改築することにかけては金を惜しまないようだった。服装や食事に関しては徹底的に倹約しているが、それは領民の将来に備えて金をためる必要があったからだ。イリアナは深く感動した。彼は精神力の強い人なのだ。たぶん、わたしよりはるかに。

そして、ダンカンには大きな夢があることも知った。彼はダンバー城に関して壮大な計画を持っている。また、話を聞いていてわかったのだが、城の改築計画はすでに着々と実行に移されている。前々から少しずつ着手してきたのだが、巨額の持参金が入ったことで、一気に推し進めることができるようになったらしい。イリアナがせっせと大広間の汚れをこすり落としているあいだ、ダンカンと彼の家臣も休みなく働いていたのだ。堀を広げ、深くし、城壁を修復して……。

長時間の重労働を必要とする大事業だ。それを知って、実を言うとイリアナはいくぶん安堵した。だから、この三日間、ダンカンはどことなく疲れた、それでいて満足げな顔をしていたのだろう。夫の権利をうるさく主張してくることもなかった。彼女としては、夜の営みのことで毎晩言い争いになるのではと覚悟していたので意外だったし、あまりの淡白さに、少々軽んじられた気さえしていた。何しろ初夜以降、ダンカンは一度も妻の部屋を訪れていないのだ。村娘のひとりにでも関心が移ったのではないかと、内心腹だたしく思っていたくらいだった。

もっともダンカンが愛人を持ったからといってどうしてそれが癪にさわるのか、イリアナ自身にもわからなかった。愛人を持つ男性は珍しくない。しかも、自分自身は不潔な夫にベッドに来てほしくないのだ。それでもダンカンがほかの女性といるところを想像すると、いい気持ちはしなかった。実を言えばそんな想像が頭を離れず、彼が寝室に来なかった最初の朝はどうしようもなくいらいらした。エバから、ダンカンはあいていたショーナの部屋でひとりで寝たらしいと聞いてほっとしたものだ。その後も彼は、妹の部屋で睡眠をとっていた。

「おれの話を聞いてるのか?」

イリアナははっとわれに返り、夫の不機嫌そうなしかめっ面を見た。夕食のあいだは癇癪を抑えていたし、帰路についてもしばらくは——この地点に着くまでは何も言わなかった。だが、マクイネスの領地を出たとたん、ダンカンはいきなりイリアナの手から手綱をとり、二頭分の手綱をぐいと引くと、馬をとめて話をはじめたのだ。

「もちろんよ、あなた」彼女は小声で答えた。「ここからダンバーの領地なんでしょう？」

ダンカンがむっつりとうなずく。「よく覚えておいてほしい。今後はおれの許可なしにダンバーの領地を出ることは許さない。そむいたら、鞭で打つ」

イリアナは身をこわばらせ、警戒の目で夫を見た。

「鞭打ちがすんだら、城に閉じこめる。簡単には出さない」その厳しい表情からして、本気のようだ。彼女は落ち着かない様子で身じろぎし、続きを待った。「ただの脅しじゃないぞ。今日のきみの行動は無茶もいいところだ。生きて城に帰れたのは幸運だと思え。ワイルドウッドにも敵はいただろうが、ダンバー氏族の一員となったからには、きみには新たな敵もたくさんできた。今日そいつらにとらえられてたら、どうなってたと思う？　暴行されたかもしれないし、殺されたかもしれない。その両方だってありえた。それでもおれには何もできないんだ。復讐《ふくしゅう》する以外。だが、そのときぎみはすでに死んでいる」

イリアナは蒼白《そうはく》になった。今になって自分がいかに愚かだったかを悟った。

ダンカンが重々しくうなずく。「自分の行動がいかに浅はかだったか、ようやくわかったようだな。わかったらいい。香辛料売りを追いかけていった愚行をこれ以上責めるのはやめておこう。あとひとつだけ言っておく。香辛料売りを追いかけるなど時間の無駄だ。香辛料におれの金を使う気はない。今夜きみも聞いていたと思うが、すでに金の使い道を考えてある。新たに金が入ったからといって、香辛料だの服だのといったもので無駄づかいする気はない」

「わかったわ」なんとか夫をなだめたくて彼女は言った。

そのあとイリアナは押し黙ったまま、静かに城まで馬を進めた。疲労感がじわじわと押し寄せてきており、ようやく城に着いたときには心底ほっとした。これ以上ダンカンを怒らせたくないし、非難も浴びたくなかったので、彼の手を借りて馬をおりるときは身を引かないよう努力したものの、地面におろされ、彼の手が離れると、急いで城の階段を駆けのぼった。ダンカンがついてきているかどうかは確かめなかった。

夜もふけていたが、アンガスは起きて待っていた。暖炉のそばに二脚ある椅子の一脚に座り、燃える炎を寂しげに見つめていたが、イリアナが入っていくとぱっと顔をあげた。そしてほほえみ、おかえりと言った。

彼女は弱々しい笑みを浮かべ、もごもごと挨拶をすると、大広間を突っきって階段に向かい、重い足どりで二階へあがった。寝室のドアを見て、その瞬間ほどうれしかったことはなかった。ドアを押し開けてなかに入り、後ろ手に閉めようとしたところで、ふと抵抗を感じた。振り返ってみると、驚いたことにダンカンがすぐ後ろから部屋に入ろうとしていた。夫は今夜この部屋で寝るつもりなのかしら、と一瞬いぶかり、イリアナは自分の愚かさにあきれた。考えてみれば、あたり前だ。彼はずっとショーナの部屋で寝ていたが、彼女は今日狩りから帰ってきた。となれば、ダンカンは今夜はこの部屋で寝るしかない。イリアナは部屋に入る夫を、用心深く見守った。

ダンカンはドアを閉め、イリアナの視線を無視してベッドに近づいた。妻の表情を見ていると、まるでこちらが侵入者みたいだ。彼はいらだたしげに剣をはずした。ここはおれの部屋だ。そしてイリアナはおれの妻だ。もっとも、彼女は妻たる者がどうふるまうべきか、まるでわかっていない。妻というのは本来、夫の所有物なのだ。城や家畜、剣と同じ。だから、夫の意思にしたがうのがあたり前だ。貞操帯をつけて夫を拒絶し、くさいと侮辱し、風呂に入れと要求するのではなく……。

ふと、イリアナが貞操帯だけを身につけて立っている姿が脳裏に浮かび、ダンカンは彼女のほうへ視線を滑らせた。白い肌がほんのりとピンク色を帯びている。彼は思わず唇をなめた。

下半身が反応したことに気づき、ため息をついてイリアナに背を向ける。じっと見ているのは拷問にも等しかった。そうでなくてもこのところ、悶々《もんもん》とする日々が続いている。結婚式の翌朝、自分の腕のなかで小刻みに震えていた彼女の姿が忘れられないのだ。実際この三日間、どうやってあのいまいましい貞操帯をはずさせ、あの朝はじめたことを終わらせるかしか考えられなかった。いろいろな策を練ってみた。錠は金属でできているが、あとの部分は革製なのだから、切ることは可能かもしれない。だが、厚手の革はイリアナの肌にぴったりとくいこんでいる。下手をすると肌を傷つけてしまうかもしれない、ある朝、彼女が階下で忙しくしている隙に荷物のなかを探ってみたが、鍵は見つからなかった。力ずくで鍵の隠し場所をききだすことも考えたが、ダンカンは自分より弱い者に暴力を振るう男を常々嫌悪していた。理由がどうであれ、暴力行為を正当化することはできない。許可なしにダンバーの領地を出たら鞭打つと言ったのは、実は単なる脅しだ。今後イリアナが慎重に行動するよう、恐怖心をあおっただけだ。ひとりで城外に出たとき、出会う危険に関して言ったことに誇張はない。

われながら情けないが、拒否された怒りがおさまると、ダンカンはイリアナの心意気に感心せざるをえなくなった。夫にノーと言える女性はめったにいない。というのも夫には、原因はささいなことであっても妻を打ちすえる権利が、法的に認められているからだ。教会で奨励されてさえいる。だが、イリアナは怯えながらも自分の意志を曲げなかった。きっぱりと夫を拒絶したとき、その顔にはありありと恐怖が浮かんでいたが。

そう、たしかにイリアナは度胸が据わっている。夫を拒否したのも、今日城を飛びだしていったのも、その証だ。だがそれは、彼女が妻たる者の務めをまったくわかっていないことの証明でもある。これからは、いろいろと学んでもらわなくては。妻をきちんとしつけるだけの忍耐力が自分にあればいいのだが。不首尾に終わった新婚初夜以来、ダンカンは自分がいつにもまして短気になっていることを自覚していた。今のところいらだちは仕事に向かっており、家臣たちと一緒に自ら城壁の修復工事を行い、疲労が極限に達するまで働いている。夜にはへとへとになった体を引きずるようにしてベッドに入るのだが、それでもとぎれとぎれにしか眠れなかった。

無事結婚を完成させることができれば、不眠もかなり改善されるはずだ。貞操帯がはずれたときに得られるであろう悦びのためなら、習慣を破って早い時期に入浴してもいいかとすら考えた。だが、ここで折れたら負けではないか。次々に譲歩を余儀なくされるはめになる。それはよくない。とはいえ、錠をはずす何か別の手を考えつかないことには、このあともずっとおあずけをくらうことになりそうだ。日ごろ物事を自分の思いのままにしてきたダンカンにとっては、うれしくない見通しだった。

剣が大きな音をたてて床に放り投げられ、イリアナはびくりとした。夫の背中をにらんでいると、今度はプレードが一気に床に落ちた。ダンカンはこちらに背を向けている。プレードの下に着ていたシャツが背中の上部を覆っているだけだ。彼女の視線は、無意識のうちに背中から腰、そして筋肉質の脚をさまよった。見つめていると、不思議なことに息苦しさを覚えた。

夫の肉体に体が反応していることにとまどい、イリアナは目をそらしかけたが、思い直して、今度は広くてたくましい背中から腕へと視線をあげていった。ダンカンがシャツを引っ張りあげて頭から脱ぐ。彼女は息をのんだ。体臭と作法は感心しないが、夫はやはり見事な肉体の持ち主だった。動きにつれて全身の筋肉が盛りあがる。彼は身をかがめてしわになった上掛けを直し、その下にもぐりこんだ。

イリアナははっとわれに返った。前に飛びだして上掛けをつかみ、その下で寝ている夫から奪いとろうとする。ダンカンは思いのほか動きが速かった。上掛けの端をつかみ、ぐいと引き戻す。彼女はつんのめって夫の上に倒れこみそうになったが、なんとか踏ん張り、彼をにらんだ。

「言ったでしょう。お風呂に入らないと、母のシーツでは寝させません。シーツまでくさくなってしまうもの」

ダンカンが身をこわばらせ、いきなり上掛けを放した。イリアナは今度は尻もちをつきそうになった。

体勢をたて直してふと見ると、夫が全裸で目の前に立っていた。彼はベッドに手をのばしてシーツをつかみ、一気にベッドからはぎとると、イリアナに向けて放った。床からプレードを拾いあげ、むきだしのマットレスにあおむけになる。そして、汚れたプレードを毛布代わりに体にかけた。

イリアナはシーツをしっかりと胸に抱え、ダンカンを呆然と見つめた。どうしていいかわからなかった。夫に自分のベッドから出ていけと命令するわけにはいかないし、かといって入浴をすませていない夫と一緒に寝るのはごめんだ。しばらくその場でためらったのち、彼女はくるりと向きを変え、ドアに近い部屋の隅まで歩いた。そこだけ荷物を置いていない空間がある。イリアナは憤然と肩をそびやかしながら、床にシーツを広げて即席の寝床をつくると、横になり、目を閉じた。

7

「おお、そこにいたか！」イリアナが階段をおりていくと、アンガスがにこにこしながら大広間を横切ってきて出迎えてくれた。「渡したいものがあるんだよ。ギリーがようやく昨日、仕上げてな。ゆうべきみがマクイネスのところから帰ったら渡そうと思っていたのだが、ずいぶん時間が遅くなっていたし、きみはひどく疲れたようだったから、今日にしたほうがいいと思ったんだ」

イリアナは階段の下で足をとめ、笑みをつくろって、さしだされた鍵束に手をのばした。

「ありがとうございます」

「礼などいらんよ。きみがこれを持つのは当然なんだ」アンガスは安心させるように軽く肩をたたくと、ドアのほうへ向かった。「では、わしは出かけてくる。用があったらそのへんにいるのでな」

手のなかの鍵束を握りしめ、イリアナは外に出る義父を見守った。それから反対側に目を転じ、奥に並んだテーブルを見た。大広間に自分以外誰もいないのを見てとると、胸に安堵感がさざ波のように広がった。ほっとしたのは部屋に誰もいないからではなく、夫がいないからだ。ゆうべの気づかいに礼を言うのは当面先のばしできそうだった。

昨夜自ら選んだ寝床はかたくて冷たかった。しじゅう隙間風が吹き抜けるし、石の床は藁に覆われているとはいえ、緩衝材の役目はほとんど果たさない。幾度となく寝返りを打ったり身をよじったりしながら、なんとか少しでも楽な体勢はとれないかと何時間も奮闘したあげく、やっとのことで眠りについたのだ。だが今朝、目を覚ましてみると、イリアナはベッドの上で体を丸めていた。ドレスはしわだらけで、シーツが体に巻きついていた。考えるまでもなく、夜のどこかの時点でダンカンがベッドに移してくれたのだとわかった。朝になってからかもしれないが。目覚めたとき、彼はすでに部屋にいなかった。

ダンカンにそんな優しさがあるとは意外だった。けれどもうれしかった。あのまま床に寝ていたら、今ごろ体じゅうが痛くてたまらなかったに違いない。だから、彼の親切には心から感謝した。きちんとお礼を言わなくてはならないと思い、そのつもりで階下へおりてきたのだが、夫が不在で、あと数時間は顔を合わせなくていいと気づくと、その実、大いにほっとした。自分の気持ちを整理する時間ができたからだ。今は少々混乱している。困るのは、ダンカンの思いやりに心を打たれ、そのせいで彼を拒絶していることが申し訳なく思えてきたことだ。

イリアナはため息をつき、テーブルのひとつに向かった。途中でふと壁に目をやった。自分がいないあいだに、召使いたちは命じられたとおり壁に漆喰を塗り直したらしい。だが、なんとも悲惨な仕上がりだった。塗り直す前よりひどい。あれよりひどくなることがあるとは思いもしなかったが。

「エバ！」イリアナは振り返り、眉をひそめて人けのない大広間を見渡した。みなすでに朝食をとり、出かけたようだ。それにしてもエバはどこにいるのだろう？　いつもは朝いちばんにイリアナの部屋に姿を見せ、着替えを手伝うことになっている。今朝もエバがそうしていたら、寝過ごすことはなかったはずだ。午前中が半分つぶれてしまった。やることはまだ山ほどあるというのに。

「エバ……あら、そこにいたのね」侍女が大広間に飛びこんでくるのを見て、イリアナは言った。「どこにいたの？」

「ダンカンさまが、奥さまを休ませるようにおっしゃったものですから。ゆうべはよく眠れてらっしゃらないからと」エバは駆け寄ってきて問いかけるような目をしたが、イリアナは軽く手を振った。夜の一部を床で寝て過ごしたからと説明する気分ではなかった。

「これは何？」壁をさし示すと、エバがため息をついた。

「ええ、ひどいですよね？　やり方が間違ってるって何度も言ったんですが、ギルサルはこれがレディ・ミュリエルがしてきたやり方だと言ってそのまま続けたんです」

もううんざりだ、とイリアナは思った。レディ・ミュリエルの名前が何かにつけ引きあいに出されるのを聞くと、気分が悪くなる。「レディ・ミュリエルが縞模様《しまもよう》の壁をお好みだったとは思えないけれど」

侍女がまったくですというようにうなずいた。「ギルサルを連れてきましょうか？」

「そうね。レディ・イリアナのやり方は違うから、やり直してほしいと言って。必要なら何度でもやり直してもらうわ。ちゃんとなるまでね。あなたの指示にしたがわないようなら、わたしを呼んでちょうだい。直接話すから」

エバが決然とうなずいた。「奥さまはどこにいらっしゃいます？」

「村へ行くつもり。香辛料売りがここに来たら、誰かにわたしを呼びに来させてちょうだい」

「わかりました、奥さま」

イリアナは向きを変え、城の外に出た。ゆうべダンカンは香辛料を買うのに反対したが、彼女としてはなんとしても買うつもりだった。とはいえ、夫に逆らうわけではない。ダンカンは〝香辛料に、おれの金を使う気はない〟と言っただけで、自分には手持ちのお金がある。この城に着いて最初に荷物の中身を確かめたときに見つけたのだ。父と母からの手紙も添えてあり、そこには、お金は結婚の贈り物だと記してあった。

ずっと前から衣装箱の底に隠してあったのだろう。思いがけず贈り物と手紙を見つけたときには、涙をこらえきれなかった。両親が、父の存命中にそんなことをしてくれていたと思うと、身を切られるほど悲しかった。けれども今、イリアナは、お金の入った巾着を思い浮かべて、もっと現実的な考えをめぐらせていた。夫が香辛料の代金を払いたくないというなら、わたしが払えばいい。自分のお金で香辛料をそろえてみせる。

さらにイリアナは、そのお金を使って村の女性を二、三人雇い、庭仕事を手伝ってもらおうと考えていた。どう見ても人手が足りない。庭のほうも大変な作業になるだろうが、城の清掃をしている召使いたちから人を割くことは避けたかった。働き手を増やすのがいちばんの方法だ。そして香辛料と庭仕事の件が片づいたら、今度は人々の衣服をなんとかしよう。まだしばらく彼らに浮浪者のような格好をさせておくのは気が進まないが、季節的なこともあり、香辛料と庭のほうがさし迫った問題だ。

三十分後、イリアナは四人の女性をしたがえて上機嫌で戻ってきた。みな有能でたくましく、硬貨数枚を渡しただけで働く気満々だ。イリアナは城に入ると大広間を見渡し、女性の召使いたちが壁の上塗りをやり直しているのを見て満足げにうなずいた。彼女たちも今回はエバの指示を聞く気になったらしい。もっとも侍女の厳しい表情からして、やり直す必要性を理解させるのにかなり苦労したのは明らかだ。

新入りの四人の女性を率いて、イリアナは厨房に入った。「エルジン？」

「はい？　ああ、おはようございます、奥さま」料理人は額の汗をふきながら、おどおどした笑みを浮かべ、軽く一礼した。「朝食を召しあがりますか？」

昨日とは打って変わった料理人の態度に、イリアナは満面の笑みで答えた。「いらないわ、ありがとう。それよりあなたに、レディ・ミュリエルがつくったという庭の場所を教えてもらいたいの」

「庭、ですか？」料理人が目をぱちくりさせる。

「ええ、そうよ。昨日の朝あなたは、レディ・ミュリエルが香草を植えていたという話をしていたでしょう。今は庭は荒れ果ててるって」

「ああ、まあ……」エルジンはぐつぐつ煮えている鍋のほうをちらりと見てからうなずいた。

「わかりました。ご案内します」手にしていた布巾を置き、ドアのほうへ向かう。だが、ふと足をとめて振り返った。「エバから聞いたんですが、今日、香辛料売りが通るとか」

「そうよ」

「何をお買いになるんです？」

イリアナは安心させるようにほほえんだ。「実を言うと、それをあなたと相談しようと思っていたの。庭に案内してもらって、この人たちに作業にとりかかってもらったあとでね。もし何かほしい香辛料があるのなら、言ってちょうだい」

「そうでしたか」不安げな表情はたちまち消え、料理人は相好を崩した。「それはありがたい」彼はイリアナたちの先に立って、いそいそと厨房を出た。

レディ・ミュリエルがつくった庭の場所がわかれば、手入れにはさほど手間がかからないだろうとイリアナは考えていた。だが、その場所をひと目見て、甘かったと悟った。二十年以上も放っておけば庭は完全に自然に帰ってしまうのだ。

「こんな状態ですが」

「ええ」イリアナはため息をつき、〝庭〟だった草地を心もとなげに眺めている女性たちに目をやった。「男手もひとりかふたりはいるわね。相当な重労働になりそうだわ」

「そうですね」エルジンがうなずく。

「わたしには兄がいます。ブラウです」いちばん年下の少女が口を挟んだ。十四歳くらいだろうか。

イリアナは眉をひそめて少女を見た。「ブラウ?」

「力が強いってことです」女性たちに聞こえないよう声をひそめて、エルジンが後ろから説明した。

女主人の顔をつぶすまいという配慮に感謝し、イリアナは料理人に小さくほほえんだ。それから、うなずいて言った。「ほかにも少しお金がほしいという、屈強な男性はいないかしら?」

最年長の女性が前に進みでた。「うちの息子は十六歳で、力があります」

イリアナはまたうなずき、さっきの少女に言った。「そのふたりを連れてきてくれる?」

少女が走り去るのを待って、今度はまた年かさの女性のほうを向く。「ここはあなたに任せるわ。わたしはこの城に必要な香辛料を選ばなくてはならないの。庭はあの木から……」そう言って遠くのねじくれた古木を示し、それから反対側にある木を指さす。「あそこまでとしましょう。まずは雑草を刈りとって、土を掘り起こさないと」彼女は言葉を切り、庭となる土地を見渡した。「道具がいるわね。鋤《すき》がいくつか」

「わたしがとってきます。旦那さまがお持ちだと思いますので」

イリアナは今度は濃いブラウンの髪をした女性を見て、小首をかしげた。「それならアンガス卿にきいてみて。夫はそんなささいなことでわずらわされるのをいやがるでしょうから」

女性はうなずき、走っていった。

「これで何をやるべきかはわかったでしょう。ききたいことがあったら、わたしはエルジンとなかにいるから」彼女たちがうなずくのを待って、イリアナは向きを変え、今度は香辛料のことを相談するため料理人と厨房に戻った。

相談はほとんど必要ないことがわかった。エルジンはすでに香辛料についてじっくり考えたらしい。何がどれだけ必要か、正確に把握していた。イリアナは彼の求める品と量を吟味し、承諾した。特殊なものもなければ、過剰な量でもない。むしろ行商人が次に訪れるまでもつか心配なほどで、彼女は少し余分に買っておくことに決めた。

話しあいがすむと、もう一度庭に戻ってみた。鋤と若者ふたりが加わり、みなせっせと働いている。イリアナも自ら鋤を持ち、身をかがめて古い香草や雑草を引き抜き、土を掘り起こしはじめた。召使いたちの驚いたまなざしは無視して。母からは衣服を大切にすることを教わった。だが、同時に労働の大切さも教わったのだ。いやな仕事は自ら進んでしなければ、下の者にさせることもできない。レディが庭の土を掘り起こしたってかまわないのだ。

「ダンカン！」

父に大声に呼ばれ、ダンカンは振り返った。息子の気のたった顔を見て、アンガスが驚いた顔をする。

「おや、なんだってそんな怖い顔をしてるんだ？　何かあったのか、坊主《ラッド》？」

〝坊主〟と呼ばれ、ダンカンはますますいらだった。これまで、父はほかに人がいるところで〝坊主〟と呼ぶことはなかったのに。まったく、今日は何もかもが思いどおりにならない。今朝目覚めてみると、イリアナが城壁を伝う蔦《つた》さながらダンカンに体を巻きつけていたのだ。ゆうべはなかなか眠れなかった。そのうち、彼女が部屋の隅につくった寝床の上で寝息をたてはじめた。そこで、そっとベッドをおり、注意深くイリアナを抱きかかえてベッドに運んでやったのだ。床で寝ることを選んだのは本人だが、石の床は冷たく、ひと晩じゅう寝ていたら風邪をひきかねない。

妻をベッドに運んだのはそれが理由だ。ほかに目的はない。ダンカンはそのとき、そう自分を納得させ、今もまた同じことを自分に言い聞かせた。いずれにせよ、朝目が覚めたらイリアナが寄り添って寝ているというのは至福の体験だった。だが、やがて彼女が寝返りを打ち、例のいまいましい器具が脇腹にあたった。その瞬間——彼女のすべてがすぐそばに、けれども決して手の届かないところにあると気づいた瞬間、ダンカンは決意した。あれと同じような錠を見つけて、ギリーのもとへ持っていき、開け方を伝授してもらおう。

ところが、城のなかにも村にも似たような型の錠は見つからなかった。どうやらあの器具をつくった人間は、イタリアにしかない珍しい錠を使ったらしい。となると、あれをはずすためにはイリアナをイタリアへ連れていくしかない……いや、風呂に入るという手もある。頭のどこかでそんなささやきが聞こえ、ダンカンは顔をしかめた。いや、それはだめだ。男たるもの、こうと決めたらそれを貫かなくては。女の気まぐれに振りまわされてたまるか。

「なんでもありません」ダンカンはぼそぼそと言った。「ゆうべはほとんど眠れなくて」

アンガスがにやりとした。「夜のあいだ励んだのがこたえたか。もっと精力をつけんとな」

ダンカンは返事の代わりにうなり声をあげた。睡眠不足の原因に関する父の勘違いを正す気はないが、そのからかうような表情を見ると、それが勘違いでなかったらと少々切ない気持ちになる。「で、なんの用です、父上？」

「ああ、そうだった」アンガスが真顔になって言った。「実は、捜しているのはショーナなんだ。あの子もイングランド人と結婚する前に、妻の務めというものを多少は知っておかなくてはならんと思ってな。かわいいイリアナ《スウィート・ウイー》が教えてくれることになってるんだが、当の本人がいないんだよ。見かけなかったか?」

昨夜の睡眠不足の原因となった妻を父が〝かわいいイリアナ〟と呼んだことにむっとしたものの、ダンカンは肩をすくめてやりすごした。「見かけてませんね」それだけ言って立ち去ろうとしたが、ふと足をとめて振り返った。そういえば、昨日、妹の結婚の話を聞いて驚いたことを思いだしたのだ。「父上はいつ、ショーナをあのイングランド人と結婚させることにしたんです?」とがめるようにきいた。父が突然気持ちを変えたのは、イリアナのせいだという気がしてならなかった。

彼女が来てからというもの、何もかもが変わりつつある。たとえば父はここ数日で、これまでにないほどよくほほえむようになった。それがいいことなのかどうか、よくわからない。ただ、ダンカンとしては落ち着かない気分だった。父が今までのようにしじゅうむっつりと黙りこんでいるなら、少なくともこちらもどう接すればいいかわかる。ところが今は、押し黙っているのか上機嫌でほほえんでいるのか、判断できないのだ。今日の早朝は、なんとハミングしているのを聞いてしまった。

「坊主」アンガスがぼそりと答えた。「わしは死ぬ前にショーナが結婚し、子供を産むところが見たいのだ。それに、もう契約はもう交わされている」

「ええ。でも実行されていません。シャーウェルが契約を破棄すれば、ショーナは別の男と結婚できるんです」

アンガスが悲しげに首を横に振った。「いや、それはない。シャーウェルが父親と同じような気性なら、契約を破棄することはないだろう。名誉を重んじる男だからな」そう言うと、向きを変え、歩き去った。

ダンカンはあっけにとられて父の後ろ姿を見送った。長年父から、シャーウェルはずる賢いだの嘘つきだの卑劣漢だのと聞かされてきた。ところが、今度は正反対のことを言いだす。まったく、イリアナが来てからというもの、本当に世界が引っくり返ってしまったようだ。

「ここにいらしたんですか」

「ああ」ギリーが近づいてくると、ダンカンはそっけなく言った。「何か問題でも起きたのか？」

ダンカンのとげとげしい口調に鍛冶屋はわずかに眉をつりあげたものの、厩舎のほうを手ぶりで示した。「わたしの問題じゃありませんがね」ダンカンがギリーの指の先を見ると、若い歩哨《ほしょう》のギャビンが厩舎頭の娘と親しげにしゃべっていた。若者は少女を厩舎の壁に押しつけ、両腕で囲うようにして何やら耳もとでささやいている。

「彼女の父親が気づく前に、あの若造に注意したほうがよくないですかね」

「そうだな」ダンカンはため息をついた。ギャビンがキスを迫り、少女はくすくす笑いながら顔をそむけている。「甘い言葉をささやいて、ものにしようというわけか」

「甘い言葉だけじゃなさそうですよ」鍛冶屋が言った。「あんな場面、親父《おやじ》さんに見つかったらただじゃすまない」

「たしかに」

ギャビンがふたたび顔を近づけ、今度は口説き文句がきいたのか、首尾よく唇を奪った。次はスカートのなかにもぐりこむ気だろう。やはり、あの若造に説教をし、責任感を植えつけ、若い娘をたぶらかさないよう戒めなくてはならない。そんなことを考えるうち、ダンカンの思いはイリアナへと移った。そうだ、貞操帯の錠をはずすのにもこの手が使える。

甘い言葉でその気にさせれば、妻が自ら貞操帯をはずすよう仕向けることだってできるかもしれない。結婚式の翌朝の、あの情熱的な反応を思えば、ありえない話ではない。ダンカンが思わず口もとをほころばせたとき、ギリーが不意に身を寄せてきた。

「ほら、娘の父親ですよ」

イリアナのことは脇に押しやってダンカンが見ると、厩舎頭のラビーが厩舎の脇から飛びだしてくるところだった。若いふたりに向かって突進していく。ダンカンはため息をつき、厩舎へ向かった。今はやることが山ほどある。どうやって妻を誘惑するかはあとで考えよう。

イリアナはかすむ目でテーブルの上の料理を見おろした。ちゃんと目を開けていようと思うのだが、まぶたのほうが言うことを聞いてくれない。今すぐ目を閉じてしまいたいようだ。

けれども何か口に入れなければならない。朝食だけでなく昼食も抜いて一日じゅう働いたのだ。さすがに昼食の時間くらいはとるべきだったと今になって後悔した。とっていれば、これほど疲れてはいなかっただろう。

食事をするつもりでテーブルにはついたのだ。だがちょうどそのとき、エルジンが近づいてきて、香辛料売りが来たと耳打ちした。イリアナはうなずいて、ダンカンのけげんな顔を無視し、急いでテーブルを離れて厨房へ向かった。厨房では行商人が待っていた。香辛料売りは小柄で、愛想のいい陽気な男性だった。彼と商談をするのは楽しかった。もっとも時間は限られていて、手早くすませなくてはならなかったが。

ほんの二十分ほど話しただけで、イリアナは香辛料売りから驚くほどたくさんの情報を仕入れた。彼によると、スコットランドではほとんどすべての氏族がどこかの氏族と紛争中らしい。ちなみにダンバー氏族は現在、リンゼイ、キャンベル、マクレガー、コフーンといった氏族と敵対関係にあるということだ。これでイリアナも自分の敵がわかったものの、話についていけたのはそこまでで、あまりに多くの紛争があまりにつまらない原因で起こっているため、わけがわからなくなってきた。たとえば、晩餐中にお代わりを断ったことが原因で、翌日からは敵同士となった例もあるという。その話を聞いて、彼女は昨夜のことを思い起こし、マクイネスの城で食事をしている際、自分は何か侮辱と受けとられるような言動をしなかったかと心配になった。だが、おそらく大丈夫なのだろう。今のところ敵が領地に進軍してくる様子はない。

イリアナは香辛料売りに布商人の予定も聞き、もし会うことがあったらダンバー城に寄ってほしいと伝えるよう約束させた。

商談がすんだころには、エルジンはすっかりご満悦だった。おいしい料理を提供できることに興奮しているようだ。うれしそうにあれこれしゃべりながら行商人に食事を用意しはじめたので、イリアナは大広間に戻った。あいにくしばらく席をあけていたため、すでにみんなは食事を終え、仕事に戻っていた。彼女は食べるかどうするか迷った末、肩をすくめて厨房にとって返し、そのまま庭に出た。もう空腹は感じなかった。

そのまま午後いっぱい庭で作業を続けた。ほかの女性たちの仕事ぶりを見守り、いい働き手を雇ったと内心満足し、庭仕事が終わっても二、三人は残して城内の仕事を手伝ってもらおうと思いついた。そして雑草を抜きながら、誰を残したらいいか考えた。そうやって考えごとをしていたのと、この城に来てはじめて本当においしい食事にありつけるのではないかという期待で、時間はあっという間に過ぎた。

夕食が楽しみだった。香辛料が手に入ったのだから、間違いなくおいしいはずだ。昼食はほとんど食べられなかったが、それでも明らかに今までよりよくなっていた。パンとチーズだけだったが、今回はチーズにかびはなく、パンは焼きたてでまだあたたかかった。しかも新鮮な果物まで添えられていた。

またまぶたがさがってきた。懸命に目を開けておこうとするのだが、やがてそれにも疲れてきた。あれだけ夕食の時間を心待ちにしていたにもかかわらず、危うくイリアナは食事抜きでみんなを働かせるところだった。エルジンがかたわらに来て夕食の用意ができたと告げ、ようやく時間に気づいたのだ。今日の仕事は終わりだと宣言し、ゆっくりと体を起こしたが、軽いめまいを感じて眉をひそめた。しかも体のあちこちがずきずき痛む。疲労感がどっと押し寄せ、ようやく体を酷使しすぎたと気づいた。

テーブルについておいしそうな羊肉の料理を前にしながら、イリアナは今にも皿の上に突っ伏しそうだった。疲れすぎて、料理を口に運ぶこともできそうにない。だが、エルジンは不安げな表情でこちらを見守っている。女主人の評価を待っているのだ。

イリアナはため息をついてふたたび目を押し開け、ナイフで肉を突き刺した。そのとたん、腕がじんと痛んだ。体じゅうの筋肉がこわばり、もう限界だと叫んでいる。彼女は唇を引き結び、料理を口もとへ持っていった。おいしいのはわかっている。くらくらするほどいい香りがするのだから。それに、三つあるテーブルについた誰もが、料理をほめたたえている。

アンガスはひと口食べて目を閉じると、ため息をつき、エルジンのほうを向いて叫んだ。

「おい、おまえは今までこんな才能を隠してたのか？　この世のものとは思えないくらいうまいじゃないか」

みながその賛辞にうなずき、ダンカンでさえ「うまい」とつぶやいた。

エルジンが脇に立ってイリアナの感想を待っている。

彼女はナイフを口もとへ運び、肉を口に含むと、満足げなため息をもらした。エルジンが安堵したのがわかった。

イリアナは振り返って笑みを浮かべた。「母の料理人がつくったものよりおいしいくらいだわ。これって実はすごいほめ言葉なのよ。母は料理には特別うるさかったの。フランスまで出向いて、父の食事をつくるのにふさわしい料理人を探してきたんだから」

エルジンはにこにこしながらうなずくと、ようやく席についていて自分も食事をはじめた。イリアナはまた食事に戻った。本当においしい。もっと食べることができればいいけれど、残念なことに……。

家臣のひとりがあっと声をあげた。ダンカンは振り返って妻を見た。彼女は長椅子から転げ落ち、清潔な藁を敷いた床にあおむけに倒れた。

8

「おまえが殺したのか！」アンガス・ダンバーが怒鳴った。

倒れた妻の様子を確かめていたダンカンが顔をあげると、父が立ちあがって、うろたえる料理人を責めるようににらみつけていた。「父上、違います。彼女は生きてます」ダンカンは穏やかに言った。「それに倒れたときは、みんな食事中でした」

アンガスがイリアナに視線を移し、心配そうに眉根を寄せた。「そうか。なら、何が起きたんだ？　彼女は具合が悪いんだろうか？」

エバがイリアナのかたわらに膝をつき、腰にさげてあった巾着から香草をひとつまみとりだした。意識を失っている女主人の鼻の下で振り、彼女がその不快なにおいから逃れようとかすかに顔をそむけたのを見て、ほっとため息をつく。

「失神なさったんですわ」エバが暗い声で断言する。イリアナの顔が赤いのに気づくと、手をのばしてそのほてった肌に触れた。

「どうしてだ？　なんだって気を失った？」アンガスがだみ声できながら近づいてきて、

侍女の肩越しにイリアナの顔をのぞきこむ。

「働きすぎです」

アンガスがけげんな顔をする。「働きすぎ?」

「そうです。仕事のしすぎ、日の浴びすぎなんです」エバはとがめるように言うと、振り返って領主をにらんだ。「イリアナさまはここに来てから働きづめでした。最初は床のふき掃除をして、今日は一日じゅう庭に出て雑草を引き抜く作業にかかりきり。かつてないほど強い日ざしを浴び、かつてないほど体を酷使してらっしゃいます。お父上の死にショックを受け、お母上のことも心配で、そのうえここまでの旅の最中も不安でたまらず、着いてからも……」侍女は肩をすくめた。「あまり根をつめないようご忠告申しあげたんですが」

「はじめて見たとき、少々顔色が悪いとは思ったんだ。それに、ずいぶんやせこけているなと」

「そうでしょうとも。一カ月間、窓もない塔に閉じこめられ、満足に食事も与えられなかったら、誰だって元気潑剌《はつらつ》とはいきませんよ」批判されたと思ったのか、エバが苦々しげにつぶやいた。

「閉じこめられた?」ダンカンは驚いて、思わず口を挟んだ。

エバが彼のほうに向き直った。「そうです。閉じこめられていたんです。グリーンウェルドは、イリアナさまが繰り返し城から逃げだしてお母上を助けに行こうとするのに腹をたて、罰として塔に幽閉したんです」

「グリーンウェルドって誰？」ショーナが尋ねた。彼女は兄とイリアナの結婚の裏事情について詳しく知らされてはいない。ただイングランド王が望んだということしか聞いておらず、その理由までは知らないのだ。

「彼女の継父《ままちち》だ」ダンカンが妹に説明すると、エバはふんと鼻を鳴らした。

「違います」吐き捨てるように言う。「グリーンウェルドはたしかにレディ・ワイルドウッドに力ずくで結婚を承諾させましたが、国王陛下がじき、婚姻無効を宣言されるはずです。そのためにイリアナさまをこちらに嫁がせたんですから。あの男からなるべく遠くに住まわせるために。イリアナさまの身に危険が及ぶことがないとわかれば、レディ・ワイルドウッドは今ごろもう婚姻無効宣言を要求されているに違いありません」侍女はため息をついて、ふたたびイリアナの顔に触れた。「あんなに日ざしを浴びて大丈夫かと心配していたんですよ。子供のころ病気をされて以来、直射日光は避けてきたのに。今日は一日じゅう外にいたのですから、用心しなくてはならなかったんです」

「ご自分でも気がつかなかったのかもしれませんね」エルジンが言った。イリアナのことでアンガスに責められる心配がなくなったので、いつのまにか彼女を囲む輪に入ってきていた。

「たしかに日ざしは強かったものの、空気が冷たかったから。太陽を浴びているという自覚がなかったんでしょう」

アンガスが眉をひそめた。「ああ。イリアナはまだこの土地に慣れていないからな。わしらはみな、そのことを心にとめておかないといけない。彼女から目を離さず、直射日光を避け……たっぷり睡眠をとらせねば」最後の言葉を、息子のほうを意味ありげに見ながらつけ加える。

ダンカンはぐるりと目をまわした。結婚が完成していないことは誰にも知られたくないが、かといってイリアナを疲弊させた責任があるかのような言われ方は、実際にいい思いをしているわけではないだけに癪にさわった。残念ながら、今夜もまたおあずけをくらいそうだ。こんな状態では妻を誘惑するどころではない。

「奥さまは逃げようとして、本当に塔に幽閉されたんですか?」エルジンが信じられないというように尋ねると、誰もが押し黙ってエバの答えを待った。

「ええ。グリーンウェルドは本当に悪魔のような男ですからね。レディ・ワイルドウッドを強引に妻にしたあと、イリアナさまを自分の城に連れ去ったんです。そして、言うことを聞かないとイリアナさまの身に危険が及ぶとお母上を脅した。けれどもイリアナさまはすぐにも脱出を試みました。そっとベッドを出て厩舎に忍びこみ、馬を盗んで逃げようとしたんですが、物音を聞かれ、つかまってしまったんです」

「それでどうなった?」

「家臣のチザムという男がグリーンウェルドに言いつけ、あの男はこう伝言をよこしました。

〝もう一度逃げようとしたら、彼女を鞭打つことを許可する〟と」

「それでもまた逃げようとしたの？」ショーナが感じ入った口調で尋ねた。

「三回、試みられました」エバが誇らしげに答える。「繰り返すたび、前よりも周到に計画をされて。最後のときなんて、ワイルドウッドまでたどり着き、あと少しでお母上に会えるところでした。それで恐れをなしたグリーンウェルドがイリアナさまを幽閉したんです」

「それで、危害を加えられた？」その質問は、ダンカン、アンガス、ショーナの三人からいっせいに発せられた。

エバは目を細めて、束の間、三人を見つめ、それから女主人を見おろした。イリアナは自分が鞭打たれた話を人前でされたくはないだろう。同情を受けるには誇りが高すぎるのだ。同情されて当然の仕打ちに耐えてきたにもかかわらず。

「ベッドに運ばないと」質問に答える代わりにエバは言った。

ダンカンは侍女の腕をつかんでその顔をのぞきこみ、答えを探した。それからかたい表情でエバの腕を放すと、かがみこんで妻を抱きあげ、階段のほうへと運んだ。あとからついてくる父が心配性の老婆さながら、彼女にもっと睡眠をとらせろ、もっとのんびりさせろと説教する声を聞きながら。

イリアナは目を開け、頭上のカーテンを見つめた。それから横を向き、眠っている夫に気づいて目を見開いた。いつのまにかベッドで寝ていたようだ。

彼女は眉をひそめ、自分の体を見おろした。驚いたことにドレスは脱いである。上掛けを持ちあげて全身を眺め、まだ貞操帯を身につけていることを確かめて、ほっと安堵の息をついた。だが、また眉をひそめた。いつベッドに入ったのか、まるで記憶にない。実を言えば、前日のことはあまりよく覚えていなかった。

上掛けをまたかけ直し、しばし記憶を探った。頭の上に手を置こうと腕を持ちあげてみると、ひどく凝っている。それで思いだした。

そう、昨日は一日じゅう庭仕事をしていたのだ。夕食をとろうとテーブルについたものの、体じゅうがこわばり、痛み、食べ物を口に運ぶことすらできそうになかった。疲労困憊《こんぱい》し、めまいまでしてきて倒れるのではないかと不安になった。おそらく倒れたのだろう。気がつくと、エバが着替えさせてくれていた。侍女はドレスを脱がせながらイリアナの質問を封じ、早くお眠りくださいと促した。イリアナはおとなしく言われたとおりにした。

次に目を覚ましたのは、ダンカンがベッドにもぐりこんできたときだった。眠りを妨げられてもごもごと文句を言ったが、言い終わらないうちにまた寝入っていた。ところが今度は悪態をつく夫の声で、夜中にまた起こされた。ダンカンは眠れないらしく、起きあがって部屋を出ようとしたものの荷物のひとつにつまずき、ドアの方向がわからなくなってしまったらしい。夫がぼやきながらよろよろと部屋を出る音を聞いて、イリアナはまた眠りに落ちた。

だが、今度は戻ってきた物音でまた目が覚めてしまった。彼はまたしても悪態をつきながら服を脱ぎ、ベッドに入ってきた。

ダンカンが落ち着きなく身じろぎするたび、エールのにおいが鼻をついた。驚くことではない。夫はしじゅう酒くさいのだから。雲が雨を運ぶように、彼のプレードはエールのにおいを運んでくる。とはいえ、ゆうべ漂ってきたのは新しいエールのにおいだった。階下へ行って、一、二杯引っかけてきたのだろう。たぶん寝つきをよくするために。イリアナは隣で激しく寝返りを打つ夫を無視して、寝たふりを続けた。

ようやくうとうとしかけたころ、ダンカンが突然、ベッドから起きあがった。そして服を着て、部屋から出ていった。ひと晩じゅうそんな具合だった。彼は寝たり起きたり、ベッドを出たり入ったりだった。まとまった時間は眠っていないに違いない。

そう思ったので、イリアナは夫を起こさないよう、そっとベッドから出た。体の痛みに顔をしかめながら、早朝の冷えきった部屋のなかでできるだけ手早く洗顔をすませる。

まずは体の自然な欲求をなんとかしなくてはいけない。彼女は、ダンカンが眠っていることを確かめながら貞操帯の鍵を捜した。一日目の朝、天蓋の上から鍵をとるのに苦労したので、今はマットレスのあいだ――下の藁をつめたものと、上の羽をつめたもののあいだ――に隠してある。捜しあてて貞操帯をはずし、肌にひんやりした空気があたるのを感じてひと息ついた。

用を足すと、しかたなくまた貞操帯をつけ直し、鍵を隠し場所に戻した。そしてマットレスを直したが、ふと手をとめ、また鍵をとりだした。そこは隠し場所として最適でない気がしてきたのだ。〝木の葉を隠すには森のなか〟ということわざがあるが、そのとおりかもしれない。イリアナはさっと夫のほうを見てから、昨日アンガスからもらった鍵束の輪に手早く貞操帯の鍵をまぎれこませた。

満足げにほほえみ、足音をたてないようにドアまで歩いてそっと開ける。小さくきしむ音がしたが、振り返ると、ダンカンは寝返りを打ってこちらに背を向けただけだった。彼女はそのまま静かに部屋を出てドアを閉めた。部屋のなかから隣に誰もいないことに気づいた夫の、驚く声が聞こえた。

イリアナは肩をすくめ、そのまま階段のほうへ向かった。ダンカンを起こさないよう、できるだけのことはしたのだ。そう自分に言い聞かせ、部屋から出てきたアンガスに気づくと、顔に笑みを貼りつけた。

「おはようございます」

アンガスが振り返って彼女に気づき、目を丸くした。「目が覚めたのか！」

「ええ」義父の反応にいささか驚きながら、イリアナは答えた。

「休んでいなくてはいけないよ」アンガスが今度は眉根を寄せて忠告する。「きみは具合が悪いのだから」

彼女は小さくほほえんで義父の腕に手をかけると、階段のほうへ進み大広間へおりていった。「お心づかいありがとうございます。でももう大丈夫です。まだ全身が凝っていますけれど、ゆうべに比べたらだいぶよくなりました」

「よく眠れたかね？」アンガスはまだ心配そうだ。

イリアナはうなずいた。「ええ……まあ、だいたいは」ひと晩じゅう落ち着きのなかったダンカンのことを思いだし、苦笑まじりにつけ加える。「ただ、ゆうべの夫は精力を持て余していたようで」

アンガスが目を細めた。「あいつはゆうべもきみを起こしたのか？」

「ええ」彼女はそう答えたものの、義父の顔がたちまち怒りに曇るのを見て、あわてて説明した。「でも、わざとじゃないと思います……いえ、わざとじゃないんです。わたしも疲れきっていましたから、普段なら目を覚ますこともなかったと思うのですが、彼、まっ暗ななかで入口がわからなくなってしまったみたいで」

「入口がわからない……？」

「ええ。でも最初だけで、そのあとは何度も出たり入ったり、出たり入ったりで……」階段の下に着くと、イリアナはかぶりを振った。「頭がくらくらしてくるくらいでした。あら、エルジンがいるわ。ゆうべの夕食のことを謝って、おいしかったと言ってあげなくては」

アンガスが呆然としていると、背後から足音が聞こえた。

「おはようございます、父上」

アンガスは振り返って、げっそりした様子の息子の顔を見るなり、とげとげしい口調で言った。「今朝はまた、やけに疲れてるようじゃないか」

皮肉たっぷりの問いにとまどいながらも、ダンカンはうなずいた。「ゆうべはほとんど眠れませんでしたから」

「ああ、イリアナから聞いたよ。まったく、とんでもない好き者だな、おまえは」アンガスがぴしゃりと言った。「彼女はあんなに疲れているのに、ひと晩くらいそっとしておいてやれなかったのか？」そう言い捨てると、足音も荒く奥のテーブルへ向かった。

ダンカンはきょとんとその後ろ姿を見つめるしかなかった。


「奥さま！」イリアナが近づいていくと、エルジンが心配そうに呼びかけた。「今朝はお元気になられましたか？　休んでらしたほうがよろしいのでは？」

「心配してくれてありがとう、エルジン。でも大丈夫よ。ゆうべは少し疲れていたの。今はもうすっかり快復したわ」彼女はそう請けあい、申し訳なさそうにほほえんだ。「それよりあなたと、あなたの気持ちが気になっていたの」

「わたしの気持ち？」料理人がきき返す。

「そう。あなたは誰もが幸せになるようなおいしいお料理をつくってくれたのに、わたしときたら、ろくに味わうこともできなかったでしょう」

「そんな」エルジンがぱっと顔を輝かせ、それから頭を振った。「わたしのことなど気になさる必要はありませんよ、奥さま。ちゃんとわかっておりますから」

「いいえ。あなたは心をこめて料理をつくってくれたわ、エルジン。それってすばらしいことよ。実を言うと、今日の夕食が今から楽しみなの。ゆうべの半分の出来でも、ほっぺたが落ちそうになると思うわ」

「ありがとうございます。そんなうれしいことを言ってくださって」エルジンは束の間ためらってからつけ加えた。「あの、奥さま、考えたんですが……」

イリアナは口ごもる料理人に向かって両眉をつりあげ、先を促した。「何かしら?」

「あの……」エルジンが自分のブレードを見おろし、あちこちについたしみのひとつを引っかきながら続けた。「エバから昨日、お母上の料理人の話を聞きまして。彼女が言うには、その、料理人は……立派な帽子とエプロンをしていたと……その、服が汚れないように。で、考えたんですが――」

「それ以上言う必要はないわ」イリアナは今はじめて、彼のブレードが食べ物のしみだらけで、もとは何色かもわからないことに気づいた。「布商人が来たら、ちゃんとしたエプロンをつくれるような生地を買いましょう。それまでは代用できそうなものを探すわね」

ふと、二階の手すりにかかった血のしみがあるシーツに目をとめた。新婚初夜以来、あそここにかかっている。とりはずせる口実ができればありがたい。しみのついたところを切りとり、残りを裁断して料理人のエプロンをつくる。立派な口実ではないか。

「そうだわ」イリアナはきっぱりと言った。「今日にも代用できそうなものを探しましょう」

「ありがとうございます、奥さま」エルジンが満面の笑みを浮かべ、厨房のドアのほうへ戻りかけた。「ゆっくりお座りになっていてください。焼き菓子でもお持ちしましょう。奥さまは体力をつけなくてはなりません」

イリアナはほほえんでテーブルについた。だが、すでに次なる問題が頭のなかを占めていた。エルジンの汚れたプレードを見て、城の人々に新しいプレードを買い与える計画のことを思いだしたのだ。香辛料を買ってもまだお金はたっぷり残っている。それを使って、今度は城内の人々の身だしなみを整えよう。

考えごとにふけっていたせいでイリアナは、アンガスが息子を怖い顔でにらんでいることには気づかなかった。当然ながら、ダンカンが父親の怒りの原因は妻ではないかと彼女に非難のまなざしを向けていることにも気づかなかった。イリアナはうわの空で食事を終え、テーブルを立った。ダンカンに話があると言われたときも、曖昧にほほえんでうなずいただけで、憤然とにらみつけてくる視線には気づかずに歩み去った。

「何を何枚ですって?」

忍耐力を総動員して、イリアナはエルジンのいとこのケイレン・カミンにほほえみかけた。彼がくわえたパイプからあがる煙を吸うまいとしながら。三十分ほどかけてプレードがつくられている場所を見つけ、さらに十五分ほどかけて責任者を探しだした。だが、当人に会っていたく失望した。

ケイレン・カミンはつむじ曲がりで短気なうえ、女性と取り引きするのを好まないらしい。現に質問にはすべて質問で答えることで、その意向をはっきりと示している。パイプの煙もわざとイリアナの顔に向けて吐きだしているに違いない。そうやって手っとり早くすむはずの会話を、やたらと面倒で腹だたしいものにしているのだ。彼女はもう我慢の限界だった。

「わかりにくい質問ではないはずよ、ケイレン・カミン。答えがわからないなら、そう言えばすむことじゃないかしら」

「答えはわかってますがね」ケイレンがむっとした顔で言い返す。

帰るふりをして向きを変えかけていたイリアナは振り返り、得意顔にならないよう思いきり眉をひそめてみせた。「そうなの？　じゃあ、ダンバーにはどれくらいの人が住んでいるかご存じ？」

「だいたい四百ってところでしょう」

「そう。なら、それだけの数のプレードがほしいわ」

ケイレンの目が飛びだし、口がぽかんと開いて、パイプが床に落ちた。彼は気をとり直すと、あわてて使いこんだパイプを拾いあげようとしたが、その拍子に指をやけどしたのか悪態をついた。だが次の瞬間、誰の前で悪態をついたのかに気づいて顔を赤らめる。「今、なんと？」

「四百枚のプレードをいただきたいと言ったの」イリアナは辛抱強く言った。「もちろん、代金はきちんとお支払いするわ」

「でも、あの……わしは……」

ケイレンがいつまでももごもご言っているので、彼女はぐるりと目をまわし、なだめるように彼の腕をたたいた。「それだけの数のプレードが用意できるかどうかだけ教えてくれればいいの。無理なら……」愛想のよい笑みを浮かべながら続ける。「もちろん、ほかで買うからいいわ」

とまどい一色だった表情が険しくなり、ケイレンはぴんと背筋をのばしてきいた。それでもイリアナより三センチは背が低かったが。「ここの人間全員分のプレードを買おうってわけですね。そう考えて間違いないですか？」

「そうよ。そのとおり。みんな、そろそろ新しいプレードがほしくなるころだと思わない？」

「いいや、そうは思いませんね。領主さまは毎年一月に新しいプレードをくださいます。今はまだ六月だ。今のプレードはあと七カ月はもつでしょう」

「二枚あれば、もっともつわ」イリアナはすぐに言い返した。「それに一枚では、洗濯しているあいだ身につけるものがないじゃない」

「プレードを洗うなんてとんでもない！」彼女の言葉に、ケイレンは心底仰天したようだった。「洗ったりしたら、保温性が保てません」

彼女はあきれた。「それで、プレードを用意できるの、できないの？」

ケイレンが眉根を寄せて、心配そうな表情になった。「用意できないってわけじゃありませんが、領主さまが——」

「彼から、城とここに暮らす人たちのことは全面的に任されているの」イリアナは言った。嘘だが、この嘘のおかげで今のところはうまくいっている。だから使わない手はなかった。「言ったとおり、用意できないならほかで買うわよ」これははったりにすぎなかった。ダンカンは領民がほかのところでつくったプレードを身につけるのは許さないだろう。

「プレードは用意できます」

イリアナが後ろの小屋のほうを向くと、赤毛の大柄な女性が近づいてきた。ケイレン・カミンの妻は夫より二十センチ近く背が高い。しかも気が強そうだ。「できるって言いなさいよ、ケイレン」

命令されてケイレンは苦々しげな顔をしたが、うなずいた。「ああ。ほかの注文に遅れが出るかもしれんが、まあ、できないことはないいな」

「いつまでにいただけるかしら？」

「お昼どきには」ケイレンの妻が先に答えた。

「昼どきだって！　エッダ、もうじき昼だぞ」ケイレンがまっ赤になって抗議する。

「それくらいの数はできてるじゃないの、ケイレン。あとは数を数えて持っていくだけでしょう」

「そりゃそうだが……」

「なら問題ないわね」イリアナは喜んだ。「昼食の席でこのことをみんなに伝えるわ。では、お昼に待ってるわね」

「はあ、わかりました」ケイレンがあきらめたように答え、妻をにらんだ。

イリアナはかすかにほほえんで、その場をあとにした。ケイレン・カミンが余計な口を挟むなと妻を叱責する声が後ろから聞こえる。妻のほうも負けじと言い返し、プレードがもう一枚あったら便利だと反論していた。だが、口論がふとやみ、ケイレンが大声で挨拶する声が聞こえ、イリアナは笑みを引っこめて顔をあげた。そして、ダンカンが大股で近づいてくるのに気づいて驚いた。

「旦那さま」

ケイレンがイリアナを追い越し、訴えかけるような顔でダンカンに駆け寄る。プレードの話をするつもりなのだろう。これで、人々に新しいプレードを与えるという計画は台なしになるかとイリアナはがっくりした。夫が賛成するはずがない。けれども、心配は無用だった。ダンカンにはケイレンがまるで目に入っていなかった。

なんとか注意を引こうとするケイレンを無視し、ダンカンはまっすぐイリアナに近づいた。そして腕をつかむと、くるりと来た方向へ戻りはじめた。「話がある」

「話がある？」イリアナは肩越しにケイレンのうろたえぶりとその妻のほくそ笑む顔を見やりながら、不安そうにきいた。

「そうだ」

「なんの話かしら？」夫の歩調に合わせるとほとんど駆け足になる。イリアナは息を切らしながらもう一度きいた。

「朝食の席で、話があると言わなかったか？」

「そ、そうだったかしら。ごめんなさい、覚えてないわ」

「たしかに言った」

「まあ、本当にごめんなさい。ちょっとぼんやりしていて」

「ダンカン！」

城の階段の下に着いたところでアンガスの怒号が聞こえ、ふたりははたと足をとめた。振り返ると、アンガスが中庭を横切ってこちらへ向かってくるところだった。

「いったい何をやってるんだ？　イリアナには休息が必要なことはわかってるだろう？　な

のに走らせて、まるで――」

「そのとおりですね、父上」ダンカンがさえぎった。「彼女を急がせたのは申し訳ありませんでした」イリアナをさっと腕に抱きかかえ、片方の眉をつりあげる。「これならいいですか?」答えを待つことなく、彼はそのまま勢いよく階段を駆けあがった。

9

一歩ごとにダンカンの腕のなかで上下にはずみながら、イリアナは必死に彼にしがみついていた。扉が大きく蹴り開けられる。彼女はびくりとし、後ろを振り返った。アンガスが猛然と追いかけてきていた。ダンカンは城に入るとまっすぐに階段へ向かい、のぼりはじめた。アンガスも迷うことなくあとに続く。その後ろを、厨房から出てきたらしいショーナが父親を呼びながら追ってきた。ダンカンは足をとめ、一瞬ためらってから、抱えているイリアナを見た。

「ドアを開けるんだ」気がつくと、寝室の前だった。イリアナは手をのばし、言われたとおりドアを開けた。ベッドが目に入り、いぶかしげに目を細める。だが次の瞬間、ダンカンは彼女を抱えたままなかに入り、足でドアを閉めた。そのまま部屋の奥へ向かい、暖炉の前でイリアナをおろす。彼女はとっさに夫から離れ、落ち着きなく咳払いした。

「話があるんでしょう、あなた？」

ダンカンはうなずいた。優しく口説いて自ら貞操帯をはずすよう仕向ける作戦だが、そうとは気づかれないよう、うまくやらなくてはならない。敵から牛の群れを盗むときのように、まずは油断させ、不意を突く。獲物にはこっそり背後から忍び寄るのがいちばんだ。だからこそ、イリアナをまっすぐベッドには連れていかなかった。こちらの意図に気づかれ、警戒されては困る。

「けがをしてしまった。きみに手当てしてほしい」ダンカンは説明し、妻が心配そうに顔を曇らせるのを見て、思いがけずうれしくなった。

「けがをしているようには見えないけれど」イリアナが夫をまじまじと見ながら小首をかしげる。

「たいしたけがじゃない。ほんの切り傷程度なんだが、膿《う》んできたんでちょっと気になってね」ダンカンはプレードを肩からはずして腰のまわりに垂らすと、手早くシャツを脱いだ。

イリアナは目を丸くして、半裸になった夫を見つめた。ダンカンの裸の胸を見るのははじめてではないが、あらためて見てもやはり圧巻だ。日焼けしたなめらかな肌に目が釘づけになる。彼がシャツを床に落とすと、その動きにつれて腕や胸の筋肉が波打った。

「あの……どこにも傷はないようだけれど……」厚い胸板に見とれながら言いかけたが、ダンカンが腕を突きだしてきたので言葉をのみこんだ。たしかに腕には傷がある。ほんの切り傷とは呼べないものだ。上腕に六センチほどの深い傷があり、本当に膿んできている。

イリアナは眉をひそめ、ベッドのそばに置いてあった旅行鞄《かばん》から香草と清潔な布をとりだした。それから、ベッドの頭側に置いてあるたらいまで歩いた。「こちらに来て、座って」

ダンカンはベッドの端に腰かけた。そして、彼女が水に香草をまぜ、そのなかに布きれを浸すのを辛抱強く待った。

「腕を出して」イリアナが振り返って指示する。

ダンカンは腕を持ちあげ、彼女が傷口を洗うのを興味深く眺めた。どこでけがをしたのかは覚えていない。たぶん結婚式の日、寝室へと花嫁をせきたてるショーナをとめようとして長椅子から転げ落ちたときのものだろう。いずれにしても気がついたのは結婚式の翌朝だった。そのときはたいした傷だとも思わなかったのだが、今朝になって見ると膿んできていた。今夜、夕食後に熱い火かき棒をあてて黴菌《ばいきん》を焼き殺すつもりだった。感染症は危険だ。悪くすると腕を切り落とすはめになるし、命を落とす危険性もある。だが今は、妻の手当てのしかたを見ながら、この香草がきくかどうか一日か二日は様子を見ようと決めていた。きかないようなら、自分でなんとかすればいい。

イリアナの顔に視線を滑らせると、ダンカンの口もとにゆっくりと笑みが広がった。彼女は手当てをしながらせわしなく唇を噛み、眉間にかすかにしわを寄せて意識を集中させている。ああ、イリアナの緊張をほぐし、唇は代わりにおれがそっと噛んでやりたい……いや、そうするのだ。今、イリアナは警戒を解いている。

「さあ」イリアナは体を起こすと、汚れた布は捨て、新たに清潔な布をとりだした。「今から包帯を巻くわね。でも今夜休む前にもう一度傷口を洗浄しなくてはだめよ」そう言いながら、腕に細い布を巻きつけはじめる。

「ああ」ダンカンは緊張しながら答えた。

「もっと早く見せてくれたらよかったのに。感染が広がったら危ないのよ」イリアナは包帯の端を結び、体を起こして仕上がりを確かめた。満足げにうなずき、またテーブルのほうを向く。香草をしまって階下に戻るつもりだった。だが、いきなり腕をつかまれ、驚いて振り返った。いつのまにか夫が立っていた。

「手当てをしてくれてありがとう」ダンカンが低い声で言い、彼女の顎を指で持ちあげて、そっと唇を重ねる。

イリアナは身をこわばらせた。心臓まで動きをとめたかのようだ。ダンカンの腕のなかで目を見開き、彼の唇が唇の上を這うのに任せたまま、ただ突っ立っていた。

不意を突かれてよかったのは、驚きのあまり呼吸がとまっていたことだ。少なくとも息を吸っていないので、キスされても彼の体臭は気にならなかった。おかげでにおいに悩まされることなく、ただ唇の感触を楽しむことができた。意外にも柔らかなダンカンの唇は、彼女のなかの何かを呼び覚ました。

体の奥にわきあがる未知の感覚が怖くなり、イリアナは彼の胸に手を押しあて、キスから逃れるように唇を開いた。だが、口を開くなり、ダンカンの舌が侵入してきた。彼女ははっと息をのんだ。気がつくと、夫を押し戻すはずの手が、彼のむきだしの肩を引き寄せていた。脚から力が抜けていく。

妻の反応を感じとり、ダンカンはほほえんで体の緊張を解いた。鍵に一歩近づいたという手ごたえがある。数分もすればイリアナのほうから、秘めた場所の錠をはずしてと懇願するようになるだろう。手を彼女の腰の両側にあて、その手を上へと滑らせて、ドレスの上から胸のふくらみを包みこむ。イリアナは一瞬びくりとしたが、やがて小さくうめいた。ダンカンは優しく胸を愛撫しながら、一方の手でヒップをつかんで自分のほうへ引き寄せた。今回はかたいものが肌にあたっても腰を抜かしたりはしなかった。今では貞操帯なる障害物があるのだとわかっている。逆にそれを楽しみながら、ドレスを脱がせにかかった。キスと愛撫がどんどん大胆になっていることから、彼女の気をそらすように。

ドレスを手早く肩から脱がせ、丸めるようにして腰からはいだ。ドレスが衣擦《きぬず》れの音をたてて床に落ちる。ダンカンはベッドまであとずさりしていき、イリアナを抱えあげてベッドの端に座った。そして彼女を膝にのせてキスを続けながら、今度はアンダードレスの紐《ひも》をほどきはじめた。すぐにアンダードレスも肩から脱がせ、あらわになった肌に手を滑らせる。豊かな胸の重みをしばし楽しんだあと、親指でその頂を探りあて、もてあそんだ。だが、それでも飽き足らず、いったんキスを中断した。

唇が離れた瞬間、イリアナはぱちりと目を開け、自分が半裸でダンカンの膝の上に座っていることに気づいた。腰のあたりにアンダードレスが丸まっている。たちまち、頭のなかで警報が鳴った。夫の唇がむきだしの胸の先端を覆う。彼女は驚いて声をあげたものの、かつてない感覚に——これまでダンカンにかきたてられたものよりさらに熱く激しい感覚に、抵抗することも忘れてしまった。

胸の頂を吸われると、イリアナはあえぎ、震えながら彼の頭を両手でつかみ、自分のほうへ引き寄せた。背中にまわされた腕に体を押しつけ、ダンカンの膝の上で身をよじらせる。彼の手がアンダードレスの下から脚を這いあがってきたが、厚い革のベルトにあたってとまった。それでも一本の指はその下をくぐって脚のあいだへと迫っていく。イリアナははっと顔をあげた。

ダンカンはすばやく唇で彼女の唇を覆い、抗議の声を封じた。指は相変わらず革と肌の狭《はざ》間《ま》を這っている。イリアナの湿り気とぬくもりを感じ、うめきながら、彼女の興奮をさらに高めたくて愛撫とキスを続けた。

イリアナは爆発寸前だった。愛撫を受ける脚はこわばり、ダンカンの髪をつかむ手に力が入る。胸の先端は欲望のあまりかたくなっていた。心の一部はやめてと叫んでいる。その一方で、今やめられたら死んでしまうと思う自分がいる。あえぎながら彼の首筋に鼻を押しつけたが、ふと不快なにおいがめくるめく興奮のなかにまじってくるのを感じ、あわてて顔をそむけた。

「いとしい人」唇が離れると、ダンカンはささやいた。

聞こえていないのか、イリアナは貞操帯を押しつけるようにして身をよじっている。

「いとしい人」

「え？」

「きみを悦ばせたい」彼は荒い息をしながら言った。

「悦ばせる？」

「そうだ。ちゃんとした形で悦ばせたい」

「ちゃんとした形で？」

「そう。だから、鍵がいるんだ」ダンカンは耳もとでささやいた。それから妻の表情を見ようと、わずかに身を引く。彼女の瞳にあった情熱は、太陽の日ざしを受けた霧のように消えかけていた。

「それは……」イリアナが口ごもる。

ダンカンはふたたび彼女を引き寄せ、無我夢中でキスをした。少しばかり早まったようだ。もう少し待つべきだった。そう自分をしかりつけ、消えかかった炎を再燃させようと必死にキスと愛撫を続けた。イリアナは反応するでもなく、抵抗するでもなく、じっとされるがままになっている。迷っているのは明らかだ。

彼はやむなくもう一度キスを中断し、向きを変えて妻をベッドに横たえた。すぐにその上に覆いかぶさり、ふたたび唇を重ねながら、片方の脚を彼女の脚のあいだに滑りこませ、開かせようと試みる。

　イリアナは意識をはっきりさせようとしたが、ダンカンの唇と肌に押しつけられた裸の胸の感触を無視するのは難しかった。彼のたくましい胸板が、ぞくぞくするような快感を呼び起こす。やがてダンカンは唇を離すと、首筋に沿って下へとキスをしていき、豊かな胸にたどり着いて片方の先端を吸った。もっとも軽くじらすような愛撫をしただけで、彼女があえぎ声をもらすと、唇を下腹部へと滑らせていった。

　アンダードレスにさえぎられ、ダンカンは顔をあげて、布地を腰の上までめくりあげた。それからまた頭をおろし、貞操帯の上あたりの感じやすい肌を軽く嚙んだ。手を妻の体の下へ持っていき、両のヒップを包みこむ。

「あ……いや」イリアナはあえぎ、激しく身もだえした。そのくせ、ダンカンが唇を離すと、抗議するようにうめいた。ところが次の瞬間、腿の内側を軽く嚙まれ、彼女はベッドの上で激しく頭を振った。信じられないくらい脈が速い。このままでは死んでしまいそうだ。ダンカンが指をまた革のベルトの下へもぐりこませる。イリアナは本気で死ぬと思った。

　マットレスに踵をくいこませ、無意識に腰を突きだす。自分が何を求めているかわからないまま、こうすればきっとほしいものが手に入るという、内なる声に導かれていた。愛撫に意識を集中していたので、唇の動きがとまったことにはほとんど気づかなかった。やがてダンカンの唇は体を這いのぼってふたたび彼女の唇をとらえた。

イリアナは夫のほうに顔を向けると、今度は彼の舌を受け入れ、自分の舌を絡ませた。愛撫を促すように体をそらす。やがてダンカンは唇を離し、耳たぶを噛みながらささやいた。

「気持ちいいかい？」

イリアナは夢中でうなずいた。

「おれもだ」彼がまたささやく。「だが、きみにもっと満足してほしい」

「満足してほしい？」

「ああ。きみの体が求めているものを与えてあげたいんだ。感じるだろう？　花が太陽の光を求めるように、体が何かを求めるのを？」

「ええ」夫が二本目の指をベルトの下に滑らせ、秘所を優しく刺激すると、イリアナはあえぎ、体を弓なりにそらした。「ええ、求めているわ。お願い」

「無理だ」

「無理？」失望もあらわな口調だ。

「できないんだ。鍵がなければできない」

「でも……」

「残念だが、できないんだ」ダンカンがささやいた。「きみが鍵をくれないことには」

「鍵？」

「どこにある?」

「何が?」

「鍵だよ」

「それは……ああ」イリアナはあえいだ。全身が情熱に打ち震えていた。今感じているもの以外のことに意識を向けるのは難しかった。だが、ダンカンがさっきから何やら繰り返している。なんのことだったかしら? 彼女は高まる情熱を無視して、気持ちを集中させようとした。

「鍵はどこにあるんだい?」

「ああ、そう、鍵だったわね。鍵は——」

「奥方さま?」ノックの音と同時にエバの声がして、イリアナは身をこわばらせた。冷水を浴びせかけられたようだった。

「さがれ!」ダンカンが怒鳴ると同時にイリアナはきいた。

「なんの用?」

ためらうような間があったあと、また声がした。「昼食の時間です。それからミスター・カミンが階下で奥さまをお待ちです。お届けする品があるとかで」

「あっちへ行ってろ!」ダンカンはまた怒鳴ったが、イリアナがもがくように体の下を出て、アンダードレスを引っ張りあげながらドアのほうへ走っていくのを見て、毒づいた。ドアにたどり着くまでには、彼女は少なくともアンダードレスはきちんと身につけていた。彼は裸でも気にならないが、何よりせっかくの機会を台なしにされ、がっくりして悪態をつきながらベッドにあおむけになった。

「あの……」イリアナがドアを開けると、エバがはっと言葉をのみこんだ。

イリアナは侍女の視線に顔を赤らめ、きちんとドレスを着てから応じればよかったと後悔した。身なりを整えようと振り返った瞬間、アンガスが近づいてくるのが見えた。イリアナの乱れた身なりに侍女が驚き、どぎまぎしているのに対し、アンガスは見るからに怒っている。イリアナは床からドレスを拾いあげ、ベッドに飛びこんだ。だが、身につける間もなくダンカンに腰をつかまれ、引き寄せられて膝の上に座らされた。

「あっちへ行ってろと言っただろう」ダンカンは妻の手からドレスをもぎとろうとしながら、また怒鳴った。もう一度さっきのような状況まで持っていくのは簡単なことではないだろうが、いいところまで行ったのだ。ここであきらめてはもったいない。イリアナはあと少しで鍵の隠し場所を明かすところだった。実際、すでに男性自身が彼女の熱い体に包まれているような気分になったほどだ。

「おまえは彼女を眠らせないばかりか、食事もとらせないつもりか？」

声の主がわかると、ダンカンはため息をつき、妻を放した。イリアナがすぐに彼の膝からおりて、ドレスを引き寄せる。と同時にアンガスが寝室に踏みこんできて、息子をにらみつけた。

「彼女には休息が必要だということで合意しなかったか?」イリアナがあわてて身なりを整えているそばで、息子を問いつめる。「一日として、彼女をそっとしておけないのか? 気の毒に、彼女はゆうべ、疲れすぎて倒れたんだぞ。忘れたわけじゃなかろう? 昼も夜も見境なくしていたら、死んでしまうぞ。まったく、おまえを息子と呼ぶのも恥ずかしい」そう言うと、アンガスは彼女のほうを向いた。イリアナはようやくドレスを着終え、心配そうに義父の顔色をうかがっていた。

「おいで。息子はきみがそばにいると理性が働かんようだ。きみを気づかうこともできなくなる。付き添いの女性が必要だな。体調がよくなるまで、付き添いの女性をつけよう」

そう言うと、アンガスはイリアナの腕をとり、彼女をドアのほうへ引っ張っていった。イリアナがとまどいつつ肩越しに夫のほうを振り返ると、彼はベッドに座り、あきらめ顔でふたりを見送っていた。

自分を見つめる大勢の顔を前にして、イリアナは落ち着きなく唾をのんだ。大広間におりるあいだに、アンガスにプレードの件は話した。義父は賛成し、昼食どきは城の人間が全員大広間に集まるから、発表するには格好の機会だと言ってくれた。たしかにダンカンを除いて全員が集まっていた。夫はまだ姿を見せない。おりてこないつもりかもしれない。たぶんまだ寝室ですねているのだろう。

今になってみればわかるが、ダンカンは意図的に妻を誘惑しようとしたのだ。その試みが失敗に終わったのは幸いだった。彼に入浴させることができなくなってしまうところだった。夫に入浴をさせること——それがいつのまにかイリアナのなかで最重要課題となっていた。彼がベッドから出たり入ったりしたところで、たいして物音がしたわけではない。それでもその都度目が覚めてしまったのは、においのせいに違いなかった。あんなにひどいにおいのする男性とひとつのベッドで眠ることなんて絶対にできない。

彼女はため息をつき、もう一度自分の発言を待っている人々を見渡した。ありがたいことに、理由はどうあれ夫はいない。

少し安心して、イリアナは深く息を吸うと、無理に笑みを浮かべた。「みなさん、わたしをこのダンバー城にあたたかく迎え入れてくださってありがとう。感謝のしるしに、ちょっとした贈り物をしたいのです。毎年一月に新しいプレードが配られることになっていると聞きました。けれども、みなさんがそれぞれプレードを二枚持っていたらもっといいのではと思うのです。そこで、ミスター・カミンのところでつくったプレードを全員にさしあげます。ただし……」大広間に集まった人々が驚きと喜びの声をあげるなか、彼女はつけ加えた。「ひとつだけ条件があります。プレードを受けとるには、その条件を満たさなければなりません」

少し間を置き、神経質そうに唇をなめてから話を続けた。「わたしの育ったワイルドウッドでは、母は城の人々に最低でも月に一度は入浴するよう指導していました」あちこちであがる息をのむ声に、イリアナは小さくため息をもらした。「それほど頻繁に入浴しろとは言いません。ただ、プレードを受けとる前には一度体をきれいに洗ってください。清潔できれいなプレードを汚れた体につけるのでは意味がありませんから」

イリアナはざわめきがやむのを待って、また話しはじめた。「使いたい人はいつでも使えるよう、浴槽にはお湯を張っておきます」心もとなげにほほえみ、小さくうなずいてから、椅子に座り直す。部屋を沈黙が覆った。いい兆候とは思えなかった。四百枚プレードを買ったはいいが、この城で決まっている次の入浴時期まで埃《ほこり》をかぶることになるのではないか

――ふと、そんな不安が胸をよぎった。

目の前のパンとチーズを見おろす。ここでは何もかもが簡単にはいかない。庭づくりもしかり、掃除もしかり。香草を集めることさえ、簡単ではなかった。

「奥さま？」

イリアナははっとして顔をあげ、声の主がジャンナだとわかると、小さくほほえんだ。庭仕事を手伝ってくれた女性だ。

ジャンナがためらいがちに小声で言った。「プレードをいただきたいんで、よければ浴槽を使わせてほしいんですけど」

「本当に？」イリアナの笑みが顔いっぱいに広がった。だが、しばらくして心配そうに厨房に目をやり、立ちあがる。「ということは、あなたがひとり目ね。お湯をわかしてあるか、今確かめてくるわ」そう言いながら厨房へ向かう。エルジンも立ちあがっていそいそとついてきた。今では彼も料理の腕を完全にとり戻し、厨房をたくみにとり仕切っていた。

厨房に着くまでに、イリアナは六人の女性に呼びとめられた。庭仕事を一緒にした女性が三人と、城の召使いがふたりだ。そして最後はエッダ――ケイレン・カミンの妻だった。イリアナは全員に浴槽を使わせてあげると約束し、急いで厨房に入った。すでにエルジンが水を火にかけていた。彼も入浴したいと申し出、イリアナは快諾した。

彼女は満面の笑みで大広間に戻った。だが部屋に足を踏み入れたとたん、ぽかんと口を開けた。女性たちが全員、入浴の許可を得ようと列をなしていたのだ。

男性はひとりもまじっていなかった。だが、イリアナは逆にほっとした。全員に浴槽を使わせるには、二、三日はかかりそうだからだ。

「どう思う？」イリアナはつくりかけの帽子を、侍女に見えるよう持ちあげた。母の料理人がパリで買ってきた帽子のような形にしたいのだが、うまく頭の上でたってくれない。ぺしゃんとつぶれ、頭に平たい皿をのせたようになってしまうのだ。

「糊《のり》をつければうまくいくかもしれません」少し離れて座り、エプロンを縫っていたエバが答えた。

イリアナは顔を輝かせた。「そうね。いい考えだわ……」言いかけたところで、ジャンナが部屋に入ってきた。髪は洗いたてで、新しいきれいなプレードを身につけている。彼女は入浴の順番をあとまわしにし、一日の終わりに体を洗うことにした。入浴して新しいプレードをもらっても、そのあと庭仕事に戻るのでは意味がないからだ。イリアナもそれには同意したが、ジャンナが一番湯を使えるようにすると約束した。三人入るごとに、湯を換えることにしていた。

彼女たちは長い列をつくって辛抱強く待ち、ひとりずつ体を洗っては、新しいプレードをもらっていった。ようやくほとんど全員の入浴がすんだ。全員が入浴を終えるまで数日かかるのではというイリアナの心配は杞憂《きゆう》に終わった。エルジンが厨房の隅に浴槽を設置し、汚れた布を衝立《ついたて》代わりにしてはとすすめてくれたおかげだ。湯の交換が手早くでき、とてもスムーズにいった。今は二、三十人の子供が新しいプレードを着て追いかけっこをしている。髪は清潔でつやつやし、肌もピンク色に輝いていた。母親たちは暖炉のそばでおしゃべりをし、髪を乾かすかたわらタペストリーの手入れにいそしんでいる。

イリアナにとってはうれしい驚きだった。午前中はプレードの手配と夫のけがの手当てにとられたものの、午後には庭仕事に戻るつもりだった。実際、食事がすんでエルジンとともに浴槽の準備ができたのを確認したあと、厨房から庭に出るドアへ向かった。だが、エルジンが飛んできて、その丸々とした体をドアの前に投げだし、両手両足を広げて行く手をさえぎったのだ。そして、〝昨日のような重労働はいけません。奥さまはお休みにならなくては〟と言った。

大丈夫だといくらイリアナが言い張っても、料理人は頑なだった。エバも、庭仕事に雇った女性たちもエルジンに加勢した。ギルサルや城の召使いたちまでが同じ意見だった。イリアナは潔く負けを認めるしかなく、大広間に戻った。

エバはイリアナに暖炉のそばでくつろいでいるようすすめると、自身はエルジンに約束したエプロンを縫いはじめた。イリアナとしては、座って針仕事をすることにはあまり気持ちをそそられなかった。それよりもさっさと大広間の掃除を終え、寝室にとりかかりたい。ならばタペストリーの手入れを手伝うほうがいい。

だがイリアナがタペストリーを手にとったとたん、数人の女性が駆け寄ってきて仕事をとりあげてしまった。〝入浴の順番を待つあいだに喜んでこの手の仕事はしますから、奥さまはどうぞゆっくりお休みになってください。手持ち無沙汰なら、エルジンのエプロンを仕上げてはいかがです？〟と言って。

結局、イリアナはしぶしぶ針仕事に戻るしかなかった。裁縫が嫌いなわけではないし、エプロンをつけたエルジンの姿が早く見たいのはやまやまだったが、なぜか妙に気持ちがざわついて、もう少し体を使う仕事をしたかった。前日は疲労のせいで倒れたし、ゆうべも熟睡できていないのだが、なぜか今は精力を持て余している。寝室での出来事と何か関係があるような気もするが、それについては深く考えたくなかった。

「全員、入浴はすんだの？」ジャンナにきくと、彼女はうなずいた。

「エルジンが、自分も風呂に入ったらすぐ夕食の支度をすると言ってました」

「なら、じきに食事だわね。あの人、あんたが出るとすぐにお風呂に飛びこんだから」ギルサルが言った。

「そうだったわ」ジャンナが笑い声をあげる。「あんなにお風呂に入りたがる男、はじめて見た」

「お風呂に入りたいわけじゃないのよ」別の女性がおかしそうに言った。

「そうそう」また別の女性がうなずく。「午後じゅう、新しいエプロンと帽子のことばっかりしゃべってたもの」

イリアナは唇を噛み、心配そうに侍女のほうを見やった。壁の洗浄が終わると、エバはエプロンづくりを手伝うと申し出た。イリアナは縁かがりを残してほとんどできあがったエプロンを侍女に渡し、自分は帽子にとりかかった。ところが、エバは仕事をしながらおしゃべりをする傾向があり、しかも手と口を同時に動かすのは難しいらしく、作業は遅々として進んでいなかった。「あとどれくらいで終わりそう、エバ？　よかったら手伝いましょうか？」

「大丈夫ですよ。これが……最後の……ひと針です。はい、できました」エバは糸を切り、針を置いて立ちあがると、エプロンを掲げて仕上がりを確かめた。「どうでしょう?」

「完璧よ」

「気に入ってもらえるでしょうか?」

「大喜びするわよ、絶対」

まわりの女性たちが感嘆の声をあげながらうなずくのを見て、イリアナはほほえんだ。

「おお!」

感きわまった声がして、全員が厨房のほうを振り返った。エルジンが記録的な速さで入浴を終え、新しいプレードを着て厨房の入口に立ち、エバが手にしたエプロンを見つめていた。

「なんとすばらしい!」料理人は大広間を突っ切って突進してくると、エバの手からエプロンを引ったくるようにしてとり、貴重な金の首飾りか何かのようにうやうやしく掲げた。

「着てごらんなさい」エルジンがいつまでもエプロンをうっとり眺めているのを見て、ジャンナが言った。

「ああ」ふと、彼の笑みが消え、不安な表情がとって代わった。「でも、着たら汚れてしまうかもしれない」

イリアナは笑った。「これはそのためにあるのよ、エルジン。あなたのきれいなプレードをきれいに保つために」

「ああ、そうでした」エルジンは苦笑し、エプロンを身につけ、腰のところで手早く紐を結んだ。

イリアナは彼に近づいて頭に帽子をのせてやり、あちこちいじって、形を整えた。女性たちが彼のまわりに集まってその姿を眺め、口々にほめそやすと、エルジンはまっ赤になった。

「そこで何をやってる！」

ダンカンの怒声がとどろき、イリアナを除く全員が振り返った。彼女は少し待って気持ちを静めてから、落ち着いた表情で振り返った。ところが、落ち着いていられたのも一瞬だった。夫にぐいと腕をつかまれ、またもや二階へ引きずられていった。

10

「どういうことだ、自分で買ったとは？」

イリアナは途方に暮れてかぶりを振った。すでに二度、荷物の奥にしまわれていたお金のこと、それを使ってプレードを買ったことは説明した。なのにダンカンはもう一度説明しろと迫ってくる。同じ話をまた繰り返したところで意味があるのだろうか？

「香辛料も買ったんだな！」彼が突然、大声でなじった。「料理の味がよくなったのは気づいていたが、庭で香草でも見つけたんだろうと思ってた。だが、そうじゃなかったんだ。おれの命令にそむいて、香辛料を買った。そうだろう？」

「ええ」イリアナはため息まじりに認めた。「でも、あなたの命令にそむいたわけじゃないわ」

「おれはだめだと——」

「いいえ。あなたは、あなたのお金で買うのはだめだと言ったの」彼女は勝ち誇ったように言った。「だから、わたしの荷物に入っていた両親のお金を使ったのよ」

この発言が夫の怒りをあおることを覚悟していたが、彼はなぜか黙りこんだ。イリアナは逆に警戒心を強めた。

「女は無学だから、法について知らなくてもしかたがないが――」

「わたしは無学じゃないわ」イリアナは憤然と言い返した。

「無学だと言われてもしかたあるまい」ダンカンもぴしゃりと言った。「でなければ、結婚したと同時に妻の所有物はすべて夫のものになると知っているはずだ。いいか、すべてだぞ」

「わたしは……」イリアナは顔を赤らめ、目をそらした。もちろん、そのいまいましい法律については知っている。「あなたも自分で言ったじゃないの、料理の味がよくなったって」

「ああ」ダンカンがむっつりと答えた。「エルジンの料理は格段にうまくなった」

「領民がぼろを着ているのよ。恥ずかしい話だわ」

「誰に対して恥ずかしいんだ？　みんな、そんなふうには感じていなかった」

「そうかもしれない。でも、みんなわれ先に入浴して新しいプレードを着たがったわ」

「プレードをやる前に風呂に入らせたのか？」ダンカンがせせら笑うように言う。

イリアナはまた顔が赤くなるのを感じたが、そんな自分の反応を抑えつけ、つんと顎をあげた。わたしは正しいことをした。汚れた体に新品のプレードを着ても意味がない。

「風呂に入ってプレードを受けとったのは女だけだろう」彼がひとり言のように言う。「女は自分をきれいに見せたがるものだ」

「それのどこがいけないの？」

「いけなくはない。中身が大切だということを忘れなければ。身ぎれいだが軽薄な臆病者よりは、うちの汚い男どものほうがよほど重宝する」

イリアナは目を細めた。暗に自分のことを言われた気がする。わたしは臆病者ではない。グリーンウェルドから三度も脱出を試みたのだ。母を助けるためなら、容赦なく殴られ、下手をしたら死ぬ危険も顧みなかった。そう言ってみたものの、ダンカンは感銘を受けた様子もなかった。

「自分が本当はなんのために危険を冒したのか考えてみるんだな」彼が言ったのはそれだけだった。

「どういう意味？」イリアナは用心深くきいた。

「母上のためであると同時に自分のためでもあったんじゃないか。きみは変化を好まないたちのようだから」

「そんなばかばかしい話、聞いたことがないわ」イリアナは激昂《げっこう》した。

「そうかな？」ダンカンが穏やかにきき返す。「ここで何かはじめるたび、きみはワイルドウッドを口実に使う。ダンバー城とここの連中をワイルドウッドみたいに清潔にしたいと言い、ワイルドウッドで使っていたような香辛料と香草がほしいと言い、あげくの果てにエルジンにまで、ワイルドウッドの料理人みたいな格好をさせた」

イリアナはふと自信が揺らぐのを感じて眉をひそめた。だが、すぐに傲然とほほえむ。

「あなたとのことは？　わたし――」

「ワイルドウッドでも誰ともベッドをともにしたことがないし、今もそうだ。今も、この城にやってきた日同様、純潔のままだろう」ダンカンはドアまで歩き、足をとめて振り返った。「少しは成長して変化を生活の一部として受け入れられるようになったら、おれのところにききに来るといい。どうして清潔なブレードが健康によくないのか、どうしておれたちがめったに風呂に入らないのか、料理にほとんど香辛料を使わないのか、教えてやろう。何事にも理由があるんだ。きみが夫婦の営みを拒否するのに理由があるのと同じで、すべてに理由がある。だが、すべてが一見してわかるものとは限らない」

そう言うと、彼は部屋を出ていった。


イリアナは手もとの繕いものを見おろし、ため息をついた。普段は手仕事をすれば気持ちが落ち着くのだが、今夜は違った。何をしても神経が静まらない。あれからずっとダンカンの言葉が耳をついて離れなかった。彼の言うとおりなのだろうか？　わたしは変化を恐れているの？　この城やここの人たちをワイルドウッドのようにしたいと思っているのは事実だ。けれどもそれは……そう、清潔な住まい、清潔な服のほうがいいに決まっているから。そうでしょう？　おいしい料理のどこがいけないの？

イリアナは向かいの椅子に座るショーナに目をやった。夕食時にアンガスから、食事のあとショーナに花嫁修業のようなことをしてやってくれと頼まれたのだ。そこでこの一時間ほど、簡単な縫いものを教えようとした。ところが、何度手本を示しても、ショーナには細かく縫うということがわからないらしい。わからないふりをしているのかと疑いたくなるほどだ。

義妹が着ている古びてぼろぼろになったプレードを見て、イリアナはため息をついた。入浴と新しいプレードをすすめたのだが、ショーナは頑なに拒み、今のでもうしばらく大丈夫だと言い張った。イリアナは夫の言葉を思いださずにいられなかった。「どうして清潔なプレードは健康によくないの？」

ショーナが縫いものから顔をあげ、目をぱちくりさせた。「なんですって？」

「ダンカンが清潔なプレードは健康によくないと言ったの。なぜなのかしら？」

「どうしてお兄さまにきかないの？」

イリアナは唇を引き結んだ。「あなたに教えてほしいからよ」

ショーナが肩をすくめ、手もとの針に視線を戻した。けれども会話こそ面倒な作業から逃れるいい口実だと気づいたようで、縫いものを膝に置いて顔をあげた。「健康によくないわけじゃないわ。ただ汚れたプレードのほうがいい場合もあるってこと。ほら、プレードはとてもあたたかいけれど、水ははじかないでしょう。ある程度汚れがつかないと」

イリアナはとまどった。「汚れたプレードは水をはじくの？」

「はじくこともあるわ。何でどれだけ汚れたかにもよるけど。男たちのなかには新しいプレードを受けとるとすぐに油をすりこんで、水をはじくようにする人もいるのよ」

「なるほどね」イリアナはいったん納得してうなずいたものの、すぐまた首を横に振った。「でも、どうしてプレードが水をはじかなくてはいけないの？　雨が降ったときには外に出なければいいじゃない」

ショーナが笑った。「何もすることがなければそれでいいけど、羊の番をしなきゃならないときとか、見張りに立たなきゃならないときもあるでしょう？　戦場へ向かって行進している最中とか、狩りの途中とか……」そう言ってかぶりを振る。「雨をしのげる場所があるとは限らない。雨よけはプレードだけってこともあるのよ。場合によっては毛布代わりにもなるわ」

ベッドから寝具をはぎとった夜、ダンカンがプレードにくるまって寝たことをイリアナは不意に思いだした。

「もちろん、それは男にだけあてはまる話よ。女がプレードで雨風を防ぐようなことはめったにないわ。だいたいあたたかな家のなかにいるから」

イリアナはしばらく考えてから言った。「でも、マクイネスの男の人たちはきれいなプレードを着ていたわ。それはどうなの？」

「マクイネスの男は戦士じゃないから」

イリアナはまたとまどった。「戦士じゃない？」

「そう。お金はたんまりあるけど、男たちは戦いの訓練をしない。戦士が必要なときには、ダンカンとその家臣を雇うのよ」

そういうことだったのかとイリアナは思った。そして、さらにきいた。「どうして男の人たちはお風呂に入りたがらないの？」

「寒いからよ」

イリアナはその説明に眉をひそめた。「湖や戸外は寒いでしょうけど、城のなかはあたたかいし、熱いお湯を張るわけだから――」

「汚れたプレードと同じことよ」ショーナが指摘した。

イリアナは眉をひそめ、質問を続けた。「じゃあ、ダンカンが料理に香辛料を使いたがらないのはどうして？　使ったほうがおいしいのに」

「たしかにおいしいわ。でもそのせいで、オートケーキ（オーツ麦で作った甘みのない薄焼きビスケット）がいっそうまずく感じられてしまう」

イリアナがわけがわからずにいると、ショーナが続けた。「お兄さまはずっと前から城の増築を計画してたの。守りをかためるため、城壁ももっと広範囲に広げたいと思ってた。その目的のために懸命に金を稼ぎ、ためてきたわ。ここの女性たちが織るプレードは残らず売り、自分は男たちを率いて傭兵として戦ったり、ほかの氏族の城を守ったりしてきた。きつい仕事よ。夜は寒いし、虫や悪天候にも耐えなきゃならない。食事はオートケーキだけ。城に戻っても寝るところは隙間風が入るし、食事も粗末だったら、それでも我慢できる。だけど、城には清潔な藁が敷かれたあたたかな大広間とおいしい料理が待っていると思うと、戸外の生活が耐えがたくなっちゃうってわけ」

「つまりダンカンは、男の人たちがやわになってしまうことを恐れているのね」イリアナが言うと、ショーナはうなずいた。「でも、今はわたしの持参金が入ったのよ。目的は果たせるはずだわ。傭兵になる必要は——」

「たしかに持参金があれば、念願だった城の増築はできるでしょう。でもやはり、ここの人たちを食べさせるためにお金を稼ぎ続けなくちゃならない。たぶんお兄さまはまだ傭兵となって戦うつもりだし、プレードも売るでしょうね。今までほどではないにせよ」ショーナは肩をすくめ、面倒くさそうに縫いものに戻った。

　イリアナはひとつため息をついて椅子の背にもたれた。遠くの一点を眺め、今知ったことを心のなかで反芻《はんすう》する。ショーナの話を聞いて、城の生活を改善しようという自分の試みに夫がなぜことごとく反対するかはわかった。けれども今さらどうしようもない。エルジンに今後は香辛料を使わないようにとは言えない。彼はがっかりするだろうし、ましてや城のみんなもすでにおいしい料理を味わってしまった。せめて、男たちにブレードの交換条件として入浴を迫るのはやめておこう。

いらだった声が聞こえ、イリアナは義妹に視線を戻した。糸がすっかりこんがらがっている。だが、イリアナが何か言うか手助けするかする前に、ショーナは縫いものをたたきつけるように膝の上に置き、真剣な顔でこちらを見た。「もうわかったでしょう。わたしはこの手のことがてんでだめなのよ」

「そんなことないわ」イリアナはすぐに否定した。「ただ慣れていないだけ」

ショーナがぐるりと目をまわす。「こういうことができるって、妻としてすごく大切なことなの？」

イリアナは束の間ためらった。「わからないわ。期待はされるでしょうけど……」言葉を切って唇を嚙む。

ショーナが不満げに低い声でうなった。「期待はされる、ね。でもわたしはどんな期待にも応えられない。実を言うと、今朝あなたに教わった香草のことだって、何ひとつ覚えてないし、城の切り盛りって言っても何をやればいいか見当もつかないの。きっと最低の妻になるでしょうね。シャーウェル卿が迎えに来なかったのも当然だわ」

そのことでずっと悩み、つらい思いをしてきたのだろう。イリアナは胸をつかれ、義妹を励まそうとした。「そんなことはないわ。あなたはすばらしい奥さんになるわよ、ショーナ。

だってすばらしい長所をたくさん持っているんですもの。たとえば、ほら……剣の腕はたつし」大きくうなずいてみせる。「剣を扱える奥さんなんてそうそういないもの。男の人はみな、感心するわ」

義妹の疑い深げな表情を見て、イリアナはさらに続けた。「あとほら……狩りも上手じゃない。それって何より貴重な才能よ。飢える心配がないんだもの」強調するようにまた大きくうなずく。「それから、あなたみたいに馬をたくみに乗りこなす女性、わたしははじめて見たわ。それだってすごい才能よ」

「あなたって嘘が下手ね」穏やかな非難にイリアナは気勢をそがれ、黙りこんだ。ショーナが小さくほほえむ。「でも、そう言ってくれてありがとう。あなたは優しい人ね、お姉さま」

〝お姉さま〟と呼ばれ、イリアナは驚いて目をしばたたいた。それからにっこりほほえむ。「わたしたち、姉妹なのね？　すてきだわ。わたしはずっと、一緒に遊ぶ姉妹がほしくてたまらなかったの……」羨望のにじむ自分の声音に、思わず苦笑する。

「じゃあ、誰と遊んでたの？」ショーナが不思議そうにきいた。

イリアナはとまどった。「遊ぶって……そうね、わたしはほとんど遊ばなかったわ。ほら、いろいろ忙しくて。レッスンやら何やら……」ショーナの顔にあわれみの色が浮かぶのを見て、眉をひそめる。「本当にいい子供時代を送ったのよ。最高のドレスに、最高の家庭教師。ないものはなかったわ」

「友達以外は。あなたはひとりぼっちだったのね」

イリアナはすぐさま首を横に振った。「両親がいたわ。わたしに愛情を注いでくれたし、いつも一緒だった」

「そうかもしれないわ。でもそのふたりにはお互いがいる。あなたは手押し車の三番目の車輪みたいに感じてたんじゃない？」

「いいえ……そんな……」

「気を悪くしたならごめんなさい。ただ思ったことを口にしただけなの。でも、それを聞いていろいろなことがわかったわ」

「わかったって？」イリアナはきき返した。

ショーナが肩をすくめる。「あなたは物静かでしょう。人に指示を出す以外、ほとんどしゃべらないときもある。だからとり澄ましている感じがするのよ。でも、今では単に人見知りなんだってわかった。両親以外の人とあまり交流を持った経験がないのね」

言われてみるとそのとおりだと気づき、イリアナは目を見開いた。

ショーナがさらに続けた。「それは、仕切り方からもわかるわ」

「仕切り方？」

「そう。この城に到着した翌日から、あなたはすべてをとり仕切った。それがいけないわけじゃないのよ」ショーナがあわててつけ加えた。「誰かがとり仕切らなきゃいけないんだから。でもあなたは、それまで誰が家事を任されていたか、尋ねようともしなかった。ただ、はじめただけ。子供のころ、おもちゃを分けあう必要がなかったからだと思うわ」

イリアナは口を開きかけたが、力なく閉じた。

ショーナが失敗に終わった縫いものを見おろし、ため息をつく。「わたしにはどうしたって無理」そうつぶやいて布を脇に放ると、立ちあがった。「とはいえ、教えてくれてありがとう。もう寝るわ」

イリアナは立ち去るショーナを見送り、やがて椅子にもたれて義妹の言ったことを思い返した。そのうち、どっと疲れが出てきた。まぶたがおりてきたことにも気づかなかった。

「エルジン、何がどうなってるの？　あなた、知ってる？」翌朝、午前も半分過ぎたころ、イリアナは厨房のドアを勢いよく開け、じれったそうにきいた。

パン生地をこねていたエルジンが顔をあげ、物問いたげに眉をつりあげる。彼女は思わず笑いだしそうになった。料理人のエプロンと帽子は昨夜受けとったとき同様しみひとつなくきれいなのだが、顔には少なくとも三種類の食材がくっついている。

イリアナは小さく笑い、作業台のかたわらにある椅子に座った。今朝も目を覚ましてみるとベッドにひとりで寝ていた。おそらくダンカンがベッドまで運び、ドレスも脱がせてくれたのだろう。そう思うと気恥ずかしく、彼女はすばやく身支度を整えると、急いで階下へおり、みんなと一緒に朝食の席についたのだった。

数分もすると、イリアナは大広間全体にどことなくぴりぴりした空気が流れていることに気づいた。アンガスは不機嫌で、ショーナとダンカンの両方に怒っているようだった。イリアナには小さくほほえみ、〝おはよう〟とだけは言ったが。またショーナとダンカンも同じく機嫌が悪く、イリアナを含め誰に対してもつっけんどんだった。イリアナはため息をついた。ふたりともどうしてしまったのか、さっぱりわからなかった。

アンガスはなんとかショーナに淑女のたしなみを学ばせようと、今日は一日じゅうイリアナに付き添うよう命じていた。おそらくショーナにはそれが気に入らないのだろう。彼女の気持ちはわからないでもなかった。

ところがダンカンのほうは、ただぶすっとしていた。イリアナは夫の不機嫌にはもう慣れつつあったが、それよりも困惑したのは、ほかのみんなまで今日はどこかとげとげしいことだった。ダンバー氏族長とその子供たちだけではない。城じゅうの人間が何かにいらだっているようなのだ。一緒に庭仕事をしている女性たちでさえ……。

イリアナは朝のことを思いだして眉をひそめた。今日は庭仕事を再開するつもりだった。ところがさっそくショーナの反対にあった。アンガスがイリアナの健康を気づかうようにと全員に言い含めたらしい。そこでイリアナは午前中いっぱい庭で女性たちの作業を監督し、ショーナに香草について教えるしかなかった。満足なレッスンはできなかった。実物を見せることがほとんどできなかったからだ。なので香草の名前をあげ、その使い方を話して聞かせただけだった。

女性たちが怒鳴りあい、地面を乱暴に掘り起こしている様子を見て、イリアナはやはりみな、何かに怒っているのだと思った。原因が思いあたらなかったので、ショーナが用を足しに行った隙に、エルジンのところに相談に来たのだ。

「どういう意味かわかりませんが、奥さま」

イリアナは肩をすくめ、テーブルの上に広がる余った小麦粉に自分の頭文字を書きはじめた。「今日は誰もかもがいらだっているようなの。女性たちもけんか腰だし……」そう言って、また困ったように肩をすくめる。

「ああ、なるほど。奥さま、原因はたぶんプレードでしょう」

イリアナははっと顔をあげた。「なんですって?」

エルジンが申し訳なさそうにうなずく。「そうです。新しいプレードは普通、一月に与えられます。男たちが入浴するのと同じ日です。その日は全員が風呂に入り、新しいプレードを身につける。ところが今回は女性だけがもらった。それとわたしですね。で、女性とわたしだけが体を洗ったわけです」

イリアナがじっと料理人を見つめていると、彼は肩をすくめた。「男たちはにおうんです」

「男の人たちは……」

「におう」エルジンが繰り返し、はっきりと言った。「でも、風呂に入って体を洗うことは拒んだ。ゆうべベッドに入る段になって、ほとんどの男は、女房が……そう、こざっぱりとしていいにおいがするもので心をそそられ、ちょっとばかりその……いい思いがしたくなったんでしょう」彼は意味ありげに言った。「ところが女房連中は逆に旦那がみすぼらしくてにおうのが我慢ならず、その……風呂に入りに行けと言った」

「なるほどね」イリアナは消え入りそうな声で言った。自分のせいでそんな問題が持ちあがっていたとは夢にも思わなかった。

「ええ。ゆうべはあちこちで夫婦げんかが勃発してましたよ」

「わたしにはひと言も聞こえなかったわ」

「まあ、ほとんどがレディが耳にするにはふさわしくない言葉の応酬でしたからね」

「男の人たちにもプレードをあげたほうがいいのかしら？」イリアナは自信なさげにつぶやいた。

「プレードそのものが問題なのではありません」エルジンが穏やかに指摘した。「プレードを着たまま、その……するわけじゃありませんからね」顔を赤らめてつけ加える。

「え、ええ。そのとおりね」イリアナはため息をつきながら、小麦粉に書いた頭文字に下線を引いた。そして立ちあがったが、不意にエルジンが身をのりだし、ワイルドウッドのWと書いたところをダンバーのDに直した。

「あなたは今ではダンバー氏族の人間です、奥さま」イリアナがテーブルに書かれた文字を呆然と眺めていると――エルジンに字が読めるということに驚いたのもあるが――彼が静かに言った。

「それこそ、おれが妻にわからせようと苦労していることだ。間違いを指摘してくれて、感謝するよ、エルジン」

内心うめきながらイリアナはゆっくりと顔をあげ、怒り狂ったダンカンの顔に向きあった。

「妻よ、話がある」彼は〝妻〟という言葉を、皮肉たっぷりに強調した。

イリアナはエルジンの目を避けてしぶしぶ立ちあがり、失礼するわとつぶやくと、歩いていってダンカンの前に立った。だが、足をとめるなり腕をつかまれ、厨房の外へと引っ張っていかれた。

ちょうどショーナが大広間を横切って厨房に向かってくるところだった。彼女は兄の険しい表情を見ると、イリアナに向かって問いかけるように眉をつりあげた。

「ダンカンが話があると言うの。少ししたら戻るわ」すれ違いざま、イリアナはショーナにささやいた。

「時間がかかると思うぞ」ダンカンが言った。「おまえはさっさと仕事にとりかかったほうがいい」

一瞬ためらってから、ショーナはふたりについてきた。「イリアナに、妻としてするべきことを教えてもらっているところなの。どれくらいかかるの？」

「おれが彼女に妻としてするべきことを教えこむまでだ」

「だめよ！」ショーナがぎょっとして叫んだ。「イリアナを疲れさせるようなことは、お父さまが――」

「父上は自分で妻を持てばいい」ダンカンはうなり、イリアナの腕をつかんだまま階段を駆けあがった。

イリアナはショーナに向かって大丈夫というようにほほえむのがせいいっぱいだった。すぐに大広間は視界から消え、気がつくとダンカンが寝室のドアを開けていた。

「入れ」意味のない命令だと思った。ふたりともすでに部屋に入り、ベッドに向かっているのだから。だが、イリアナは口には出さなかった。ドアが大きな音をたてて閉まると同時に、ベッドの上に放りだされる。

「きみはこの城に来てから面倒ばかり起こしている！」ダンカンが彼女の上にのしかかるようにして言った。「おれの命令にはことごとく逆らい、必要のない贅沢品《ぜいたくひん》に無駄に金を使い、夫の権利を無視している」苦々しげに吐き捨て、さらにつけ加える。「それだけじゃない。きみのせいで、今じゃここの女全員が夫に刃向かうようになった。まったく、どういうつもりなんだ？」

イリアナはどう答えるべきか懸命に頭をめぐらせながら、ベッドの上でゆっくりと体を起こした。「ごめんなさい」やがてぽつりと言った。だが、ダンカンの表情は変わらない。

「謝るのか?」

「男性にもブレードを渡すわ。必ずしも入浴しなくてもかまわない」

「それがきみの答えか? それで女たちがベッドに戻ると思うのか?」

「それは……」イリアナは途方に暮れてしばし夫を見つめた。だが、そのうち無性に腹がたってきた。「ええ、そうね。無理でしょうね。女性は誰も、くさくて汚い男性とは寝たくないもの。自分も同じくらいくさくて、相手のにおいに気づかないというときでなければ」

顎をあげてダンカンをにらむ。「その気持ちはよくわかるわ。わたしもここの女性たちと同じってことよ」

「言っておくが、きみが来るまで、こんな問題は起きたことがなかったんだぞ」

「それまで女性も体臭がきつかったからでしょう」

ダンカンの表情が険しくなった。「男どもがおれのところに相談に来るんだ。きみとのあいだに同じような問題はなかったかとききたがる。そのときおれがどうしたか、教えてくれと言うんだ」

イリアナは肩をすくめた。「どう話したの?」

「問題の原因はきみだから、きみがなんとかすると言っておいた。それで……」彼が両手を腰にあてた。「どうするつもりだ?」

イリアナはその目をまともに見返し、やがてあきれて首を振った。「お風呂に入ればいいだけのことよ。どうしてそうしないのか、理解できないわ。あなたたち男性が体を洗いさえすれば――」

「今はまだ六月のなかばだ」

「それはわかってるわ。でも、きっと――」

「ここにはここの規則があるんだ。一年の決まった時期に羊の毛を刈り、決まった時期に作物を収穫する。そして、決まった時期に風呂に入る」

「入浴は季節行事じゃないのよ。いつだって体を洗っていいし、それで困ることはないはずだわ。作物はいつでも収穫できるわけじゃない。そのふたつはまったく別の次元の話よ」

「きみはおれの言いたいことがわかってない――」

「わかってるわ！」イリアナはぴしゃりと言い、それからため息をついた。「ショーナにプレードのことを教えてもらったの。油と汚れが水をはじくんでしょう。進軍中に食べるオートケーキのことも聞いたわ。あなたは男性たちがやわになることを恐れているのよね。でも、女性はどうなの？」

ダンカンが目をしばたたいた。「なんだって？」

「あなたはここの領主でしょう？　ここに住む人たちを支配しているのよね？」

「父上が――」彼が言いかけたが、イリアナはもどかしげにさえぎった。

「建前はいいわ。たしかに法的には、アンガス卿がここの領主ね。でも、実質的にとり仕切っているのはあなたよ。この目でそれを見てきたわ。あなたは男性同様、ここの女性に対しても責任があるはずよ」

「ああ」

「なのにどうして女性の暮らし向きには関心を持たないの？　男性は悪天候にも耐えなくてはならず、進軍中の食事はオートケーキで辛抱しなくちゃいけない。それはわかったわ。でも、女性はどうなの？」

夫が眉をひそめただけなのを見て、イリアナはため息をついた。

「妥協点はないのかしら。男性が二枚プレードを持ってはいけないの？　城内で妻と過ごすときに着る清潔で見栄えもいいプレードが一枚と、城外で雨風から体を守る油と汚れがついたプレードが一枚という具合に？」

彼女の提案を、ダンカンは一蹴した。「長年、今のやり方でうまくいっていたんだ。何も変える必要は――」

「変化を好まない臆病者はどっちかしら？」イリアナは語気鋭くさえぎった。ベッドからおりてドアに向かったものの、彼の脇を通りすぎるとき、腕をつかまれた。

「話はまだ終わってない」

「わたしのほうは終わったわ」イリアナは冷ややかに言い放ち、驚いて力のゆるんだダンカンの手から腕を引き抜くと、足早にドアへ向かった。そして彼が気をとり直す前にドアを開け、階段に向かって走った。

「おい！」ダンカンが声を張りあげて、あとを追ってくる。

イリアナはドレスをつまみあげ、階段を駆けおりた。危うくアンガスと衝突しそうになったが、足をとめて弱々しくほほえみ、軽くお辞儀をして彼をよけると、厨房へ駆けこんだ。

「ダンカン！」

「あとでお願いします、父上！」ダンカンは怒鳴り返して父をよけ、妹にとがめるような視線を向けたあと、さらにイリアナを追いかけた。

イリアナは庭に逃げこもうと厨房を駆け抜けた。エルジンに小さくほほえんだものの、庭に出るまで足をゆるめなかった。庭では女性たちが作業しながら大声でぺちゃくちゃおしゃべりをしていた。女主人がいないことで口が軽くなっていたのだろう。午前中はむっつりしていたのに、今はカササギさながらのかしましさだ。

「それで、あのくさいまぬけは素っ裸で、病気の牛みたいにわめいてたわけよ」

「で、どうしたの？」ジャンナは年上の女性の話に興味津々のようだ。

「怒鳴り返してやったわよ。〝さわんないでよ、ウィリー・ダンバー〟ってね。〝風呂に入るまではさわらせないよ〟って」

「ウィリーはなんて？」

「〝おまえはおれの女房だろう、メイビス・ダンバー。おれの要求を満たすのがおまえの仕事だ〟」

「まったく」ジャンナが吐き捨てるように言った。「ショーンもまったく同じこと言ったわ。頭をぶん殴ってやろうかと思ったって」

「わたしは殴ってやったわよ」

ジャンナが信じられないというようにメイビスを見つめた。「嘘でしょう！　それで旦那さんはどうしたの？」

「いびきひとつかかずに、ひと晩じゅう寝てたわ」

ジャンナは口をあんぐりと開けた。「朝起きたときはどうしたの？」

「別に。あんたはゆうべは飲みすぎて、床で寝ちゃったんだって言っただけ」

「信じられないわ。メイビス、あなたってひどい人ね！」ジャンナが全身を震わせて大笑いする。「わたしはさすがにショーンのこと、ぶん殴れないわ」

「ああ、ショーンはうちのウィリーとは違うからね。あなたに手をあげたことなんかないんでしょう？」

「たしかにそれはないわね」ジャンナがまじめな顔になってうなずき、年上の女性を悲しげに見やった。「どうしてウィリーのことをダンカンさまに相談しないの、メイビス？　なんとかしてくれるんじゃない？」

「言ったでしょう、ジャンナ。ダンカンさまは女が幸せかどうかなんてたいして気にかけないのよ。男どもが不平不満を言わず、戦争に出向いていく限りはね」

ジャンナは答えようとして、イリアナの姿を認め、凍りついた。ジャンナの顔を恐怖がよぎる。イリアナが大丈夫と言って安心させようと口を開いた瞬間、後ろから引きずるような足音が聞こえた。振り返ると、ダンカンがすぐ後ろに立っていた。その愕然とした表情からして、今の会話を聞いていたらしい。イリアナは意外にも彼のことが気の毒になった。やがてダンカンは表情を消し、背を向けて立ち去った。来た道を戻る彼の全身から怒りが吹きだしているのが目に見えるようだった。

「ダンカンさま」

イリアナは唇を噛み、不安げな顔つきをしているメイビスのほうを振り返って、励ますようにほほえんだ。「彼はあなたに怒っているわけじゃないのよ。心配することはないわ」

「そうそう」ジャンナがため息まじりに同意した。「心配したほうがいいのはウィリーのほうじゃないかしら」

それを聞いて、イリアナははっとした。そして小声で毒づくと、急いで夫のあとを追った。女性たちが鋤を放りだしてついてくるのがわかった。

11

イリアナが厨房にたどり着いたときには、ダンカンはすでに出たあとだった。きょとんとしているエルジンの脇を走り抜け、夫が乱暴に開けたせいでまだ揺れているドアを通って、大広間に入る。ダンカンの後ろ姿がちらりと見えた。彼は驚くアンガスの問いかけを無視して、城を出ていった。

「いったいどうしたんだ?」アンガスはあっけにとられて息子を見送ったあと、ちらりとショーナに目をやった。だが、ショーナもとまどって肩をすくめただけだ。ダンカンは明らかに激昂していた。またしても厨房のドアが開く音がして振り返ると、今度はイリアナが突進してきた。アンガスはすんでのところで彼女をよけた。

「イリアナ、いったい……」言いかけたが、イリアナはすでに城から出ていた。

「いったいどうしたんだ?」アンガスは繰り返し、彼女のあとを追おうとしたが、ふと足をとめた。数人の女性が厨房から飛びだしてきて、部屋を突っ切ってきたのだ。しんがりにはエルジンがいた。アンガスはずんぐりした料理人の腕をつかんで引きとめ、問いただした。

「何があった？」

エルジンが困ったように首を振る。「存じません。おふたりはだだっとあっちに走っていったと思ったら、今度はこっちに走ってきたんです。ただ、みんなの表情からして、見逃す手はなさそうです」そう言うと、彼は女性たちのあとを追った。

アンガスは小声で毒づき、ショーナについてくるよう手振りで示すと、彼らについていった。

イリアナはドレスをつまみあげ、足を速めて夫のあとを追った。ダンカンは城壁の修復作業をしている男たちに猛然と向かっていく。そしてそばまで来ると、いきなり筋骨たくましい長身の男の首根っこをつかんで地面に放り投げた。彼女は息をのんだ。

男はすぐに立ちあがり、防御の姿勢をとった。だが、襲ってきたのがダンカンだとわかると、困惑した様子で拳をおろした。

「旦那さま？」男は問いかけるように言ったが、ダンカンの拳をまともに顔に受け、あとが続けられなかった。

イリアナは小声で毒づき、さらに高くドレスをつまみあげてふたりのほうへ走った。作業場についたころには男たちがふたりのまわりに輪をつくり、好奇心と興奮が半々という顔でなりゆきを見守っていた。ダンカンがウィリー・ダンバーに怒鳴っている。

イリアナは自分より大きな体を押しのけつつ、なんとか輪の内側にたどり着いた。そしてそこで足をとめ、不安そうに唇を噛んだ。ウィリーはよろよろと立ちあがったものの、またしてもたたきのめされた。背後から小さな悲鳴が聞こえ、振り返ると、ジャンナ、メイビスほか、イリアナのあとをついてきた女性たちが人ごみを縫って近づいてきていた。いつのまにかエルジンとアンガス、ショーナも加わっている。

「立て！　立って男らしく戦え、この臆病者！」

ダンカンの怒声に、イリアナはまた輪の中心のほうを振り返った。

「いったいどうしたって言うんです、旦那さま？」ウィリーがじりじりとあとずさりしながらきいた。「わけがわからない……」言葉がとぎれた。ダンカンにいきなり襟をつかまれて引き寄せられたのだ。

「おまえはメイビスを殴ったそうだな。体の大きさはおまえの半分、力はそれ以下しかない女性を」ウィリーが妻をとがめるようににらむと、ダンカンは彼を大きく揺すった。「メイビスが告げ口したんじゃない。おれがたまたま聞いたんだ」

そう聞いても、ウィリーの憎々しげな目つきは変わらなかった。ダンカンはもう一度彼を揺さぶった。「おれにばれたからって女房を恨むんじゃないぞ。また彼女に手をあげたりしたら、おれが十倍にしてやり返してやる」そう言うと、ダンカンはウィリーの襟を放し、最後にもう一発顔を殴った。だが、今回もウィリーはかまえができていた。後ろにのけぞったものの、倒れなかった。拳を振りあげ、一発返しそうなそぶりまで見せたが、その前にダンカンが彼を逆手打ちし、次いで腹を殴りつけた。

ウィリーがあおむけに倒れるのを見て、イリアナは思わず身を縮めた。ダンカンがたたみかけるように顎に拳をたたきこむ。ウィリーは完全に意識を失って倒れた。ダンカンはその場に立ったまましばし肩で息をしていたが、やがて振り返ると、まわりを囲む男たちを見渡した。

「このなかに女性を殴る輩《やから》がいたら、こいつと同じ仕打ちを受けると思え。当然の報いだぞ。自分よりもはるかに弱い者に暴力を振るうのは臆病者だけだ」ダンカンの視線がイリアナの上でとまった。彼は唇をきゅっと引き結んでしばし妻を見つめていたが、やがて向きを変えると、人ごみをかき分けて厩舎へ向かった。

イリアナはあとを追おうとしたが、アンガスにとめられた。

「ひとりにしてやったほうがいい。あいつには気持ちを落ち着かせる時間が必要だ」アンガスは地面にのびているウィリー・ダンバーを見おろし、かぶりを振ってため息をついた。

「ダンカンはな、弱い者いじめには我慢ならないんだ」

「彼のそばに行っていいですか、奥さま？」

そうきいてきたのはメイビスだった。イリアナは驚いたものの、うなずいた。「そうしたければ、どうぞ」

メイビスは倒れている夫をあわれむように見やった。「よくも悪くも亭主ですから。それに今後はもうわたしに手をあげるようなことはないと思うし」

「そうね」イリアナがつぶやくと、メイビスは夫のかたわらに膝をついた。

アンガスは、イリアナが心配そうに厩舎をちらちら見ているのに気づいて、彼女を城のほうへと促した。「ラビーが肥やしを庭のほうで使う予定はないかと言っておってな」

イリアナはうわの空できき返した。「ラビー？」

「厩舎頭ですよ」反対隣を歩いていたジャンナが言う。

「そうだ。一日おきか二日おきに厩舎を掃除するもんだから、裏手に肥やしが山になってる」アンガスが説明した。「いい肥料になると思うんだが、どうだね？」

「ええ、助かります」イリアナはもごもごと言った。

「では昼食のあと、庭に運ばせよう。そうしておけば必要なときにすぐに使える」

「ありがとうございます」

アンガスはうなずき、ショーナを見た。彼女はそろそろと厩舎のほうへ向かっている。

「こら、ショーナ！」

ダンカンの妹がはたと動きをとめる。そしてしぶしぶ父親のほうに向き直った。

「庭はこっちのほうだと思うが」アンガスがあてつけがましく言う。

ショーナは渋い顔で、ふたりのほうへ戻ってきた。

「あまり根をつめてはだめよ」

義妹の言葉に、イリアナはため息をついた。体を起こし、顔から髪を払って頭上の太陽を見あげる。中庭での殴りあいのあとダンカンが馬で城を飛びだしてから二十四時間がたっていた。彼がどこへ行っていたのかはいまだにわからない。ひとりで城を出て森に入ったということしか。

その後、ダンカンが昼食に現れなくてもイリアナは驚かなかった。けれども夕食にも姿を見せなかったときは、さすがに心配になった。アンガスもショーナもジャンナも、ダンカンは大丈夫だと請けあったが、なぜか気になってしかたがない。夫が自分の身は自分で守れる男性なのは疑っていなかったが、庭に立っていたときの彼はひどく傷ついた顔をしていた。耳に入った女性たちの会話に心底ショックを受けたようだった。メイビスの言った、ダンカンは女が幸せかどうかなんて、たいして気にかけないという言葉がこたえたのだろう。その直前に自分も同じような言葉で彼を非難したから、二重の衝撃だったのではないか。

自分の見解が思いがけないところで裏づけされた結果になったが、イリアナは少しもうれしくはなかった。逆に残念な気持ちだった。自分自身、ダンカンが女性の幸せに無関心だと、本気で思っているわけではない。どちらかといえば、五歳で母親を亡くし、以来女性との接触が少ないまま育ったせいで、家族のぬくもりとか快適な暮らしとかいうものを知らないだけなのではないかと思う。たぶん自分が持ちえなかったものに気づいていないだけなのだ。

心配のあまり昨夜はよく眠れず、朝食をとりに大広間へおりていったときもまだ夫の姿がなかったので、イリアナはがっかりし、ますます不安になった。昼食どきになってダンカンはようやく戻ってきたのだが、食事のあいだじゅう、むっつり黙りこんでいた。夫が無事で健康にも問題がないと知ってイリアナはほっとしたものの、精神面に関してはいっそう心配だった。ダンカンが昨日の出来事を引きずっているのは明らかだ。どうやって彼の怒りを静めればいいかわからない。どう言葉をかけていいかもわからなかった。

「木陰に座って休まないと」

イリアナはぐるりと目をまわし、振り返った。「根をつめてはいないわ」その日、植えつけを手伝うと言いだしてから、もう十回は同じ言葉を聞かされている。「種をまいているだけ。重労働ではないもの」

ショーナは義姉をにらみ、ぶつぶつ言いながら、掘り起こしたばかりの土に種を埋めていく作業に戻った。

ジャンナも心配そうな顔をしている。「奥さま、この仕事は背中にこたえます。少し休んだほうが……」イリアナがうんざりしたように首を振ったので、言葉を切った。

「あなたの言い方ったら、わたしが羽でできていて、ちょっと風が吹けば飛んでしまうとでも思ってるみたい。わたしは若くて健康で、力もあるのよ。大丈夫」

「でも、失神なさったじゃないですか」

「そうですよ」ショーナが加勢する。「自分で思っているほど元気じゃないかもしれないでしょう」

「少なくとも病気ではないわ」イリアナは頑《がん》として言った。

「ひょっとしてお子さまができたのかも」メイビスが口を挟んだが、イリアナにひとにらみされて黙りこんだ。メイビスはその日の朝から庭仕事に戻っていた。あんな根性の曲がった男は看病してやる気にもならないそうだ。ウィリーはその日の明け方、割れるように頭が痛いと言って起きだしてから、ずっと愚痴り続けているらしい。もっともメイビスは、夫をベッド行きにした出来事についてはそれ以上ほとんど触れなかった。

「子供はできてないわ」イリアナはいらだたしげにつぶやいた。ふと不快なにおいが鼻をついて顔をしかめ、かたわらの肥やしの山を見おろす。アンガスは約束どおり昨日の午後、男ふたりに命じ、厩舎から出た肥やしを荷車にのせて届けさせた。彼らはそれを、必要とあればすぐにまけるよう庭の隅にどさっと落としていった。あいにくイリアナはついその贈り物のことを忘れ、種をまきながらうねの端まで行くたび、踏んづけてしまうのだった。今回は、端までたどり着いたところでにおいに気づいた。

　脇によけ、肥やしの山から離れようとしたとき、耳もとで小さな羽音が聞こえ、イリアナはおそるおそる顔をあげた。一匹の蜂が飛びまわっている。

払うように顔の前で手を振ったが、逆に蜂が向かってきたので、彼女は反射的に一歩後ろにさがった。

「奥さま！」

ジャンナのぎょっとした顔を見てイリアナは過ちに気づいたが、すでに遅かった。足もとの肥やしは濡れて滑りやすく、靴がずるっと滑る。悪臭を放つ汚物の上に倒れこむのだけは避けようとイリアナは手を振りまわし、体をひねった。

ジャンナ、メイビス、ショーナの三人もあっと叫んで駆け寄ってきた。ジャンナとメイビスがそれぞれイリアナの両手をつかみ、彼女を引き戻そうとしたが、なんと言っても足場が悪かった。そろって足を滑らせ、今回は三人もろとも悲鳴をあげながら肥やしの山に落下するはめになった。一瞬遅れてショーナも仲間入りした。ジャンナの振りあげた足が足首にあたり、ショーナは足を払われた格好で三人の上に倒れこんできたのだ。

悪臭はすさまじく、ぬめぬめした感触は気色悪いことこのうえなかった。イリアナは泣きそうになりながら両膝をつき、汚物から這いでた。きれいな地面までたどり着くと、立ちあがり、振り返ってあらためて肥やしの山を見た。ジャンナとメイビスもよろめき、足を滑らせながらなんとか肥やしの山から出たところだった。ところが、ショーナだけは倒れた状態のまま、動けないくらい笑いこけていた。

イリアナはあきれて頭を振ったが、ほかのふたりと目を見あわせると、笑いがもれるのをこらえきれなかった。ジャンナの髪はもう赤ではなく泥のようなブラウンで、大きな糞《ふん》の塊をぶらさげている。きれいだった新品のブレードも似たような状態だ。メイビスのほうは顔半分にべっとりと汚物がこびりついていた。ふたりとも両手を腰にあてて下を向き、自分の体を気持ち悪そうに眺めている。この光景は一生忘れられそうにないとイリアナは思った。今度は笑いながら頭を振り、もう一度振り返ってまだ爆笑しているショーナを見た。

肥やしに近づき、足を踏ん張って義妹に手をさしのべる。ショーナは少しまじめな顔になってさしだされた手をとり、立ちあがろうとした。と同時にイリアナがぐいと手を引いたため、勢い余ってイリアナは後ろに、ショーナは前のめりに数歩よろけた。

「うえっ！」ジャンナが飛び散る糞を見ながら腕を振る。

「げっ！」

「やだ！」

「くさっ」

「わたしのにおい、まるで……」

「肥溜《こえだ》めみたい？」イリアナがあとを引きとった。

ジャンナがイリアナを見る。そして突然、笑いだした。「奥さま！」笑いをこらえ、申し訳なさそうな表情を浮かべようとしたが、うまくいかなかった。「ごめんなさい、奥さま。でも、奥さまの……あのきれいなお髪《ぐし》が……」

「あなたと同じってことね？」イリアナは苦笑した。

「たぶん」ジャンナは自分もひどいありさまなのを思いだして笑い、やがて大きく息を吸いこんでうめいた。「わたし、ショーンよりひどいにおいがしてるわ」

「わたしもウィリーよりひどいわね」メイビスが言い、ジャンナと目を見あわせる。

ふと、ジャンナが何か思いついたように言った。「ショーンを見つけて、唇にべっとりキスしてやろうかしら。振り払われなければだけど」

「いいじゃない」イリアナは言った。「彼も早くお風呂に入りたくなるかもしれないわ」

「そうかもしれませんね」ジャンナは自分の姿を見おろして顔をしかめた。「失礼してよろしいですか？」

「わたしもいいですか？」メイビスがきく。

「もちろんどうぞ」立ち去るふたりを見送ると、イリアナはショーナのほうを見た。義妹は脚についた糞を剣でこそげとっている。「あなたもお風呂に入りたくなったんじゃない？」

「別に。湖に入れば充分よ」

「お好きなように」イリアナは城のほうへ足を向けたが、思い直した。この状態で厨房を通り抜けるわけにはいかない。ため息をついて、建物の角を曲がり、中庭に出た。おかしなことに、イリアナが玄関から城のなかに駆けこんでも、誰も彼女の悲惨な状況に気づかなかった。なんの反応もなかった——階上でエバと鉢あわせするまでは。

「奥さま！」女主人に気づいて悲鳴をあげる侍女に、イリアナはほほえんで言った。

「エバ、お風呂の用意をお願い」

「すぐにいたします」

部屋に入ろうとしたところで、先ほどの自分の発言を思いだした。〝彼も早くお風呂に入りたくなるかもしれないわ〟イリアナはベッドの手前で足をとめ、唇を噛んだ。毎晩、ダンカンが服を脱ぐところをじっと見ている。そして毎晩、体の奥がうずくのを感じている。彼が誘惑しようとしてきたあの朝以来、そのうずきは小さな炎のようになって下腹部をじわじわと焦がしていた。後悔と安堵感に交互にさいなまれる。途中で邪魔が入り、欲望に屈しないですんだのはありがたかったが、一方で彼の言う悦びとはどんなものなのかと想像をめぐらさずにはいられなかった。

今の自分は少なくとも夫と同じくらいひどいにおいを発している。たぶん、彼の体臭は気にならないだろう。とはいえ、さすがのダンカンも肥やしのにおいには閉口するはずだ。ならば、一緒にお風呂に入るよう説得できるかもしれない。

ドアが開き、エバが浴槽と湯を持った召使いたちを引き連れて入ってきた。イリアナは湯が注がれるのをじりじりと待ち、エバ以外の召使いが出ていくと早口で侍女に命じた。「ダンカンを連れてきて、エバ」

「旦那さまをお連れするんですか？」

「そうよ。今すぐ」

「はい、奥さま」エバはドアに向かいかけたが、イリアナに呼びとめられて足をとめた。

「ドレスをお願い。ひとりでは脱げないと思うわ」

鼻にしわを寄せながら、エバは仕事にかかった。そしてイリアナが貞操帯だけの姿になると、部屋を出ていった。

イリアナはすぐさま脱ぎ捨てたドレスに駆け寄り、アンガスからもらった鍵束を探した。絡まったドレスから鍵をとりだすのは思ったより時間がかかったが、それでもなんとか見つけると手早く錠にさしこみ、貞操帯をはずした。

それをどうしたものかと考えていると、廊下をどすどすと歩いてくるダンカンの足音が聞こえてきた。イリアナは小さく叫び声をあげ、ベッドに飛びこんで上掛けの下にもぐった。そのときばかりは、こんな格好でベッドに入ったら夜までに寝具を洗濯しなくてはならなくなるということまで頭がまわらなかった。肥やしのほとんどはドレスを脱いだことでとれたものの、まだ髪や腕、足首あたりにはこびりついている。

挑発的な姿勢をとったところで、勢いよくドアが開き、ダンカンが明らかにいらだった表情で入ってきた。

「いったいなんの用だ？　エバが急ぎだと言っていたが、きみは……」ベッドの脇にドレスが脱ぎ捨ててあり、妻が裸らしいことに気づくと、ダンカンはごくりと唾をのんだ。信じられないというように目を見開いたものの、その視線が浴槽へと落ちると、はっと身をこわばらせた。また怒りが再燃したようだ。「なるほど、ベッドに誘っておれを風呂に入れようという算段だな。そううまくいくか……」イリアナが突然、手にしていた貞操帯を高く掲げると、彼の言葉がとぎれた。「おおっ！」

ダンカンは三歩でベッドにたどり着いた。最初の一歩で剣をさしてあるベルトをはずし、二歩目でプレードをむしりとって床に放る。三歩目で頭からシャツを脱ぎ捨てた。そしてベッドに飛びのり、体より先に唇を重ねていた。左手をイリアナの髪に絡ませて頭を押さえつけ、右手で彼女を覆っている上掛けをはぎとる。そして、その手を両脚の付け根にあて、例の器具がないことを確かめた。イリアナはいきなり触れられ、はっとして口を開けた。その機を逃さず、ダンカンが舌をさし入れてくる。

夫の予想以上に激しい反応に、イリアナはわれを忘れて脚を開いた。敏感な場所を愛撫されながら、口のなかを探る舌を夢中で吸う。想像したこともない快感が体を駆けめぐった。

やがてダンカンの唇が離れ、キスが首もとへとおりていった。イリアナは切なげにうめき、肥やしのにおいを吸いこんだ彼の叫び声をもう少しで聞き逃すところだった。

「おえっ！」ダンカンはぎょっとして身を引いた。鼻にしわを寄せている。「いったいなんだ、このにおいは」

「肥やしの山に落ちちゃったの」イリアナは早口で説明し、あとずさりをはじめる彼の手をつかんだ。「でも大丈夫。今ならあなたのにおいは気にならないから」ダンカンを引き寄せ、もう一度キスをしようとしたが、彼は動かなかった。

「きみ、ひどいにおいがするぞ！」

「あなたほどじゃないわ」イリアナはむきになって言い返し、夫ににじり寄った。「キスして」

ダンカンは引きつった顔で妻を見つめていたが、やがて視線を体のほうへとおろしていった。痛々しいくらいぴんと立った胸の頂から、長いこと貞操帯の下に隠されていた部分へと。できるだけこのにおいから遠ざかりたいと思う一方で、下半身は大声で叫んでいた——〝この機会をものにしないでどうする〟と。手がひとりでに動き、イリアナの片方の胸を包む。彼は小さくうめき、妻の唇へと唇をおろしていった。だが、残念ながら息をとめていても強烈な悪臭が鼻につくのはどうすることもできず、徐々に気持ちがなえていく。

ダンカンは毒づいて唇を離し、イリアナを抱えあげると浴槽まで歩き、彼女をどぼんとなかに落とした。湯があたり一面に飛び散る。落とされてもイリアナは彼を放そうとしなかった。木に生える苔《こけ》のごとくしがみついたままだったので、ダンカン自身も頭から湯に突っこみそうになったが、すんでのところで浴槽の縁をつかんで持ちこたえた。

恨みがましい妻の視線は無視して体を起こすと、彼はそっけなく命じた。「急いで体を洗え」

イリアナは浴槽のなかから夫をにらみ、腕を組んでまっすぐ前を見た。言いつけにしたがう気はなさそうだ。

ダンカンは顔をしかめて、きれいな湯のなかの彼女の体をのぞき見た。次いで顔に、そして最後に髪に目をやる。つややかな巻き毛にべっとり馬糞がついている。彼はぴしゃりと言った。「急げ。なんならおれが洗ってやる」

イリアナは返事の代わりに肩をすくめただけだ。

ダンカンはもう一度毒づき、浴槽の前に膝をついた。まずは髪だ。てのひらを彼女の頭のてっぺんにのせ、ぐいと下へ押しこむ。

不意を突かれて、イリアナは溺れた水兵のように沈んでいった。顔や髪が湯につかり、口や鼻にも湯が流れこむ。数秒後、今度は水滴を四方に跳ね飛ばしながら一気に浮きあがった。

だが、濡れた髪を目から払う暇もなく、ダンカンが頭に石鹸をこすりつけ、長い巻き毛をごしごしこすりはじめる。イリアナが叫んでも、毒づいてもまるで無視だ。洗い終わると、もう一度彼女の頭を湯のなかに押しこみ、大きく一度揺すって石鹸を洗い流す。そうしてからようやく手を離して体を起こした。

「これでいい。おれのやり方が気に入らないなら、あとは自分で洗え」

「目が見えないわ」イリアナは石鹸がしみてひりひりする目をこすりながら訴えた。

ダンカンはしかたなくもう一度浴槽に膝をつき、石鹸を手にとった。彼女の片方の腕をつかみ、石鹸をつける。そして手早く、無駄なく洗っていった。片方の腕がきれいになると、もう片方の腕に移る。その次は胸だった。ふと肌をこする動きが、優しくゆっくりになる。泡まみれの手が胸をなぞり、愛撫していった。

イリアナは目を閉じ、彼の手の動きに意識を集中させた。呼吸がしだいに速く、浅くなっていく。ダンカンに触れられることで体が目覚めていくようだ。彼の片方の手が脚のあいだに滑りこんでくると、イリアナはうめき、小さく身を震わせた。無意識に手をのばす。その手がダンカンの肩にぶつかると、肩の線に沿って首の後ろへ持っていき、そっとささやいた。

「キスして。お願い、ダンカン」

すぐに唇が合わさり、舌が絡まった。ダンカンの呼吸も浅くなっている。やがて彼は唇を離し、あえぐように言った。「ベッドへ行こう」

イリアナは身をこわばらせるものの、すぐに体の力を抜いた。「手を貸して」彼の口もとに向かってささやく。

ダンカンがうなり、腰を落として彼女を抱えあげようとかがみこんだ。イリアナは最初はおとなしく抱かれていたが、十センチほど水からあがったところでいきなり浴槽の縁をつかみ、彼に逆らった。一度目はダンカンも手があいていたのでバランスをとり戻すことができたが、次はそうはいかなかった。彼女を腕に抱いたまま、前につんのめる。

イリアナはとっさにぐいと身をひねった。おかげで湯に落ちたとき、ダンカンの体の下じきにならずにすんだ。不意を突かれて混乱している夫を尻目にすばやく起きあがると、勝利の叫び声をあげて彼の上にのしかかり、湯に沈める。

にんまりしながら痛む目を無理やり開け、石鹸に手をのばした。なんとかつかんだと思ったところで、ようやくわれに返ったダンカンが、浴槽から出ようともがきはじめた。イリアナも必死で石鹸を探ったが、握ったのは石鹸ではなく、男性自身だった。ダンカンが凍りつく。彼女も驚き、あわてて手を離した。代わりに彼の背中に腕をまわして引き寄せる。

ダンカンはもがいたが、イリアナの泡だらけの胸が自分の胸を撫でていく感触に気づくと、ふと動きをとめた。なんとも言えない快感だった。胸がなめらかにこすれあう。気がつくと彼女は夫の膝の上にいて、湯のなかでは下半身がぴったりと密着していた。

彼が抵抗をやめたことに気づくと、イリアナはそろそろと体を離した。

「やめるなら、ベッドに連れていくぞ」ダンカンが優しく脅しをかける。イリアナはあわてて片手で湯のなかに落ちた石鹸を探り、もう片方の手で彼の胸に広げた泡を撫でまわした。やがて石鹸を見つけ、たっぷり泡だたせると、夫の全身を愛撫しながら隅々まで洗っていく。

ダンカンはじっと横たわって、されるがままになっていた。もっとも、意識にあるのは肩や胸を撫でていく手ではなく、動きに合わせて腿をこすっていく下半身だった。最初は、うぶな妻は気づいていないのだろうと思っていた。だが髪を洗いはじめたイリアナが顔を近づけてくると、息づかいが荒いのがわかった。そのとたん、男性自身が激しくうずきはじめた。

彼は手をのばして妻の胸をつかみ、その濡れたなめらかな肌を愛撫した。

イリアナはうめきながら唇をおろしていった。唇が重なると満足げにため息をつき、髪に指を絡ませてさらにダンカンの頭を引き寄せる。下腹部では激しい欲望が燃えあがっていた。

そのとき突然、彼が脇に手をのばして水の入ったバケツを持ちあげ、傾けた。

唐突に冷たい水をかけられてイリアナは小さくきゃっと叫び、身震いした。思わず夫の肩をつかむ。ダンカンは浴槽のなかで体の向きを変え、彼女を抱えあげて立ちあがった。

水をしたたらせながら部屋を横切り、イリアナをベッドに横たえる。そして上にのしかかって唇を重ね、彼女の手をつかんで男性自身に押しつけた。イリアナははっと身をこわばらせたが、ためらいがちにてのひらを閉じた。キスがさらに激しくなる。少し自信がついた彼女は、高まりを握った手を上下に動かしてみた。鞘から剣を抜く要領で。

ダンカンは一瞬凍りついたが、イリアナの手をつかむと、頭上で押さえつけた。そして、もう片方の手で脚のあいだを愛撫しはじめる。激しい指の動きにイリアナはこらえきれず体をそらし、声をあげた。やがて、彼が不意に体の向きを変え、一気になかに入ってきた。

鋭い痛みに貫かれ、イリアナは絶叫した。目を開き、ダンカンの目を見つめる。混乱とショック、苦痛が次々とその顔をよぎっていった。

「避けて通れないんだ」ダンカンは申し訳なさそうにうめいた。「ひと思いにしてしまったほうがいい」

イリアナが心もとなげにうなずくと、彼はため息をつき、軽く額と額を合わせた。「痛みが去ったら教えてくれ」

彼女は咳払いした。「もう痛くないわ」とまどいがちに言う。

ダンカンは顔をあげ、問いかけるように妻を見た。「本当に？」

イリアナはうなずいたが、ダンカンはまだためらっていた。それでも、しばらくすると手をのばしてもう一度秘所に触れた。ベルベットのようになめらかな肌を指がそっとなぞっていく。

彼女は唇を噛んで、夫の目を見つめた。キスしてほしいという願いをこめて。けれどもダンカンはキスしなかった。代わりにただじっと彼女を見つめていた。やがて彼がゆっくりと動きはじめた。イリアナはうめき声をあげた。しだいに快感が高まっていく。やがてふたりは同時に叫び声をあげ、彼女はこれまで経験したことのない感覚にのみこまれた。おそらくこれがダンカンの言っていた〝悦び〟なのだろう。

12

「奥さま」

まぶたを開けてドアのほうに目を向けたイリアナは、ダンカンの大きな体に視界をさえぎられて顔をしかめた。そのとき、夫が隣に眠ることになったいきさつを思いだした。頬をゆるめながら体を起こし、戸口に立っている侍女を見やる。エバは、イリアナとダンカンが一緒に寝ていることにも、部屋の状況にも驚いているようだった。それも無理はない。今はじめて気づいたのだが、床は水浸しで惨憺《さんたん》たるありさまだった。どうやら浴槽に残っている水より、床にこぼれている水のほうが多いようだ。あのときは気にもならなかった。もっとずっと楽しいことに夢中になっていたからだ。

目にかかっていた髪を払いのけ、イリアナはにっこりした。「エバ、なんの用？」

「はい？　ああ、そうでした！　お母上です、奥さま。お母上が城に向かっておられます」

「お母さまが？」イリアナはベッドからおりると、衣装箱へ突進した。ところが、あと一歩のところで床の水たまりに足を滑らせ、衣装箱に膝をがつんと打ちつける。悪態をつきながらも、彼女は衣装箱のふたをさっと開け、最初に目についたアンダードレスを手にとった。そこでふと手をとめ、くるりと振り向く。「本当に？」

「はい、奥さま。お母上が今いらっしゃる場所を知らせるために、ジョニー・ボーイが数分前に城に到着しました。奥さまをお母上のところにお連れしようと、階下で待っています」

「ジョニー・ボーイが？」イリアナはアンダードレスを頭からかぶりながら、その名前を口にした。ジョニー・ボーイは母の侍女の息子だ。「お母さまはどうして直接ここへ来ないのかしら？」

衣装箱からドレスを引っ張りだしているイリアナを見ながら、エバが肩をすくめる。「わたしは最後まで話を聞いていないんです。ジョニー・ボーイがそこまで説明したところで、アンガスさまからすぐに奥さまを呼んでくるよう命じられたので」

「着替えがすんだらすぐにおりていきますとアンガス卿に伝えて」

エバがうなずいて部屋から出ていくと、イリアナは衣装箱をあさって長靴下を探した。グリーンの長靴下を見つけると急いでベッドに戻り、端に腰をおろしてはきはじめる。そのとき突然ダンカンに背中をたたかれ、後ろを振り返った。彼女は最初、夫が悪夢にさいなまれて飛び起きたのだと思った。だが、彼はイリアナのほうに手をのばし続けている。そしてようやくイリアナをつかむと、彼女の体を自分のほうに引き寄せた。その瞬間、イリアナは気づいた。ダンカンはエバが部屋に入ってきたときから目が覚めていて、侍女が出ていくまで待っていたのだと。

　金切り声をあげながら、イリアナはベッドの支柱に手をのばした。だが、ダンカンのほうがすばやかった。彼女をベッドの上にあおむけに倒してのしかかってくる。イリアナは文句を言おうと口を開きかけたが、夫は耳を貸すつもりなどないようだ。彼は自分の口でイリアナの口をふさぐと、その手ですばやく彼女の体じゅうをまさぐりはじめた。イリアナは頭がぼんやりかすんでいくのを感じた。

「あなた！」ダンカンがいったん口を離してイリアナの唇を噛んだとき、彼女はようやく声を出すことができた。ダンカンがドレスの胸もとを引きさげ、片方の胸の頂を夢中で吸いはじめる。彼女はあえぎながらも、もう一度夫に抗議しようと口を開きかけた。しかしドレスをまくりあげたダンカンの手が両脚のあいだに滑りこみ、情熱をかきたてはじめると、あきらめて目をぎゅっと閉じた。

「ああ《オー》、神さま《マイ・ロード》」驚きと悦びがこみあげ、イリアナは思わず声をあげた。ダンカンの愛撫によって、昨日の興奮がよみがえる。「ああ《オー》、神さま《マイ・ロード》……ああ《オー》、あなた《ディア》……ああ《オー》、お母さま《マザー》」

その瞬間、夫に何を伝えようとしていたかを思いだして、ぱっと目を開いた。「お母さま！」あえぎながら言う。「だめよ！　お願い、あなた。母がこっちに向かっているのよ。すぐに――」

「心配することはない」ダンカンがイリアナの胸から顔をあげ、彼女の両脚のあいだで膝立ちになる。「きみが階下におりて母上を出迎えられるよう、手早くすませるから」

「手早く？」イリアナは尋ねた。ダンカンが彼女のヒップを持ちあげて、なかに入ってきたのがわかると、思わず息をのむ。

彼が途中で動きをとめ、心配そうに眉をひそめた。「痛いかい？」

恥ずかしさに頬を染めながら、イリアナはすばやく首を振った。

「まったく？」

「痛くないわ。でも……」イリアナが言い終わらないうちに、ダンカンは彼女の足首をつかんで自分の肩にのせ、さらに深く入ってきた。

「いいぞ」彼が言った。イリアナの体を一瞬だけぎゅっと抱きしめると、わずかに腰を引き、もう一度彼女の体を突く。「ああ、なんてきついんだ」

イリアナは不安げに唇を嚙んだ。「それって悪いこと？」

「まさか。もちろんいいことさ。よすぎるくらいだ。おれはずっとこれを待っていたんだ。さあ、足首をかけてくれ」

「足首を？」

「そうだ。体が離れないように、おれの頭の後ろにかけるんだ」ダンカンが苦しそうに顔をゆがめながら言う。

イリアナは言われたとおりに足首をかけた。するとダンカンは、イリアナのヒップをつかんでいた手を片方離し、彼女の体をふたたび愛撫しはじめた。イリアナはうめき声をあげながら体をそらした。

「それでいい」ダンカンがさらに彼女の体を引き寄せる。「そうだ。いいぞ……ああ！」

妻のなかに精を放ちながら毒づくダンカンの声が遠くで聞こえる。イリアナは自分の体を貫く官能の波にさらわれ、呆然としていた。夫の手の動きと、自分の体のなかにある彼の感触に圧倒されていた。ダンカンがイリアナの両足を肩からそっとおろし、彼女の上に倒れこんできたときも、彼女はまだ体を震わせていた。

「悪かった、イリアナ」息づかいが落ち着くとすぐにダンカンが謝った。

「謝る必要はないわ」息をはずませながらイリアナは言った。「とてもよかったもの。今度また手早くやりましょう」

そのときドアがノックされ、ふたりはドアのほうに目をやった。ダンカンはため息をつくと、声を張りあげた。「なんだ？」

ドアが開き、アンガスが現れた。息子とその妻が何をしていたかに気づいて顔を赤らめたものの、自分が疑っていたとおりだとわかり、すぐに怒りの表情に変わる。「ダンカン！　たまには衝動を抑えないと、妻を死に追いやることになるぞ。たったひと晩も妻を休ませてやれないのか？　昼間もずっと彼女の邪魔をしてばかりいるのに」

「早く孫がほしいと言ったのは父上ですよ」ダンカンがおかしそうに指摘した。

「彼女の体には、もうとっくに種が植えつけられているさ！」アンガスがぴしゃりと言う。「そろそろイリアナを休ませてやれ。彼女は出産に向けて体力をつけなきゃいけないんだ」

イリアナはばつの悪さを感じながらダンカンの体を押しやると、ベッドから飛びおり、ドレスを直した。「靴下をはいたら、すぐに階下におります」小さな声でもごもごと言いながら、長靴下を手にベッドの足もとに腰かけ、その片方をはきはじめる。

アンガスは彼女に目を移すと、表情だけではなく口調も和らげて言った。「そんなに急ぐ必要はない。数分遅れたところで、たいした違いはないだろう。それに、このばか男を夫に持っているのだから、体力は少しでも温存しなくては」そして、息子に目を戻した。ダンカンはイリアナが抜けだしたばかりのベッドにぐったりと横になっている。アンガスは顔をしかめた。「おまえもさっさと起きて着替えろ。イリアナが夫の助けを必要としてるんだぞ」

イリアナは身をこわばらせ、ダンカンのほうを見たが、彼は顔をしかめただけだった。彼女と違い、ダンカンはレディ・ワイルドウッドがやってくることにあまり驚いていないようだ。スコットランドでは馬が駆けるよりも速く噂が広まるというから、夫も義父もレディ・ワイルドウッドとその召使いがダンバーへ向かっていることは、数日前から知っていたのだろう。だが、母の健康状態がよくないという話が出たことはない。今この瞬間までは。

「夫の助けを必要としている？」イリアナは不安そうに尋ねた。「母は病気なんですか？」

アンガスはわずかにためらったものの、ため息をついて答えた。「ジョニー・ボーイによると、お母上はひどい状態のようだ」

「ひどい状態？　母に何があったんです？」

「彼の話では、きみの継父が癇癪を起こして母上を痛めつけたらしい」アンガスがしぶしぶ答えた。

イリアナは息をのみ、ベッドから飛びおりてドアへと急いだ。だが途中でくるりと振り返ると、今度は衣装箱へ突進した。衣装箱の中身を半分近く床にまき散らした末に、ようやく香草の入った袋を見つけると、散らかった床をそのままに急いで部屋を飛びだす。

部屋から走り去るイリアナを目で追いながら、ダンカンはため息をついた。「あのエネルギーはどこから来るんだ？」

「おまえの思いやりや心配りによるものじゃないことは確かだな」アンガスが険しい顔で息子を振り返りながらきっぱりと言った。「さあ、さっさと起きろ！」

「ああ、イリアナさま、お会いできてよかった」風雨で汚れた大きな顔に安堵の表情を浮かべながら、ジョニー・ボーイは階段の下に駆け寄ってイリアナを出迎えた。呼び名とは裏腹に、身長が百八十センチ以上あり、樽のようにがっしりとした体つきをした彼には、少年《ボーイ》らしいところなどみじんもない。イリアナより十歳は年上だが、子供のころのジョニー・ボーイという呼び名は、年をとってもなぜか変わることがなかった。「これでもう安心です」

そう言いながらも心配そうな彼の表情を見て、イリアナの不安はさらにふくれあがった。「ジョニー・ボーイ、お母さまはどれほどお悪いの？　あの男はお母さまに鞭を振るったりはしていないわよね？」

「ええ、奥さま。でも鞭を振るわれたほうがずっとましだったかもしれません」

それを聞いたイリアナが顔を曇らせると、ジョニー・ボーイは首を振った。「母によると、レディ・ワイルドウッドは肋骨《ろっこつ》を何本か骨折されているそうです。もしかしたら脚も折れているかもしれません。お加減はよくありません。体は弱り、熱もあります。横になっていただけるよう荷馬車か何かでお運びしないことには、これ以上の道のりを進むのは無理だと母は申しておりました。レディ・ワイルドウッドはもう馬にまたがっていられないんです。ダンバーの領地に入ったとわかったとたん、倒れてしまわれたので」

イリアナの脚はがくがくと震えはじめた。ダンカンがそばに来て腕を支えてくれたことに感謝する。

「荷馬車はもう用意させたんですか？」長靴下を妻にはかせるために身をかがめながら、ダンカンが父親に尋ねた。

「ああ」答えながらアンガスもイリアナの腕を支える。そのあいだにダンカンが彼女の裸足《はだし》の足を持ちあげて、長靴下をはかせた。

ダンカンはうなずくと体を起こした。そしてイリアナのまっ青な顔を心配そうに見おろしながら、彼女をドアへと促した。

アンガスが用意させたのは荷馬車だけではなかった。外では馬が三頭並んでいるほか、馬に乗った二十人の男たちが待機している。荷馬車の後ろにはすでにエバが座り、膝の上で香草の入った袋を握りしめていた。

イリアナの手をとって足早に階段をおりたダンカンは、自分の馬にまたがった。そして身をかがめて彼女を引っ張りあげ、自分の前に座らせると、アンガスとジョニー・ボーイが馬にまたがるのも待たずに、城壁に向かって馬を走らせた。だが門を通りすぎたところで速度をゆるめ、ジョニー・ボーイを先に行かせた。

レディ・ワイルドウッドがダンバーの領地に入ったとたんに倒れたというジョニーの言葉は誇張ではなかった。彼が案内した草地は領地の境界にあった。城からは馬で一時間ほどのところだ。

ダンカンが馬をとめようと手綱を引くやいなや、イリアナは彼の腕の下をくぐり抜け、地面に飛びおりた。そしてダンカンが馬からおりるのも待たず、草地を横切り、母の侍女である、やせた老女のもとへ駆け寄った。

怯えたように息をのむイリアナの様子から、レディ・ワイルドウッドの容体が驚くほど悪いことがわかる。ダンカンは父と視線を交わしながら、イリアナの背後から近づいた。地面に横たわる女性の姿が目に入ると、ダンカンも顔色を失った。

イリアナの母親が弱りきり、熱もあるのは一目瞭然だった。だが何より衝撃的なのは、その顔だった。どうやらグリーンウェルドはレディ・ワイルドウッドの体を痛めつけただけでは満足しなかったらしい。グリーンウェルドは彼女の顔にも拳を振るっていた。鼻は腫れあがり、どうやら折れているようだ。唇は裂け、両目のまわりには青あざが広がっている。ワイルドウッドを出発する前はいったいどんな状態だったのだろうと想像して、ダンカンは身を震わせた。

「なんてやつだ」ダンカンの隣に立っていたアンガスが吐き捨てるように言う。

「ああ、お母さま」イリアナはうめいた。母の傷だらけの顔に手をのばしかけたが、触れられたら痛いのではないかと心配して、その手を引っこめる。

娘の声に、レディ・ワイルドウッドが目を覚ました。なんとかまぶたを開こうとするが、腫れているせいで何も見えないようだ。何かを言おうとして口を開いたものの、その口からもれるのは、しゃがれたうめき声だけだった。

「しーっ」イリアナはささやきながら母の手をとった。あざも、傷も、腫れもないのは、どうやら体じゅうでここだけのようだ。「お母さま、イリアナよ。わたしはここにいるわ。これからお母さまをダンバー城にお連れするわね。あそこなら安全よ」そう請けあうと、老女に目をやった。ガーティーはイリアナの祖母の時代からワイルドウッドの女主人付きの侍女を務めていて、治療に関する知識と能力は高く評価されている。ガーティーなら母のけがを治してくれるだろう。

問いかけるようなイリアナの表情に気づくと、老女は彼女の肩をぽんぽんとたたいた。

「熱と痛みを抑える薬をのんでいただきました。今、お母上に必要なのは休息です」

イリアナはうなずくと、肩越しに振り返って、草地にとめた荷馬車に目をやった。

女主人を運ぼうと前に進みでたジョニー・ボーイを、ダンカンがその肩に手を置いて引きとめた。ダンカンはイリアナの母親の前でかがみこむと、その痛々しい体の下に両手を慎重に滑りこませ、そっと持ちあげる。だがその配慮もむなしく、レディ・ワイルドウッドは荷馬車に運ばれながら、彼の腕のなかで何度も苦しげなうめきをあげた。

ダンカンはものの数秒でレディ・ワイルドウッドを荷馬車に運んだ。荷台はエバによって毛布やクッションが広げられ、できるだけ寝心地がよくなるように整えられていた。レディ・ワイルドウッドが荷台に横たえられると、イリアナも荷馬車に乗りこもうとした。だが、ダンカンがイリアナの背中をつかまえ、ガーティーを荷馬車に乗せるよう目配せした。イリアナは不満げに顔をしかめたものの、母の付き添いはあきらめた。荷馬車には三人が乗れるだけのスペースはなかったからだ。

ダンカンに馬のほうへと連れていかれてもイリアナは文句も言わず、馬にまたがる夫を辛抱強く待った。ダンカンが彼女を馬の上に引っ張りあげ、自分の前に座らせたときも、おとなしくしたがった。そして彼がすぐに馬をせきたて、荷馬車の横につけてくれたときには、深く感謝した。一行が城へ向かって進みだすと、イリアナはダンカンの腕をぎゅっと握って、その思いを伝えた。

行きは一時間ですんだが、レディ・ワイルドウッドの体をできるだけ揺らさないようにのろのろと進んだので、帰りは二時間もかかった。ようやく城に到着すると、ダンカンはふたたびレディ・ワイルドウッドを抱きあげた。彼女を腕に抱いて城の扉を通り抜け、上階にある自分たちの寝室へ運ぶ。そしてイリアナとふたりの侍女が手早くベッドからシーツを引きはがし、清潔なシーツに交換するのをじっと待った。ベッドの準備が整うと、彼はそっとレディ・ワイルドウッドをおろした。すぐに女性たちがせわしなく働きはじめる。ダンカンはベッドのそばから追いやられ、自分の寝室から閉めだされた。

「そういえば、おまえはいくつか部屋を増築したいと言っていたな？　ずいぶん前からそんな計画をあたためていただろう？」

大広間に続く階段をおりながら、ダンカンは驚いたように父の顔を見つめた。「ええ。でも、城壁の修復にめどがつくまで、部屋の増築には手をつけないつもりです。城のあちこちで同時に工事を進めることもないので」

「なるほど。まあ、近いうちにその考えも変わるさ」

父がそれ以上何も言わなかったので、ダンカンは顔をしかめた。「どうしてそう思うんです？」

「それはだな、どうやらイリアナの母親はとても具合が悪そうだし、彼女は母親をおまえたちの寝室にこのまま寝かせたがるに違いないからだ。そして母親の様子をいつでも見られるように、自分も同じ部屋に寝床をつくって寝ると言い張るだろうな」

ダンカンは自分が置かれた状況をのみこむなり足をとめた。父の言うとおりだ。レディ・ワイルドウッドは今、自分と妻の寝室で寝ている。そして、この状態はしばらく続くだろう。つまり、自分には寝床がないということだ。当分は大広間の床で寝ざるをえないだろう。それは別にかまわない。今までも何度か大広間で寝たことはある。だが気に入らないのは、父の言うとおり、少なくともしばらくのあいだは、イリアナが母親のそばで寝たがるだろうということだ。もしイリアナが母親のそばを離れて大広間で夫とともに眠ることに同意したとしても、それはそれで自分にとっては拷問でしかない。城にある寝室は三つだけだ。ゆえに召使いたちはみな、大広間の床の上で寝ている。召使いたちがすぐそばにいるなかで夫に抱かれるなんて、イリアナは考えることすら拒むだろう。まったく、なんてことだ。ようやく結婚の完成にこぎつけたというのに、またしても拒否されることになるとは！

アンガスが愉快そうにダンカンの背中をぴしゃりとたたいた。「イリアナが体を休められるよう、神が見守っておられたということだな」

「明日から部屋の増築をはじめることにします」ダンカンは渋い顔で言った。

「それなら二、三部屋つくっておくといいぞ」アンガスが楽しそうに言う。

「二、三部屋？」

「そうだ。先のことを考えるんだ。もうすぐロルフ卿とウィカム司教がシャーウェルを連れて戻ってくるに違いない。司教を床で休ませるわけにもいくまい。この前はおまえの結婚式の夜だったから、わしのベッドを譲った。だが、今回もそうするわけにはいかんだろう。それに、赤ん坊のこともある」

「赤ん坊？」

「そうだ。おまえはせっせと子づくりに励んでいるから、じきに赤ん坊がひとりやふたり生まれても不思議じゃない。わしがおまえの母親と結婚したころは、寝室がひとつしかなかった。だからおまえが生まれたとき、わしらの部屋におまえを寝かせていたんだが、おかげでずいぶん不自由な思いをさせられたものだ。おまえの母親は赤ん坊を起こしてしまうんじゃないかと心配して、なかなかわしの求めに応じてくれなくなった」アンガスの顔にいらだちが浮かんだ。妻に拒否された夜の恨みを、今になって息子にぶつけているようだ。「そういうときのためにも、余分に部屋を用意しておくに越したことはない。あとふた部屋はつくっておけ。絶対に後悔はしないから」

　男たちの怒号と何かを打ちつけるような騒音で、イリアナは目が覚めた。ようやく訪れた眠りから容赦なく引きはがされたことに顔をしかめる。彼女はゆっくりとまぶたを開き、あふれる光に目を細めた。

日の光がさしこんでいるんだわ。

だが、驚くほどのことではない。母の看病をしていたイリアナが床についたときには、すでに太陽は地平線の上に顔をのぞかせ、部屋をグレーがかったオレンジ色に染めていたからだ。イリアナはエバとガーティーに何度もすすめられてようやく、部屋の隅に用意されていた小さな寝床で休んだのだった。イリアナが侍女たちの説得に応じたのは、ベッドの隣に腰かけながら、すでに二度ばかりうとうとしていたからだった。またうとうとした拍子に、もしも前に倒れでもしたら、母をさらに傷つけることになりかねないと思ったのだ。

激しいののしり声が廊下から聞こえてきた。イリアナはもう一度、なんとかまぶたを持ちあげた。だが、なぜかまた目が閉じてしまう。明るい光のせいで頭がずきずき痛み、思わず顔をしかめた。ベッドのほうを見ると、ガーティーがベッドの脇の椅子に座ったまま、まどろんでいる。エバの姿はなかった。

イリアナはゆっくりと上半身を起こし、ベッドで眠っている母に目をやった。母は騒音をものともせず、ぐっすり眠っているようだ。それでも、不安はふくらむばかりだった。これほど深く眠るのがいいこととはとても思えない。

またしても怒鳴り声が聞こえ、イリアナはドアに目をやった。病人がいる部屋の外がこんなにも騒がしいことに腹がたち、不満げに口もとをゆがめる。毛布をはねのけると、彼女はこわばった体で立ちあがった。その拍子に背中に鋭い痛みが走って、思わず顔をしかめる。イリアナはその場で軽く体をのばしたあと、ドアに向かって歩きだした。誰かをつかまえて文句を言ってやらなくては。

だが廊下の様子を目にしたとたん、怒りの言葉はまたたく間にどこかへ消えてしまった。忙しく動きまわる男たちを見て、ただ目を丸くする。どうやら城壁と堀の修復に駆りだされていた男たちが、ひとり残らずこの狭い廊下に集められたようだ。男たちはやかましい音をたてながら、せっせと働いている。

イリアナはしばらく立ちすくんでいたものの、廊下の隅に夫を見つけると、きっと口を引き結び、断固とした足どりで近づいていった。


二階の吹き抜け部分の手すりから支柱の一本をはずそうとしていたダンカンは、誰かに肩をたたかれて振り返った。そのとたん愛らしい妻の姿が目に入り、自然と笑みが浮かぶ。だがその笑みも、イリアナの表情に気づくや、みるみるしぼんでしまった。彼女はほほえんでいたものの、その笑みはこれまで見たこともないほど冷たかった。

「あなた、これはなんの騒ぎかしら？」

冷たいほほえみとは対照的に、その声は甘く優しかった。ダンカンは質問に答える前に、束の間、妻に見とれた。「二階を増築することにしたんだ」

「二階を増築?」

「そうだ。ほら、そのうち赤ん坊がひとりかふたり生まれるかもしれないだろう? そしたらあと二、三部屋あれば便利だと思って」

それを聞いて、イリアナが眉をひそめた。

ダンカンは所在なげにもぞもぞと身じろぎした。「二、三部屋?」「きみの母上のためにもひと部屋あったほうがいいと思ったんだ。そうすれば好きなだけ長くここに滞在してもらえるだろう? それに、客室は多いに越したことはない」

「母のための部屋?」その心づかいに彼女の眉はわずかにつりあがったが、すぐに不機嫌そうにひそめられた。「つまりあなたは、けがで療養中の母がすぐそこのドアの向こうで横になっているってことを忘れたわけじゃないのね。にもかかわらず、あなたとあなたの家臣たちは、ここでやかましく音をたててるのね」

廊下がしんと静まり返った。男たちは驚いたようにダンカンとイリアナを見つめている。だが、ダンカンは家臣たちのことなど気にしていなかった。大声でわめく妻から目が離せなかった。大きく上下する胸や、怒りで赤く染まった頬、その瞳にきらめく炎に見とれていた。ふと、イリアナが同じ様子を見せていた昨日の午後のことを思いだす。もちろん、あれは欲望によるものだったが。彼はまた、行為を終えたあとのイリアナも思いだした。彼女の夢見るような表情や、満足しきった体のあたたかさを。記憶をたどるうちに体が熱くなってきたことに気づくと、ダンカンは不意にうなり声をあげ、イリアナの手をつかんで、廊下の端へと引っ張りはじめた。

「何をしているの？」彼女が手を振り払おうとしながら言う。

「イリアナ、きみは明らかに動揺している。きみの金切り声で療養中の母上を起こしてしまわないよう、ふたりきりで話せる場所に移動しよう。おまえたちは作業を続けろ！」ダンカンは歩きながら男たちに命令した。

「わたしの金切り声ですって？」彼に引っ張られながら、イリアナは叫んだ。男たちが作業を再開し、木槌をガンガン打ちつける音やのこぎりをひく音が響き渡る。ようやくダンカンの手を振り払うと、彼女は両手を腰にあて、足をとめて振り返った彼をにらみつけた。「わたしが部屋から出てきた理由はまさにそれだってことがわからないの？　こんなにうるさかったら、母が起きてしまうわ。ダンカン、母には休息が必要なの。わたしは――」

「わかってる。きみの言うとおり、母上には休息が必要だ。だから休んでもらおう。おい、おまえたち、できるだけ音をたてずに作業しろ。大声は禁止だ」ダンカンは男たちに指示を出すと、イリアナの手をつかみ、また歩きだした。彼女がふたたび手を振り払うころには、廊下の端の階段のところまでたどり着いていた。

「ダンカン！　母が寝ているそばでうるさく作業されたら困るわ。母が起きてしまう――」

「いいえ、奥さま」

エバの声に、イリアナとダンカンは階段を見おろした。侍女が階段の下からふたりを見あげている。

「ガーティーがレディ・ワイルドウッドにチンキを飲ませたので、戦争がはじまったってお目覚めにはなりませんよ」

「ほら、わかっただろう？」ダンカンがにんまりと笑った。「さあ、おいで。この件について、ふたりで話しあおう」また逃げられてたまるかというようにイリアナを抱きあげると、彼は急ぎ足で階段をおりた。

驚きのあまり、イリアナは夫の肩にこわごわとつかまることしかできなかった。そんな彼女を抱いたまま、ダンカンが城の外に出る。

「あなた」厩舎に向かって急ぐ夫に向かってイリアナはようやく声をかけた。「あなた？」

「なんだ？」

「何をしているの？」

「さっき言っただろう？　きみの母上の眠りを妨げることなく話しあえる場所にきみを連れて……あっ、まずい！」ダンカンが不意に体をこわばらせ、足を速めた。厩舎まであと数メートルになると、腕のなかの妻を乱暴に揺らしながら走りだす。

イリアナはさっとまわりを見渡して、夫があせっている理由を探した。だが彼女に見えたのは、こちらへ向かって急ぎ足で近づいてくるアンガスの姿だけだった。

厩舎に到着すると、イリアナは言った。「いったい……」だがその声は、厩舎頭を呼ぶダンカンの怒鳴り声にかき消された。

馬を用意しろとダンカンが命じ終わるか終わらないかのうちに、厩舎頭は馬をふたりの前に引いてきた。ダンカンはいったんイリアナを腕からおろし、鞍《くら》がつけられていない馬にまたがると、すぐさま腕をのばして彼女を自分の前に引きあげた。そしてイリアナを座らせるやいなや、アンガスの脇をすり抜け、厩舎の外へと馬を走らせた。

「ダンカン！」

すれ違いざまに、怒りで口が引き結ばれているアンガスの顔がちらりとイリアナの目に入った。だが義父の姿は、ダンカンの肩にさえぎられてすぐに見えなくなった。城壁の外へと馬を走らせる夫の肩に、彼女は必死でしがみついた。

「あなたのことを怒ってらしたみたい」森が近づいてきたころ、イリアナはようやく口を開いた。

「誰が？　父か？」

「ええ」

「そうか。まあ、いつものことさ」

ちゃんと説明してくれようとしない夫に、イリアナは顔をわずかにしかめたものの、ただこう尋ねた。「どこに向かっているの？」

「おれの知っている草地だ。きみが大声で叫んでも、そこなら誰にも聞かれる心配はない」

イリアナは怒るのにも疲れて、目をくるりとまわした。「そんな必要はないのよ。わたしにはもう大声をあげる理由がないんだから」

「いや、それはどうかな?」ダンカンはにやりと笑うと、彼女の鼻にさっとキスをした。

「まずはおれに任せてくれ」

イリアナは困惑して眉をひそめた。「何を任せるの?」

「きみに叫び声をあげさせることさ」

ダンカンはそう答えたが、彼女はさらに困惑しただけだった。

13

かなりの距離を走ったあと、ダンカンは徐々にスピードを落とした。ようやく森を抜け、草地に入ったころには、イリアナは乗り心地の悪さやどこへ連れていかれるのかという好奇心も忘れて、うとうとしていた。突然、馬の歩みがとまり、ぼんやりしていた意識が引き戻された。ダンカンが馬からおりると、彼女は眠そうな目であたりを見まわした。あくびをもらしながらその場所の美しさに目を奪われていたとき、夫の手が腰にかかるのに気づいた。ダンカンが馬からイリアナを抱きあげ、お互いの顔が同じ高さになるまで彼女の体を滑りおろす。大きく口を開けてあくびをしていたイリアナは、あわてて口を閉じようとしたが、遅すぎた。ダンカンがその隙をとらえて、彼女の唇を自分の唇でふさぐ。そして唇のあいだに舌を滑りこませ、なかをじっくり探索した。

一気に眠気が吹き飛んだイリアナが積極的にキスを返そうとしたところで、ダンカンが唇を離した。彼女は不満げなうめき声をあげた。

「父が怒っていたのは、おれがきみをここに連れてきた目的がわかったからさ」

ダンカンのおもしろがるような口調に、イリアナはゆっくりと目を開けた。そして顔にとまどいの色を浮かべながら尋ねる。「どうしてわたしをここに連れてきたの？」

「きみに叫び声をあげさせるためだ。悦びの叫びを」

イリアナはその言葉に目をぱちくりさせた。疲れた頭では、ダンカンの言っている意味を理解するのに時間がかかった。だがそのあいだにも彼の手は腰から離れ、今は両胸を包みこんでいる。

「わが妻の情熱をもう一度味わいたくなったんだ」ダンカンは豊かなふくらみを愛撫したあと、その先端に親指を這わせた。そこは今やかたくとがっている。

自分の胸を優しく撫でる夫の両手を見おろして、イリアナは息をのんだ。「ここで？　外でするの？」かすれた声で尋ねる。

「ああ、ここでだ」ダンカンがうなずいた。

「でも、誰かが通りかかるかもしれないわ。それに——」

「誰もいないさ」顔をあげたイリアナにふたたびキスをして、ダンカンは彼女の言葉を封じた。しばらくして唇を離し、今度はイリアナの頬から耳へと唇を滑らせる。「おれをとめられるものは、この地上に何ひとつ……」

不意にダンカンは体をこわばらせた。イリアナもそのままじっとしていたものの、彼がさっと手をおろして、ドレス越しに秘所に触れてくると、驚いて息をのむ。

ありがたいことに、これまで何度も彼の手を阻んできた貞操帯はなかった。ダンカンはほっとして力を抜き、弱々しい笑みを浮かべながら認めた。「正確には、〝ほとんどない〟だな」

イリアナが何も言えないでいるうちに、ふたたびダンカンが彼女の唇をとらえ、キスをはじめた。イリアナは頭がくらくらしてきた。しばらくして夫の唇が離れると、ぼんやりしていた彼女の頭も少しはっきりしてきた。ふたりはついさっきまで立っていたところから数メートル離れた場所にいた。驚いたことに、いつのまにか草地の端まで移動していたのだ。不意にダンカンがイリアナを木に寄りかからせた。彼女の背中にごつごつとした幹があたる。奇妙なことに、体のあちこちに涼しい空気が触れるのも感じた。

ダンカンが首から胸にかけてキスの雨を降らせていく。下を向いて彼に目をやったイリアナは、急に涼しさを感じた理由がわかって驚いた。いつのまにかドレスが引き裂かれ、おなかのあたりまで大きくはだけていた。鳥肌のたった胸のふくらみがあらわになっている。さらにむきだしの左脚がダンカンの腰にまわされ、彼がドレスを押しあげながら、腿から付け根へと手を滑らせていた。

イリアナは自分のみだらな格好にショックを受けて口を開いた。だが、その口からもれたのは悦びのあえぎだけだった。ダンカンが胸の先端に吸いつき、口で情熱的に愛撫すると、彼女は身を震わせた。

両手でダンカンの頭を抱きかかえながら、イリアナは唇を湿らせた。自分の胸の頂を口に含んでいる夫を見おろして息をのむ。それはなんとも官能的な光景だった。そのとき、彼の手がふたりの体のあいだに滑りこんだ。ダンカンがそのまま手を秘所までのばすと、イリアナは彼の髪にうずめた指を握りしめ、頭を後ろにそらした。思わず荒々しいうめきがもれる。

「あなた！」イリアナは懇願するようにあえいだ。おととい知ったばかりの感覚が、ふたたび体のなかにわきあがる。

ダンカンがうなり声をあげながら愛撫の手をとめる。そしてイリアナを木に押しつけると、手早く自分のプレードをまくりあげ、彼女のなかに入ってきた。

夫を受け入れながら、自分の体が徐々に開かれていくのを感じて、イリアナはあえいだ。不意に彼が腰を引くと、またあえぎ声をあげる。ダンカンはイリアナの腰を抱きかかえながら、唇を彼女の唇に重ね、ふたたび彼女を貫いた。

イリアナは背中で木の幹のごつごつとした樹皮を感じていた。そしてむきだしの胸の片方では、彼の柔らかな麻のシャツを、もう片方では、彼のプレードのごわごわとした生地を感じていた。だが何より感じていたのは、体のなかと外で感じるダンカンの存在だった。イリアナは彼によって官能の淵《ふち》へと追いやられ、やがて絶頂を迎えた。

「わたしをここに連れてきたのは正解だったわね」

耳もとでささやかれた言葉に、ダンカンは体をこわばらせた。イリアナの足を地面におろすと、顔をあげる。

イリアナの顔に満足しきった優しい表情が浮かんでいるのを見て、彼女からのほめ言葉だと考えたダンカンは満足げにほほえんだ。だが、すぐにイリアナが言葉を続けた。

「ここまで離れた場所でなければ、城じゅうにあなたの叫び声が届いていたでしょうから」

イリアナの目に浮かんだ楽しげな光に気づき、ダンカンはにやりと笑《い》った。彼女のなかに精を放ったとき、たしかに自分は叫び声をあげていた。まるで凍てつく冬の夜に遠吠えをあげる狼《おおかみ》のようだった。このあたりにいた野生動物はみな、数キロ先まで逃げだしてしまったに違いない。「叫び声をあげるのは、たしかきみのはずじゃなかったか？」ダンカンは彼女の腕をさすりながら言った。

「そんなのレディにふさわしくないもの」はにかみながらイリアナが抗議すると、彼の笑みはさらに広がった。ダンカンはイリアナを抱きあげ、石が転がっていないところを選んで彼女を横たえた。

「レディらしからぬ妻を見たかったんだ」イリアナの隣に寝転び、大きく裂けたドレスがはだけてあらわになった柔らかな肌に手をのばす。

「わたしのドレスを破ったのね」責めるというよりは、見たままを述べるような口ぶりでイリアナは言った。

「夢中だったんだ。そのときはきみも気にならなかったようだったぞ」

「ドレスを破られていることにも気づいていなかったんだもの」彼女は顔をしかめて認めた。

その言葉に、ダンカンの瞳がぱっと輝いた。「ということは、おれはきみを夢中にさせたってことだな？」

「そうね」イリアナは穏やかな声で認めた。少しくらいは彼を得意にさせてやってもいいだろう。

「だけど、叫びはしなかった」ダンカンが彼女の下腹部へと手を滑らせながら指摘する。

「だからここを立ち去る前に、きみに叫び声をあげさせてやる。ここを離れる前に、必ずきみに悦びの叫び声をあげさせると誓おう」

なかなかいい誓いだと思ったイリアナは、にっこり笑って彼の頭を引き寄せ、キスをした。


「イリアナ？」イリアナは眠気を振り払うと、ベッド脇の椅子の上で身じろぎした。母が目覚めたことに気づいて、ぱっと目を見開く。母が城に来てから一週間がたっていた。この一週間、ダンカンに馬で森へ連れていかれたとき以外、イリアナは一度もこの部屋から離れていなかった。食事も睡眠もここでとっている。そして起きているあいだは、母のそばを心配げな顔でうろうろして過ごした。

「お母さま？」母の手をそっと握りながら、イリアナは顔を近づけた。レディ・ワイルドウッドは、この城に到着したときから、さほどよくなっていないように見えた。青あざは薄くなりはじめているものの、両目はまだ腫れている。「わたしの顔が見える？」

レディ・ワイルドウッドは頭を振ろうとして、痛みに顔をしかめた。「いいえ。でもお父さまがスペイン旅行のお土産に買ってきてくれた香水の香りを感じとれるわ」

「どんな気分？」

レディ・ワイルドウッドが弱々しくほほえむ。「わたしはどんなふうに見える？」イリアナが答えにためらっていると、母は顔をしかめた。「そんな気分よ」

イリアナは同情し、母の顔からそっと髪を払いのけた。「ガーティーが薬をまぜるための蜂蜜酒《ミード》を階下にとりに行ってるわ。体を癒すあいだ眠っていられるよう、ずっとお母さまにそれを飲んでもらっていたの。すぐに戻ってくるはずよ」

母の手がいらだたしげに動いた。「わたしは眠りたくないわ。もう何日も眠ったままだったでしょう？」

「一週間よ」イリアナは穏やかな声で答えた。

「そう。じゃあ、もう充分だわ」

「ガーティーはそのほうがお母さまは早くよくなると――」

「眠っていようがいまいが、あざや骨折が治るのには時間がかかるものよ。ガーティーはただ、わたしが痛みを感じなくてすむように眠らせようとしているだけ」

「そうかもしれないわ」イリアナはそっとうなずいた。「でも悪い考えじゃないでしょう」

「いいえ」レディ・ワイルドウッドが即座に否定した。「お父さまを失ったことに比べたら、体の痛みなんてたいしたことないわ。それにお父さまが亡くなって以来、わたしは眠ること以外、ほとんど何もしてこなかった。そろそろ目を覚まして、現実に対処しなくちゃ」

「でもお母さまはちゃんと現実にも対処してきたわ」イリアナは反論した。「わたしの結婚をとりまとめてくれたし、グリーンウェルドからだって逃げだしたじゃない」

「国王陛下に手紙を書いて、あなたが安全なところにいるとわかったあとすぐに、グリーンウェルドから逃げたのよ」レディ・ワイルドウッドはそう言うと、顔をイリアナのほうに向け、腫れあがった目を凝らして娘の顔を見あげながら優しく尋ねた。「あなたは大丈夫だった？　すべてうまくいってるの？」

「ええ」母を心配させたくなくて、イリアナは答えた。

「あなたの夫は優しくしてくれる？」

イリアナは答えにためらった。自分に対するダンカンのふるまいを優しいと表現するのは、いささか無理がある。だからといって、彼が優しくないわけではない。イリアナは夫との関係をどうとらえるべきなのか、自分でもよくわからなかった。結婚が完成する前まで、ふたりは言い争ってばかりだった。夫婦の関係はつい先日から大きく方向転換したが、それでどう変わったのかは自分自身よくわかっていなかった。ダンカンは要求が多く、怒りっぽいが、同時に優しい面もある。肥やしの上に倒れこんで、彼を寝室へとおびき寄せたあの午後以来、ふたりは会話らしい会話をしていなかった。母が到着してから夫と会ったのは、騒音の苦情を言いに行ったときだけだ。夫に連れられて行った森の草地での出来事を、意味ある会話ととらえるのは難しいだろう。

あの日以来、イリアナはダンカンに会っていなかった。あのあと、彼女は気づくと寝室の隅につくった寝床の上に寝かされていた。エバの話では、イリアナを抱きかかえて城に戻ってきたダンカンは、彼女を寝室に運ぶと、寝床の上に寝かせて毛布をかけ、自分はそのあと増築作業に戻ったという。あの日、イリアナは母のそばで、騒音をものともせずに眠った。あの日から今日まで、睡眠を邪魔されたことがなかったわけではないが、文句を言いに行くことはなかった。ひとつ目の理由は、母は薬をのんでいるため、騒音で目を覚ますことはなかったからだ。ふたつ目は、いささか子供じみているが、ダンカンと顔を合わせるのが怖かったからだった。森で過ごしたときのことを思いだすたびに顔が赤くなる。彼が自分にしたこと、そして自分が彼にしたことを思いだして。妻のレディらしからぬところを見たいという夫の望みはかなえられた。森での自分のふるまいは、動物とたいして変わらない。自分の叫び声が、今もまだ耳に残っている。目を閉じると、背中に感じた草地の冷たさや、あちこちを夫に口づけされて敏感になった肌をなぞるそよ風が、今でも感じられた。

「イリアナ？」

イリアナはもの思いから無理やり意識を引き戻すと、顔をまっ赤にしたまま、後ろめたそうに母を見おろした。「わたしは不幸ではないわ。すべて順調よ」

レディ・ワイルドウッドはその言葉をうのみにしたわけではなさそうだったが、それについては何も言わず、ただため息をついた。

そろそろ話題を変えたほうがよさそうだと判断し、イリアナは監禁されていたときのことを尋ねた。「グリーンウェルドはしょっちゅうお母さまを殴ったの？」

「彼の言うことにわたしがしたがわなかったときはいつもね」レディ・ワイルドウッドが淡々と答える。だが不思議なことに、彼女はそのあと満足げな笑みを浮かべた。「といっても、あの男の顔を見るたびにわたしは逆らったわけだけど」

イリアナはあっけにとられたまま母を見つめた。その誇らしげな言葉に、どう答えればいいのかわからなかった。自分の身を危険にさらした母を責めたい一方、ほめたたえたくもあった。何しろイリアナ自身、何度も脱出を試みたのだから。だが少なくとも、グリーンウェルドには思い知らせてやれたわけだ。レディ・ワイルドウッドとその娘は、暴力で支配しようとしても言いなりにはならないということを。

イリアナは何も言わず、思いやりをこめて母の手を握りしめた。そのとき寝室のドアが開き、イリアナは顔をあげた。母の侍女が戻ってきたのだ。

ガーティーが部屋に入ってくるかすかな物音に反応して、レディ・ワイルドウッドがドアに顔を向けた。それに気づいた老女がベッドに駆け寄る。「お目覚めになりましたか？」

「ええ」

「心配ありません。すぐにまたお眠りいただけます。ミードにほんの少し薬をまぜれば――」

「いやよ、ガーティー。もう充分眠ったから、今は起きていたいわ」

「眠らないと、痛みに苦しむことになりますよ」

「それでもいいわ。起きていたいの」

ガーティーは一瞬、女主人を見つめたものの、あきらめのため息をついて薬を脇に置いた。

「喉は渇いていますか？」

「ええ」

ガーティーはうなずくと、ベッドの反対側にそっと腰かけ、レディ・ワイルドウッドがミードを飲むのを手助けした。だが、けがをした唇に液体がしみて、女主人が痛みに顔をしかめると、老女は口を引き結んだ。「お休みになるべきです」

「もしまた眠ってしまったら、食事がとれないわ。食べなければ体も癒えないでしょう」

「食欲があるの？」イリアナはほっとしながら笑顔で尋ねた。食欲があるのなら、母の体調は見た目ほど悪くないのかもしれない。これはいい兆候だ。

「ええ」

「それなら料理人に何かつくらせるわ」イリアナは立ちあがってドアへと急いだ。「すぐに戻るわね」

ダンカンは作業の手をとめて額の汗をぬぐった。無意識のうちに、今は立ち入り禁止となっている部屋のドアに目が行く。自分の寝室のドアだ。だが今は、イリアナの母親の部屋となっている。ベッドを貸すことに不満があるわけではない。レディ・ワイルドウッドはひどいけがを負っているのだから、自分より彼女のほうが寝心地のいいベッドを必要としている。不満なのは、妻がそばにいないことだった。ようやくイリアナの関心を引けたところだというのに、またふたりの関係が膠着《こうちゃく》状態に陥ってしまったことに、彼は腹がたってしかたがなかった。

森で愛を交わした日以来、妻には会っていなかった。あのあと、何度も妻に会いに行った。妻を誘いだそうとして、寝室のドアをノックしたのだ。ところが、そのたびにレディ・ワイルドウッドの侍女のイングランド人老女がドアを開け、イリアナは徹夜で母親の看病をしていたので、今は休んでいると告げるのだった。ダンカンは、自分が放っておかれているような気分になった。同時に不安もふくらんでいた。明らかにイリアナは夫を避けているようだ。だが、その理由がわからなかった。森で過ごしたことによって、ふたりの関係は新たなものになったと思っていたからだ。彼にとって、あのひとときは驚くほど楽しい時間だった。妻も自分と同じくらい楽しんでいたはずだ。

不公平なことに、愛を交わす際、女は何度も満足を得られる。反対に男は、欲望を放つたびに休息が必要となるため、女のようには何度も満足を得られない。あの日もそうだった。森のなかで、イリアナは少なくとも六回は、体をこわばらせ、よじらせ、叫び声をあげた。一方、自分のほうは、満足を得たのはたったの三回だった。それが不服だというわけではない。その三回で、膝ががくがくになった。あの日は震える脚で一日を過ごすはめになったほどだ。

ダンカンは、また膝ががくがくになりたかった。だが、イリアナはそれに協力してくれようとしない。

そう考えて顔を曇らせたとき、彼がにらみつけていたドアが突然開き、イリアナが寝室から姿を現して急ぎ足で階段へ向かうのが見えた。体をこわばらせたまま、大急ぎで視界の向こうに消えようとしている妻の姿を呆然と目で追う。次の瞬間、ダンカンは手に持っていた木材を床に落とし、彼女を追いかけはじめた。

エルジンは厨房にいなかった。イリアナは厨房のまんなかで足をとめ、何も置かれていないテーブルや、かまどのまわりに目をやった。普段なら厨房係が夕食の準備のために忙しく働いている時間なのだが、珍しいことに人けがない。彼女はとまどった。いつもは誰かしらが野菜を洗うなどの雑用をしているのに。どうして誰もいないのだろう？

　自分でエルジンを捜しに行くか、誰かに彼を捜しに行かせようと思い、イリアナはドアのほうを振り向いた。そのときドアが勢いよく開き、ダンカンが厨房にずかずかと入ってきた。彼女は凍りついたように立ったまま、目を見張った。彼が作業の途中で抜けだしてきたのは明らかだ。ダンカンは麻のシャツを着ず、腰にプレードを巻いただけの姿だった。裸の上半身には汗がきらめき、汚れの筋がいくつもついている。

　その姿を見て、イリアナの脳裏に記憶が鮮やかによみがえった。自分のほうへ近づいてくるダンカンを見つめながら、彼女は興奮に頬を染めた。

　イリアナめがけてまっすぐやってきたことからして、夫が自分を追いかけてきたのは間違いないようだが、母の容体について尋ねるためではなさそうだ。その瞬間、頭からすべてが消え、イリアナは夫に向かってふらふらと足を踏みだしていた。

　ダンカンが情熱的にキスをする。イリアナは息をするのも忘れて、欲望に体をたぎらせた。やがて彼が唇を離し、その口を彼女の頬や首に這わせはじめると、イリアナは息をのんで、小さなあえぎをもらした。だがそのあえぎは、すぐに狼狽のうめきに変わった。彼女は夫の腕のなかでもがきはじめた。

　イリアナが突然身をよじりはじめたおかげで、ダンカンはわれに返った。ここは厨房だ。信じられないことに、誰が入ってきてもおかしくないこの場所で、今にも自分は妻を床に押し倒そうとしていたのだ。彼は悪態をつきながらイリアナを抱きあげ、香辛料や食材がしまわれている鍵のかかった貯蔵庫へと急いだ。そして貯蔵庫の前で足をとめ、妻をおろすと、父が妻のためにつくらせた鍵束を彼女の腰からはずした。

「何をしているの？」イリアナは困惑したように尋ねた。夫は鍵束のなかから、貯蔵庫の鍵を探そうとしている。

「しーっ、いいから」ダンカンはつぶやいた。そのとき、不意に鍵を探していた手がとまった。鍵束のなかに、妙な形の鍵を見つけたのだ。一瞬、その顔に困惑の色を浮かべたものの、肩をひょいとすくめただけで、また鍵を探しはじめる。ようやく目的の鍵を見つけると、貯蔵庫の鍵を手早くはずし、ドアを開けた。そして妻の腰を引っつかみ、いそいそとなかに入った。

狭い貯蔵庫へと引っ張りこまれたとたん、イリアナはさまざまな香辛料の香りに襲われた。マジョラムにナツメグ、それに土のついた野菜の香りもする。そのとき、ダンカンがドアを閉め、ふたりは暗闇に閉じこめられた。

「何を……」彼女は不安になって口を開いた。だが最後まで言い終わらないうちに、また夫の腕のなかに抱き寄せられ、唇を奪われた。背中が何かに押しつけられる。背中にあたる、ごつごつした感触からすると、じゃがいも袋のようだ。

ダンカンはさながらコース料理を前にした飢えた男のようだった。スープ、サラダ、メイン、デザートの四品すべてをひと皿に盛って味わおうとでもいうように、彼の口と手があちこちをさまよう。イリアナの体のすべてに触れ、すべてにキスをするのだと決心しているかのように、ダンカンは彼女の口、頬、耳、首へと軽やかに唇を滑らせた。同時に片方の手でイリアナのドレスの襟ぐりを引っ張ったり、胸を愛撫したりを忙しく繰り返す。もう一方の手は、彼女のドレスのなかをもぞもぞと動いていた。そのあいだにも片方の脚をイリアナの両脚のあいだにさし入れて、彼女の脚をもっと開かせようとしている。

「あなた」イリアナはつぶやいたが、すぐにまた夫の口にふさがれた。彼女は舌をさし入れられないよう口をしっかり閉じていたが、ダンカンの手が秘所にのびると驚いて息をのみ、結局、侵入を許してしまった。だが、舌が絡みついたとたん、イリアナのとまどいも消えた。ダンカンがやっとのことでドレスを肩から引きおろし、胸のふくらみが片方あらわになる。たちまちかたくなったその先端を指でつままれ、彼女はうめきながら背中をそらした。そのとき、ダンカンが秘所を愛撫した。イリアナは震えながら彼の肩にしがみついた。そしてダンカンの口が唇を離れて下におりていき、あらわになった胸の頂を含むと、かすかな声であえいだ。

残念なことに、その声によって、イリアナは自分が先ほどなぜ夫に抵抗しようとしたのかを思いだした。理由は単純明快。ただ単にダンカンがくさかったからだ。またしても。

興奮が、煙が風に吹かれたようにあっという間にかき消える。彼女は夫の腕のなかでなんとか姿勢を正すと、彼の胸を押しやった。

不意に胸を突かれたダンカンは顔をしかめつつも、イリアナの手を払いのけ、彼女の胸に吸いついた。だがいくら彼が吸っても、その頂はかたくならない。彼は眉をひそめながらも、優しく先端に歯をあてたりなめたりと、さらに愛撫を続けた。するとふたたび妻が手で胸を突いてきた。

「どうした?」体を起こしたダンカンは、ドアの下からもれる薄明かりにぼんやり浮かぶ妻の顔に目を凝らしてみたが、その表情まではわからなかった。「そんなにびくびくすることはない。ここなら誰にも見つからないんだから」

「そうね。でも……」イリアナは気まずそうにつぶやくと、夫の腕から逃れようともがいた。「それだけじゃないの」だが、そこで口ごもった。問題を指摘してダンカンを怒らせたくはない。そこで、嘘をつくことなく言える唯一の言い訳に飛びついた。「母が目を覚ましたの。おなかがすいていると言うから、厨房にスープをとりに来たところだったのよ」

「そうか。そういうことなら手早くすませようじゃないか」ダンカンはそう言うと、わずかに体をかがめ、ドレスの裾をまくりあげながら指で肌をなぞった。

脚の上を滑る夫の手の動きに反応してみぞおちに熱いものが広がり、イリアナは思わずあえいだ。だがその拍子に、またしてもダンカンのにおいを吸いこんでしまい、大きくうめいた。彼は、料理のいいにおいが漂っていた厨房の広い空間でも充分くさかったが、この狭い貯蔵庫のなかでは、まわりをとり囲む香辛料の香りさえも圧倒するほどくさい。そのにおいたるや、まるで……。

「馬の糞だわ」

ドレスの下で彼女の腿をつかんでいたダンカンの手がとまった。「なんだって？」

「つまり……今日、あなたは馬の世話をしていたのかしら？」イリアナは慎重に尋ねた。

「ああ」彼女が言いあてたことに驚いたようにダンカンが答える。「今朝は厩舎を手伝っていたんだ。一頭の母馬が難産で苦しんでいたから、この手で子馬を引っ張りだしてやった」

イリアナはうめいた。夫が子馬の出産に立ち会っている様子がありありと目に浮かぶ。彼は厩舎に敷かれた藁の上にひざまずきながら、手を母馬の体のなかに突っこみ、子馬の足をつかんで引っ張りだしたのだろう。血や糞にまみれたにもかかわらず、夫は風呂に入ることなど考えもせず、ぼろきれか何かで汚れをぬぐっただけで、部屋の増築作業に移ったに違いない。賭けてもいい。イリアナが肥やしにまみれた一週間前のあの日以来、ダンカンは風呂に入ろうとは一度たりとも考えなかったはずだ。増築作業に毎日精を出すうちに、その体は汗や埃で汚れていったが、それをきれいにしようとはつゆとも思わなかったのだろう。夫が厩舎のようなにおいを放っているのも当然だ。実際には厩舎よりもくさかったが。

「どうしてわかったんだ？」

イリアナはため息をついた。「におうもの」

その答えにダンカンが凍りついた。

夫の怒りを感じとったイリアナが一歩右に足を動かしたところ、そこにドアがあるのがわかった。ドアを開けると、ふたりに光が降り注いだ。夫の顔に浮かぶ怒りに彼女はたじろぎ、逃げるが勝ちだととっさに判断して厨房に躍りでる。すると、そこに立っていたエルジンとぶつかりそうになった。

「ごめんなさい」イリアナはもごもごと言いながら、料理人の横をすり抜けた。

「イリアナ！」

振り返るまでもなく、夫が追ってきていることはわかっていた。夫のドスドスという足音が聞こえ、イリアナはスピードをあげて厨房のドアへと走った。だがまずいことに、急いでいたせいで厨房にいたアンガスの姿が目に入っていなかった。イリアナは義父にぶつかり、その勢いで危うく彼もろとも床に転がりそうになった。

アンガスの腕に抱きとめられ、イリアナは驚いて彼を見あげた。頬がたちまち赤く染まる。

「あの……わ、わたしはその……母が目を覚まして、おなかをすかせていると言うので……」彼女は義父から体を引きながら早口で言った。「母にスープを持っていこうと思ったんですけど、そうしたら――」

「盛りのついた牛みたいな、うちのばか息子にまたしても飛びかかられたってわけだな」アンガスはイリアナのドレスを引っ張りながら、彼女の言葉を引きとった。

きまりが悪くなって下を向いたイリアナは、ドレスの襟が引っ張られ、片方の胸がほとんどあらわになっていることに気づいた。顔をまっ赤にしながらドレスの乱れを直す。

「スープはエルジンに運ばせるから、きみは階上《うえ》に戻って、母上のそばにいてやりなさい。わしは息子にひと言ふた言、言って聞かせたいことがある」

ほっとしてうなずくと、イリアナはアンガスの脇をすり抜け、父親が話しかけているにもかかわらず彼女を呼びとめようと叫んでいるダンカンを無視して厨房から出ていった。

14

「いつまでここに隠れているつもり？」

イリアナはチェス盤から顔をあげ、用心深く母を見つめた。「どういう意味？」

「どういう意味かはわかっているでしょう？」

母の見透かすようなまなざしを受けて、イリアナは居心地悪そうに身じろぎし、チェス盤へと目を戻した。「隠れているわけじゃないわ」

「そう」レディ・ワイルドウッドがそっけない口調で言う。

「本当よ」イリアナは頑固に言い張った。「チェック」

「つまり、あなたがこの一週間、昼も夜もこの部屋を離れなかったのは、娘としての思いやりからだというのね？」

「もちろんよ」

「なるほど」レディ・ワイルドウッドが頭を振りながらチェスの駒を動かす。「チェックメイト」

イリアナは呆然とチェス盤を見おろした。母はたったひとつ駒を動かしただけで、ゲームの勝敗を引っくり返してみせたのだ。イリアナはため息をついて椅子の背にもたれると、いらだたしげに母を見つめた。「お母さまは具合が悪かったんだもの」

「そうね」

「わたしの看病を喜んでしてくれているのかと思っていたわ」母に無言で見つめられ、きまり悪くなって目をそらす。

「ダンカンとうまくいっていないのね」

責めるように言われたイリアナは、肩をすくめながらため息をついた。「ある程度はうまくいってるわ。完璧な夫婦ってわけではないけれど、まだ結婚したばかりなのよ。今はお互いのことを知っていく段階だわ」

「そうね。でも一緒に過ごさなかったら、お互いのことを知るのも難しいと思うけど」

イリアナがチェス盤を見つめたまま、頑として何も言おうとしないので、レディ・ワイルドウッドは膝の上の盤を持ちあげて脇に置いた。

「何してるの？」母が毛布を払いのけて、足を床におろそうとしたので、イリアナは仰天して尋ねた。あわててベッドをまわって母をとめに行く。「お母さま、横になってなきゃだめよ。まだ体力が戻ってないんだから」

「ずっと横になっていては、いつまでたっても体力は戻らないわ。それに、そろそろ義理の息子にも会いたいし」

「だめよ。ダンカンに会いたいのなら、エバに言って、ここに連れてきてもらうわ。ベッドから出るなんて、絶対にだめ。あんなにひどいけがを負ったんだし、まだ体力だって戻ってないんだから」


「エバ、ちょっといいかしら？」

「奥さま！」侍女は目を丸くしながら、急ぎ足で大広間を横切ってイリアナのほうへやってきた。「ようやく部屋から出ていらしたんですね」

イリアナはその言葉に顔をしかめた。「ええ。お母さまが夕食の席につきたいと言うの。その前にお風呂に入って……」そのとき男たちの大きな笑い声が響き、彼女は言葉を切った。笑い声があがった方向に目をやると、アンガスと数人の男たちがテーブルを囲んで座っていた。ダンカンの姿は見えない。女性はひとりもおらず、どのテーブルも男たちで埋めつくされていた。何人かは立ったままおしゃべりしている。こんなに多くの男たちが城内にいるのを見たことはなかった。増築作業をしている家臣だって、これほど多くはない。「いったい何事なの？」

「ショーナさまの婚約者が到着したんです」

「シャーウェル卿が？」イリアナが眉をつりあげると、侍女はうなずいた。義妹が結婚から逃れるために城を出ていったことは、エバから二週間ほど前に聞かされていた。ショーナは母が到着した次の日に家出したのだ。エバによると、義妹の行方を追うために、何人かの男たちが送りだされたという。そして、ショーナはセント・シミアン修道院という、北部にある女子修道院にいるとわかった。その知らせを聞いてイリアナは、自分も義妹のように賢く動いていれば、グリーンウェルドに利用されることもなかったのにと思った。テーブルを囲んで笑いあっている男たちを眺める。そのときふと、アンガスが立派な金色の上着を着ているのに気づいて、わずかに目を見開いた。「いったい……」

「あれはシャーウェル卿の服です」イリアナの視線を追ってエバが言った。「シャーウェル卿がアンガス卿のプレードをほしがったので、それならシャーウェル卿の服と交換だとアンガス卿が言い張ったのです」

「どうしてシャーウェル卿はアンガス卿のプレードをほしがったのかしら？」

「自分がダンバー氏族の味方であると証明するためです。ダンバー氏族のプレードを身につけることで、シャーウェル卿はこのあたりを安全に通り抜けられるようになるんだとか」

「そうなの？」イリアナは好奇心がむくむくとふくらんだが、とりあえず好奇心は脇に追いやった。エルジンが厨房から出てくると、階下におりてきた目的を思いだし、イリアナが顔を曇らせたエバに言った。「お母さまは今夜、大広間で夕食をとりたいそうよ」イリアナが顔を曇らせたエバに言った。「わかってるわ。わたしもベッドで休むべきだとお母さまに言ったんだけど、聞き入れてくれないの。

わたしたちが最初に心配したとおり、本当に脚が折れているなら、お母さまだってベッドで休むだけの分別はあるはずよ。でもお母さまは入浴を望んでいるの」

「ご用意いたします」エバがうなずいた。

感謝の言葉をつぶやくと、イリアナは急いで階上に戻った。もともと部屋から出ること自体、気が進まなかったのだが、廊下に男たちの姿が見えなかったので、警戒しつつも、思いきってエバを捜しに階下へおりてきたのだ。この二日間、廊下には誰もいなかった。ダンカンが増築を計画した三つの部屋はすでに仕上がっていた。二階は今や、部屋が六つになった。廊下はもとの二倍の広さになり、転落防止の手すりも新しく設置されている。だが、完成したばかりの部屋はまだ見ていなかった。ダンカンにでくわすのが怖かったからだ。イリアナは母の入浴と着替えを手伝うため、急いで寝室へと戻った。

「イリアナ、あなたは運がいいわ。この城の料理人はすばらしい腕をしているのね。ジャン・クロードだって、これ以上おいしい料理をつくることはできないと思うわ」レディ・ワイルドウッドはエルジンに聞こえるように、わざと大きな声で言った。期待したとおり、料理人はこの賛辞に有頂天になり、テーブルを囲む面々に誇らしげな笑顔を振りまいた。

食事の時間はなごやかに進んだ。エルジンがつくった料理は、イリアナが今までダンバーで食べた料理のなかでも最高においしかった。シャーウェル卿の立派な上着とズボンを身につけたアンガスは、イリアナの母をもてなし、彼女がくつろげるよう常に気を配っている。

それだけではない。アンガスは食事中、臆面もなく母に言い寄りもした。とはいえ、驚くこともないのだろう。青あざがまだ腕や顔、首のあちこちに残っているとはいえ、母はとても魅力的な女性なのだから。母がアンガスのふるまいに頬を染め、はにかむようにほほえむのを見たイリアナは、義父に飛びついて、そのしわだらけの頬に感謝のキスをしたくなった。ダンバー城に到着して以来、母はずっと顔色が悪く、心配でならなかったのだ。心からほっとして緊張を解くと、イリアナは母がダンカンやアンガスと交わす会話にぼんやりと耳を傾けた。ふたりは母の右側に座っていた。

この席の並びはイリアナが決めたものだった。夕食のために母とイリアナが階下におりてきたとき、ほかのみんなはすでに席についていた。ダンカンもアンガスといとこのアリスターのあいだに座り、父親の言葉に熱心に耳を傾けていた。母娘《おやこ》がおりてきたことに気づいたのは、アリスターだけだった。アリスターはすぐに立ちあがると、長椅子に座っていた男たちにずれるように言って、自分とダンカンのあいだに席をつくってくれた。

貯蔵庫での出来事以来、夫を避けていたイリアナは、夫と顔を突きあわせたい気分ではなかった。そこで、さっさとアリスターの隣に腰をおろし、母をダンカンの隣に座らせたのだ。イリアナは料理を食べるのに夢中になっているふりをしながら、実のところは周囲の会話に耳をそばだてていた。

夫のことはつい、ひどいにおいのする不作法者のように思ってしまいがちだが、彼が話すのを聞いて、またしても彼の新たな面に気づかされた。ダンカンは母に対しても、丁重で礼儀正しかった。実際、彼のふるまいはとても紳士的で、母に対しては、イリアナを相手にするときよりずっと率直に話していた。ダンカンは城の今後の計画について語り、すでになし遂げたことをあげていった。上階の三部屋は完成し、そのうちのひと部屋にはすでに家具もそろっているという。作業していた男たちは城壁の作業に戻らせたが、もうすぐその作業も終わるらしい。さらに、急に城にいる男たちが増えた理由も判明した。傭兵として遠方に出かけていた男たちが、その仕事を終えて戻ってきたのだ。城にあふれんばかりにいる家臣たちを目のあたりにしたイリアナは、夫が城の増築に熱心な理由がよく理解できた。

「寝室は今夜からあなたたちにお返しするわ」

母の言葉にイリアナはびくりとし、頭に浮かんだ言葉をそのまま口にした。「なんですって？」そして、侍女を呼ぼうとしている母の腕を必死の形相でつかむ。

イリアナを振り返ったレディ・ワイルドウッドは、娘が狼狽しているのを見て眉をひそめたものの、うなずいた。「あなたの旦那さまが苦労して客室をつくってくれたのよ。せっかくだからその部屋を使わせてもらうことにするわ」

「でも……」イリアナは言いかけたが、母に頬を優しく撫でられ、口をつぐんだ。

「心配ないわ、イリアナ。彼はいい人のようね。きっとすべてうまくいくわよ」レディ・ワイルドウッドはイリアナの頬にそっとキスをすると、侍女に向かって言った。「ガーティー、そろそろ休むわ」

「はい、奥さま」

母が侍女の手を借りて長椅子から立ちあがるあいだも、イリアナは座りこんだままだった。だが母が長椅子を離れると、夫とのあいだをさえぎるものがなくなったことに気づいた。ふたりの視線が絡みあう。その瞳に浮かぶ表情や、口もとに広がる笑みから察するに、ダンカンには母の言葉が聞こえていたようだ。

イリアナはあわてて立ちあがると、母のあとを追った。「お手伝いするわ」そして母の肘の下に手を滑らせ、その体を支えた。


ダンカンは寝室のドアの前で足をとめ、深く息を吸いこんだ。認めるのも悔しいが、緊張していた。妻を腕に抱いてからだいぶ時間がたっているし、貯蔵庫での妻の反応のこともある。肩をすくめてそんな不安を追い払うと、彼は胸を張ってドアを開けた。

部屋は薄暗かった。部屋のなかを照らしているのは暖炉の燃えさしだけだ。だが、ベッドに寝ているイリアナのシルエットはかろうじて見えた。ダンカンはドアをそっと閉め、不安な面持ちでベッドに近づいた。

彼女はすでに眠っているようだ。もしくは寝たふりをしているか。それ以外の可能性がないのは最初からわかっていた。妻がここ何日も自分を避けていたことを考えれば、あたたかな歓迎など過ぎた望みなのだろう。ダンカンはため息をつくと、肩からプレードをはずし、シャツを手早く脱いで、床に落とした。だがベッドにもぐりこもうと上掛けを持ちあげたところで、イリアナの格好が目に入り、凍りついた。妻はアンダードレスを着ていた。それ自体は別に珍しいことではない。彼女はときどきアンダードレスを着たままベッドに入る。夫を拒否するときにはとくに。彼の体をこわばらせたのは、貞操帯だった。

「またそれをつけてるのか？」

イリアナはため息をついた。寝たふりをするのはもう無理だ。目を開け、不満げな顔で夫を見やる。「ごめんなさい。でも――」

「ごめんなさいだと？　いや、きみは悪いなんて思っちゃいない」ダンカンは腹だたしげにイリアナをにらみつけながら、うんざりしたように彼女の体に上掛けをかけた。「おそらくきみは夫婦の営みを楽しむことができないのだろう。そういう女がいるとは聞いたことがある。だから夫を拒むためならなんでもするんだ」

「違うわ！」イリアナはすぐに否定し、自分から離れようとしていた夫の手をつかんだ。「わたしは楽しんでいるわ。本当よ」そう言うとダンカンが嘲笑《あざわら》ったので、さらに続けた。「本当に楽しんでいるわ。でも、あなたが不快なにおいをさせているときは楽しめないのよ。あなたがわたしを悦ばせようとしてくれても、そのにおいのせいで冷めてしまうの。だからお風呂に入ってくれない？　そうすれば……」夫に手を払いのけられ、彼女は口をつぐんだ。

「なるほど。おれを風呂に入らせたいんだな？　おれが風呂に入れば、きみのおめがねにかなうというわけか」ダンカンが冷たく笑った。「いいか、もう一度だけ言う。夫にしたがうのは、妻の義務だ。きみはおれの夫としての権利をないがしろにしている。きみは夫に捨てられても文句が言えないことをしているんだぞ」

イリアナはその脅しに体をこわばらせた。すると、彼が冷ややかに笑った。

「どうしたっていうんだ？　おれに捨てられようがどうでもいいんだろう？　もちろん、どうでもいいはずだ。そうでなければおれを拒んだりしないだろうからな」

彼女が無言のまま、ただダンカンを見つめていると、彼はうんざりしたように顔をそむけた。「心配するな。きみの大事なシーツをおれのにおいで台なしにするつもりはない。おれはこの汚い体をもっと歓迎してくれるベッドで休むことにするよ」

イリアナは、ダンカンが出ていったドアを呆然と見つめた。〝この汚い体をもっと歓迎してくれるベッド〟頭のなかに彼の言葉がこだまする。夫はどこかよそに快楽を求めに行くつもりなのだろうか？　彼女は眉をひそめた。ふたりが共有した情熱や親密さを、彼がほかの誰かと分かちあうと考えただけで、怒りがこみあげてくる。イリアナは歯を嚙みしめると、上掛けをはねのけてベッドからおりた。だが、そこではたと立ちどまった。

ダンカンを拒んだのは自分だ。汚れた体のままの夫にベッドに戻ってもらいたいと、本当に自分は願っているのだろうか？　彼女は落ち着きなく歩きまわった。だけど、あのひどいにおいは我慢できない。彼を引きとめるためとはいえ、あの悪臭に耐えられるだろうか。

イリアナは未来の自分たち夫婦の姿を思い浮かべてみた。ダンカンが一日のきつい仕事を終えて、わたしのもとに帰ってくる。汗でべたついた夫の体は、暖炉の炎を受けててかてか光っているだろう。彼はプレードとシャツを床に脱ぎ捨て、わたしのほうに近づいてくる。その広い胸板や力強い両脚の上を、暖炉の炎の影が躍る。ダンカンはわたしをその腕のなかに抱き寄せ、そしてわたしは……そのにおいをかぐのだ。

うめき声をあげながら、イリアナはがっくりと肩を落としてベッドに戻った。彼がほかの女性に悦びを求めると思うと心底つらいが、ひどいにおいのする夫を自分のベッドにいやいや迎えるというのも同じくらいつらかった。


「ケリー、きみはでかい胸をしているな」目の前に突きだされた巨大な胸に向かってダンカンは言った。大きく開いたドレスの襟もとから、豊かな胸のふくらみがのぞいている。今にもはみだしそうだと思った彼は、胸をドレスのなかに押し戻そうと手をのばした。だがなぜかバランスを崩し、気づくとドレス越しにそのふくらみの片方をつかんだまま、体を揺らして座っていた。

すっかり酔っ払ってしまったようだ。ダンカンはそう気づいてうろたえたものの、すぐにどうでもよくなった。そしてもう一方の手に持っていたジョッキを口に運び、残っていた酒を飲み干した。

「もう充分飲んだでしょう」ケリーが彼からジョッキを奪い、ベッドの脇にあるテーブルに置く。ジョッキが消えた手をダンカンがにらみつけていると、彼女は笑ってその手をとり、もう一方の胸の上に置いた。「あなたって、本当に悪い人ね。ずっとご無沙汰だったじゃない。わたしは寂しかったのよ」

「ああ、その……忙しかったんだ」彼の頭が前に倒れ、ケリーの豊かな胸のあいだに落ちる。

「イングランド女の相手で忙しかったんでしょう？」ケリーは口をとがらせて言ったが、ダンカンが顔を伏せたまま彼女の顔を見ようとしないので、眉をひそめながら彼の頭を起こした。ダンカンが目を閉じ、今にも眠りこけそうになっていることに気づくと、唇をきっと引き結ぶ。「酔っ払っちゃったのね」

その言葉にダンカンは目を見開き、にやりと笑った。片手をケリーの胸から離し、背中にまわして彼女をつねる。

「ああ。だが役にたたないほどは酔っていないぞ」

「ええ、そうね。まだそこまで酔っ払ったあなたは見たことがないわ」ケリーは鼻で笑うと、そっと彼を後ろに押し倒した。

そしてダンカンにほほえみかけながら、自分のドレスの襟もとを引っ張って胸をあらわにする。彼の目にたちまち欲望がたぎるのを見て、ケリーの笑みが大きくなった。「今でもちゃんと役にたつのか確かめてみましょうよ。それともイングランド人の奥さんにふぬけにされちゃったかしら？」ケリーはドレスを腿のあたりまでまくりあげ、ベッドの上の彼にのしかかった。

彼女の言葉を笑い飛ばそうと、ダンカンは口を開いた。そのときちょうどケリーが前にかがんだため、彼女の胸が口にぶつかる。彼は目を見開き、思わずそのふくらみにしゃぶりついた。そのとたん、彼女の汗のにおいが鼻についた。すっかり気がそがれたダンカンは顔をしかめ、彼のプレードをまくりあげようとしていたケリーの腕をつかんでやめさせると、その体を押しやった。

イリアナはため息をついた。ふたたび寝返りを打って、まっ暗な部屋をにらみつける。ダンカンがこの瞬間にも別の女性の体を抱いているという考えが頭から離れなかった。こんな状況では、とても眠りにつくことなどできない。あの浮気者、といらいらしながら心のなかでなじる。入浴してほしいというのが、そんなに無理な注文なの？　ダンカンが体を洗ってくれさえすれば、喜んでこの貞操帯をはずすのに。

ぶつぶつつぶやきながら、体の向きを変えてドアに背を向けた。そのとき、ドアが開く小さな音が聞こえた。彼女は体をこわばらせた。そっとドアが閉じられたあと、ベッドに近づいてくる音が聞こえてくる。怒りのあまり、体がかっと熱くなった。つまりダンカンは、どこかよそで欲求を解消してきたあとで、わたしと一緒にこのベッドで寝ようというの？　もしそうなら考え直したほうがいい。

イリアナはぱっと寝返りを打って後ろを振り向くと、夫を怒鳴りつけてやろうと口を開いた。ところが口から飛びだすはずの言葉は、恐怖の悲鳴にとって代わった。ナイフを掲げ、自分に向かって振りおろそうとしている黒い影が目に入ったのだ。イリアナがぎょっとしたのと同じくらい、侵入者も彼女が眠っていなかったことに面くらったらしい。運のいいことに、そのせいで侵入者が一瞬ためらった。その一瞬で充分だった。イリアナは気をとり直すと、身を翻してベッドの上を転がった。

イリアナの動きでわれに返ったのか、侵入者もすぐさま彼女に向かってくる。そして、逃げるイリアナにナイフを振りおろした。彼女の脇腹をさっと熱いものが走る。次の瞬間、イリアナはどすんと床に転げ落ちた。ふたたび悲鳴をあげながら、ベッドと侵入者からできるだけ遠ざかろうともがく。しかし、脚がシーツに絡みついて逃げられなかった。

そのときドアがバタンと開く音が聞こえ、イリアナは悲鳴をのみこんだ。ベッド越しにおそるおそる部屋の様子をうかがってみると、侵入者はいなくなっていた。ほっとしたとたん、体から力が抜けていく。

「イリアナ！」

母の緊迫した声が廊下から近づいてきた。イリアナは大きくため息をつき、脚に絡まったシーツをほどきはじめた。その直後、蠟燭の明かりが部屋を照らした。顔をあげると、母、エバ、ガーティー、そしてアンガスがいっせいに寝室に入ってきたところだった。彼らは戸口で足をとめ、一見、誰もいない様子の寝室を見まわした。そしてベッドの向こう側の床にいるイリアナに気づくと、レディ・ワイルドウッドが侍女に蠟燭を押しつけて娘に駆け寄った。

「何があったの？」ベッドをまわりこみながらレディ・ワイルドウッドが尋ねる。どうやらイリアナがアンダードレスを着ていることには気がついていないようだ。

アンガスはその点には気づいたようだったが、その視線は、娘に駆け寄り、気づかわしげに娘の脚からシーツをはずしているレディ・ワイルドウッドに張りついていた。

「悪夢でも見たのか？　それでベッドから落ちたのか？」

アンガスはレディ・ワイルドウッドの寝間着姿からしぶしぶ目を引きはがして、イリアナを見やった。たちまちその目が、彼女のまっ白なアンダードレスに広がる赤いしみに引き寄せられる。「血が出てるぞ！」その事実に気づくやいなや、部屋を横切ってイリアナのもとへ駆け寄る。

イリアナは脇を見おろして顔をしかめた。ベッドから転がり落ちるときに感じた熱は、ナイフで切りつけられたからだったのだ。アンダードレスに裂け目ができ、そのまわりには血が浸《し》みこんでいた。

「たいしたことないわ。ただのかすり傷です」彼女は言った。

アンガスがイリアナの言葉を無視して彼女のそばにかがみこみ、アンダードレスの裂け目を広げて切り傷を調べる。やがて険しい顔で体を起こすと、彼は言った。「何があった？」

「誰かが部屋に入ってきたんです。てっきりダンカンだと思って、話しかけようとして振り返ったら、彼じゃなくて……」

「誰だったの？」レディ・ワイルドウッドが目を丸くして尋ねた。

「わからないわ。すべてがあっという間だったのよ。それに暗かったし。男性だったのは確かだけれど、顔は陰になっていて見えなかった。そのとき、ナイフに気づいたの」身を震わせながら、イリアナは痛みを和らげようと脇腹を手で押さえた。「男がナイフで切りつけてきたから悲鳴をあげて、ベッドから転げ落ちたのよ」

「いい判断だった。もしそうしていなかったら、生きてみんなに説明することもできなかったかもしれない」アンガスが険しい顔で言い、ドアに目をやった。ドアの外には人々が集まっている。そのなかに息子がいないことに気づくと、イリアナを振り返って尋ねた。「ダンカンはどこだ？」

彼女は一瞬、答えをためらったものの、背のびをして義父の耳もとにささやいた。

イリアナの行動に、レディ・ワイルドウッドが眉をつりあげる。アンガスの顔がさらに険しくなったのに気づくと、その目に好奇心が輝いた。

アンガスが悪態をつき、ドアのほうへ大股で歩いていく。入口にいたガーティーとエバをじろりとにらむと、背後に向かって顎をしゃくった。「手当てしてやれ！」侍女たちに命じたあと、人々のあいだを通り抜けながらアリスターの視線をとらえる。「ダンカンを連れ戻すまで、誰かに警護させろ」

威厳たっぷりに命じ、寝室をあとにしたアンガスだったが、自分がシャツ一枚で寝ていたことはすっかり忘れていたようだ。幸い、長めのシャツだったために膝のあたりまで隠れてはいたが、それでもシャツ一枚であることには変わりなかった。


「どうしたの？」ダンカンにそっと押しやられ、ケリーが驚いたように彼を見つめた。

ダンカンは一瞬ためらった。急に彼女から離れたくなった理由を告げたくはない。「おれはもう結婚している身だ」そう言うと、起きあがってベッドの端に腰かけた。

「そうね。でも、さっきわたしの家に入ってきたときだって結婚していたはずだけど」

ケリーの鋭い指摘に彼は渋面をつくった。すると彼女がプレードの下に手をのばし、高まりをつかんだ。ダンカンは身をこわばらせた。

「何よ？　濡れた亜麻みたいにぐにゃぐにゃじゃない！」ケリーは驚いたように声をあげると、さっと立ちあがって彼の前にかがみこんだ。「でも大丈夫よ。わたしに任せておいて」

彼女はダンカンの前にひざまずくと、プレードをまくりあげ、高まりを口に含んだ。ケリーの突然の行為に驚き、彼は彼女の頭をただ見おろした。ケリーの髪は燃えるような赤だ。もし彼女がもっと頻繁に洗髪していたなら、だが。脂ぎってかたまっているケリーのぼさぼさの髪を見て、ダンカンは顔をしかめた。ケリーの髪とは違い、イリアナの髪は磨きあげた木のようにつややかで、レモンと蜂蜜の香りがする。森のなかで愛しあった日、どうしてこんなにいいにおいがするのかとイリアナに尋ねてみたほどだ。彼はその香りが好きだった。草地の上でイリアナを抱いているあいだずっと、彼女の髪に顔をうずめ、そのにおいを吸いこんでいたものだ。その香りを思いだしたとたん、下腹部が張りつめた。

口のなかで彼のものが大きくなるのがわかって、ケリーが満足げなうめき声をあげる。そのとたん、頭に浮かんでいたイリアナのイメージが消えた。目を開けてケリーを見おろす。するとと、その頭の上で何かがうごめいたような気がして、ダンカンは体をこわばらせた。虱《しらみ》だろうか？　ぎょっとしながらも、なぜこんなに気分を害しているのか、自分でもわからなかった。虱なんて珍しくもなんともない。だが、イリアナの頭には虱なんていないはずだ。彼女の持参金のすべてを賭けたっていい。

「また柔らかくなっちゃったわ！」

ケリーの不満げな声にダンカンは顔をゆがめた。彼女の頭を押しのけて立ちあがる。そしてケリーの体をまたぐと、無言のまま彼女の家をあとにした。

城までの道を半分ほど戻ったところで、ダンカンは父とでくわした。父の険しい表情に気づくと、眉をつりあげながら足をとめた。「何を怒ってるんです?」

「お楽しみは終わって、これから妻のもとに帰るってわけか? つまり、忘れたわけじゃないんだな? おまえの美しい妻のことを」

ダンカンは父の怒りにいささか驚いたものの、いらだちがさらに募っただけだった。完全にその気になっていた女の前から立ち去ったことに、自分でもとまどっていた。しかもその理由が、妻が自分を拒む理由とまったく同じなのが、ますます腹だたしかった。「なんでそんなに怒ってるんです? だいたい、妻を休ませてやれと言ったのは父上じゃないですか」

その言葉を言い終わるか終わらないかのうちに、父の拳が顎にくいこんだ。完全な不意打ちだった。しかも、ひと晩じゅうウイスキーをあおっていたせいで、すでに足もとがおぼつかなくなっていたため、ダンカンはあっさりと倒された。

上半身をゆっくり起こしながら、ダンカンは頭を振った。手で顎をさすりながら、おそるおそる父を見あげる。「なんで殴られなきゃならないんですか?」

「自業自得だ。この大ばか者が!」警戒しながら立ちあがったダンカンに向かってアンガスが怒鳴った。「その自分勝手な欲求を満たすためにおまえが留守にしているあいだに、何者かがおまえたちの寝室に……本当ならおまえがいるはずの寝室に忍びこんだんだ。そして、無防備なおまえの妻に切りかかったんだぞ!」

「なんだって？」

「聞こえただろう。おまえがいないあいだに何者かが寝室に忍びこんで、イリアナを切りつけたと言ったんだ。彼女は……」アンガスはそれ以上言う必要がなかった。ダンカンはすでに城へ向かって全速力で駆けだしていた。

15

「傷の手当てをしなくちゃ」アンガスが部屋から去ったあと、レディ・ワイルドウッドが言った。「エバ、イリアナに新しいアンダードレスを持ってきてあげて。それから、ガーティー……」

「治療薬を持ってまいります」老女はあわただしく出ていった。

「そのアンダードレスは脱いだほうがいいわ」突然震えだしたイリアナを見て、レディ・ワイルドウッドの顔に不安が広がった。ようやくショックが襲ってきたのだ。娘がここまで自分を失わず、冷静に対処してきたことには驚くしかなかった。

イリアナは言われたとおりアンダードレスをまくりあげ、頭から脱いだ。そのとたん、母の顔に驚きが走った。イリアナは貞操帯のことを思いだして、思わずうめき声をあげた。

「それはなんなの?」

観念してがっくりと肩を落としながら、イリアナはアンダードレスを床に放り、ベッドに腰かけた。「これが何かは知ってるでしょう?」

「ええ」レディ・ワイルドウッドはゆっくりとうなずいた。グリーンウェルドから無理強いされそうになったとき、これのおかげで阻止することができた。そのせいで繰り返し暴行を受けるはめにはなったのだが。

レディ・ワイルドウッドはイリアナの隣に腰かけると、その手をとった。「あなたたちの結婚はうまくいってないんじゃないかと疑ってはいたけど、時間が解決すると思ってたわ。まさか、そこまでこじれていたなんて……。彼はあなたに暴力を振るうの？」

「まさか！　ダンカンはそんなことしないわ」イリアナはびっくりしたように言った。「妻に手をあげたウィリーを殴りつけたくらいなのよ。ダンカンがわたしを身体的に傷つけるなんてことはありえないわ」

「それなら残酷なことを言って、精神的に傷つけるのね」レディ・ワイルドウッドが苦々しげな顔で言う。

「いいえ、残酷な言葉なんて、怒っているときでも言わないわ。ダンカンはとても理性的な人よ」

レディ・ワイルドウッドは明らかに困惑したように言った。「それならきっと彼はまぬけなのね。頭のねじがゆるんでるんでしょう？」

「お母さま！　どうしてそんなふうに思えるの？」イリアナはすぐさま夫を擁護した。「お母さまもダンカンに会ったでしょう？　彼はとても賢い人よ。この城について彼が計画していることを考えればすぐにわかるわ。ダンカンは知的で野心的で、努力家で——」

「それならどうしてあなたは貞操帯をつけているの？」母がもどかしげな口調でさえぎった。

イリアナは黙りこんだ。恥ずかしすぎて答えられない。

「イリアナさまはいつもそれを身につけていらっしゃるわけではないんですよ」エバが見かねて口を挟んだ。だがその言葉は、余計にレディ・ワイルドウッドを困惑させただけだった。

「いつも身につけているわけじゃないって……じゃあ、結婚はちゃんと完成しているのね？」

イリアナは答える代わりに顔を赤らめた。

すると、母のまなざしがいっそう鋭くなった。「彼はベッドで乱暴なの？」

さらに顔を赤く染めながら、イリアナは首を振った。

「それなら、どうして？」

嘘をつくことも考えたが、結局、イリアナは白状した。「だって、くさいんだもの」

レディ・ワイルドウッドはその率直すぎる答えに目をしばたたいた。すぐに信じられないという表情がその目に浮かぶ。

「本当にくさいのよ。お母さまも気づかなかった？　夕食のとき、彼のすぐ隣に座ってたじゃない。ダンカンは年に二度しか入浴しないのよ、それに……」母がすっかり面くらっているのに気づいて、イリアナは言葉を切った。助けを求めるようにエバに目をやる。

侍女が喜んでイリアナの援護にまわった。「イリアナさまがおっしゃっていることは本当です。わたしたちが到着したとき、この城はどこもかしこも、ひどいにおいでした。床の藁は一年に一度しか交換されていないし、イリアナさまのドレスは、最初の夜だけで少なくとも二着はだめになってしまったんです。椅子に座っただけでですよ？　大広間の床の汚れをこすり落とすのに、女性四人がかりで、丸々三日もかかったほどです」そこでいったん言葉をとめ、イリアナをちらりと見やると、ふたたび口を開いた。「イリアナさまがこの城にもたらした変化はまさに奇跡です。ですが、そのせいで間違った印象を持たれたのかもしれません」

「そう」レディ・ワイルドウッドが神妙な顔で言った。「では、あなたたちの結婚で問題があるのは、その点だけなのね？」

イリアナはうなずいた。

「そう」そのとき、ガーティーが急ぎ足で部屋に戻ってきた。レディ・ワイルドウッドは立ちあがった。「横向きに寝たほうがいいわ」ガーティーが袋のなかから薬を探しているあいだに言う。

イリアナは母がどう思っているのかを探るのはあきらめ、ベッドの上に両脚をのせた。そして、傷口がよく見えるよう、脇腹を上にして寝転がる。邪魔にならないように、腕は頭の上にあげておいた。ガーティーが傷口の消毒をはじめると、イリアナは顔をしかめた。

ダンカンは階段を駆けのぼった。妻への心配と罪悪感に突き動かされていた。自分が夫婦の寝室から離れていなければ、こんなことは起こらなかったのだ。

自分自身に腹をたてながら、寝室の前の人垣に悪態をついた。人垣を押しのけ、寝室のドアを勢いよく開ける。だが、部屋のなかに入る前に、目の前の光景に足がとまった。義理の母親と妻の侍女がそこにいることも、老女が妻の傷を治療しているところだということも、頭の隅では認識していた。しかし実際のところ、彼の目には、ベッドに横たわる、か弱い妻の姿しか映っていなかった。

イリアナが生きているとわかって、ひとまず安堵したダンカンは、束の間目を閉じ、神に感謝した。妻は生きていた。どれだけ妻に腹がたとうとも、もう二度と自分の義務を怠るまいと心に誓う。これからはおれがイリアナの身を守るのだ。

背後の人々のささやき声でダンカンはわれに返り、自分が寝室のドアを大きく開け放していたことに気づいた。すぐさまドアをぴしゃりと閉めると、大股でベッドに近づく。イリアナを見おろして足をとめたとたん、ドアを開け放していたことを後悔した。彼女はあのいまいましい貞操帯しか身につけていなかった。貞操帯を見た瞬間、血がかっとわきたつと同時に、激しい欲求がこみあげる。

自制心をとり戻そうと、ダンカンは床に目を落とした。だが足もとには、切り裂かれ、血のついたアンダードレスが落ちている。今度は怒りでかっと血がのぼった。彼はそれを拾いあげ、裂け目の大きさや血の量をじっくり調べたあと、ガーティーの背後からイリアナの体をのぞきこんだ。傷を見てほっとした。出血は多いものの、命を脅かすような傷ではない。とはいえ、怒りが静まるにはほど遠かった。しみひとつない妻の美しい肌が傷ついてしまったのだ。それも自分のせいで。彼女の肌に残る傷は、自分が夫としての義務を果たさなかった証拠だ。

「何があった?」ダンカンが尋ねると、イリアナが事の次第を説明した。

彼女の説明が終わってもダンカンは何も言わず、踵を返して部屋から出ていった。ドアを閉めるなり、家臣を大声で怒鳴りつけ、護衛の手配をはじめる。そして足音も荒く階段をおりながら、妻と目を合わせたときの胸の痛みを無理やり頭から追いだした。

「イリアナを殺すのが目的だったとは思えない」

ダンカンははっとして父を見つめた。だが、妻は危うく殺されるところだったのだ。彼は注いだばかりのエールを持ちあげ、口に運んだ。その手が震えていることに気づき、顔をしかめる。妻が襲撃されたことで自分の感情が大きく揺さぶられていることに、ダンカンは自分でも驚いていた。

「おれもそう思います」しばらくしてうなずくと、ジョッキをテーブルに置いて父を見た。

「父上は、グリーンウェルドの手先がイリアナの母親をねらったと考えているんですね？婚姻無効が認められる前に、彼女を亡き者にしようとしたのだと」

アンガスがゆっくりとうなずいた。「それしか考えられん。ここに到着して以来、レディ・ワイルドウッドがおまえの寝室で寝ていたことは、みんな知っておる。だが今晩、彼女があの部屋で休まなかったことは誰も知らない。わしも知らなかったくらいだからな」

ダンカンもまったく同じことを考えていた。自分が知る限り、レディ・ワイルドウッドが寝場所を変えたことを知っているのは、自分とイリアナと彼女の母親だけだ。暗殺はイリアナの母親をねらったものとしか思えなかった。「つまり、グリーンウェルドの手先が城門の警備をくぐり抜けたということですか？」

「そうだ。城門は毎日、何百人もの人間が出入りしている。徒歩で入ってきた男がいても、警備の者たちは警戒しないだろう。城に侵入できるのはこの方法だけだ」

「城門の警備を倍に増やして、出入りする人間をすべて調べさせましょう。建物のなかと敷地内の捜索も手配します。それでも見つからなければ、森も。襲撃者がまだ領内にいるなら、これでつかまえられるはずです」

「ああ」アンガスがつぶやいた。「襲撃者はとっくに逃げただろうが、安全を確認するに越したことはない」

しばらく無言のままだったふたりは、大広間に入ってきたレディ・ワイルドウッドに気づいて顔をあげた。

「ガーティーの治療が終わって、イリアナは休んでいます」

うなずいたダンカンは、義理の母親に見つめられて目をそらした。いたたまれなくなって立ちあがる。「明日の予定について家臣たちと話をしてきます」もごもごとつぶやいて彼女の横を通りすぎる。そそくさと立ち去ったせいで、すれ違いざまにレディ・ワイルドウッドがわずかに彼のほうに顔を寄せ、そっと鼻をひくつかせたことに気づかなかった。

だが、アンガスは気づいていた。その瞬間、レディ・ワイルドウッドが顔をしかめたことにも。どういうことだろうかとアンガスは眉をつりあげた。レディ・ワイルドウッドがテーブルに近づき、彼の隣に腰をおろす。

アンガスの問いかけるようなまなざしに彼女がこたえたのは、しばらくしてからのことだった。「困ったことに、あなたの息子とわたしの娘のあいだには、ちょっとした問題があるようですわ。その問題を解決するために、わたしたちで手を貸してやりません？」

一時間後、レディ・ワイルドウッドはもう一度ほほえんで立ちあがった。「うまくいきそうですね。これで、こじれた夫婦関係を救えるかも」

「そうですな」アンガスも一緒に立ちあがると、レディ・ワイルドウッドの手をとり、うやうやしくキスをして彼女を驚かせた。

レディ・ワイルドウッドが顔を赤らめていると、ダンカンが戻ってくる足音が聞こえた。不思議そうに眉をつりあげるダンカンに、頬を薔薇色に染めたレディ・ワイルドウッドは口ごもりながら挨拶して部屋に戻っていった。

目を輝かせながら彼女を見送ると、アンガスはダンカンと一緒に椅子に腰をおろし、エルジンを大声で呼んだ。

「もう遅い時間です。エルジンなら家に帰りましたよ」

「ああ、そうか」アンガスはまた立ちあがった。「じゃあ、自分で用意するか」

「何をですか？」

「風呂だ」

「なんですって？」父がドレスを着ると言いだしても、ここまでは驚かなかっただろう。

「だけど、まだ七月の終わりじゃないのに」

アンガスは肩をすくめると厨房へ向かった。「それがなんだっていうんだ？　今は女性がこの城に滞在しているんだぞ。いや、魅力的な女性が滞在していると言うべきだな」後ろを振り返りながらにやりと笑う。「レディ・ワイルドウッドは美しい女性だ。彼女のためならわずかな努力など惜しくない。風呂に入る手間や時間などなんてことないさ。女というのはな、汚らしい男を嫌うものだ。どれだけ立派な服を着てようが、その体が汚ければ女には好かれん。男のにおいに気づかんほどその女自身も汚らしいなら別だが」

ダンカンは眉をひそめ、父の言葉をなんとか理解しようとした。父はこれまで、年に二度以上入浴したことはなかった。それなのに今、父はすすんで入浴しようとしている。ダンカンにはわけがわからなかった。実際、父の言葉で唯一理解できそうなのは、父が言った最後の言葉だけだ。ダンカンは顔をゆがめた。

「イリアナは野の花のような香りがします」厨房の戸口で足をとめていた父の隣に並ぶと、ダンカンはそう言っていったん口をつぐんだ。だが、しばらくしてまた口を開く。「彼女はおれのことをくさいと思っています」

「そうか」アンガスはまじめな顔でうなずいたが、そのことはイリアナの母親からすでに聞いていた。

「だからイリアナはおれを避けるんです。おれのにおいが彼女には不快なんだ」

「なるほど」アンガスはしばらく黙っていたが、好奇心に駆られて息子のほうに身を傾け、そのにおいをかいだ。そのとたん鼻にしわを寄せ、口をぎゅっと引き結びながら体を起こす。

「それならおまえも風呂に入るんだな」

「だけど、まだ七月じゃありません」

「だから？」

「おれが入浴するのは年に二度、一月と七月だけです。妻を喜ばせるために自分の習慣を変えるつもりなんてありません。だいたい、父上だって年に二度しか風呂に入らないじゃないですか」

「ダンカン、おまえはわしの習慣にならって生活するわけにはいかないんだ」アンガスがいらだたしげな口調でさえぎった。「わしが好きなときに風呂に入れるのは、妻がいないからだ」

「おれだって好きなときに入ります」

「だったらイリアナがおまえに抱かれるのをいやがるからといって文句を垂れるんじゃない。実際、おまえはくさいんだから。だいいち、わしは今、風呂に入ろうとしているんだぞ」アンガスは厨房に入ると、身をかがめて、暖炉の前で寝ていた厨房係たちを起こそうとした。

「イリアナはおれの妻です！」ダンカンは父のあとを追いながら言った。「妻の義務というのは――」

「義務だと！」厨房係たちを揺さぶり起こしていたアンガスが、身を起こして声を荒らげる。厨房係たちはその怒鳴り声で完全に目を覚まし、飛び起きた。

「なんですか？」ダンカンは目を丸くしながら、いらだつ父の顔を見つめた。

「今ここで話しているのは義務のことなんかじゃない。そのかちかちに凝りかたまったおまえの石頭のことを話してるんだ」

ダンカンがあんぐりと口を開けるのを見て、アンガスはきっぱりとうなずいた。

「妻はありのままの夫を受け入れるべきだとおまえは考えているようだが、教えてやろう。

教会は女性の義務についていろいろと御託を並べているが、連中は誰ひとり結婚していないし、女のことなんて何ひとつわかっちゃいないんだ。いいか、女は教会が言うような単純な生き物なんかじゃない。実際のところ、あれほど複雑な生き物はいないとわしは思うぞ。女は男の人生を天国にすることも地獄にすることもできるんだ。地獄のような人生を味わいたいのなら、今のまま一歩も譲らなければいい。だが、妻に受け入れてほしいなら、四の五の言わずに風呂に入れ！」

アンガスはそこでひと息つくと、息子の肩に手を置いた。「ここまで言ってもまだわからないようなら、もうひとつ話してやろう。おまえの母親は非の打ちどころのないすばらしい女性だったが、それでもわしが肥やしやら汗やらのにおいをぷんぷんさせたままベッドに入りでもしたら、たちまちわしを追いだしただろう」

信じられないというように目を丸くするダンカンに、アンガスは重々しくうなずいた。「おまえの母親はきれい好きだった。おまえの妻と同じで、清潔な家を好み、清潔な男と一緒に、清潔なベッドで寝たがった。わしは彼女に言われて、少なくとも週に一度は入浴させられたもんだ」

「嘘だ」ダンカンはすぐさま否定した。「父上は年に二度しか――」

「今はな」アンガスは険しい顔で訂正した。「その二度すらまともに入らず、物乞いですら顔をしかめるほどの悪臭を放つこともある」悲しげに頭を振りながら認める。「わしは風呂に入るのが嫌いだ。以前は好きだったが、今は違う。風呂に入ると、おまえの母親のことを思いだすからだ。わしらはよく一緒に入浴したものだ。石鹸をつけた手で互いの体をくすぐったり、湯をかけあったりしてな……」しばらくのあいだ、愛する妻が生きていたころのことに思いをはせた。脳裏にいくつもの思い出がよみがえる。アンガスはふたたび息子に目をやると、ため息をついた。「浴槽につかるたびに、二度と彼女と風呂に入ることはもちろん、何ひとつ一緒にできないのだと思い知らされてつらいんだ」

「でもダンバーでは、年に二度以上風呂に入るやつなんて誰もいません」

「ダンカン」アンガスは息子をさえぎった。「風呂に入ったあとで汚れたプレードを身につけるのは不快なものだ。誰も文句を言わないのは、おまえがみんなのために、よりよい暮らしを築こうと努力していることを知っているからだ。それを実現するまでは何かをあきらめなきゃならんことを知っているからだ」

「でもダンバーはもう充分豊かです。それでもみんな風呂に入らないじゃないですか」

「それはおまえが入らないからだ。みんなはおまえを手本にしているんだよ」アンガスはうんざりしたように頭を振った。「自分でもさっき言っていただろう。妻は野の花のような香りがすると。その言い方から察するに、おまえはその香りを大いに楽しんでいるんだろう。もし彼女がおまえみたいなにおいをさせていたらどう思う？」

ダンカンは顔をゆがめた。答えはすでにわかっていた。イリアナが肥やしの山に倒れこんだ日は、彼女のにおいのせいで欲望もなえた。それに今夜、ケリーのひどいにおいと不潔さには、嫌悪すら覚えた。

「やれやれ」アンガスが息子の表情を読んでうなずく。「なぜイリアナがおまえに対してそんな反応を見せるのか、これで理解できただろう」

ダンカンはため息まじりにうなずいたものの、まだ納得がいかなかった。「でもイリアナはこの城をどんどん変えてしまう。彼女がここに来てからすべてが変わってしまいました。城は清潔だし、女たちは身ぎれいにして新品のプレードを着ている。料理には香辛料が使われているし、おれの寝室は衣装箱だらけだ」

「たしかに」アンガスは厳かな顔でうなずいた。「おまえの生活が変わったのは、イリアナを迎えたからだ。だが、生活が変わったのはイリアナも同じだ。結婚とはそういうものなんだ。それを受け入れ、うまくやっていくしかない」

「たぶんそうなんでしょうね」ダンカンは不満げにつぶやいた。

「たぶんなんかじゃない。わしが見ている限り、イリアナは持てる力をすべて使って、この家を快適にしてくれた。それに対して、おまえは彼女のために何をしてやった？」

「イリアナは自分のためにしたんです。おれのためにじゃない」ダンカンはぶつぶつとつぶやいた。イリアナは自分の敗北を認めるのは、まだ難しかった。

「そうか？　そりゃ知らなかったな。イリアナはエルジンに指示して、自分のためにだけうまい料理をつくらせておきながら、ほかのみんなには今までどおりの味気ない料理を出させているのか？　自分の部屋だけ掃除して、みんなが利用する部屋は汚いままにしているのか？　そうじゃないだろう。実際に先週、イリアナの指示で、わしの部屋はきれいに掃除されて新しい藁が敷かれた。ショーナの部屋もそうだ。だが、イリアナとレディ・ワイルドウッドが使っていた部屋はまだ掃除されていないぞ。わしには彼女が自分の快適さはあとまわしにしているように思えるが」

ダンカンは驚きのあまり、何も言えなかった。これについてはよく考えてみなければ。

イリアナは不満げに部屋を見まわした。この二日間、ベッドに横になり、夫の寝室の汚れた藁としみのついたタペストリーを眺めて過ごした。そしてこの二日間、まるで傷口に塩を塗りこまれるかのように、この光景が神経を逆撫でしていた。

自業自得だわ、と彼女は思った。本当なら二日も休む必要はなかったのだが、母に言われるままベッドに横になっていたのは自分なのだ。正直に言えば、イリアナはこの部屋に隠れていた。母の看病をしていたときと同じように。そのほうが気が楽だったからだ。ダンカンはショーナの部屋で休み、イリアナを放っておいてくれた。母も、イリアナに付き添おうとはしなかった。エバによると、母はダンカンやアンガスとともに過ごし、イリアナの子供時代の思い出話で彼らを楽しませているという。それを聞いて、イリアナはげんなりした。

襲撃されてから三日目となる今、イリアナはこれ以上ベッドで横になっているわけにはいかないと思った。やらなければならないことはたくさんある。自分には責任があるのだ。まずはこの部屋の掃除からはじめよう。大広間ほどの大仕事にならないといいのだけど。

彼女は爪先で藁を少しどけ、その下の床をあらわにした。床の状態を見て、ほっとする。埃は積もっているものの、大広間のようにこびりついた汚れは見あたらなかった。

「たわしでこする必要はなさそうですね」

エバの安堵したような口ぶりに、イリアナは顔をあげてほほえんだ。「そうね。藁をどけたあと、一度しっかり掃けば大丈夫だわ」

それを聞いてエバがため息をついたので、イリアナは後ろめたさを感じた。エバはこの二週間、最初は母から、そのあとはイリアナからあれこれ用事を言いつかっては、この城の階段を何度ものぼりおりさせられているのだ。

「新しい藁を運ぶのは、アンガス卿に頼んで誰か男の人にやってもらうから、あなたは女性たちを連れて、藁に加えるヒースを集めてきたらどう？」イリアナはよく考えもせずに提案していた。「わたしがこの藁をどけて床を掃くから。外で新鮮な空気を吸えば気分転換になるわよ」

「本当にいいんですか？」

イリアナがうなずくと、エバは笑顔を向けて出ていった。

イリアナは振り返って、もう一度部屋を点検した。自分で背負いこんだ仕事の大変さに気づいてため息が出る。だが、後悔はない。召使いには思いやりを持って接するようにと、母からしっかり教えこまれていた。

「イリアナ、そんなに真剣な顔をしてどうしたの？」

振り返ると、母が部屋に入ってきたところだった。イリアナは無理やり笑みを浮かべた。

「おはよう、お母さま。ご機嫌いかが？」

「とてもいいわ」レディ・ワイルドウッドはイリアナのもとまでやってきて頬にキスすると、部屋を見まわした。「エバがヒースをとりに出かけたけど」

「ええ、わたしが頼んだの」

「彼女もそう言ってたわ。だからガーティーも一緒に行かせたの」レディ・ワイルドウッドはそう言うと、眉をつりあげた。「侍女もいないのに、藁を捨てて床を掃くのは誰にやらせるつもり？」

「衣装箱をどかすのは誰かに頼むつもりだけど、藁のほうは自分でやるわ」

「脇腹の傷の具合はどう？」

「ガーティーに痛みどめの膏薬《こうやく》を貼ってもらったから、無理さえしなければ――」

「無理すべきでないなら、おとなしくしていろ」

夫の声に振り返ると、イリアナは不満げに彼を見返した。「ほうきで掃くくらい、たいし

しようとするたびに文句を言っていたダンカンが、妻のために貴重な男手を貸すと言いだすなんて。

イリアナは驚いて目をぱちくりさせた。きっと何かの間違いに違いない。城のなかを掃除した仕事じゃないわ――」

「じゃあ男がやればもっと楽だろう。誰かにやらせる」

「ダンカン、ご親切にありがとう」イリアナが黙ったままなので、母が代わりにこたえた。「だけど、城壁の作業をしている人たちの手をわずらわせる必要はないわ。わたしの護衛に頼めば――」

「今は護衛がひとりしかいないんです」ダンカンがレディ・ワイルドウッドをさえぎって言った。「護衛のひとりに厨房で朝食をとってこいと言ったところなので」

「そう。でもひとりいれば充分――」

「彼の仕事はあなたを護衛することだ。彼には自分の仕事に専念してもらいたいので、城壁からふたりばかり呼んで、ここを掃除させましょう」

ありえないわ！　イリアナは信じられなかった。きっと自分は熱があるのだ。傷口から感染して熱が出て、幻覚を見ているに違いない。

「そう」レディ・ワイルドウッドは黙ったままのイリアナに眉をひそめると、ため息をついて、娘の代わりに謝意を示した。「あなたのご親切に、娘も言葉が出ないようね。本当にありがたい申し出だわ」

無言のままのイリアナを見て、ダンカンは落胆した。部屋に入ると身をかがめ、この部屋にひとつだけあった自分の衣装箱を持ちあげる。「これを自分のところに運んだら、誰かをよこして、残りの衣装箱を運ぶのを手伝わせるよ」そう言うと、衣装箱を腕に抱えながらドアへ向かった。

「あなた？」

ダンカンが戸口で足をとめ、片方の眉をわずかにつりあげて振り返る。

イリアナは何を言えばいいかわからなくなって口ごもった。夫はまだ入浴していないのだから、誘いと受けとめられるようなことをうかつに口にしたくはない。結局、彼女は何も言えないままぐずぐずしていた。

ダンカンが口をかたく引き結び、もどかしげに衣装箱を腕のなかで持ち替える。「何も言うことがないなら、おれはもう……」

そこで彼の言葉がとぎれた。イリアナは、夫の肩の上を何かがさっとよぎるのに気づいた。次の瞬間、ダンカンが前によろめき、衣装箱がその手から滑り落ちる。床にぶつかった拍子に衣装箱のふたが開き、中身が床にばらまかれた。そのなかに瓶が一本あった。瓶は藁の上をごろごろと転がると、壁にぶつかってガシャンと砕けた。とたんに、ウイスキーのにおいが部屋に広がった。

イリアナと母は、衣装箱の上に倒れこんだダンカンにあわてて駆け寄った。彼の両脇に膝をつくと、頭から血が勢いよく吹きだしているのがわかった。そのとき、火のついた松明《たいまつ》が部屋に投げこまれた。思わず顔をあげたイリアナと母の目の前で、ドアがバタンと閉じられる。

ふたりともすぐには動けなかった。ショックで凍りついているうちに、部屋の反対側から炎があがりはじめる。火はあっという間に勢いを増し、ダンカンのそばで膝をつくイリアナとレディ・ワイルドウッドのほうへと迫ってきた。

「ダンカン?」イリアナは夫の腕をつかんであおむけにしようとしたが、その大きな体はぴくりとも動かなかった。そこで、レディ・ワイルドウッドが手を貸す。ようやくあおむけにしたとき、ダンカンの顔はまっ青だった。イリアナの胸に恐怖がこみあげた。

「ダンカンは生きているわ。三人でここから脱出しなきゃ」

イリアナは母の冷静な言葉でわれに返り、迫りくる炎に目をやった。ふたりは無言のままさっと立ちあがると、ダンカンの手を片方ずつ持って藁の床の上を引きずっていく。動揺しているせいでいつも以上の力が出たようだ。戸口に着くと、イリアナはドアを押した。だが、ドアは開かない。彼女は顔をしかめてダンカンの手を放し、両手でドアを押した。それでもドアはぴくりとも動かない。

「どうしたの?」すぐに母がそばへやってきた。

「ドアが開かないの」

レディ・ワイルドウッドもドアを押してみたが、イリアナの言ったとおりだとわかって青ざめた。「誰かに閉じこめられたんだわ」ドアを激しくたたきながら、大声で護衛を呼ぶ。

イリアナは母の肩に手を置いてそれをとめた。「もし護衛が外にいたなら、そもそも火をつけられることもなかったはずよ」

「でも、護衛がここを離れるわけないわ」

「そうね」イリアナはうなずいた。レディ・ワイルドウッドが娘の考えを読んで目を見開く。護衛は死んでいるか、意識を失っているのだ。

イリアナは顔をこわばらせている母から、どんどん広がっていく炎に目を戻した。煙は天井までたちのぼり、衣装箱はすでに炎にのみこまれている。炎はダンカンの足に届きそうなところまで迫り、その熱は耐えがたいほどにまでなっていた。彼女はまだ火がついていない空間に目をやった。

レディ・ワイルドウッドはふたたびドアをたたきながら、助けを求めて叫んでいたが、娘がベッドの脇に移動するのを見ると、その顔にあせりが浮かんだ。「何をしているの？　ドアの向こうにいる誰かに気づいてもらわないと」

「お母さま、今、この城にはほとんど誰もいないわ。女性たちはヒースを集めに出かけているし、男たちは外で作業をしている。叫んだところで、誰にも聞こえないのよ」

レディ・ワイルドウッドの顔がいっそう青ざめる。イリアナはベッドの上掛けを引きはがし、たらいの水に浸した。手早く上掛けを引きあげると、火に近づいて、それで炎をたたきはじめる。なんとか炎をダンカンから遠ざけたかったが、炎はすでに彼の間近まで迫っていた。

レディ・ワイルドウッドもすぐにシーツをベッドから引きはがし、それをたらいに残っていたわずかな水に浸す。

そばに駆け戻ってきた母に、イリアナは首を振りながら手を振った。「窓から叫んで」咳《せ》きこみながら指示する。「誰かに気づいてもらわないと」

レディ・ワイルドウッドは自分の体を濡れたシーツで包むと、窓に駆け寄り、窓の下で作業していた男たちに向かって叫んだ。「助けが来るわ」しばらくして息を切らしながらイリアナのそばに戻ると、彼女に加勢しながら言う。

自分の仕事に集中していたイリアナには、母の言葉を理解する余裕もなかった。

熱のせいで喉が焼けるようだ。あたりにたちこめるまっ黒な煙のせいで、うまく呼吸ができない。イリアナは息苦しさに耐えながら、炎と格闘した。焦げくさい熱風に肺を焼かれ、ごほごほと咳きこむたびに体がちぎれそうに痛む。これほどの炎は見たことがなかった。まるで生き物のようだ。たたいて、やっつけたと思っても、すぐにまた炎は反撃を開始する。まるで隙をついて、イリアナの脇をすり抜けようとくわだてているかのようだった。すぐに助けが来なければ、焼け死んでしまうだろう。この炎をくいとめられるとは思えない。炎と戦いながら、イリアナはすでにダンカンのすぐそばまでじりじりと追いやられていた。なんとか火が燃え広がるのを阻止しようとするのだが、たいして効果はなかった。あと少しでもさがったら、夫の脚につまずいて尻もちをついてしまいそうだ。

「ダン……カンを」イリアナは咳きこみながら言った。レディ・ワイルドウッドはすぐに娘の言わんとすることを理解すると、ダンカンの足を引っ張りはじめた。彼女がなんとかダンカンの両足を数センチ動かしたとき、廊下から男たちの怒号と荒々しい足音が聞こえてきた。次の瞬間、ドアが勢いよく開き、冷たい空気がどっと流れこんでくる。それに呼応するかのように、イリアナの目の前で炎が怒りのうなりをあげ、彼女に飛びかかった。

悲鳴をあげながら後ろによろめいた拍子に、イリアナは夫の脚にぶつかって倒れた。そのドレスにたちまち炎が燃え移る。イリアナの悲鳴に重なるようにレディ・ワイルドウッドの悲鳴が響いた。そのとき、何か重いものが体の上にドスンと落ちてきた。その衝撃で、イリアナの頭は床にたたきつけられた。

16

「目が覚めたぞ」

誰かの声が聞こえてまぶたを開けたイリアナは、部屋の明かりのまぶしさに目を細めた。頭が割れるように痛む。彼女は顔をしかめた。

「ああ、よかった！」

突如、アンガスと母の顔が目の前に現れた。ふたりとも心配そうな顔でこちらを見おろしている。

「大丈夫か？　ひどい目にあったな」

イリアナは義父の言葉に目をしばたたいた。アンガスが何を言っているのか、すぐにはのみこめなかった。だが突き刺すような肺の痛みを感じたとたん、火事のことを思いだした。

「ダンカンは？」しゃがれ声で尋ねたイリアナは、喉も痛いことに気づいて顔をしかめた。

「ダンカンは無事よ」ほっとしたとたん、イリアナの目から涙があふれた。「それにあなたも、もう大丈夫」レディ・ワイルドウッドがそっと娘の肩を撫でながら言う。

「そのとおりだ」アンガスもほっとしたようにうなずいた。「みんな無事で幸運だった。あの部屋は一気に火が広がったからな」

イリアナは眉をひそめて目を閉じた。「あんなに速く火が燃え広がるのを見たのははじめてです」

「ああ、そうだろうな。ウシュクベーハは引火性が高いせいだろう」

目を開く。「ウシュクベーハ？」

「ダンカンの衣装箱から転がりでて、壁にぶつかって割れた瓶があったでしょう？」レディ・ワイルドウッドが説明した。「あれがウシュクベーハというウイスキーだったらしいの。火があんなに速く燃え広がったのはそのせいだとアンガスは考えているのよ。瓶が割れたとき、中身があちこちに飛び散ったからだと」

「たしかにそうだったわ」

「あの瓶はダンカンが誕生した年に仕込まれたものだ」

イリアナは眉をつりあげた。「ダンカンが誕生した年？」

「ああ。わしの祖父がはじめたしきたりでね。領主の後継者が生まれた日にウシュクベーハを仕込み、瓶につめて、その子に渡すんだ。その子は跡を継ぐ日までその瓶を大事にとっておく。そして跡を継ぐ日が来たら、その酒を飲んで父親の死を悼むとともに、自分が領主の地位についたことを祝うのさ」

スコットランド人について、イリアナはすでにある結論に達していた。彼らは――少なくともこのダンバーの人々は――酒を飲むためなら、どんな言い訳でもひねりだすのだ。それにしても、あれが生まれた年から大事にとっておいたものなら、ダンカンはさぞかし悔しがっているだろう。

「ダンカンはがっかりしてましたか?」

「まだ知らない。あいつはまだ気を失ったままなんだ」イリアナの顔にさっと緊張が走るのを見て、アンガスが安心させるように彼女の腕をさすった。「心配いらないよ。頭を思いきり殴られたようだが、まもなく目を覚ますはずだ。実際のところ、きみの状態よりもましだと思う」

イリアナは目をぱちくりさせた。「どういう意味ですか? 頭を打っただけで、わたしはどこもけがをしてません。もう目も覚めたし……」

「ああ、そのとおり。けがはなかったようだな。ただ……その……見た目が少し変になったというか……」

不安になって母を見やると、母はアンガスをにらみつけている。イリアナの不安はさらにふくらんだ。

「髪のことを言ってるのよ」レディ・ワイルドウッドが娘の不安げな表情に気づいて、しぶしぶ認めた。「残念だけど、髪が少し焦げてしまったみたい」

「焦げた？」イリアナは目を丸くした。

「ああ。ついでに言うと、眉とまつげもなくなっている」アンガスの顔には本物の笑みが浮かんでいる。だがイリアナの怯えるような表情に気づくと、彼はあわてて咳払いして言った。

「でも、今だってきみは充分美しいぞ。それに髪なんてまたすぐにのびるさ」

「妻はどこだ？」

廊下から聞こえてきた怒鳴り声に、三人はぴたりと口をつぐんだ。次の瞬間、バンという大きな音とともにドアが開いた。アンガスとレディ・ワイルドウッドが音のする方向を振り返る。

夫の声だと気づいたとたん、安堵とパニックが一度にイリアナを襲った。その力強い声から判断して夫は大丈夫だという安堵と、アンガスが言ったことが本当なら、そんな姿を夫に見られたくないというパニックだ。髪は焦げ、眉とまつげもなくなってる、ですって？　どんな姿になったのやら、想像すらできない。

イリアナは顎の下までかけられていた上掛けを引っ張りあげ、子供みたいに頭の上までかぶった。そしてぎゅっと目を閉じ、ドスドスと近づいてくる足音に耳をそばだてた。

父が脇にどくと、ベッドの上の、布で覆われた塊がダンカンの目に入った。一瞬、心臓の鼓動がとまったように感じた。ダンカンはついさっき、父のベッドで目を覚ましたばかりだった。頭はずきずき痛んでいる。目覚めたとき、アリスターとエバがベッドの両脇に立っていた。ダンカンが目を開けると、アリスターはほっとしたように笑みを浮かべ、彼が目覚めたことをアンガスに伝えに行くと言った。だがダンカンは部屋を出ていこうとするいとこを呼び戻し、何が起こったのかと尋ねた。

アリスターの説明を聞いて、ダンカンは仰天した。寝室から立ち去ろうとして、自分が戸口に立っていたことは思いだせたが、それ以降のことは何も覚えていなかったのだ。何者かが自分の頭を殴りつけたあと、ウシュクベーハの瓶を割って火をつけ、自分と義母と妻を部屋に閉じこめて焼き殺そうとしたのだとアリスターに言われて、ダンカンはショックを受けた。と同時に、レディ・ワイルドウッドが窓から叫んで助けを求めているあいだ、イリアナが濡れたシーツで炎を消そうと格闘したと聞いて、妻の機転を誇らしく思う気持ちが胸にわき起こった。だが、男たちが部屋に突入したときイリアナは炎に巻きこまれていたと聞いたとたん、いても立ってもいられなくなり、ベッドから飛びだした。頭はずきずき痛み、立ちあがったときにはめまいにも襲われた。よろめきながら廊下に出てみれば、視界が恐ろしいほどぼやけて見えた。それでも、足はとめなかった。

だが、上掛けに包まれたイリアナが目に入った瞬間、足はぴたりと動かなくなった。妻は死んだのだという事実が胸に突き刺さった。イリアナの死にここまで動揺するなんてどうかしている。彼女は夫の権利をないがしろにした。それどころか、夫の指示にしたがわずに、好き勝手に行動したのだ。にもかかわらず、ダンカンの頭は突如イリアナでいっぱいになった。脳裏に彼女の姿が鮮やかによみがえる。ダンバーにはじめて到着した日のイリアナ。結婚式の翌朝、夫の権利を拒みながら、虚勢を張ってみせたイリアナ。知性とユーモアをたたえながら、生き生きとした表情でレディ・マクイネスと会話していたイリアナ。そして、ダンカンは感じていた。イリアナがいつも漂わせている野の花のような香りを。腕に抱いたときに欲望に震えた体を。耳もとに響く情熱的なあえぎ声を。そして行為のあと、息も絶え絶えになりながらあげる笑い声を。つまりおれはイリアナを……愛していたということか？

そうだ、彼女を愛していたのだ。

ダンカンは深く息を吸いこむと、ベッドに向かって最後の一歩を踏みだした。そしてイリアナの顔を見ようと、ゆっくりと上掛けをめくった。おそらく焼け焦げた皮膚と、鼻をつくような死のにおいが待っているに違いない。ところが実際に目にしたものは、想像とはまったく違っていた。そこには、目をぎゅっとつぶったイリアナが横たわっていた。その小鼻は、呼吸に合わせてひくひく動いている。

「生きてるじゃないか！」

イリアナは驚いて目をぱっと開いた。自分が死んだと夫に勘違いされるだなんて思ってもいなかった。呆然としたダンカンの声を聞いて、思わず彼の顔を見あげる。安堵、喜び、混乱と次々に表情を変えていた夫の顔は、最終的に面くらったようなしかめっ面に落ち着いた。

「いったいどういうことだ？　きみの顔はどこか変だぞ？」首をかしげながら、ダンカンは目を細めた。そして気づいた。いつもなら甘くさわやかな香りを漂わせているイリアナの髪が、どういうわけか、焦げて縮れてしまっている。枕もとには、ちりちりの髪が広がっていた。火事のせいだ、と彼は気づいた。しかし、おかしいのは髪だけでなさそうだ。ほかにもどこか変な気がするが、それがどこなのかわからない。次の瞬間、はたと気づいた。「眉とまつげがない！」

イリアナはうめき声をあげ、上掛けを引っ張りあげて顔をすっぽりと隠した。

ダンカンをたしなめるアンガスの声が聞こえる。「言葉に気をつけろ！　イリアナの気持ちを傷つけるんじゃない」アンガスはしばらく間を置いたあと、またダンカンに言った。「さあ、わしと一緒に来い。おまえもまだ寝てなくちゃだめだ。ベッドに戻らないとまた倒れてしまうぞ」ふたりがドアのほうへ歩いていくのがイリアナにもわかった。「頭の具合はどうだ？」

「ずきずき痛みます」ダンカンの声が聞こえて、彼女は上掛けをおろして彼の顔をこっそりのぞきたいという衝動と闘った。

「そうか。だがウシュクベーハでも流しこめば、すぐによくなるさ」

ダンカンがうなり声をあげる。

ふたりの後ろでドアが閉まる音が聞こえると、イリアナはほっとため息をつき、上掛けから顔を出した。髪を触れられたのに気づいて母を見あげると、母は悲しげな表情を浮かべながら、イリアナの傷んだ髪を撫でていた。

「そんなにひどい？」

レディ・ワイルドウッドが弱々しくほほえみ、やがてうなずいた。「ええ、かわいそうだけど」

イリアナはベッドの上で身じろぎをした。「眉はどう？」

「すぐにまた生えてくるわ。やけどしなかっただけでも感謝しなくちゃ。あなたのドレスに火が燃え移ったのよ。アンガス卿が機転をきかせて、自分の体で覆って火を消してくれなかったら……」

「そうね。生きていただけでも幸運だったわ」イリアナは疲れたように目を閉じたが、すぐにまたぱっと開けた。「護衛はどうなったの？」

「喉を切り裂かれていたわ」

イリアナが青ざめると、母は神妙な顔でうなずいた。「最悪なのは、グリーンウェルドの手先はまだこのあたりのどこかにいるってことよ。アンガスが家臣に命じて、もう一度城内を見まわらせ、そのあとで城壁のなかと外も捜索させたんだけど、襲撃者は見つからなかったわ。誰だか知らないけど、その男はかなり頭がいいようね」

「何も見つからなかったんですか?」

ダンカンの質問に、アンガスが苦々しい顔でうなずいた。「もう一度城内も見まわらせたが、怪しい者がいた形跡は何も見つからなかった」

「なんてこった」

「どうやら頭が切れるやつのようだ」

「切れすぎだ」ダンカンは悔しそうに言った。「今回、やつはもう少しで成功するところだったんですから」

「そのとおりだ。イリアナとレディ・ワイルドウッドが冷静でなかったら、わしはおまえたち全員を失うところだった」アンガスはそう言って身震いしたが、ダンカンはそれに気づかず、後悔に沈んでいた。

「おれはまた彼女を守れませんでした。もう二度とこんなことは起こさせません。やつを見つけるまで、イリアナからいっときも離れないことにします」

立ちあがったダンカンに、アンガスは顔をしかめた。「だが、やつのねらいはイリアナの母親だというのが、わしらの結論じゃなかったか?」

ダンカンはうなずいた。「どうやらおれの妻は、襲撃者の行く手に立ちはだかるという困った癖があるようなので、おれは彼女を守ることに専念させてもらいます。レディ・ワイルドウッドは父上にお任せします」

「わしに?」アンガスが聞きとがめた。

「そうです。イリアナはおれの妻なので、彼女の身の安全はおれの責任です。でもここの領主は父上なので、彼女の母親の安全は父上の責任です」ダンカンは不意ににやりと笑った。

「しっかり守ってくださいよ。もしイリアナの母親に何かあったら、イリアナは父上を許さないでしょうから」そう言って背を向けると、父をひとり残して階段をのぼっていった。

「わしの責任か」アンガスはつぶやいた。そのとき、大広間にアリスターが入ってきた。

「みんなには明日、森の捜索を行う予定だと伝えておきました。寝る前に、ほかに何かおれにできることはありますか?」

「ああ。誰かひとりよこしてくれ。今夜、レディ・ワイルドウッドの部屋の前に護衛を……」そこでアンガスは口をつぐんだ。突然、脳裏にイリアナの母親の甘い香りがよみがえる。先ほど彼は、レディ・ワイルドウッドをその腕に抱きしめたのだった。イリアナはきっと大丈夫だと慰め、レディ・ワイルドウッドを落ち着かせてやるためだ。そのときの彼女は煤だらけで、ドレスは焦げてぼろぼろになっていた。ガーティーがイリアナのけがを丹念に調べているあいだ、アンガスはイリアナを心配しつつも、レディ・ワイルドウッドの甘い香りと、彼女の体が自分の腕のなかにしっくりなじんでいることに気づかずにはいられなかった。

「今夜、レディ・ワイルドウッドに護衛をつけるということですか?」椅子に座ったままもの思いにふけるアンガスに、アリスターが尋ねた。

アンガスは頭を振って目をしばたたいた。「いや、やっぱりいい。わしが自分でやる。今夜はもういいから寝床に戻れ。よく休むんだぞ」そう言うと、甥《おい》はうなずいて立ち去った。

アンガスはウイスキーのジョッキに手をのばし、ぐいと飲み干すと、それをテーブルに置いて立ちあがった。イングランド風の外衣《サーコート》のしわをのばし、階段へ向かう。階段をのぼりながら、レディ・ワイルドウッドになんと説明しようかと考えをめぐらせた。きみには護衛が必要だと言おう。そして、領主である自分にはその責任を果たす義務があると説明するのだ。そのあとどうにかして侍女をさがらせ、部屋にある侍女用の寝床に自分が寝ることを承諾させる。藁の寝床は寝心地がいいとは言えないが、そこならレディ・ワイルドウッドを見守ることができる。それに、もしかしたら彼女のほうから、もっと快適な寝床を提供してくれるかもしれないではないか。

母が出ていったばかりのドアがまたすぐに開き、今度はダンカンが部屋に入ってきた。近づいてくる夫を不安げに見つめながら、イリアナは彼がやってきた理由を推しはかった。

「きみの髪……」

イリアナは短くなった自分の髪に手をやった。母にばっさりと切られた髪は、顎にも届かないほど短くなり、顔のまわりで好き勝手な方向に跳ねている。「すごく短くなっちゃったの」ダンカンにじっと見つめられて、彼女は言った。

「そうだな」

イリアナは両手を膝の上に置くと、惨めな気持ちでその手を見おろした。たぶん火事のショックのせいだろう。もしくは、二度も襲われた恐怖のせい、そして母のことが心配なせいかもしれない。突然、視界が涙でぼやけた。涙は目の縁にたまったあと、頬を伝いはじめた。

イリアナの涙に気づいたダンカンは、思わずさっと駆け寄った。一瞬ためらいを見せたあと、ベッドの脇にそっと腰かけると、おずおずと手をのばして、膝の上に置かれていた彼女の両手を握る。

イリアナは目をしばたたいて視界をはっきりさせた。自分の手を握る、大きくて清潔な手が目に入る。するとさらに涙がこみあげてた。「入浴したのね」すすり泣きながら言う。

ダンカンは妻の言葉に驚き、目を見開いた。しばらくのあいだ、自分の手を不思議そうに見つめていたが、やがて納得したような表情がその顔に広がった。「煤だらけだったから、きっと意識がないうちに、誰かに風呂に入れられたんだな」

ダンカンが言い終わるか終わらないかのうちに、イリアナが彼の頭の後ろに手をまわし、その顔を自分のほうに向けて、ぐいと引っ張った。ダンカンは、妻の行動と突然のキスの激しさに驚いた。イリアナに熱い唇を押しつけられ、ただ凍りついたように座っていることしかできない。彼女の舌が口のなかに滑りこんできたときなど、呼吸すらまともにできなかった。彼は動くのが怖かった。下手に動いて、この驚くほど甘い時間を台なしにしたくない。

一方、イリアナは、ダンカンがじっとしていることを誤解し、唇を離した。そして、額を彼の胸に押しつけ、肩を震わせながら、声も出さずに泣きはじめた。何をやってもうまくいかない。彼女からしてみれば、この結婚は順調とはほど遠かった。それもこれも全部自分のせいだ。自分がわがままだったのだ。男の人はあまり風呂に入らないものだ。宮廷に出たこともあるのだから、貴族が入浴の習慣に対して不信感を持っていることは知っていたのに。

正直に言えば、ほかのみんながひどいにおいを放っていると、自分だけ仲間はずれになったような気分にさせられた。ショーナの指摘は正しい。子供時代は孤独だった。友達などいなかった。宮廷にいるときでさえ、ほかの子供と遊ぶことは禁じられていた。自分にできることと言えば、みんなが上等な服を泥だらけにしながら楽しそうに追いかけっこをしているのを、ただ突っ立って眺めていることだけだった。そして大人になった今も、同じことを繰り返している。においなんか気にせず、おそらく、自身も悪臭を放っているような愛人のもとに夫が通うのを、そばで指をくわえて見ていることしかできないのだから。なぜわたしはほかのみんなみたいになれないのだろう。イリアナはそう心のなかでつぶやいた。

「きみにはほかのみんなみたいになってほしくない」

イリアナは驚いて目をしばたたいた。心のなかで嘆いていたつもりが、声に出していたらしい。彼女は顔を赤らめた。肩を震わせてしゃくりあげると、涙のにじんだ顔をおずおずとあげてダンカンを見つめる。きっと夫の言葉を聞き間違えたに違いない。

「きみの香りが好きだ。この城をきれいにするのも、料理の味をよくするのも、きみの好きにすればいい。すっかり短くなって、くりくりしているきみの髪だって、おれは気に入ってるんだ。きみに変わってほしくない。そしてこの結婚がうまくいっていないとしたら、それは間違いなくおれのせいだ」

夢を見ているんだわ、とイリアナは思った。それ以外にこの状況の説明がつかない。

「夢なんかじゃない」ダンカンはそう言って、彼女がまた心で思ったことを口に出していることに気づかせた。立ちあがると、プレードを引っ張って肩からはずし、床に落とす。次にシャツを頭から手早く脱ぎ、それも床に落とした。彼は無言のまま、しばらくイリアナの前に立っていたが、やがて彼女が胸の前でしっかり握っている上掛けに手をのばした。

「もしこれが夢なら……」上掛けをゆっくりとめくりながら言う。「終わらせたくない」

イリアナは息をのみながら、自分の体の上からゆっくりとめくられていく上掛けを目で追った。彼女が今身にまとっているのは貞操帯だけだった。ドレスもアンダードレスも火事でだめになってしまった。衣装箱もすべて燃えてしまい、どうやらこの世でイリアナが身につけられるものは、この貞操帯しか残っていないようだ。入浴したあと、髪を切ってもらう前にまた貞操帯を身につけたのは、そういう理由からだった。だが今は、この貞操帯も燃えてしまえばよかったのにと彼女は思っていた。

ダンカンは貞操帯に気づいて動きをとめた。彼が落胆したり怒ったりする前に、イリアナがベッド脇の粗末なテーブルの上に置いてあった鍵束に手をのばし、そのなかから奇妙な形の鍵をとりだす。それは以前、ダンカンが貯蔵庫の鍵を探していたときに見つけた鍵だった。ダンカンはイリアナの手から鍵をとった。この錠をはずすのは自分でやりたい。この手で鍵を開けることをずっと前から思い描いていたのだ。

片手に鍵を持ちながら、もう一方の手で彼女をベッドに座らせる。言われたとおりにイリアナが座ると、彼は彼女の前で床に膝をつき、鍵をベッドの上に置いた。

「もしいやなら……」うろたえたように言ったイリアナの唇をダンカンがふさいだ。今回、キスをされて、じっと息をつめて座っていたのは彼女のほうだった。だが、それも長くは続かなかった。ダンカンの舌が入ってくると、うめきながら両手を彼の首にまわし、むさぼるようにキスをする彼を自分のほうに引き寄せる。ダンカンが唇を彼女の口から離し、頬へ滑らせると、不満げな声をあげた。彼がイリアナの耳たぶをついばみはじめる。その吐息がくすぐったくて、体が小刻みに震えた。彼女は無意識のうちに胸をダンカンの胸板にこすりつけた。すると、彼の愛撫をせがむかのように胸の頂がかたくなった。

イリアナの心を読んだかのように、不意にダンカンが首から鎖骨へと唇を滑らせていき、ついには胸の頂をもてあそびはじめる。

無意識のうちにうめき声をあげていたイリアナは、恥ずかしくなって、いったん口を閉じた。だがふと、夫も声を出していることに気づいた。ダンカンは妻の胸に吸いつきながら、賞賛の言葉をつぶやいたり、悦びのうめきをあげたりしている。その声に欲望をかきたてられ、イリアナは彼の髪にさし入れた手を握りしめた。するとダンカンが胸から口を離し、彼女を見あげた。イリアナは彼にキスしながら、情熱のすべてを注ぎこんだ。

今回は、荒々しくむさぼりあうようにキスをする。ふたりはどちらも激しく息をはずませていた。突然、ダンカンが唇を離したかと思うと、膝をついて、ふたたび彼女の胸を手と口で愛撫しはじめた。イリアナは叫び声をあげながら頭を後ろにそらし、彼を抱き寄せた。だが不意に肩を押されて、背中から倒れる。彼女は両脚をベッドからおろしたまま、あおむけになっていた。ダンカンが腹部に唇をさまよわせるせいで、肌が粟《あわ》だち、小刻みに震える。彼は貞操帯に沿って舌を這わせながら、その手をイリアナのヒップの下に滑りこませ、もだえはじめた彼女の体を押さえた。

ダンカンがベルトのまわりに、腹部に、ヒップに、太腿にと舌を滑らせ、歯をたて、キスの雨を降らせる。イリアナにはこの責め苦が永遠に続くかと思われた。夫は自分を狂気の淵に追いやろうとしているのだと確信しながら彼女が激しく身をよじっていると、彼はようやく鍵に手をのばし、貞操帯をはずした。

障害物がなくなってイリアナがほっと息をつくと、ダンカンが彼女の両脚のあいだに顔をうずめ、秘所にキスをはじめた。イリアナは叫び声をあげながら、大きく体を震わせた。まるで体じゅうの筋肉がいっせいに震えだしたかのようだった。ようやく震えがおさまると、ベッドの上にぐったりと横たわる。もう二度と体を動かせそうになかった。

だが数分後、ふたたび愛撫をはじめたダンカンによって、それが間違いであることが証明された。

翌朝、目が覚めると、太陽の光が窓から降り注いでいた。にっこり笑みを浮かべたイリアナは、ため息をついてベッドの上でのびをした。だが横を向いたとたん、隣に誰もいないことに気づいて、顔を曇らせた。ダンカンはもう部屋にいなかった。

がっかりした気持ちを抑えながら、ベッドの上に起きあがる。ここはショーナの部屋だった。昨日の火事のあと、義妹の部屋に寝かされていたのだ。火事のせいで自分の寝室もドレスもすべて失ったことを思いだすと、気分が沈んだ。だがそのことをくよくよ思い悩む間もなく、たくさんのドレスを抱えたエバが部屋に飛びこんできた。

「このドレスを奥さまに届けるようにと旦那さまに言われたんです」侍女は興奮ぎみにそう言うと、ドレスをどさりとベッドの上に落とした。そして一枚ずつ手にとってはそれを広げてみせる。「すてきでしょう?」

イリアナはドレスに手をのばし、生地をさっと撫でた。「ええ、すてきね」

あまりうれしくなさそうな声に、エバが驚いたように言う。「旦那さまのご厚意がうれしくないんですか?」

「あら、うれしいわよ。ただ、このドレスの持ち主が気を悪くしていないといいんだけど」

イリアナはややとげとげしい口調で言った。

エバはぴんときてうなずいた。「ああ、このドレスが旦那さまの愛人のものじゃないかと心配なさっているんですね?」そう言うと、侍女は首を振った。「旦那さまのことをそこまで無神経な方だと思ってらっしゃるんですか? このドレスは旦那さまのお母上のものです。さわってみてわかりませんでした? 村の女がこんな上等なドレスを持っているわけないじゃないですか」

「彼のお母さまのもの?」イリアナは小さくつぶやいた。言われてみれば、どのドレスも上等だが、どこか古めかしい。

「ええ。それだけじゃないんですよ。午前中、奥さまが寝ていらっしゃるあいだに、旦那さまはお母上と話しあわれて、アリスターに布商人を探しに行かせたんですから」

イリアナは眉をつりあげた。「本当に?」

「ええ」

イリアナはベッドから飛びでると、ドレスを順に手にとった。だがしばらくして、落胆して手をとめた。「でも、エバ、これらは全部アンダードレスだわ。どれを着ても、陛下にはおりていけない」

「あら、いやだ、忘れるところでした」エバは自分自身にあきれたようにぐるりと目をまわすと、ドアのそばに置かれた衣装箱のふたをさっと開けてなかを探った。そして、きっちり折りたたまれた布をとりだす。「旦那さまが、これは奥さまのものだとおっしゃっていました」イリアナに近づきながら侍女が説明した。「結婚の贈り物だったそうですが、お渡しする機会がなかったらしくて……」

目をそらしながら言うエバを見て、イリアナは弱々しくほほえんだ。ダンカンがこの〝贈り物〟を今まで渡そうとしなかったのは、自分が妻らしくふるまっていなかったからだろう。どうやらゆうべのことで何かが変わったようだ。これからはすべてがうまくいくだろう。自分と夫はゆうべ、たくさんのことを解決した。だが、本当にそうだろうか?

不意に顔をしかめると、イリアナはそれについて考えてみた。わたしは夫に胸のうちを打ち明けた。そして夫は優しさと情熱をこめてわたしを愛してくれた。それは、結婚を完成させるために愛を交わしたときとも、森のなかで愛を交わしたときとも違っていた。その違いは、愛を交わすときにこめられていた優しさだろう。最初の二回が乱暴だったというわけでは決してない。だが、今回は何かが違った。欲望以外の何かがあった。今回は敬意のようなものさえ感じられた。

あれには何か意味があったはずよね？　イリアナは唇を噛みながら、不安げに考えた。実際には、何かが変わったと思わせるようなことをダンカンはほとんど口にしていない。わたしには変わってほしくないと彼は言ったけれど、自分自身が変わるとはひと言も言わなかった。もっと頻繁に入浴すると約束したわけでもない。それどころか、夫が何ひとつ約束しなかったことに気づいて、彼女はベッドにへたりこんだ。

「どうしてそれを広げてみないんです？」エバが眉をひそめて尋ねる。

もの思いに沈んでいたイリアナは、はっとわれに返った。ため息をついて布を広げ、それがプレードだと気づいて少し驚いた。

「旦那さまは着方も教えてくださったんですよ」エバが笑顔で言う。「実際にご自分でやってみせてくださったんです。ご親切だと思いません？」

「そうね」イリアナは無理やり笑みを浮かべて立ちあがった。「とても思いやりがあるわ」

落ちこむのはよそう、と彼女は思った。夫は何を約束してくれたわけでも、誓いをたててくれたわけでもないけれど、いいほうに解釈しよう。ダンカンはこのプレードをくれた。これには意味があるはずだ。たぶんこれが言葉で言い表せなかったことを伝える、彼なりのやり方なのだ。

おさがりのアンダードレスのうちの一着と、夫からの贈り物のプレードを身につけて、イリアナがおりていくと、階下はちょうど昼食の時間だった。ダンカンとアリスターの姿は見えないものの、ほかの者は全員席についているようだ。彼女は母の隣に腰をおろし、きょろきょろとまわりを見まわした。

「ずいぶん遅くまで寝てたのね。昨日の出来事からはすっかりたち直れた？」

イリアナは母の質問にうなずいてから尋ねた。「ダンカンはどこかしら？」

「彼なら布商人と会っているわ」

イリアナは、意味ありげな笑みを浮かべている母を凝視した。「なぜ？」

「何か買いたいものがあるんでしょう」

わかりきったことを言う母に、イリアナは顔をしかめた。「どんなものを？」

「布でしょうね」

イリアナがさらに突っこんで尋ねようとしたとき、彼女の注意は、部屋に入ってきたダンカンのほうへと引き寄せられた。イリアナはダンカンの存在を、彼が城の扉をくぐり抜けた瞬間に感じとっていた。まるで、大広間の空気そのものが変わったように感じられた。そのことになぜ誰も気づかないのだろう？　ダンカンが入ってきたことに気づいたのは、イリアナただひとりのようだった。

ダンカンはイリアナの視線をとらえると、にっこり笑った。そのとき、自分が夫に向かって笑いかけていたことに彼女は気づいた。急に気恥ずかしくなって、顔を赤らめながらさっと皿に目を落とす。

そのとき、大きな音とともにダンカンの背後で城の扉が勢いよく開いた。イリアナは顔をあげ、何事かと目をやった。アリスターが意識を失った男を肩にかつぎながら城に入ってくる。肩にかつがれているのは、けがを負ったイングランド人だった。

17

ダンカンは立ちどまって、アリスターが城に運び入れようとしている男を苦々しげに見つめた。

「これはいったい――」ダンカンの言葉はいとこにさえぎられた。

「彼はロルフ卿の使者だ」

グリーンウェルドの手先だと期待していたダンカンは悪態をついた。「なぜけがをしてるんだ？」

「おれの命を救ったからだ」

ダンカンは驚いて黙りこんだ。アリスターがその険しい顔をダンカンの背後に向ける。アンガス、レディ・ワイルドウッド、そしてイリアナがアリスターの説明を聞こうと駆けつけてきていた。「布商人を連れて城に戻ってくるとき、前方の木の陰に誰かがさっと身をひそめるのが目に入ったような気がしたんだ」

「なぜおれに言わなかった？」

アリスターが肩をすくめた。「その木の付近を通りすぎたときには誰もいなかった。だから気のせいだったと思ったのさ」

「でも確認しに戻ったんだろう?」

「ああ……やっぱり気になったから。もし本当に誰かがいたなら、そのあたりに何か痕跡が残っているかもしれないと思ってね」

「それで、何か見つかったのか?」アンガスは一歩近づきながら尋ねると、甥が抱えている男の頭を持ちあげ、その顔をしげしげと眺めた。

「はい。小さなたき火の跡がありました。でも捜索隊を呼びに城に戻ろうとしたところで、何者かに背後から襲われたんです。目が覚めると、この男が身をかがめて、おれの手に包帯を巻いてくれているところでした」

ダンカンはいとこの利き腕に目をやった。腕はプレードを裂いた布でしっかり巻かれ、吊されている。

「落馬したときに骨を折ったらしい」アリスターが顔をゆがめた。

それを聞いてダンカンは眉をひそめた。そのとき、妻が彼の肘に手をかけた。イリアナは気づかうようにほほえんでいる。ダンカンはイリアナの手にもう一方の自分の手を重ねると、アリスターに向き直った。

「そこにはもうひとり男がいましたが、すでに死んでいました。この男はおれに、自分はロルフ卿の使者だと告げました。ショーナについての知らせを持ってきたら、ちょうどグリーンウェルドの手先がおれの首をはねようとしているところに出くわしたんだとか。とめに入った使者はグリーンウェルドの手先と争い、その結果、使者はけがを負い、手先のほうは死んだということでした」

ダンカンとアンガスは無言のまま、視線を交わした。やがてアンガスが口を開いた。「ふたりが争っているあいだ、おまえは意識を失っていたんだな?」

「そうです」

「それに、おまえの頭を殴った男の顔も見ていない。そうだな?」

アリスターがそわそわと身じろぎし、自分が抱えている男に視線を向けた。「はい」

「それならこの男が、ロルフ卿の使者だという確証はないわけだ」アンガスがひどく落胆したように言う。

アリスターも落胆したようだったが、しばらくしてぱっと顔を輝かせた。「彼はおれに手紙を見せてくれました」

「手紙?」

「そうです。彼はその手紙を血で汚してしまうんじゃないかと心配して、おれに託したんです。彼をおれの馬に乗せる前に、ベルトに挟んでおきました」

アンガスがアリスターのベルトを探っているあいだ、ダンカンは尋ねた。「この男の馬は？」

「死んだ男を乗せてあるよ」

「手紙は戻ってくる途中で落としてしまったんだろう」アンガスがそう言って体を起こした。

「死んだ男の馬はどうした？」

「わかりません」アリスターが抱えている男を見た。「彼が知っているかもしれませんね」

「死んだ男を馬に乗せてきたと言ったな？」

「はい。外にいる馬にくくりつけてあります」

アンガスは後ろを振り返ると、大広間にいた家臣のひとりに目で合図した。家臣がすぐに大広間から出ていく。

「この人のけがを治療してあげたほうがいいんじゃない？」意識を失った男に鋭い視線を向けながら立っている男性陣に向かって、イリアナははじめて口を開いた。アンガスとダンカンは、頭がどうかしたんじゃないかとでもいうような目で彼女を見つめている。

アリスターでさえ、イリアナの提案に面くらったように尋ねた。「イングランド人のけがを治療するっていうのかい？」

三人の反応にイリアナは顔をしかめた。「だって彼はけがをしてるのよ」

「彼はイングランド人だ」

「それがなんだっていうの？」

「スコットランド人はイングランド人の治療なんてしないんだ」ダンカンが優しく説明した。「けがは連中が自ら招いたものなんだから」

口をきゅっと引き結ぶと、イリアナは夫の腕から手を引き抜いた。「だったら、イングランド人であるあなたの妻が、このイングランド人のけがを治療してあげることにするわ」いらだたしげな口調でぴしゃりと言う。

「だめだ」ダンカンが彼女の手をとって、自分の腕に戻す。「きみはイングランド人じゃない」

「イングランド人よ」イリアナはふたたび自分の手を引き抜こうとしながら言った。

「いや違う」ダンカンが否定しながら、彼女の手をもう一度自分の腕の上に置いてしっかりと押さえた。「きみはおれの妻であり、プレードも身につけている。今はもうスコットランド人だ」

イリアナが啞然としてダンカンを見つめていると、レディ・ワイルドウッドが口を開いた。

「わたしはイングランド人だし、スコットランド人と結婚もしていなければ、プレードも身につけていないので、わたしが彼の治療をするわ。彼をテーブルに運んでちょうだい」そうきっぱりと言って前に進みでると、当然指示にしたがうものと期待してアリスターを見つめる。アンガスがうなずくのを見て、アリスターは彼女の指示にしたがった。

夫のふるまいに憤慨していたイリアナは、彼をにらみつけたあと、母のあとを追った。

ダンカンが眉をつりあげながら父を見た。「今度は何が悪かったたっていうんです？」

アンガスは頭を振ると、息子の背中をぴしゃりとたたき、女性たちのあとに続くよう促した。「そのうちおまえの妻も交渉というものを理解するようになるさ」わけがわからないというようにこちらを見つめるダンカンに向かって、にやりと笑って肩をすくめる。「この手のことはわざわざおまえに教えてこなかったが、あまり気に病む必要はない。年齢を重ねるにつれて自然とわかるようになる。わからなかったとしても、さして重要なことではないんだ。女にとっては大事なことのようだが」

母がアンガスをじろりとにらむのが目に入ったが、今はそんなことにかまっている場合ではない。アンガスの指示を受けていた家臣が、もうひとりの男の死体を肩にかついで戻ってきた。家臣はアンガスのもとにやってくると、死体を足もとの床にどさりと落とした。

イリアナは母とガーティーに男の治療を任せると、死体に近づいて、その顔をのぞきこんだ。ぞっとするような光景だった。男の顔はシーツのように色を失っていた。出血した血のほとんどは、サーコートに染みこんでいるようだ。腹部と胸にかなり大きな傷があり、その顔に浮かぶ苦悶の表情から判断して、痛みに苦しみながらゆっくりと死を迎えたのだろう。

「寝室で襲いかかってきたのはこの男か？」

イリアナはごくりと唾をのんだ。「暗かったからシルエットしか見えなかったけど……」

もう一度死人の顔を見おろし、わずかに眉をひそめた。「この顔には見覚えがあるような気がするわ」

「ほう」

イリアナはアンガスを見つめて眉をつりあげた。

彼が肩をすくめる。「きみはグリーンウェルドに監禁されていたんだったな？」

「はい」

「それなら、そのときにこの男を見た可能性もある」それだけ言うと、アンガスはアリスターのほうを向いた。「周辺にはほかに誰もいなかったのか？」

アリスターが首を横に振ったとき、レディ・ワイルドウッドが顔をあげて、男が目を覚ましたとみんなに知らせた。イリアナが夫やアンガスのあとに続いてテーブルに戻ると、男は起きあがろうとして、まだ横になっているよう押さえこむガーティーともみあっていた。

「いいから起こしてやれ。その男と話がしたい」アンガスは命じて、テーブルの横で足をとめた。

「縫合したばかりの傷がまた開いてしまいます」ぶつぶつ言いながらも、ガーティーは脇にさがった。

男はすぐに起きあがると、やや警戒するように自分をとり囲んでいる人々を見まわしていたが、アリスターがアンガスの隣に立っているのに気づいて肩の力を抜いた。

緊張をはらんだ沈黙が流れる。しばらくして、アンガスがいらだたしげに口を開いた。

「あんたに命を救われたとわしの甥が言っているが」

　男はさっとアリスターに視線を走らせたあと、すぐに彼から目をそらしてうなずいた。

「そのとおりです」

「何があった？」

　男はふたたびアリスターをちらりと見た。「ダンバーの城へ向かう途中で、叫び声が聞こえたんです。駆けつけてみると、意識を失って地面に倒れている甥御さんの首を、男がはねようとしているところでした」

「男？」

「イングランド人です」

「あんたはその男と争ったんだな？」

「はい」

「男はすぐには死ななかったようだ」アンガスが指摘すると、イングランド人は重々しくうなずいた。

「そのおかげで、やつがレディ・ワイルドウッドを暗殺するためにグリーンウェルドに送りこまれた手先であることを白状させることができました」

　イリアナはとっさに母に目をやった。母は顔色を失っている。

　アンガスが質問を続けた。「グリーンウェルドがここに送りこんだのは、やつひとりか？」

「ここにはひとりで来たと言っていましたし、ほかにはいないようでした。グリーンウェルドはレディ・ワイルドウッドが宮廷に逃げこむところをつかまえるつもりだったそうです。ところが彼女がスコットランドへ逃げたという噂を聞きつけ、その話が本当かどうかを確かめるために、やつを送りこんだんです。あの男は、もしレディ・ワイルドウッドを見つけたら殺すよう命じられていたとか」

「ふむ」アンガスが目を細めて男を見つめた。「それで、あんたは誰だ?」

「ヒューと申します。ロルフ卿から手紙をあずかってまいりました」

「手紙には何が書かれていたんだ?」

男の顔に一瞬、とまどいの色が浮かんだ。「手紙は甥御さんに渡しました。彼から受けとって――」

「あんたの口から聞きたい」アンガスがヒューをさえぎって言った。「手紙の内容を知っているんだろう?」

ヒューがゆっくりとうなずいた。「はい。われわれはセント・シミアン修道院を訪ねましたが、ショーナさまはそこにいらっしゃいませんでした。ショーナさまと付き添い人は、セント・シミアン修道院に到着する前に、あなた方の敵であるコルクホーンの連中に拉致されたんです。シャーウェル卿とロルフ卿はあとを追いました。そしてわたしはショーナさまを救出するためにダンバーの援軍を呼んでくるよう命じられたのです。どうやら老コルクホーンはショーナさまを辱《はずかし》めて赤ん坊を身ごもらせ、そのうえで彼女の目の前でその赤ん坊を殺す計画をたてているようでした」

イリアナは恐ろしさのあまり息をのみ、不安げな視線を夫に向けた。ダンカンがすぐさま部下に大声で指示を出しながら、ドアのほうへと走りだす。その顔はかたくこわばっていた。

「おれも行く」あわててアリスターがダンカンを追うと、ダンカンはくるりと振り向いて言った。

「だめだ。おまえはここに残れ」

「いやだ。おれも行く！」

「おまえはけがをしている。足手まといになるだけだ。ここに残れ」ダンカンはかたい表情で命じた。

アリスターはなおも異論を唱えようとしたが、ふたりに追いついたアンガスがアリスターの肩に手を置いてとめた。「ダンカンの言うとおりだ。おまえは残れ」

アリスターは顔をこわばらせると、踵を返して城から飛びだしていった。アンガスはため息をつき、ダンカンに向かってうなずいた。「行くぞ」

ダンカンは顔をしかめた。「いいえ、父上。この戦いはおれが指揮をとります」

「ショーナはわしの娘だ」

「それにおれの妹でもあります。誰かが城を守るために残らなくては」

「アリスターが――」

「いつも父上はおれに言っていたはずです。城を守るために、われわれのどちらか一方は必ず城に残らなきゃならないと」

「ああ。だが、今回は別だ。ショーナがわしらを必要としているんだから。それにここはもう危険じゃない。襲撃者は殺されたんだぞ」

「やつが死ぬ前に嘘をついていたら？　ほかにも手先がいるとしたら？　イリアナとレディ・ワイルドウッドを、数人の年寄りとけがを負った兵士だけしかいない無防備な城に残すことになります」

アンガスはイリアナと母親に目をやり、ふたりの不安げな表情を見てとった。ため息をつき、不承不承うなずく。「わかった。その代わり、無事にショーナを連れ戻せよ」

ダンカンはくるりと背を向けると、大広間にいた家臣たちをひとり残らずしたがえて城を出ていった。イリアナはちらりと母に目をやったあと、急いでダンカンのあとを追った。さよならも言わないまま夫を送りだすなんていやだ。こんなふうに思うのがばかげているのはわかっていた。ダンカンは強いのだから、心配する必要などない。だが、父もまた強い男だった。父が最後の遠征に出発したとき、ちゃんとさよならを言わなかったことを、イリアナは今でも悔やんでいた。

城の扉を出ると、ダンカンは厩舎に向かっているところだった。イリアナはプレードをつかんで裾をわずかに持ちあげ、早足で夫を追いかけた。

　自分の馬がつながれている馬房へと急いでいたダンカンは、妻が呼ぶ声に気づいて足をとめ、もどかしそうに振り返った。だが、イリアナが息を切らしながら走ってくるのが目に入ったとたん、わずかに表情を和らげた。彼女は明らかに自分を追いかけて走ってきたようだ。それに、不安げに顔を曇らせている。それを見て、胸にあたたかいものが広がった。

「どうした？」いらだちを抑えてダンカンは尋ねた。彼はショーナを救出することだけに集中していた。夫婦の問題で時間を無駄にするわけにはいかない。

　数メートル手前で足をとめたイリアナは、手近な柱につかまり、それに寄りかかりながら息を整えた。

「わたし……わたし……」彼女はため息をつくと、やがて柱から手を離してダンカンに身を投げだし、その体をぎゅっと抱きしめた。

　ダンカンはイリアナの衝動的な行動に驚き、ぽかんと口を開けたまま彼女を見おろした。だがすぐに、厩舎頭のラビーが一メートルも離れていないところで、にやにやしながら立っていることに気づいた。ラビーをにらみつけ、厩舎から出ていくよう命じる。厩舎頭がいなくなると、ダンカンは手をのばして彼女の背中をそっと撫でた。

「いったいどうしたっていうんだ？」

イリアナは急に恥ずかしくなり、かぶりを振りながら目を閉じた。そして夫の体を一瞬ぎゅっと抱きしめたあと、身を離す。「なんでもないわ」足もとの地面に目を落とした。「ただお見送りしようと思っただけ。成功と幸運を祈って……」

ダンカンの指が彼女の顎の下にのび、顔を持ちあげる。夫に見つめられると、イリアナは自分の感情をすべてのぞかれているような気分になった。

「つまり、おれの神経質な妻は、このひどいにおいを振りまく夫のことを心配してるってわけか？」

イリアナは顔を赤らめながらうなずいた。「今はもうにおわないわ。もし今でもあなたがくさかったら、こんなふうに感じていなかったかもしれないけど――」

今度はダンカンが唇を奪って彼女を黙らせる。情熱的なキスに、イリアナは息をするのも忘れた。しばらくして夫が唇を離したころには、すっかり放心状態になっていた。頭をダンカンの胸にあずけたまま目を閉じる。「愛してるわ」

彼がはたと動くのをやめ、イリアナは自分が何を口走ったのかに気づいた。まあ、なんてこと！　いったいどこからこんな言葉が出てきたのだろう？　彼女はうろたえ、あわててダンカンから離れると、厩舎から逃げだした。狼狽と気恥ずかしさのあまり、まともに彼の目が見られなかった。後ろからイリアナの名前を叫ぶ夫の声が聞こえたが、彼女は足をゆるめなかった。だが残念ながら、ダンカンに比べると歩幅は小さいうえに、早足で歩こうにもアンダードレスの裾が邪魔をしていた。厩舎を出て十数歩も行かないうちに彼に腕をつかまれる。そしてぐいと引っ張られ、ダンカンの腕のなかに抱き寄せられて、はっと息をのんだ。人目につく場所であるにもかかわらず、ダンカンが情熱的にキスをした。ようやくダンカンから解放されたときには、イリアナの唇は赤く腫れあがり、頬は薔薇色に染まり、膝はがくがくになっていた。

ダンカンは妻の体を城のほうに向けると、顔を寄せてささやいた。「このことについては、おれが戻ってから話しあおう。さあ、城のなかに戻れ」彼女の尻をぽんとたたいて送りだした。

イリアナは城に向かってふらふらと歩きだした。みんながにやにや笑いながら自分を見ているのに気づいて、恥ずかしさのあまり頬が熱くなる。出立に備えて、中庭は大勢の男たちであふれていた。その男たちの全員にキスを目撃されてしまったのだ。

内心では恥ずかしさに身が縮む思いだったが、彼女はぐいと顔をあげ、城に向かって歩き続けた。

イリアナは、菜園で草むしりをしているジャンナを眺めていた。ジャンナはさっきから、雑草を憎々しげに引きちぎったかと思えば、今度はぼんやりと遠くを見つめながら、上の空で雑草を引き抜くのを交互に繰り返している。どうやらジャンナは——そして城にいる女性たちのほとんどが――イリアナと同じように目の前のことに集中できず、気をもんでばかりいるようだった。もちろん、これもすべて男たちのせいだ。ダンカンと家臣たちがショーナを追って出立してから一日がたっていた。

ため息をついたイリアナは、ジャンナのほうへ近づきながら、母のことを考えていた。どうやら城のなかで母だけは憂鬱な気分に襲われていないようだ。男たちが出立したあと、母はエバとガーティーとともに新しくできた部屋のひとつで謎の任務にあたっていた。それがなんなのかは知らないが、彼女たちは昨夜、夕食の少し前にそれを終わらせたようだ。今日母は、〝ダンカンは大丈夫よ〟とイリアナを慰めたり、〝息子さんはきっとお嬢さんを無事に連れ帰るわ〟とアンガスに言い聞かせたりしていた。

イリアナは母の楽観的な言葉を聞くのに耐えられなくなり、アンガスを母に任せて、ふたりからできるだけ離れて一日をやりすごそうとしているところだった。

「奥さま！」イリアナの体で日の光をさえぎられて、ようやくジャンナは女主人がすぐそばに立っていることに気づき、すぐに立ちあがる。「足音が聞こえませんで」

「考えごとをしていたようね」

「ええ」ジャンナはため息をつくと、菜園をとり囲む城壁に目をやった。まるで壁の向こう側でも見ているかのようにぼんやりと見つめる。「みんな無事ですよね？」

「もちろんよ」イリアナは不安を押し隠して答えた。「草むしりは今日やる必要はないわ。

もう終わりにしたら？」

ジャンナが悲しげにかぶりを振った。「家にいても、くよくよ心配するだけですから」

わかるわというようにイリアナもうなずいた。「菜園がどんな様子か見に来ただけなの。これからアンガス卿と母と三人で城壁を見に行くのよ」

「城壁を？」

「ええ。ダンカンが修復したところを見せてほしいと母がアンガス卿に頼んだのよ。これもわたしとアンガス卿の気をまぎらわせるための計画だと思うけど」

ジャンナが小さくほほえんだ。「お母上はよかれと思ってされているんですよ」

「わかってるわ」イリアナは苦笑いした。「だから一緒に行くことに同意したのよ。ジャンナ、好きなときに作業を終わりにしてね。手入れはもう充分よ」

ジャンナがうなずいて草むしりに戻ったので、イリアナはゆっくりと歩いて厨房へ向かった。

「とても頑丈そうな壁だわ。息子さんが誇らしいでしょうね」

レディ・ワイルドウッドのほめ言葉に、アンガスの顔がほころんだ。「ああ。ダンカンはいい息子だ。頑固で、短気なところもあるが、頭は切れるし心も優しい」

「わたしの娘は幸運ね、そんな……」レディ・ワイルドウッドは言葉を切り、眉をひそめた。

アンガスがもう自分の言葉を聞いていないことに気づいたのだ。彼は急に体をこわばらせ、城壁の向こうの木々に鋭いまなざしを向けていた。「どうしたんですか？」彼女の背中をぞくぞくとした不安が這いおりる。

　アンガスは無言のままだったが、しばらくして首を振った。「何かを見たような気がしたんだが……」不意に言葉を切ると、悪態をつきながらさっと城門に顔を向ける。「門を閉めて、跳ね橋をあげろ！」彼は大声で命じた。「今だ！　早く！　急げ！」

　城門のほうを向きかけていたレディ・ワイルドウッドは、背後からアンガスのあえぎ声が聞こえて振り返った。前によろめく彼に気づいて、その体を支えようと、とっさに手をのばす。ずっしりとした重みを受けとめた彼女は、アンガスの背中に矢が刺さっているのを目にし、悲鳴をあげた。そのとき、ヒュッという音とともに二本目の矢がふたりのすぐ横をかすめた。レディ・ワイルドウッドは彼を抱えたまま、さっと身を伏せた。

「お母さま！」イリアナは身をかがめながら走りだした。ちょうど彼女が胸壁（城壁の最上端。敵の矢などを防ぐため、内側から見て胸くらいの高さの壁状になっている部分をさす）への石段をのぼりきったとき、跳ね橋をあげろと命じるアンガスの声が聞こえたのだ。彼女がその命令に驚き、困惑していると、直後にアンガスが矢に射られて倒れるのが目に入った。城壁の向こうに目をやって、すべてを理解した。馬に乗った男たちが森から姿を現し、城門へ攻め入ろうとしていた。その後ろからは何人もの弓兵がゆっくりと近づいてくる。城が攻撃を受けているのだ。馬にまたがった男たちのゆったりした上着《タバード》をちらりと見ただけで、敵はイングランド人だとすぐにわかった。

跳ね橋がまだあがっていないのに気づいて、イリアナは恐怖で一瞬、動けなくなった。しばらくして跳ね橋がゆっくりとあがりはじめたが、それでも馬に乗った先頭のふたりが、動いている跳ね橋に跳び移るのではないかとひやひやした。だが、このふたりは用心深い性格だったようだ。彼らは手綱を引いてスピードを落とすと、跳ね橋があがるのをなすすべもなく見ていた。グリーンウェルドだわ。彼女は呆然と男を見つめた。

顔をこわばらせながら、身をかがめて胸壁沿いに走る。

母は横たわるアンガスを心配そうに見おろしながら膝をついていた。ふたりのもとにたどり着くと、イリアナは義父の傷と青ざめた顔をさっと確かめた。まだ血はあまり出ていないが、痛みがひどいことはすぐにわかった。すでにかなりの汗が額に浮かんでいる。その顔は激しい痛みにゆがんでいた。

城壁のなかは大混乱だった。矢に倒れながらもアンガスが大声で人々に攻撃を知らせたため、いつもは毅然《きぜん》として冷静な人々が今はあわてふためき、敵につかまらないよう、大事な人や子供たちを捜して走りまわっている。アンガスを運ぶための手助けを求めるイリアナの呼びかけは、人々の悲鳴にかき消され、誰の耳にも届かなかった。自分たちでなんとかするしかない。

腕をつかまれて後ろを振り返ると、アンガスがやや生気のない目でこちらを見つめていた。

「自分の足で歩けますか?」

アンガスが顔をしかめてうなずく。「ああ。ただのかすり傷だ」

イリアナは口を引き結んだ。義父の声は弱々しく、息も絶え絶えだ。それが男としての自尊心からの言葉にすぎないのは彼女もわかっていた。来た道を振り返った瞬間、ふたたび矢が雨のように降りはじめ、彼女は反射的に身をかがめた。ここから義父を運びだして、けがを治療しなければならない。この場で手当てしたいくらいだったが、頭上に降り注ぐ矢がやむ気配はいっこうになく、いつまた誰かにあたってもおかしくなかった。

「歩いていくのは無理よ」

不安そうな母の声に、イリアナは後ろを振り返った。

「わしは歩ける」アンガスが噛みつくように言って、起きあがろうと身動きする。

イリアナは肩に手を置いて義父を押しとどめた。「母が言ったのは、わたしたち三人とも、ということです。あなたのことだけじゃありません」穏やかな声で説明する。「それに、母が正しいわ。立ちあがったら、また矢にあたる危険があります。かがんだとしてもあなたは背が高いから、胸壁より低い位置で歩き続けるのは無理です」

「それならどうする?」

イリアナは一瞬ためらったものの、アンダードレスの上に着ていたプレードをはずしはじめた。

「何してるの？」レディ・ワイルドウッドがびっくりして尋ねた。

「石段のところまで、これを使ってアンガス卿を引っ張っていくのよ」

「わしは歩けると言っているだろう」イリアナに向かって、アンガスが弱々しい声でつぶやいた。

イリアナは彼の隣の石畳にプレードを広げ、脇にどいた。「プレードの上に腹這いになってもらえますか？」

「わしはそんなふうに運ばれるつもりは――」

「愚かな老人みたいにわがままを言ってないで、さっさとプレードの上に腹這いになってください。わたしの娘が下着同然の格好で人前を歩こうとしているんですから、少なくとも協力くらいしてくださらないと」

アンガスはレディ・ワイルドウッドの叱責に頬を紅潮させたものの、しぶしぶしたがった。女が領主に向かって命令するなんて世も末だとかなんとか、ぶつぶつ文句を言っている。イリアナと母は、彼を無視して、プレードのまわりにしゃがみこんだ。そして、それぞれがプレードの端をつかんで立つと、アンガスを乗せた布を引きずりながら歩きだした。

18

中庭におりる石段にたどり着くまでのあいだ、アンガスはずっと文句を言い続けた。着いたときも、自分の足で石段をおりると言って聞かなかった。そして実際に女性ふたりの手を借りながらも、なんとか起きあがってみせた。イリアナとレディ・ワイルドウッドがアンガスの腕を片方ずつ肩にかけて、どうにか彼を石段の下までおろすと、今度は城の前の階段まで、アンガスをなかば引きずるようにして進んだ。だが、ふたりがアンガスを移動させられたのはここまでだった。

傷の手当てをするために、城のなかへアンガスを運びたかったのだが、彼は頑として動こうとしなかった。自分の城が攻撃を受けているあいだは、なかに入るつもりはないというのだ。アンガスの頑固さに降参したふたりは、彼を階段のいちばん下の段に座らせた。ここならアンガスも城に残っている数少ない家臣たちに指示を出せるし、イリアナと母もけがの手当てができる。

矢はアンガスの背中から右の鎖骨のすぐ下にかけて突き刺さっていた。貫通はせず、四分の三ほど体内に入ったあたりでとまっている。イリアナと母は厳しい表情で目を見あわせた。

「男の人を誰かひとり呼んできましょうか？」母が尋ねた。

イリアナが期待をこめてあたりを見まわしたとき、アンガスが通りかかった男を大声で呼びとめ、アリスターはどこかと尋ねた。答えを聞いて三人は落胆した。アリスターは攻撃がはじまる一時間前に馬でどこかへ出かけたという。質問に答えた男は弓を手にして、石段をめがけて走り去っていった。胸壁にあがって、飛んできた矢を敵に射返してやるつもりなのだろう。

状況は厳しかった。城を守るには、残っている家臣が少なすぎる。今はほとんどの男が城を離れており、残っているのは、戦うには年をとりすぎているか若すぎる男たちだけだ。彼らも今はひとり残らず、敵を撃退しようと忙しく動きまわっている。つまり、領主の傷の手当ては女性たちだけでなんとかするしかないということだ。

「奥さま！」エバが階段を駆けおりてきた。エルジンとジャンナがあとに続く。「ああ、ご無事でよかった。厨房におりましたら、城が攻撃されたと叫びながらジャンナが駆けこんできたんです。そのときエルジンから、奥さまとお母上とアンガスさまが城壁に行かれたと聞いて、てっきりわたしは……まあ！」侍女が矢に気づいて息をのんだ。

足をとめたエバは、もう一度イリアナと母に目をやって、ふたりにけががないことを確かめたあと、おりてきた階段を駆けあがっていった。エルジンとジャンナに危うくぶつかりそうになりながらも、〝傷に巻く布をとってきます〟と叫んで、城のなかに消えていった。

「新鮮な水も必要ですね」エルジンもエバのあとに続いた。

「わたしは何をすれば？」ジャンナが心配そうに尋ねる。

「ガーティーを捜してきてちょうだい。薬を持ってくるようにと彼女に伝えて。とくに眠り薬を」

ジャンナはうなずくと、イリアナの指示にしたがうために走り去った。アンガスの顔に目をやったイリアナは、彼からけげんそうなまなざしを向けられていることに気づいてとまどった。

「なぜ眠り薬が必要なんだ？」

「矢を抜く前に飲んでいただこうと思って」

「冗談じゃない！」

「でも矢を抜くには、前から矢尻が出てくるまで柄を押しこまなければならないんです」

「わしはきみが生まれる前から戦士をやっているんだぞ。やるべきことはわかっておる。矢を抜くのは、わしの目が開いているときにやってくれ。今、わしらは攻撃を受けている。領民がわしを必要としているんだ」

イリアナはアンガスを鋭い目つきでにらんでみたものの、すぐにため息をついて母に目配せした。母に彼を正面から押さえてもらい、自分は背後にまわる。イリアナは汗ばんだ手で慎重に矢を握ると、息をとめ、青白い義父の顔に目をやった。「準備はいいですか?」

アンガスは両手で膝を押さえてうなずきかけたが、思い直したように首を横に振った。

「その前にウシュクベーハがほしい」

「持ってくるわ」レディ・ワイルドウッドが早足で城のなかに消えた。

アンガスはすぐに城の防御に意識を集中させ、男たちに次々に大声で指示を飛ばしはじめた。イリアナは、このあとに待ち受けることから、すぐに頭を切り替えられる義父がうらやましかった。彼女自身は、これから自分がやらねばならないことを思って吐きそうになっていた。しばらくして母が階段を駆けおりてきた。エバ、ガーティー、ギルサル、ジャンナ、エルジンも母のあとに続いて戻ってくる。

アンガスの前で足をとめたレディ・ワイルドウッドは、持ってきたジョッキを彼に渡しかけたが、途中で手をとめ、自分の口に運んでごくりと飲んだ。ごほごほと咳きこむ彼女を見て、アンガスはほほえむと同時に痛みで顔を引きつらせる。

こうした母と義父のやりとりを横目で見つつも、イリアナの意識は彼の背中から突きでている矢を調べているガーティーに向けられていた。

「かなり出血するでしょうね」老女が言った。

「出血?」イリアナは不安げに尋ねた。

「矢が抜けたとたん出血すると思います」

あらためてアンガスにジョッキを渡しかけていたレディ・ワイルドウッドは、その言葉を聞くなり、ふたたび酒をごくりと飲んだ。ギルサルとエバは布を細長く裂いている。

「出血を抑えるためにできることは何かない？」ウイスキーを飲んで咳きこんでいる母の背中をぽんぽんとたたきながら、イリアナは尋ねた。

ガーティーが唇をきゅっとすぼめて言った。「圧迫することです」

「圧迫？」

老女はうなずいた。「血を押さえこむのです」

レディ・ワイルドウッドはうめきをあげると、みたびジョッキを口に運んだ。

「お母さま！」イリアナはいらだたしげに叫んだ。アンガスを見ると、彼は自分の酒をあおるように飲む母を、ものほしげな目で見つめている。

「ごめんなさい」レディ・ワイルドウッドがあえぐように言い、酒が半分しか残っていないジョッキを名残惜しそうにアンガスに渡した。

アンガスはうなり声をあげながらウイスキーを口に運び、一気に喉に流しこんだ。そして姿勢を正すと、脚の上に腕を置いた。「やってくれ」

自分も酒を飲んでおけばよかったと思いながら、イリアナは母とエルジンに目配せをした。ふたりはアンガスが動かないよう両手で彼の肩を押さえた。

準備ができたことを確認したイリアナは、大きく息をついてから、急に汗で湿った両手をドレスでぬぐい、矢をつかんだ。無言で三つ数え、もう一度息を吸いこむと、うめき声をもらしながら、力の限り矢を押す。アンガスが体をこわばらせ、咆哮《ほうこう》をあげた。

イリアナが矢を押すのをやめると、彼の咆哮もとぎれた。涙に濡れた母の顔を目にしたイリアナは、うまくいかなかったことを悟った。矢はさらに深く刺さったものの、まだ貫通はしていなかった。涙で視界がぼやける。イリアナは体勢を変えると、今度は背後から自分の全体重をかけて押しはじめた。

アンガスが叫び声をあげた。すると、ようやく矢尻が肌を突き破って顔を出した。彼の叫びはいつのまにか悪態に変わっていたが、その声はすっかり力を失っていた。

イリアナはアンガスの横にまわり、背中から突きでている矢をつかんだ。涙で視界を曇らせながら、震える手で矢を折ろうとしたが、二度失敗した。体内で柄が動くたびにアンガスがうめき声をあげる。いつしかイリアナはすすり泣いていた。三度目でようやく柄が折れると、彼女は矢羽のついた柄を投げ落とした。アンガスの正面にまわり、手で涙をぬぐう。

「しーっ、泣きたいのはわしのほうだ」彼が優しくイリアナをたしなめた。

視界が晴れたおかげで義父の顔が見えるようになったものの、そのひどい顔色に気づくと、彼女の不安はさらにふくらんだ。そんなイリアナにアンガスが弱々しくほほえむ。

「続けろ。さっさと終わらせてくれ」彼がささやき声で言った。

イリアナは背筋をのばすと、矢尻をつかんで一気に引き抜いた。すぐさま脇にどいたイリリアナと入れ替わるようにして、ガーティーとエルジンが傷口に布を押しあてる。

イリアナはその様子を呆然と見つめていた。ガーティーとエルジンは傷口を圧迫したあと、二種類の軟膏を塗った。傷口を消毒する軟膏と、傷の治りを促進する軟膏だ。そのあとガーティーが前と後ろの傷口を手早く縫いあわせ、包帯を巻いた。

治療がすむと、一同は一歩さがって心配げにアンガスを見つめた。ガーティーの手早い処置にもかかわらず、アンガスはかなりの血を失っていた。今や唇までまっ青になっている。

「すんだか?」顔をゆがめながら彼が尋ねた。

ガーティーがうなずく。

「よし。ではわれらが客人の顔でも拝みに行くとするか」アンガスはそう言うと、みんなが驚いて見守るなか、体をふらつかせながらもなんとか立ちあがった。それだけでなく、よろよろと一歩前に踏みだす。だがその直後、彼の体が傾きはじめた。

一同は悲鳴をあげながら、倒れこむアンガスを支えようと駆け寄った。意識を失った彼の体をみんなで地面にそっと横たえる。

「旦那さま!」厩舎頭の息子であるウィリーが走ってきた。一同の前で足をとめた彼は、領主の助けが期待できないのがわかると、恐怖で目を見開いた。

「どうしたの?」イリアナは尋ねた。

少年はためらいを見せたものの、彼女に話しても問題ないと判断したのか、口を開いた。

「イングランド人が堀に渡す土手道をつくってると領主さまに報告するよう、父さんに言われたんです。これが完成したら、やつらは橋を打ち壊すか、火を放つかするに違いありません」

イリアナは顔をしかめ、意識を失っているアンガスに目をやった。

「行きなさい」レディ・ワイルドウッドが言った。「何かできることはないか見てくるのよ。今はあなたがこの城の責任者なんだから」

イリアナは驚いて体をこわばらせた。母の言うとおりだ。アンガスは意識がなく、夫も不在の今は、自分がダンバーの責任者だ。しかも、自分を手助けしてくれるはずのアリスターもいない。そう気づいてイリアナは恐ろしくなった。自分をとり囲む人々の不安げな顔が目に入ると、余計に恐ろしくなった。

ほかに選択肢はない。イリアナは勇気をかき集めた。「ウィリー、お父さんはどこ？」

「城壁にいます」

「行きなさい」母にもう一度言われ、イリアナは不安げな目で見返した。「アンガスはわたしたちで部屋に運ぶわ」

イリアナは浮かない顔でうなずくと、石段に向かって歩きだした。母とふたりでアンガスに肩を貸しながら石段をおりてから、まだ三十分もたっていなかった。彼女は、のろのろとした足どりでついてくるウィリーを厳しい顔つきで振り返った。「もっと急いでちょうだい」

できるだけ威厳たっぷりに命令する。「ピクニックに出かけるわけじゃないんだから」

少年は眉をつりあげると、足を速めてイリアナに並んだ。この状況に絶望しているに違いないが、表情には出さなかった。

厩舎頭のいる場所にたどり着いたイリアナは、城壁の向こうを見おろすなり、これはアンガスが意識をとり戻すのを待っていられるような状況ではないことを悟った。

眼下にグリーンウェルドが見えた。彼はその甲冑《かっちゅう》で見分けられた。グリーンウェルドは馬にまたがり、堀に渡す土手道の建設を大声で指示している。

「やつらが土手道を完成させてしまえば、すぐにも城壁のなかに突入してくるでしょう」顔をあげたイリアナに厩舎頭は言った。「やつらは橋と門に火をつけるに違いありません」

「そうね」彼女は対抗策をひねりだそうと考えをめぐらせた。

「こっちの弓矢は、連中が頭上にかまえているバリケードには歯がたちません」ラビーがさらに言う。

「そのようね」イリアナはため息をつき、中庭に積まれている大きな石に目をとめた。城壁の修復は、ダンカンたちがショーナの救出に出発する前に完成していた。おかげで助かった。修復前だったら、かなり悲惨なことになっていたに違いない。城壁が完成したあとも、中庭にはまだ石が残されたままだった。

イリアナはしばらく無言のまま、自分に突きつけられた問題に対処するべく頭を働かせていた。ふたたび石の山へと目をやる。積まれている石のほとんどは、自分の頭のなかで形になりつつある作戦に利用するには大きすぎるものの、小さめの石ならうまくいくかもしれない。

「必要なだけ人をかき集めて、あの石をここに運んでちょうだい」

「石を、ですか？」ラビーはイリアナが指さした方角を半信半疑で見つめている。

「端に積んである小さめの石がいいわ」

「ですが――」

「やってちょうだい」

「石を運ぶには、少なくとも六人は必要です」

「それなら六人集めてちょうだい」彼女はすかさず言った。「それからあと四人集めて、長い棒を二本持って厨房に行かせて。エルジンのシチューが入った大鍋をここに持ってこさせるのよ」

「料理人のつくったシチューをですか？」厩舎頭が目をむく。

「聞こえたでしょう」

「ええ。でも……そうなると、ここで敵に弓を引く人間がふたりになってしまいます」

「弓を引いても意味がないわ」イリアナは冷静に指摘した。「さっきあなたも言ったとおり、バリケードを貫通させることはできないし、それ以外の敵も矢の届く範囲にいないもの。さあ、わたしの指示にいちいち疑問を挟むのはやめて、言われたことをやってちょうだい。わたしには計画があるのよ」

ラビーはさらに反論しようとして口を開いたが、彼女の断固とした表情を見て思い直した。あきらめたようにため息をついて口をつぐむと、頭を振り振り走り去っていく。

イリアナは厩舎頭から目を離し、ふたたびイングランド人たちを見おろした。彼らが動きまわる様子を監視していると、石段のほうから不平を言う声が聞こえてきた。

「気をつけろ！　こぼれたじゃないか……まったく、ドジなやつらだ！」

石段のほうを見ると、エルジンが大鍋を運ぶ男たちに向かって文句を垂れていた。どうやら彼は、自分が丹精こめてこしらえた料理に付き添ってきたようだ。

「奥さま！」石段をのぼりきって頬を紅潮させたエルジンの顔が見えた。エプロンを握りしめながら、イリアナのもとへ駆け寄ってくる。「このばかどもがいきなり厨房に入ってきて、わたしの鍋の持ち手の下にこのいまいましい棒を滑らせるなり、外に運びだしたんです。何をしているのかと尋ねたら、奥さまが大鍋をここに運べとおっしゃったと言うじゃありませんか。何かの間違いだと言ってやったのですが――」

「間違いじゃないわ」イリアナは料理人の肩をそっとさすって彼をなだめた。それから、熱々のシチューが入った大鍋をできるだけ壁に寄せて置くよう、四人の男たちに指示する。息を切らしながら石を運んできた六人の男たちのために場所をあける必要があったのだ。

「石はどこに置きましょう？」ほかの男たちとともに石を運んできたラビーが荒い息をしながら尋ねた。

「城壁の上に置いてちょうだい。まんなかに」イリアナは指示を出したあと、今度は大鍋のそばに立ったままの四人の男たちに向かって言った。「鍋も石のすぐ隣に置いて」

ただちに指示にしたがいながらも、男たちは顔を見あわせている。イリアナは顔をしかめた。自分は愚かなわけでも、どうかしてしまったわけでもない。自分の計画をまだ理解できないでいる男たちに、彼女はいらだちを覚えた。

「奥さま？」エルジンがほとんど泣きそうになりながら、イリアナから城壁の上に置かれている大鍋へと視線を移した。

彼女は料理人に向かって優しくほほえむと、もう一度その肩を撫でた。「心配ないわ、エルジン。きっとうまくいく」

「だけど、シチューが……」

「門の外にお客さまがいるんだもの。せめてごちそうをお出ししてから、お見送りしなくちゃね」

それを聞いて、エルジンの目が恐怖に見開かれる。一方、ほかの男たちはイリアナの意図に気づいて、にやりとした。

彼女はラビーに向かって言った。「まず石でバリケードと土手道を壊すの。そのあと三つ

りしめている。
「わたしのシチュー……」エルジンはあわれっぽい声で言いながら、エプロンをぎゅっと握
数えてから大鍋を傾けるのよ」
「シチューは有効に使われるのよ」イリアナは同情するように言った。
「そうだぞ」厩舎頭は料理人に向かってにやりとすると、ほかのふたりと一緒に壁から石を
落とすかまえに入った。「イングランド人のやつらも、その味をずっと覚えているだろうさ」
そして大鍋を押さえている男たちに向かって言う。「いいか、三つ数えるんだぞ」
　石が落とされた。イリアナは脇に一歩ずれて、壁の下を見おろした。石は勢いよく、まっ
すぐに転がり落ちていく。石に気づいたイングランド兵がいたとしても、逃げろと叫ぶ間も
なかった。石がバリバリと大きな音をたててバリケードにぶつかる。兵士たちの悲鳴があが
るなかバリケード全体が揺れたと思ったら、めきめきと崩れはじめた。そして無防備になっ
た兵士たちの上に、今度はシチューが降り注いだ。
「わたしの鍋が！」エルジンが叫んだ。シチューのあとを追うように大鍋が転がり落ちる。
熱すぎて鍋を支えきれなくなり、男たちが手を離してしまったようだ。エルジンの叫びは男
たちの歓声にかき消された。重い大鍋は土手道を直撃し、その衝撃で土手が堀のなかに崩れ
落ちたのだ。たくさんの兵士を道連れにして。
　イリアナは眼下の惨状を無言のまま見つめた。死体や重傷者が、倒れたチェスの駒のよう

にそこらじゅうに散らばっている。彼らのあげるうめき声が耳に届いた。木立に隠れて難を逃れた何人かの兵士が、倒れた仲間を助けようと姿を現したが、それをダンバーの男たちがすかさず矢でねらった。彼らは容赦なかった。

アンガス卿の具合を見に行くと言って、イリアナはその場をあとにした。石段へ向かって、なかば放心状態で歩いていた彼女は、危うく母とぶつかりそうになった。

レディ・ワイルドウッドはイリアナのこわばった顔をひと目見るなり、持っていたジョッキを掲げた。「さあ、これを飲みなさい」有無を言わせず、娘の唇にジョッキを押しつけ、それを傾ける。

火のような液体を注ぎこまれ、イリアナの喉からおなかにかけて、焼けつくような熱さが走った。何口か飲みこんだあと、彼女はジョッキから顔をそむけ、ゴホゴホと激しく咳きこんだ。

レディ・ワイルドウッドが心配そうにイリアナの顔をのぞきこみながら、彼女の背中を元気づけるようにたたく。「少なくともこれで顔色は戻ったわ」

少しずつ咳がおさまってくると、イリアナは片手をあげて母の持つジョッキを遠ざけながら顔をしかめた。「どうしてみんな、こんなものを飲みたがるの？　炎のように熱いだけなのに」

「そうね」レディ・ワイルドウッドは力なくほほえみながら、ジョッキを自分の口もとに運んでごくごくと飲んだあと、満足そうに頭を振った。「でも、この味がわかるようになってきたみたい」

イリアナは苦々しげな顔で母からジョッキをとりあげた。「アンガス卿の具合はどう？」

レディ・ワイルドウッドが沈んだ顔でため息をつく。「まだ意識が戻っていないわ。今はベッドで休んでる。ガーティーが付き添っているから、わたしはこっちがどうなっているか心配で出てきたの。それにしても、とても賢い作戦だったわね。あなたは家臣たちの信頼を勝ちとったのよ」

イリアナは母の言葉を払いのけるように手を振った。先ほど自分の命令でやらせたことについて、話したい気分ではなかった。このことで賞賛されたくもない。母にもそれを伝えようと口を開きかけたとき、背後で悲鳴があがった。振り向くと、厩舎頭が肩を押さえながら地面に倒れていた。その肩には矢が刺さっている。

「侍女たちを連れてくるわ」レディ・ワイルドウッドはあえぐように言うと、石段を駆けおりていった。

イリアナはきっと口を引き結び、ラビーに駆け寄った。ありがたいことに、矢は貫通している。今回は矢尻を押しだす必要はないということだ。とはいえ、柄は折らなければならない。先ほどアンガスに刺さった矢を折るのにひと苦労したことを思いだして、彼女はエルジンに目をやった。料理人はラビーの反対隣にひざまずいている。「エルジン、腕力に自信はある？」

「はあ？」

困惑したように見つめるエルジンに向かって、イリアナは頭を振った。「なんでもないわ。わたしより力があるのは確かよね。ラビーの体を起こすのを手伝って」

「手助けなんていりません」厩舎頭が言う。

イリアナはあきれて目をぐるりとまわしながら、ラビーを助け起こして座らせた。男というのは、自尊心を大切にするあまり分別を忘れてしまうらしい。彼女は厩舎頭の両肩を腕で押さえると、エルジンに目をやった。「矢の柄を折ってほしいの」

エルジンとラビーがどちらも顔をしかめる。イリアナは大きくため息をついた。

「矢を抜くにはそうするしかないのよ。前か後ろに引っ張って、矢羽か矢尻ごと引き抜くこともできるけど、そうしたらもっと傷口が広がるわ」

ラビーが悪態をつきはじめると、すぐにエルジンも一緒になって悪態をつきはじめた。やがて、エルジンが矢の柄をつかみ、ふたつに折った。

厩舎頭の苦しげな顔に同情するようなまなざしを向けながら、イリアナは立ちあがり、脇にどいたエルジンと場所を入れ替わった。ふたたびひざまずいて石段のほうに目をやると、母が急ぎ足でこちらへ向かってくるのが見えたので、ほっとした。軟膏やら包帯やらを抱えたギルサル、ジャンナ、ガーティーもすぐ後ろを追いかけてくる。

ラビーに安心させるような笑みを向けてから、イリアナはすばやく矢を引き抜いた。そしてジャンナに手渡された布をつかみ、出血をとめるためにそれを傷口に押しあてた。そのとき、別の男の叫び声が聞こえた。イリアナの目が矢に射抜かれた男をとらえたとき、さらに別の男が城壁の上で後ろ向きによろめくのが見えた。その胸には矢が刺さっている。

イリアナは悲鳴をあげながらぱっと立ちあがり、城壁から落ちそうになっている男の手をつかもうと駆けだした。だが、遅かった。男は後ろに倒れ、はるか下の中庭へと落ちていく。彼女はののしりの声をあげると、ラビーの手当てをガーティーに任せ、先に矢を射られた男に駆け寄った。この男はまだ息がある。イリアナはほっとした。だが城壁から落ちた男が、この男ほど運がよくなかったのは明らかだ。

イリアナは、けがを負った男の反対側に膝をついたエルジンと厳しい表情で顔を見あわせた。厩舎頭に目を戻すと、彼は自分の足で立ちあがったところだった。傷は手当てされ、包帯が巻かれている。ラビーはまた胸壁に戻ろうとして歩きだした。

「だめよ、ラビー！　あなたは体を休めないと」

「休んでいたら、やつらを城門から追い払えません。どのみち死ぬはめになるなら、休んだところで意味がない」そう言い放つと、厩舎頭は自分の持ち場に戻っていった。

長く苦しい戦いになりそうだ、とイリアナは思った。なんとか持ちこたえられればいいのだけれど。彼女はため息をついた。

19

「イリアナ？」

イリアナは誰かにもたせかけていた頭をゆっくりあげた。ぼやけた視界に母の顔が浮かぶ。レディ・ワイルドウッドは、むっつりとした表情のイリアナから、エルジンとラビーへと視線を移した。ふたりはイリアナの両隣に座って、うつらうつらしている。目の前のテーブルには、空になったウイスキーのジョッキが散乱していた。

「アンガス卿の意識が戻ったわ」

それを聞いたラビーとエルジンがさっと身を起こした。

「目が覚めたんですか？」料理人が目を輝かせた。「それなら何か食べたいとおっしゃるかもしれませんね。すぐに用意してきます」そう言うと、もつれる足で厨房へと走った。

なんの反応も見せないイリアナに、レディ・ワイルドウッドは顔を曇らせた。娘に近づいて手をさしだす。「いらっしゃい。アンガス卿はまた意識を失うかもしれないわ。そうなってしまう前にあなたに伝えたいことがあるそうよ。ラビー、あなたにも」

厩舎頭はすぐに立ちあがり、階段に向かうふたりのあとに続いた。

母に促されてイリアナが部屋に入ってみると、アンガスは目を覚ましたとはいえ、その顔色は青白く、ひどく衰弱しているようだった。イリアナの沈んだ表情を見るなり、彼が身を起こそうとする。「どうした？　城壁を破壊されたか？」

「いいえ、すべて順調ですよ」レディ・ワイルドウッドがなだめるように言って、アンガスを横にならせた。

「順調どころではありません」ラビーはにやりと笑うと、ベッド脇に駆け寄って、何があったのかを話しだした。イリアナの機転により、石でバリケードを破壊させたことや、煮立たせたピッチ（油やタールなどの液体のこと。煮立たせたものを敵にかけて攻撃する）の代わりにシチューを使ったことなどを誇らしげに語る。

アンガスは穏やかな表情で厩舎頭の話に耳を傾けていたが、その視線はイリアナの顔にひたと向けられていた。ラビーが話し終えると、アンガスは尋ねた。「そのあとはどうなった？」

ラビーが所在なさげに目をそらした。悪い知らせを自分の口からは伝えたくないのだろう。イリアナは彼を責められなかった。どちらにしても責任は自分にあるのだ。

彼女は姿勢を正し、ベッドの隣に近づいた。「イングランド人はその仕返しに、いっせいに矢を放ってきました。わたしが城壁から離れるよう指示を出す前に、四人が亡くなり、三

は急いで首を振った。

「城壁に誰ひとり残さなかったのか？」アンガスがぞっとしたように尋ねたので、イリアナ

人がけがを負いました」

「いいえ。わたしが残ってイングランド人の監視を続けました」イリアナが自ら進んで監視のためにひとり城壁に残ったと聞き、アンガスの表情はさらに険しくなった。「男の人たちは遺体やけが人を運ぶので忙しかったんです」アンガスが厩舎頭をにらみつけるのを見て、彼女はあわててつけ加えた。ラビーのせいではない。彼はほかのみんなと一緒にイリアナをとめようとしたのだが、彼女が耳を貸さなかったのだ。イリアナは責任者という立場を振りかざして、みんなに城壁から離れるよう命令した。「それに、イングランド人の動きが確認できたときは、みんなを呼び戻しました」彼女は言い添えた。

「確認？　自分の目で見たのか？　やつらが矢を放ってくるのに、愚かにも城壁の向こうに顔を出してのぞいたってことか？」

「どのみち誰かがやらなきゃならないことですから。ほかの者には命を危険にさらさせておいて、わたしには後ろに隠れて安全なところから指示を出せとおっしゃるんですか？　あなたなら、そうはなさらないはずです」イリアナの話を聞いて悪態をつきはじめたアンガスを、彼女はにらみつけた。

ようやく彼が黙ったので、この隙に続きを話したほうがいいとイリアナは判断した。「矢

でいっせいに攻撃するあいだも、イングランド人たちは忙しく動きまわっていました。けが人を運んで遺体を片づけ、ふたつ目のバリケードを用意し、土手道を修復して完成させようとしていたんです」

「そうなんです」ふたたびラビーが声高に話しはじめた。「奥さまはまた石を運んでくるようにと指示を出されました。今度は大きな石をふたつです。城壁の上に持ちあげるのは大変でしたが、いったん持ちあげたら、そのうちのひとつを城壁から落とし、たくさんのイングランド人を道連れにして土手道を壊してやりました。奥さまは、ふたつ目の石は城壁の上にそのまま置いておくようにとおっしゃいました。連中への警告のためです。連中は土手道をつくるのをあきらめ、それ以降は何もしてきませんでした」

アンガスはイリアナの沈んだ顔に目をやったあと、厩舎頭のほうを向いた。「城壁に戻って警戒を続けろ。だが、これは覚えておいてくれ。わしが快復して指揮がとれるようになるまでは、レディ・イリアナが責任者だ。報告は彼女にあげろ」

「わたしがその任にふさわしいとは思えません。わたしには経験がありませんから」ラビーが出ていくと、イリアナは言った。そのとき、エルジンがスープのボウルを持って部屋に入ってきた。

「ここでわれわれの力になるのは経験ではない。必要なのは知性だ。きみにはそれがある」

「いいえ。わたしにはグリーンウェルドに対抗できるほどの知性はありません。わたしはイングランドで、彼のもとから逃亡しようと三度も試みましたが、三度とも失敗しました。ここでも失敗するかもしれなせん」

「失敗しないさ」アンガスが穏やかな声で言った。

「そうですとも」エルジンがうなずき、イリアナの隣に立った。「奥さまはとても頭がよくていらっしゃる。石とシチューを使った奥さまの作戦には、本当に舌を巻きました……大鍋を失ってしまったことは別ですが」エルジンは顔をしかめた。「その点だけはもっとよくお考えいただきたかったですね。今は料理をしたくても鍋がないんですから。とはいえ――」

「エルジン！」アンガスがぴしゃりと言った。「さがっていい」

エルジンは少しためらったあと、スープのボウルをイリアナに押しつけ、足早に出ていった。すると、アンガスは侍女たちにも仏頂面を向けた。侍女たちもあわててドアへ向かう。

部屋には、彼とイリアナとレディ・ワイルドウッドの三人だけになった。

「イリアナ、きみが沈んでいるのは、イングランド人たちの死に責任を感じているからだろう」部屋のドアが閉まるなり、アンガスが言った。

イリアナは無言のままうなずいた。

「そうか。たしかにきみには責任がある。死んだ兵士のひとりひとりに、その手で剣を向けたのと同じだからな」かたい表情でアンガスが言う。イリアナが顔をしかめると、彼は重々しい顔つきでうなずいた。「だがきみは、この城壁のなかにいる人々を救うためなら、また同じことをするだろう。だから、そう思い悩むな。攻撃を仕掛けてきたのは向こうだ。きみの選択肢は、戦うか、捌《さば》かれるのを待つ子羊のように降伏するかのどちらかだった。だがきみは子羊じゃない。人間らしく罪の意識を持つのはいいが、それに振りまわされるな。きみは正しいことをしたのだ。

「今日、命を落としたのはイングランド人たちだけじゃありません」イリアナは惨めな思いで指摘した。「われわれも四人を失いました」

「彼らは愛する者のために命を捧《ささ》げたんだ。城壁のなかには二百人もの女子供がいる。ダンバーの男なら、この二百人の安全のために喜んで命をさしだすだろう」

「でも亡くなったうちのふたりは、まだ少年だったんですよ！」イリアナは吐き捨てるように言った。

「少年にだって誇りはある。自分の良心を慰めるために、彼らの誇りを奪うんじゃない」

彼女は顔をこわばらせた。するとアンガスが優しくほほえみ、震える手をさしだした。

「さあ」イリアナがその傷だらけの大きな手に自分のなめらかな手を滑りこませると、彼がため息をついた。「きみはわしらの生き方をまだ理解していないかもしれないが、これがダンバーなのだ。わしも、わしの民も、きみのために喜んで自分の命をさしだす。わしが命をさしだすのは、わしがきみの領主だからだ。わしの民が命をさしだすのは、きみがわしの息子と結婚した日に、彼らはその命をかけてきみを守ると誓いをたてたからだ。これはきみが今日やったことと同じだ。きみは愚かにもその美しい顔を壁からのぞかせて、その命を危険にさらした。誰かほかの者にやらせるのではなく」アンガスはひとにらみしたあと続けた。「愛する者を守るために死ぬことは、男にとって何より名誉なことだ。きみは今、死んだふたりを少年と呼んだが、彼らは少年ではない。立派な男だ。彼らに誇りを持たせやれ。そして罪悪感を手放すのだ。彼らの勇敢さをわれわれは決して忘れないだろう」

自分のなかで張りつめていた何かがいくぶん和らぐのを感じて、イリアナはうなずいた。「それでいい」アンガスは笑みを見せると、疲れたように頭を枕にあずけた。一瞬閉じていたまぶたをふたたび開く。「われわれは今、困難な状況にある」

「ええ」イリアナは穏やかな口調で同意した。「ここにはひとりで来たという死んだ手先の言葉は嘘だったようですね。もしくはグリーンウェルドの気が変わり、ここへ向かうことにしたのを、手先が知らなかったのか」

「手先が嘘をついたんだろうな。ダンカンが留守でグリーンウェルドは運がよかった。いや、運がいいと言うにはできすぎている」

イリアナは凍りついた。「手紙はダンカンをおびきだすための罠《わな》だったと考えているんですか？」

「わからない。アリスターは手紙の中身を見ていない。ただ巻物を目にしただけだ。それも城に戻ったときにはなくなっていた」

「あのイングランド人なら、アリスターが気づかないうちに巻物を抜きとることもできたはずです。ふたりは同じ馬に乗ってきたんですから」

「使者は今どこにいる？」

イリアナは目を見開いた。「彼のことは完全に忘れていました」

「わしもだ。ここを出たら確認してくれ。そしてどうなっているのか、誰かを使ってわしに知らせてくれ。あの使者にも護衛をつけたほうがいいかもしれん」イリアナの不安げな顔を見て、アンガスは安心させるように彼女の手をぽんぽんとたたいた。「困難な状況にあるのは確かだが、これは一時的なものだ。連中を城壁のなかにさえ入れなければ問題ない。ダンカンが戻ったら追い払ってくれる」

「ダンカンが戻るまで、どれくらいかかると思いますか？」レディ・ワイルドウッドがはじめて口を挟んだ。

ためらうアンガスを見て、イリアナは不安を覚えた。答えを聞いて、彼がためらった理由がわかった。「コルクホーンに到着するまで四日かかる」

「四日も？」レディ・ワイルドウッドが恐怖をあらわにする。

「行くのに四日、戻るのにも四日。そして、戦いにかかる日数」イリアナは険しい表情で言った。「アンガス卿、わたしたちは一日目だけでたくさんの命を失いました。とても……」

そのとき、アンガスの青白い顔に疲れが浮かんでいるのに気づいた。いくら怖いからといって、彼に負担をかけるわけにはいかない。彼女は顔に無理やり笑みを貼りつけ、安心させるように言った。「ダンカンが戻るまでなら、問題なくグリーンウェルドからの攻撃をかわせますわ」

「きみは勇敢な女性だ。そこがわしは気に入っている」アンガスはそうつぶやくと、目を閉じた。

イリアナは無言のまま義父の顔を見つめた。しばらくして母に目を移すと、母が言った。

「しばらくのあいだ彼を休ませましょう」

「そうね」イリアナは母の目の下にできたくまに目をとめた。「お母さまも休んだほうがいいわ。アンガス卿を看病するガーティーを手伝って、一日じゅう起きていたんでしょう？」

レディ・ワイルドウッドが肩をすくめた。「わたしがここに来なければ、彼がけがを負うこともなかったはずよ」

使者の様子を確かめに行こうとしていたイリアナは、その言葉に足をとめた。「こうなったのはお母さまのせいじゃないわ」

「いいえ、わたしのせいよ。わたしがいなければ、グリーンウェルドだってここには来なかったはずだもの」

「グリーンウェルドは身勝手で欲深いろくでなしよ。あの男を責めるのはかまわないけど、彼と一緒に自分のことまで責めるのはやめて」

「グリーンウェルドを相手に二週間も持ちこたえられないわ。こっちには人手がないんだもの」

「いいえ、充分対抗できるはずよ」

レディ・ワイルドウッドの顔にあきらめの色がにじんだ。「ここに来るべきではなかったわ。グリーンウェルドが追ってくるのはわかっていたんだから。わたしがここに来たことで、あなたやあなたの大切な人々を危険にさらしてしまった」彼女は自分を責めるように言った。「わたしが投降すれば、彼もあなたたちのことは放っておいてくれるかもしれないわ」

イリアナは恐怖に目を見開いた。背筋を冷たいものが走り抜ける。

「それが真実だと認めて」レディ・ワイルドウッドが懇願するように言う。「グリーンウェルドの目的はわたしなんだから」

「そんなこと言わないで。お母さまはもうここにいるんだから。この状況から抜けだすための方法がきっと見つかるわ」

「城壁のなかにいる人々が死ぬことになったら？　男性も女性も子供たちも、みんな死んでしまうことになったら？」

「そんなことにはならないわ」イリアナは厳しい口調で言った。「さあ、もう休んで。疲れきった体では、誰の役にもたてないわ」

悲しそうに頭を振りながら、レディ・ワイルドウッドは部屋を出ていった。

「彼女から目を離すな」アンガスの声にイリアナは振り返った。「グリーンウェルドのもとであれだけ苦しめられたのに、きみの母上はまだあの男のことを理解していないようだ」

「あなたはグリーンウェルドをどんな男だと思っているんですか？」イリアナは気になって尋ねた。

「貪欲な男だと思っている」アンガスが答える。「やつは途方もなく貪欲だ。彼女が投降したところで、やつは攻撃をやめないだろう」

イリアナはがっくりとうなだれた。「わたしもそう思ってました。その考えが間違っていればと願っていましたけど」そうつぶやいて、ため息をつく。

「きみの母上にも監視をつけろ」

「でも男の人たちは城を守るのに忙しいし――」

「では、女を使え」

イリアナはうなずいた。

「使者の様子を見に行く前にその手配をしておくんだ」

「わかりました」アンガスがふたたび目を閉じたので、イリアナは部屋をあとにした。廊下に出ると、侍女たちが集まっていた。彼女たちはアンガスが発熱した場合に備えて、誰が付き添うかを決めているところだった。母はどこかと尋ねると、部屋で休んでいるという。

「よかったわ。アンガス卿の付き添いを誰にするか決めていたようだけど、母の付き添いもお願いしなくちゃならないの。少なくともふたりは母のそばについていて。母をひとりにしたら、ここを抜けだそうとするかもしれないから心配なの。わたしたちのために投降するなどという、このうえなく愚かな間違いをしでかすかもしれないわ」

女性たちが驚きの表情を浮かべるなか、ガーティーだけが不安そうにうなずいた。「ええ。わたしもお母上がそんなふうに考えられるのではと心配していたところです」

「まさにそう考えているのよ。だから絶対に母をひとりにするわけにはいかないの。寝ているときも、最低ふたりは母のそばにいてほしいわ。母から目を離さないで。必要なら縛りつけてもいいわ。母が愚かなまねをしないように」

女性たちがうなずくのを確認したところで、イリアナの関心は使者に移り、どの部屋に使者を休ませているのか尋ねた。増築されたばかりの新しい部屋のひとつにいると聞き、イリアナは使者の様子を見に行くことにした。使者の部屋に誰もいないことがわかっても、彼女はあまり驚かなかった。だが、この件についてはよく考えてみなくては。報告のためにアンガスの部屋へ戻ると、彼は眠りについたところだった。付き添いのガーティーに伝言を頼み、イリアナはグリーンウェルドの動きを確認するために城壁へ戻ることにした。

石段をのぼっていると、城壁の外から何かを打ち壊すような音が聞こえてきた。彼女は不安を募らせながら、ラビーのもとに駆け寄った。「いったい何事？　彼らは何をしているの？」

「木を倒して、何かをつくっているようです」ラビーが答えたとき、また大きな音が鳴り響いた。

「何をつくっているんだと思う？」

ラビーが肩をすくめる。「投石器かもしれませんが、わかりません。奥さまは休んでください。もしも投石器をつくっているのなら、明朝、やつらと対峙《たいじ》するときに備えて、頭をはっきりさせておいてもらわないと」

イリアナはため息をついてうなずいた。もし投石器だとしたら、連中は城壁の向こうにいながらこちらを攻撃できるようになるということだ。「何かあったらわたしを呼んで」彼女はそう言って、城のなかに戻った。


眠りを妨げたのは何か、イリアナはすぐにはわからなかった。彼女はまぶたを開き、太陽が最初に空に顔を出すときのような、オレンジと黄色に輝く光を目にした。だが、その光はとてもすばやく動いている。これは曙光《しょこう》などではない。彼女は恐怖とともに悟った。

「火だわ！」

悲鳴をあげながらベッドの上を転がったイリアナは、自分を見おろす男に気づいた。その瞬間、薄明かりのなかで思った。自分を刺した襲撃者が、あの夜の仕事を完遂するために戻ってきたのだと。だがすぐに、彼女に向かって叫ぶ声が、エルジンのものであることに気づいた。

「ラビーに奥さまを連れてくるよう言われたんです！　イングランドの連中が城壁の向こうから火を放っています！」

ベッドに入るときに、服を着たまま寝ることにしたのは正解だったと思いながら、イリアナは飛び起きると、ドアへ向かって急いだ。だが、ドアを開け、廊下に足を踏みだしかけたところでくるりと振り返り、自分のあとに続いていたエルジンに向き直った。

「あのブレード……」

エルジンの顔に困惑の色が広がる。「奥さま？」

「あの襲撃者。わたしを刺した男よ」彼女は説明した。「今気づいたんだけど、あの男はブレードを身につけていたわ」

料理人の眉がつりあがる。「彼の持ち物のなかにブレードはありませんでしたよ。アンガスさまが死体をあらためたとき、わたしもいあわせたんです。彼は数枚のコイン以外、何も持っていませんでした」

イリアナは顔をしかめた。そのとき、城壁の向こうからまた火の玉が飛んでくるのが窓越しに見えた。悲鳴が城壁の内側からあがる。「まずいわ！」彼女は急いで部屋をあとにした。

「どうしたの？　何があったの？」叫び声と悲鳴を聞きつけたレディ・ワイルドウッドが廊下に飛びだしてきた。エバとジャンナがその後ろに続く。次の瞬間、ガーティーとギルサルもアンガスの部屋から飛びだしてきた。

　大声で事情を説明したあと、イリアナはエルジンを伴って階段を走りおりた。城の正面扉を押し開いた彼女はその場に凍りついた。火があちこちで燃えあがり、城壁のなかにあるたくさんの建物に今にも燃え移ろうとしている。女性も子供も、老いも若きも、目につくものはなんであれその手につかんで、火を消そうと駆けずりまわっていた。

「なんてこと」

　イリアナが肩越しに振り返ると、母が立っていた。ガーティーやほかのみんなもあとを追ってきたようで、城の外階段の上に立っているイリアナとエルジンの後ろに集まっている。城のなかへ戻るようにイリアナが指示を出そうとしたとき、料理人が城の後方を指さした。

「厩舎が！」

　イリアナが厩舎を振り返ろうとした瞬間、馬たちの恐怖のいななきが聞こえてきた。厩舎に火が燃え移ったのだ。彼女は毒づきながら階段を駆けおりた。馬たちを救出しなくては。ダンカンがほとんどの馬を連れていったため、厩舎に残っているのは十数頭にすぎない。そのほとんどが子馬か、出産を控えた妊娠中の牝馬だ。

　厩舎までようやく半分ほど来たところで、また火の玉が飛んできた。イリアナはよろめきながら足をとめ、大声をあげてみんなに警告した。火の玉が飛んでいく方向を見定めようと目を凝らす。最初は、ひとつの大きな炎の塊が飛んできたように見えた。ところが実は、いくつものかけらをひとかたまりにして火をつけたものが投げこまれたのだということがわかった。火の玉は落下する途中でばらばらになり、まるで四方八方に向けて火が投げこまれたかのようだ。

イリアナの叫び声は人々の悲鳴にかき消された。女性も子供も散り散りになって火の雨から逃げまわっている。彼女自身も落ちてくる火をよけて横に飛びのいた。ところが、そこに別の火が落ちてきた。肩に何かがぶつかってよろめいたものの、なんとか転ばずにすんだイリアナは、手で体をはたいてプレードに火が燃え移っていないことを確かめた。後ろを振り返ると、彼女を追ってきていたエルジンがそばにいた。彼も無事だとわかって安堵する。

「馬をお願い！」イリアナはまわりの悲鳴にかき消されないよう大声で叫ぶと、近くで倒れていた女性に駆け寄った。女性を助け起こしたイリアナは驚いた。いつのまにか母がそばにいて、女性の手当てをしようとしていたのだ。

「この人を城のなかに連れていってちょうだい。お母さまもそのまま城内から出ないで」イリアナはそう命じてふたりを城のほうに押しやった。「みんなを城に避難させるわ」母に向かってそう言うと、火消しに躍起になっている人々に向かって叫びはじめた。

「みんな避難しませんよ」ジャンナがイリアナに駆け寄ってきて言った。「燃えているのは彼女たちの家なんですから」

「死んでしまったら、その家に住むこともできなくなるのよ」イリアナはもどかしそうに言った。

「だったら奥さまは城壁にあがって、できることをしてください」

「できること？」イリアナは頭がおかしくなったのかとでもいうようにジャンナを見つめた。

ジャンナがうなずく。「レディ・アグネスの時代にもイングランド人は同じ戦法をとったんです」

「レディ・アグネスね」イリアナはその名前を聞いてため息をついた。イリアナがダンバーに来たばかりのころ、ギルサルがその女性の名前を引きあいに出しては、自分に反抗していたことを思いだした。そういえば、ブラック・アグネスは夫が留守にしていた六カ月間、イングランド人の攻撃から城を守ってみせたという話だった。「彼女は何をしたの？」

「ギルサルが言うには、矢の一斉攻撃がとぎれるたびに、イングランド人たちを侮辱したり罵倒したりして連中の気をそらしたんだそうです。そのあいだに女性たちが火を消してまわったとか」

「侮辱した？」イリアナがいぶかしげに言うと、ジャンナはうなずいた。

「それに罵倒したそうです」

「なるほど」イリアナは、躍起になって火を消そうとしている女性たちに目をやった。そして次の瞬間には、ジャンナに背を向け、城壁へと走りだしていた。

「奥さま！」ラビーがイリアナの顔を見て安堵したような表情を見せる。この混乱に対処するのは自分には無理だとこれほど強く感じていなければ、自分もラビーの反応をうれしく思っただろう。この任務は自分の手に余ると気づいているのは、どうやらイリアナだけのようだった。

ラビーに向かってぎこちない笑みを見せたイリアナは、彼や城壁に残ったほかの男たちが、イングランド人に向けてせっせと弓を引いていることに気づいた。できることはそれだけしかないようだ。ラビーが弓を引く作業に戻ったので、彼女は胸壁にもたれ、その開口部から城壁の下にいるイングランド人たちの様子をうかがった。投石器が堀の向こう側の土手道に配置されている。グリーンウェルドは、投石器をぎりぎりまで城のそばに寄せることで、射程範囲を最大限に広げようと考えたのだろう。イリアナが見ているうちにも、次の玉が用意された。

彼女は、彼らが火をつけようとしている玉を見つめた。中庭を振り返ったところ、女性たちが走りまわっている。イリアナは城壁の下に目を戻し、グリーンウェルドの名前を大声で叫んだ。すると投石器のそばの集団のなかから、ひとりの男が姿を現した。盾の後ろに立ち、上を見あげている。

「わたしの名を呼ぶ、そこの泣き虫のちびはわたしの娘か？」グリーンウェルドが声を荒らげた。

「わたしは悪魔の娘なんかじゃないわ！」イリアナはぴしゃりと言った。「そっちこそ、臆病者のくせに」

「臆病者だと？」

「ええ！　無理やり女性に結婚を迫ったうえに、死ぬほど殴りつけるなんて、臆病者のすることだわ！　今だって敵にこっそり忍び寄ってきて、やっぱりあなたは臆病者よ！」

「おまえの夫が無防備なおまえを残して城を留守にしているのは、わたしのせいではない！」グリーンウェルドの言葉に、イリアナは眉をひそめた。それについてじっくり考えようとしたとき、彼がまた怒鳴った。「あの女を渡せ、生意気なガキめが！」

「わたしはレディ・ダンバーよ！　この……豚！」絶妙な切り返しとはいかず、イリアナは顔をしかめた。

「あの女を渡せ！　あれは法的にわたしの妻だ。拒むことなんてできないぞ！」

「彼女はわたしの母親よ。だから、したがうわけにはいかないわね。それに、母はもう、あなたの妻じゃないんじゃないかしら。今ごろはすでに婚姻無効が成立しているはずだわ」

激怒したグリーンウェルドがそばにいた家臣のひとりに何やら怒鳴りつける。すると次の瞬間、イリアナに向かって矢が飛んできた。とっさに身をかわしたものの、すぐそばをヒュッと矢が走り抜けた。彼女の心臓が激しく打ちはじめた。

「この人でなし！」

その声にイリアナは振り返った。見ると、レディ・ワイルドウッドが壁の下に向かって怒鳴っている。母がいることにまったく気づいていなかったイリアナは、ぽかんとした。まさか母の口からこんなののしりの言葉が飛びだすとは。

「女性に武器を向けるなんて！　まったく、恥というものを知らないの？」

「おや、頑固で口やかましいわが妻ではないか」

「今に妻でなくなるわ！　いいえ、今ごろはもう違うでしょうね！」

自分はそう言ったせいで、矢でねらわれるはめになったのだ。同じ言葉を母に言われてグリーンウェルドが黙っているはずがない。イリアナは小声で毒づきながら、母を脇へと引っ張った。その瞬間、二本目の矢がふたりの横をヒュッと音をたてて飛んでいった。

「お母さま！　あの男を罵倒するのはわたしに任せて」

レディ・ワイルドウッドが息を切らして笑いながら、顔にかかっていた髪を後ろに払う。

「たしかに危なかったわね。でもあのろくでなしに言いたいことを言ってやれて、すっきりしたわ」

イリアナはあきれたように目をぐるりとまわすと、また城壁に向き直って、すばやく下を見おろした。グリーンウェルドが松明を持った兵士に合図している。イリアナが見ていると、兵士が投石器の玉に点火した。毒づきながら顔をあげて、彼女は城内を振り返り、女性たちに大声で警告を発した。女性たちが急いで避難しはじめたのを確認し、厩舎へと視線を移した。厩舎は炎に包まれていた。「エルジンは馬を避難させた？」

「ええ。厨房の裏に移動させたわ。そこなら安全だから」

「厨房の裏？　わたしの菜園を通らせたんじゃないでしょうね？」イリアナが最後まで言い終わらないうちに、火の玉が発射される音が聞こえた。イリアナは母をつかんで城壁から飛びのいた。次の瞬間、火の玉が頭上を飛んでいった。

危険がなくなるとすぐに立ちあがって、城壁の内側に目をやる。今回は誰もけがをしなかったようだ。イリアナはまた城壁の外にいるイングランド人たちの様子をうかがった。投石器のアームが戻され、すでに次の一撃の準備に入っている。

「グリーンウェルドは、ダンバーを灰の山にするまで火を投げこみ続けるつもりなんだわ」レディ・ワイルドウッドが苦々しげに言う。彼女はイリアナの背中に片手を添えてバランスをとりながら、城壁から身をのりだして下をのぞきこんでいた。

「それならあの投石器を壊さなくちゃ」イリアナはきっぱりと言い、城壁の後ろの危険な場所から離れた。

「でもどうやって？」レディ・ワイルドウッドが半信半疑で尋ねる。

「お母さまをひとりにしないように言いつけておいたのに。少なくともふたりはいたはずのお目付け役をどうやってまいてきたの？」

「みんな忙しいのよ。それより、どうやって投石器を壊すつもりなのか、あなたはまだ答えてくれていないわ」

イリアナは眉根を寄せながら、もう一度城壁の内側に目をやった。厩舎はすでに赤く光る、ただの燃えさしの山となっていた。あれではもう二度と馬を入れることはできない。建物がかなり古かったせいだろう、と彼女は思った。これほど早く燃えつきた理由はほかに考えられない。まるで燃え移る前にウイスキーでもかけてあったかのようだ。火が放たれる前の自分の寝室がそうだったように。

「ラビー」イリアナはさっと背筋をのばした。

「はい、奥さま？」

「ウシュクベーハがほしいわ」

ラビーは眉をつりあげると、彼女の横を通りすぎ、身をかがめてジョッキを拾いあげた。イリアナは気づいていなかったが、そのジョッキは城壁のそばに置いてあった。「夜間の寒さ対策に用意しておいたんです」彼女が眉をつりあげたのを見て、厩舎頭が説明する。

イリアナはジョッキを鼻先まで持ちあげてそのにおいをかぐと、ラビーを見つめた。「アンガス卿はこのお酒をたくさん保有しているのよね？」

厩舎頭が口をすぼめた。「たくさんというのがどれくらいを意味するかによりますが」

イリアナはもう一度投石器を見おろした。「ありったけ、ここに持ってきてほしいわ。全部」

「全部ですか？」ラビーは目をむいてみせたあと、今度は不満げに目を細めた。「奥さまの作戦に使うわけじゃないですよね？」

「さあ、急いで」レディ・ワイルドウッドが楽しげな口調で言った。「この前のイリアナの作戦はうまくいったでしょう？」

「ええ、うまくいきました。でも、あのとき犠牲にしたのはわたしらの夕食でしたが……今回はよりによってウシュクベーハですか」

「やってほしいことは以上だけど、理解できたかしら？」

ラビーがしぶしぶうなずいた。「はい。でも失敗したら、上等のウイスキーが全部無駄になっちまいます」

「それなら成功を祈らなくちゃね」イリアナはあっさり言うと、自分の前に並ぶ八人の女と八人の男に目をやった。女たちは消火作業から引き離されたことに最初は不満を見せていたが、それもイリアナが作戦を説明するまでのことだった。イリアナがこの作戦で、城壁の向こうから次々に飛んでくる火の玉をとめるつもりでいることを知ると、彼女たちも納得したのか、作戦の手伝いに加わった。女たちはイリアナが持ってこさせた布を細く引き裂いたあと、矢尻にその布を巻きつけ、それをウイスキーの樽に入れて液体を浸みこませた。そして、火のついた松明を手に待機した。

一方、男たちは、残りの八つの樽のそばに立っている。

「準備ができたわね。できるだけ遠くまで、できるだけ迅速に投げるのを忘れないで」イリアナはもう一度彼らに説明すると、城壁から身をのりだして、グリーンウェルドの兵士たちの様子を観察した。兵士がまた玉に点火しようとしているのを見て、待機している男女に準備するよう指示を出す一方、中庭に向かって大声で警告する。

一同は火の玉が頭上を通過するまで胸壁にぴたりと体を押しつけて待ったあと、すぐに持ち場に戻った。男たちは樽のそばに駆け寄ると、ふたりひと組になって四つの樽を持ちあげ、いっせいに城壁の向こうに放り投げた。すぐに残りの四つの樽も同じように放り投げる。すかさず女たちが矢のさしてあった樽のもとへ駆け寄り、それぞれがウイスキーを浸した矢をあいているほうの手でつかんで、樽を投げ終わったばかりの男たちの隣に立った。

彼らが自分の指示どおりに動いていることを確認すると、イリアナはイングランド人たちを見おろした。彼らはこの攻撃に困惑しているようだった。城壁の上からウイスキーの入った樽が四つ投げ落とされ、つくりかけの土手道に落ちて粉々に砕けた。あちこちに酒が飛び散り、兵士も投石器も、すっかり酒にまみれた。そうこうしているうちに、さらに四つの樽が投げ落とされた。イングランド人たちは、どういうことなのかわけがわからないといった様子だった。それも当然だ。イリアナが襲撃事件から学んだことなど、彼らは知る由もないのだから。そう、ウシュクベーハは火にとって餌のようなものなのだ。

イリアナはもう一度肩越しに振り返って男女に目をやった。ふたり組になっていた男たちがひとりずつに分かれてそれぞれの持ち場につき、女たちに手渡された矢を弓につがえた。

矢の準備ができると、女たちが持っている松明で、ウイスキーが浸みこんだ矢の先端に火をつけた。男たちが弓を引き、ねらいを定め、矢を放つ。

イリアナはふたたび下をのぞきこんだ。彼女は矢でねらう場所を細かく指示していた。男たちのうちの四人は投石器に、ふたりは土手道に、ふたりはバリケードにというように。どこもウイスキーがまき散らされているはずの場所だ。男たちのねらいは正確だった。最初の矢が土手道に突き刺さった。たちまち炎がボッとたちのぼる。これにはイリアナさえも驚いた。寝室のときと同じように、火はウイスキーをたどってまたたく間に燃え広がっていった。ほかの矢もすべてねらいどおりの場所に刺さったようで、投石器とバリケードから同時に火があがった。一帯はあっという間に炎に包まれた。

イリアナはかたずをのみながら、ふたたび投石器に目をやった。煌々《こうこう》と燃えさかる投石器を見て、ふうっと息をつく。顔をあげた彼女は、城壁に並ぶ男女があげる歓声を耳にしながら、重い足どりで石段へ向かって歩きはじめた。

「ラビー、監視をお願い。何か動きがあったら、わたしを呼んでちょうだい。ほかのみんなは下におりて、火を消すのを手伝ってあげて」後ろを振り返りもせずに指示を出す。

スコットランド人たちは黙りこみ、がっくりとうなだれたイリアナの肩を心配そうに見つめたあと、彼女の指示にしたがって動きはじめた。

イリアナがアンガスの部屋に戻ると、ベッドから起きあがろうとする彼を、母とジャンナが必死に押しとどめていた。

「いけません。まだ寝ていてください」レディ・ワイルドウッドがアンガスと言い争っている。

「そうですとも」ジャンナが鼻息も荒く言い、彼のけがをしていないほうの肩を強く押して横にならせようとした。「領主さまは大けがをなさったんですから」

「こんなのはただのかすり傷だ。わしの体を起こせ」レディ・ワイルドウッドが命令にしたがうそぶりを見せないので、アンガスが今度はジャンナをにらみつけた。「わしはおまえの領主だぞ！」怒りもあらわに言う。

ジャンナは一瞬ためらったものの、すぐに首を振った。「いいえ。快復なさるまでは、イリアナさまが責任者だと旦那さまはおっしゃいました。旦那さまはまだ快復なさっていませんし」

ジャンナを怒鳴りつけようと口を開きかけたアンガスがイリアナに気づいた。「イリアナ！　いいところに来てくれた。この生意気な女たちに、わしを起きあがらせるよう言ってくれ」

イリアナは懇願するような表情を浮かべている義父にほほえむと、ベッドに近づいて彼の顔を見おろした。アンガスの頬は赤く染まっている。「もう気分はよくなったんですか？」

「ああ」

義父の額に手をのばしたイリアナは、彼の頬が赤い原因が熱ではないことを知ってほっとした。

「よかった」そう短く言うと、アンガスを放すよう、母とジャンナに目で合図する。ジャンナはすぐにベッドから離れたが、レディ・ワイルドウッドはためらいを見せた。

「まだ起きあがるべきじゃないわ。ちゃんとけがを治すためには休まないと」

「あとでまた休んでもらうわ。無理はできないけど、もう階下におりて、座って指示を出すことはできるでしょう」

イリアナの言葉に母は引きさがったが、アンガスは顔をこわばらせた。

「わしはここの領主だぞ。何ができて何ができないかは、わしが決める」そう言うと、ベッドの脇から両足をおろし、立ちあがろうとする。ところがすぐに顔は青ざめ、脚はふらついた。

イリアナはさっと手をのばし、義父の体を支えた。

彼女の手につかまりながら、アンガスはふたたびベッドに腰を沈めた。「まあ、もう少しばかり休んだほうがいいかもしれん」自分で認めながらも、不機嫌そうに顔をゆがめる。そして、射抜くような目でイリアナを見つめた。「きみの母上がウシュクベーハを使った作戦について話してくれた。うまくいったのか？」

彼女は重々しくうなずいた。「土手道と投石器は燃えて使えなくなりました。ラビーが彼らの次の行動に備えて監視を続けています。何か動きがあったら呼ぶようにと言っておきました」

「よし」アンガスが険しい顔のままうなずく。「使者はどうした?」

「戻ったとき、あなたはお休みになっていたので、ガーティーに言づけておいたんですが、使者はいなくなっていました」

「いなくなっていた、ですって?」ジャンナが驚いたように尋ねる。

「ええ。城門が閉められる前に、こっそり抜けだしたんだと思うわ」

「それはありません」ジャンナがきっぱりと否定した。「領主さまをここにお運びしたあとも、彼は部屋にいましたから。わたしは彼の様子を確かめに行ったんです」

「でもゆうべ、わたしが見に行ったときはいなかったわ」

それを聞いてジャンナが顔をしかめた。アンガスも眉根を寄せている。

「もう一度確かめに行くんだ。もしいなかったら護衛をつけ、捜索を開始しろ」彼が強い口調で命じた。

イリアナはうなずいてドアへ向かった。ジャンナもあとに続こうとしたが、ためらうように足をとめると、レディ・ワイルドウッドとアンガスに目をやった。

「一緒に行け」彼が追い払うように手を振る。「レディ・ワイルドウッドのことはわしが見ておこう」

レディ・ワイルドウッドはアンガスの言葉に顔をしかめたものの、すぐににっこりほほえんだ。「ええ。彼が無理をしないよう、わたしが目を光らせておくわ」

熟年のふたりのあいだで、戦いの火蓋が切って落とされた。イリアナは頭を振りながら、ジャンナを引き連れて寝室をあとにした。寝室を出たふたりは、廊下を通って使者に与えられた部屋へ向かった。イリアナは、使者が部屋にいるとはまったく思っていなかった。だからドアを開けて部屋のなかに入り、ベッドに横になっている使者を目にしたときには、思わず足がとまってしまった。イリアナは顔をしかめた。男は眠っているようだ。

「わたしが申しあげたとおりでしょう?」ジャンナが声をひそめて言った。「ばたばたしていましたから、奥さまはきっと別の部屋をごらんになったんですよ」

「いいえ、この部屋だったわ」イリアナは部屋を見まわした。昨夜、自分が部屋をのぞいたときに、この男がいなかったことを証明するような何かがないかと探してみるも、とくに見あたらなかった。もう一度使者の顔を見おろして、かぶりを振る。ふたりは部屋から出て、そっとドアを閉めた。

「もしかしたら、彼は用を足すために部屋を出ていたのかもしれません」ジャンナが言った。

「ええ、そうかもしれないわ。でも……」イリアナは口ごもった。

ジャンナが眉をつりあげる。「でも?」

「気になることがいくつかあるのよ」イリアナはため息をついた。「たぶん、なんでもないんでしょうけど……でも、とにかく聞くだけ聞いてちょうだい。今朝、攻撃がはじまったとき、エルジンがわたしを呼びに来たの」

「ええ」

「それで……ねえ、わたしが襲われた晩のことを覚えてる？」

ジャンナがうなずいて肩をすくめた。「アンガスさまは間一髪だったとおっしゃっていました」

「ええ、そうだったわ。それで、今朝目が覚めて寝返りを打ったら、エルジンがわたしを見おろしていたものだから、てっきり襲撃者が舞い戻ったのかと思ってしまったのよ」

ジャンナが目を丸くした。「それは怖かったでしょうね」

「ええ。でもそのときに気づいたの。彼がプレードを身につけていたことを」

ジャンナが眉をひそめた。「エルジンがですか？」

「いいえ。まあ、エルジンも着てたけど、わたしが気づいたのは、襲撃者もプレードを着てたってことなの」

ジャンナはしばらく考えこんだあと口を開いた。「その男はプレードを盗んだのかもしれませんね。それで……」イリアナがかぶりを振るのを見て、ジャンナは言葉を切った。

「死んだイングランド人の持ち物のなかにプレードはなかったわ。それに、ほかにもあるのよ。わたしがグリーンウェルドと言い争ったとき、彼は気になることを言っていたの」

「なんですか？」

「ダンカンが無防備なおまえを残して城を留守にしているのは自分のせいじゃないと彼は言ったのよ。どうして彼はダンカンが留守だと知っていたのかしら？」

「ダンカンさまたちが出発したとき、グリーンウェルドとその手下はすでにこのあたりに到着していたのかもしれません」

「そうかもしれないわね」イリアナはうなずいた。「でも彼はダンカンの顔を知らないはずよ。兵を率いているのがアンガス卿ではなくわたしの夫だと、グリーンウェルドはどうしてわかったのかしら？　それに、ダンカンが出発したときに近くにいたのなら、どうしてすぐに襲ってこなかったの？」

ジャンナが顔をしかめた。「使者がここにいなかった理由は、彼がどうにかして城を抜けだし、グリーンウェルドに情報を伝えに行ったからだと奥さまはお考えなんですか？　でも、どうして使者がそんなことをするんです？　彼はロルフ卿に仕えているんだから……」

「それが本当ならね」

ジャンナが息をのんだ。「まさか彼は……」

「ダンカンが遠くへ出かけているときにグリーンウェルドが現れるなんて、タイミングがよすぎると思わない？」

ジャンナの表情が曇った。「手紙は誰も見ていません」ささやき声で言う。「ええ。もし死んだ男のほうが本当の使者で、生きているほうがグリーンウェルドの手先だとしたら？ 手紙が消えたのは、書かれている内容と、使者がわたしたちに話した内容が本当は違ったからだとしたら？」

「まさか」ジャンナはあえぎ、怯えたように目を見開いたが、次の瞬間、顔をしかめた。「でも連中はどうやってこの付近にずっと身を隠していられたんでしょう？ アンガスさまは森を二回も捜索しました。最初の捜索のときはご自身で指揮をとられたほどです。それに、彼はどうやって仲間に情報を伝えたんでしょう？ 城門は完全に閉じているんですよ」

イリアナはため息をついて首を振った。「わからないわ。わたしもまだ考えがまとまっているわけじゃないのよ」

そのとき、ふたりが立っているドアの内側からくぐもった音が聞こえてきた。イリアナは体をこわばらせ、ジャンナと顔を見あわせた。そしてすばやくドアを開き、部屋のなかに入った。ジャンナもすぐあとに続いた。何歩か前に進んだところで、イリアナはベッドが空っぽになっているだけではなく、使者の姿がどこにも見えないことに気づいた。彼女がそれに気づいたと同時に、ふたりの後ろでドアがバタンと閉められた。

振り向くと、例の使者が目の前に立っていた。ドアの後ろに隠れていたのだろう。今や彼は剣をこちらに向け、ドアの前に立ちはだかっている。

イリアナは顎をあげ、冷たい目で男を見つめた。「傷はすっかり癒えたようね」

「たいした傷ではなかったからな」男が肩をすくめて言った。「服についていたのは、ほとんどがロルフ卿の家臣を殺したときについた血だ」

それを聞いてジャンナはあえいだが、イリアナはわずかに肩を落としてみせただけだった。

「あなたはグリーンウェルドの手先なのね？」

「そうだ。だが、あんたにはすべてお見通しだったんだろう？」

イリアナは肩をすくめた。「つまり、レディ・ショーナは無事ってことね？」

「ああ。ロルフ卿の手紙は、ただ戻るのが遅くなると伝えるだけのものだった。父親を心配させたくなかったんだろう。まったく、お優しいこった。そう思わないか？」

イリアナは男の皮肉を無視した。「それで、これからどうするつもり？　あなたの正体はばれたわけだし、無事にこの城を出られないのは明らかだわ」

「そうと決まったわけじゃない」男がのんびりした口調で否定した。「あんたとその女を殺してしまえば、おれの正体がほかのやつらに知られることはないさ」

ジャンナが震えあがって息をのむ。

イリアナは冷静な表情を崩さないよう自分に言い聞かせた。「残念だけど、そうはならないわ。アンガス卿はゆうべ、あなたが部屋にいなかったことを知っているの。それに今、わたしたちがあなたの様子を確認しに来ていることも知っている。わたしたちが行方不明になったら、彼がいちばんに疑うのはあなたよ」

「なら、そういう計画じゃなくてよかった」

イリアナは目を細めた。「実際にはどういう計画なの？」

「レディ・ワイルドウッドを連れ去って、グリーンウェルド卿のもとに運ぶって計画だった」

「わたしの母をグリーンウェルドのところに連れていく、ですって？　いったいどうやって連れていくつもりだったの？　城門は閉められているし、跳ね橋だってあがってるのよ。護衛だって立っているし」

「ほかにも出口があるという確かな情報をつかんでいるのさ、レディ・ワイルドウッド」

「わたしはレディ・ダンバーよ」イリアナはぴしゃりと言った。「それに、ほかに出口なんてないわ」

「それがあるんだよ。この目ですでに確かめてある。とても狭い通路だ。おそらく秘密の通路なんだろうな。出口の扉は、内側からしか開かない。だからおれが潜入する必要があったのさ。仲間を城内に引きこむためにな。外からは開けられないから」

イリアナはさっとジャンナに目をやった。もしそんな通路が存在するとしても、それについてジャンナが知らないのは、その表情からして明らかだ。ジャンナはイリアナと同じように、男の話が本当かどうか確信が持てないようだった。

「もともとはレディ・ワイルドウッドを連れて、その出口から出ていくつもりだったんだ。彼女の身柄を押さえてしまえば、あんたらは城をあきらめて、降伏するしかないからな」

「どうやらわたしがあなたの計画の邪魔をしてしまったようね。もはや、あなたはわたしの母に触れることさえできないもの」

「ああ。だが、あんただって同じくらい役にたつだろう。残念ながら、その女までは連れていけないが」

男の言葉に、イリアナもジャンナも青ざめた。男がジャンナに一歩近づき剣を振りあげると、イリアナは男とジャンナのあいだに体を割りこませた。「ジャンナを殺したりしたら、この城の石壁が崩れるくらいの大声で叫んでやるから。そうなったら、あなたはどこまで逃げられるかしら？」

「あんたが思うよりずっと遠くまでだ」男がどことなくおもしろがるように答えた。「城壁のなかには、女子供と年寄りしかいない。おれには脅威でもなんでもないさ」

「だったらジャンナを殺す必要なんてないわ。女ふたりに何ができるっていうの？」イリアナは言い募った。「それに、ジャンナが死んでいるのを誰かが見つけたら、あなたの計画どおりにはいかなくなるわよ。わたしの姿が消えたら、どこから城を出たのかアンガス卿は察するでしょう。そして彼ならその通路をふさぐこともできるわ」

男はためらいを見せると、肩をすくめ、剣をわずかにおろした。「まあ、たいして邪魔にはならないか」そう言って手をのばしてジャンナの腕をつかみ、自分のそばに引き寄せたあと、イリアナを見据える。「火事のあった部屋に向かうんだ。あんたが先に行け。音をたてずに、さっさと歩けよ。声をあげようとしたり、逃げようとしたりしたら、この女を殺す。わかったか?」

イリアナは男に向かってうなずくと、怯えた表情のジャンナに向かって安心させるようにほほえんだ。すると男が剣でドアのほうをさしたので、イリアナはあわててドアへ向かった。誰かにでくわさないかしら、と期待しながら廊下を進む。だが、誰にも会わないうちに目的の部屋に着いてしまった。

イリアナがダンバーに来て以来使っていた寝室は、今やそこらじゅう煤だらけで、家具もほとんどなく、がらんとしていた。部屋の隅には、黒焦げの塊に変わり果てた衣装箱があり、その周囲の床板は焦げて黒くなっている。部屋の反対側には何も残っていなかった。煤でまっ黒に床には、ベッドとその脇のテーブルがあった跡がくっきり残っているだけだ。

男がジャンナを部屋に押しこんでドアを閉めると、イリアナは足をとめて彼を振り返った。

「そっちだ。暖炉の横に行け」男が剣で示す。

イリアナとジャンナは言われたとおり壁へ向かって歩いた。男はその後ろでふたりに剣を向けたまま、壁に手を這わせる。そのときになってはじめてイリアナは気づいた。煤が払い落とされている場所が何箇所かある。おそらくゆうべの下見のときに男が払ったのだろう。

でも、どうしてそのときに逃げなかったのだろうか?

「暖炉の左側だとやつは言っていた。押せば石が動いて、壁が開くんだと」

「誰が言ったの?」

その問いに答えるかのように男は口を開きかけたが、はっとわれに返ってイリアナをにらみつけた。「なかなか賢いな、レディ・ダンバー。だがその答えはおれの胸にしまっておくことにするよ」

男がふたたび壁を探りはじめたので、イリアナはジャンナに目をやった。ジャンナには隙を見て逃げだすよう心の準備をしておいてほしかったが、彼女は恐怖に満ちた目で男を見つめるばかりだ。ジャンナがイリアナの視線に気づく前に、男が勝ち誇ったような歓声をあげた。イリアナが目を戻すと、男の押した石が、低い音をたてて奥へと引っこんでいくのが見えた。すると壁の一部が動きだして扉のように開き、まっ暗な通路が現れた。男が不機嫌そうに暗闇を見つめる。イリアナには男の考えが読めた気がした。松明を持ってくるべきだったと思っているのだろう。

男が通路に気をとられている隙に、イリアナはさっと男に近づいて、その体を突き飛ばした。男が叫び声をあげながら暗闇のほうへよろめく。イリアナは振り向きざまに、呆然としているジャンナの体も廊下に続くドアのほうへと突き飛ばした。

「逃げて!」そう叫びながら、イリアナはジャンナを追いたてた。気をとり直したジャンナが、言われたとおりにドアへ向かって走りだす。ジャンナがドアを開けて部屋から飛びだすと、イリアナはそのあとを追いかけた。廊下に出ると、ジャンナがレディ・ワイルドウッドとアンガスにぶつかったところだった。どうやら城壁に向かうところだったらしく、彼は武装していた。ジャンナに思いきり体あたりされたアンガスだが、けがで体が弱っているにもかかわらず、なんとか体勢を立て直した。もう大丈夫だとイリアナがほっとした瞬間、みんなが見ている前で後頭部をつかまれた。乱暴に髪を引っ張られて、体がのけぞり、足がとまる。次の瞬間、彼女は喉に剣の冷たい刃先があたるのを感じた。

しばらくのあいだ、誰も言葉を発しなかった。耳もとに男の荒い息づかいを感じる。イリアナ自身の呼吸も激しくなっていたが、彼女はなんとか落ち着かせた。息を吸うたびにわずかに喉がふくらんで、押しあてられた刃が余計に喉にくいこむのだ。

最初に気をとり直したのはアンガスだった。「彼女を放せ」険しい顔で命じる。そして、彼にすがりついていたレディ・ワイルドウッドの手を放し、イリアナと男に一歩近づいた。

男がイリアナを引きずりながら一歩さがる。剣の刃先が喉にくいこみ、彼女は顔をゆがめた。

アンガスが足をとめた。「逃げ道はないぞ。イリアナを無傷で解放すれば、一瞬で死なせてやろう」

イリアナは目を閉じた。男が通路のことを知らなければ、アンガスの申し出に心を動かされたかもしれないが、この男は知っているのだ。死は彼にとって唯一の選択肢ではない。男がぜいぜいと息を切らしながら乾いた笑い声をあげても、彼女は驚きもしなかった。男はイリアナを引きずったまま部屋に入ると、慎重に通路に向かってあとずさりした。あとを追ってきたアンガスとレディ・ワイルドウッドが通路に気づいたのはその直後だった。

「だめよ！」レディ・ワイルドウッドが悲鳴をあげながら部屋に駆けこんできた。「わたしを連れていって。グリーンウェルドがほしがっているのはわたしなんだから。わたしが一緒に行くわ」

男が足をとめる。男の迷いを感じとったイリアナはジャンナに叫んだ。「お母さまをここから連れだして！　必要なら縛りつけてもいいわ。でもどこにも行かせないで」

ジャンナは驚いたように目を見開いたが、すぐに力強くうなずいた。ジャンナとレディ・ワイルドウッドは背格好は同じくらいだが、長年の力仕事のおかげでジャンナのほうが力が強い。ジャンナは暴れるイリアナの母親を難なく部屋から連れだした。

ふたりが部屋から出ていくと、アンガスがドアを閉めた。「イリアナを放して、男らしくわしと戦え」険しい顔で命じながら、鞘から剣を引き抜く。

「また別の機会にな」男が通路のほうにあとずさりしながら言った。「その場所から動くな。動いたらこの女の命はないぞ」

アンガスが厳しい表情のまま足をとめ、イリアナに力強いまなざしを向ける。「怖がることはない。すぐに助けてやる」

こくりとうなずこうとしたところで、彼女はまっ暗な通路へと引きずりこまれた。直後に石の扉が音をたてて閉まる。

音のない、冷たい暗闇のなかに投げこまれたイリアナは、しばらくその場にじっと立ったまま、目が暗闇に慣れるのを待った。男も同じことをしているようだ。だが数分後、目が暗闇に慣れることはないのだと彼女は気づいた。そこは完全な暗闇だった。つまり、このまま何も見えない状態で先を進むか、戻るかしか道はないらしい。男は小声で毒づくと、イリアナの首にまわしていた腕をおろし、彼女の腕をつかんだ。金属が石をこするような音が聞こえた。男が剣を使って、ふたりが立っている通路の幅をはかったり、けつまずくようなものが落ちていないかを確かめたりしているのだろう。どうやら問題がなかったようで、男は後ろにいるイリアナを引っ張りながら歩きはじめた。

ラビーは部屋に駆けこんだ。ジャンナもそのすぐあとに続いて部屋に入ってくる。厩舎頭は足をとめて息を整えると、険しい表情を浮かべたまま、暖炉の隣の壁をにらみつけているアンガスを見つめた。

「わたしをお呼びだと聞きましたが」自分たちが部屋に入ってきたことすら気づいていない様子の領主に、ラビーは声をかけた。

アンガスがさっと振り返る。深く考えこんでいたので、ふたりが入ってきた音も耳に届いていなかったようだ。「連中の様子は?」

唐突に質問されて、厩舎頭は思わず眉をつりあげた。「わたしが思うに、また投石器をつくっているようです。木を切ったり木槌でたたいたりしています」

アンガスが壁に目を戻す。「では、ふたりはまだトンネルにいるに違いない」

ラビーは困惑して目をしばたたいた。「トンネルですか?」

「そうだ。秘密の通路だ。入口はここにある」アンガスが壁を指さしながら言う。ラビーには、アンガスが示した場所も壁のほかの場所とまったく同じに見えた。そのあとに続いた領主の言葉は、ジャンナがラビーに説明したことが事実であることを裏づけた。「使者がイリアナをこの通路から連れ去った。やつは彼女を連れてグリーンウェルドのもとへと向かっているところだ。この通路はふさぐ必要がある。エバとギルサルを城壁へやってイングランド人の監視をさせろ。それから残っている男たちを全員かき集めて、中庭にある石をここに運ばせるんだ」

「石をですか?」

「そうだ。ここにある入口と、わしの部屋にある入口をふさぐんだ。イングランド人にこっそり忍び寄られたくはないからな」

ラビーがうなずいてドアへと向かおうとしたところで、ジャンナが尋ねた。「イリアナさまはどうするんですか？　グリーンウェルドは奥さまを使ってわたしたちを降伏させようとするのでは？」

アンガスが顔をしかめた。「できるだけ交渉を引きのばすしかない」

「でもこれ以上は引きのばせないという状況になったら？」戸口からラビーは尋ねた。

「そのときは祈るしかない。さあ、わしが命じたとおりにしてくれ」

厩舎頭はうなずくと、部屋から出ていった。


男が悪態をつきながら急に足をとめたせいで、イリアナは男の背中にぶつかった。ふたりはこのまっ暗な地獄のような通路をじりじりと進んでいた。もう何時間もこうしているような気がした。暗闇に視界を奪われるなか、男に腕を引っ張られながらも、彼女はよろよろと通路を進み続けた。そのあいだずっと、逃げる方法をひねりだそうとあれこれ考えをめぐらせていた。残念なことに、いい方法は何も思いつかなかった。足で感じる限りでは、通路の床はなめらかだった。男の頭を殴りつけるのに使えそうな石や岩は落ちていそうもない。どちらにしても、そんなチャンスを男がくれるはずもなかった。通路の最初のほうにあった、つるつると滑りやすい石の階段をおりているときでさえも。だいいち、階段をおりるだけでも、ひと苦労だったのだ。

イリアナはため息をついて、男の背中から顔をあげた。どうやら通路の終わりに近づいているようだ。それはにおいでわかった。この通路に入ったばかりのころは、空気がよどんでいて埃くさかった。だがこの数分間は、じめじめとした土のにおいが感じられる。通路の出口に近づいているのは明らかだ。彼女の心のなかでは、ほっとする気持ちと不安な気持ちが入りまじっていた。

男は手探りで壁にあるはずの何かを探しているようだった。そして、そのためには剣をまず置かなければならないと気づいたようだ。イリアナがそのチャンスを利用しようと考える間もなく、ふたりのまわりの暗闇が揺れ動き、あたりは光に包まれていた。長いあいだ暗闇のなかにいたせいで、光が彼女の目に突き刺さる。

目をぎゅっと閉じながらも、頭を貫かれるような痛みにイリアナはうめき声をあげそうになった。すると腕をきつくつかまれ、引っ張られた。気がつくと彼女は新鮮な空気のなかに放りだされていた。急に腕を引っ張られることにも、突然足もとに現れたでこぼこの地面にも心がまえができていなかったイリアナは、悲鳴をあげながらよろめいた。バランスを失い、とっさに手をつきながら転がった。

ひりひりと痛むてのひらに顔をしかめながら、彼女は必死に目をしばたたいた。ふたりは小さな洞窟のようなところにいた。洞窟の出口からはまばゆい外の光が見えている。

男の悪態が聞こえて、イリアナは振り返った。男は通路のドアを開けたままにしようと苦心しているところだった。数メートル先にある岩をつかもうと手をのばすが、届かないようだ。男はもう一度悪態をつくと、顔をあげて彼女をにらみつけた。「そのいまいましい岩を渡せ」男が険しい顔で命じる。

目を見開きながら慎重に立ちあがったイリアナは、少しためらったあと、太陽の光が見える洞窟の出口へ向かって夢中で駆けだした。

男の怒鳴り声が洞窟の壁に跳ね返り、その振動が耳をつんざかんばかりになったとき、洞窟の出口にたどり着いた。イリアナは、洞窟の外の草地へと飛びだした。自分がどこへ向かっているのかわからなかった。それどころか、今いる場所がどこなのかもさっぱりわからない。とにかく逃げることだけを考えていた。走っているうちに、頭のなかで計画が形になっていった。このままマクイネスの城まで走っていって助けを呼ぶのだ。道はおそらくわかるだろう。必要なのは、いったん足をとめて、ダンバーの塔を探し、方角を確認することだ。グリーンウェルドやその家臣たちから充分離れたと確信できたら、すぐにでもそうするつもりだった。

イリアナの心臓は激しく脈打ち、今にも破裂しそうだった。そのとき、洞窟にいる男の怒鳴り声にほかの誰かがこたえる声が聞こえた。その声は前方から聞こえる。自分が敵へ向かってまっすぐ突き進んでいることに気づいた彼女は、あわてて左に方向転換した。すると、前方の木立から男が飛びだしてきた。イリアナは死にもの狂いで逃げたが、無駄だった。身を隠そうと木立に逃げこんだ彼女の後ろから男が飛びかかってくる。イリアナは地面に腹部をたたきつけられた。

彼女はもがいた。男を手で払いのけながら、膝をついて立ちあがろうとしたところで、男がブレードをつかんだ。イリアナは男に蹴りをくらわせようと、あおむけに転がった。だが、これが間違いだった。自分のブレードをつかんでいる男の顔が目に入り、彼女はためらった。アリスターだった。ほんの一瞬のためらいにすぎなかったが、その隙を逃さず、アリスターはイリアナのブレードを放して彼女の足首をつかんだ。

21

「あまり驚いているようには見えないな」アリスターはにやにや笑いながらゆっくり身を起こすと、手をのばしてイリアナの体を引っ張りあげた。

「だって実際、たいして驚いていないんですもの」

彼の笑みがわずかに揺らぐ。だが、アリスターはそれ以上イリアナに質問できなかった。グリーンウェルドが足音も荒く草地に姿を現したからだ。その禿《は》げあがった頭は日の光を受けてまぶしく光り、血色のいい顔は期待に輝いている。だがその表情は、彼女を見るなり怒りに変わった。

そのとき、使者と思われていた男が洞窟から飛びだしてきた。そして、怒りに震える主人の前に転がりでる。グリーンウェルドは男の首の後ろをつかむと、乱暴に揺さぶった。「これはいったいなんなんだ？　わたしはレディ・ワイルドウッドを連れてこいと命じたはずだ。あの女の娘ではなく！」

「お母さまは都合が悪かったのよ」イリアナはわざと甘い声で言った。グリーンウェルドは言葉も出ないらしく、口をぱくぱくさせるばかりだ。「だから彼はわたしを連れてくるよりほかなかったの」

グリーンウェルドの怒りをあおろうと、イリアナはわざとそう言ったのだが、彼がぱっと男を放すなり、つかつかと自分に近づいてきたのには驚いた。とっさに一歩さがったものの、グリーンウェルドからくりだされた一撃はよけられなかった。彼女は力任せに殴られ、地面に倒れこんだ。

「わたしに向かって生意気な口をきくことは許さん！　覚えておくがいい」

手で口もとをぬぐうと、指に血がついていた。イリアナは顔をしかめながら、ゆっくりと立ちあがった。ふたたびグリーンウェルドと向かいあうと、せいいっぱい虚勢を張って肩をすくめてみせる。「ダンバーもお母さまも、あんたなんかの好きにはさせない。そっちこそ覚えておくがいいわ」

ふたたびグリーンウェルドが拳を振りあげる。今回はよけてみせるつもりでイリアナは身がまえた。ところが拳が振りおろされる前に、アリスターが彼女をぐいと引っ張り、グリーンウェルドから遠ざけた。「この女にかまうな。レディ・ワイルドウッドはおまえの好きにしていいが、レディ・ダンバーはおれのものだ」

グリーンウェルドはアリスターをにらみつけたが、不意に向きを変えると、イリアナの代わりに手下の男を殴りつけた。そして身をかがめ、顎に一撃をくらって地面に引っくり返っていた男の襟首をつかんで引き起こすと、激しく揺さぶりながら怒鳴りつける。「通路の扉は昨日開けておくはずだっただろうが」

「開けようとしたんです」ふたたび振りおろされようとしている拳から逃れようと、男が早口で答えた。「本当です。でもあの男の指示が悪かったんです」そして責めるようにアリスターを指さす。

「暖炉の左側にあるいちばん濃い色の石だと教えてやっただろう、ヒュー」ダンカンのいとこがさげすむように言った。

「全部濃い色だったぞ。みんな煤でまっ黒だった」

グリーンウェルドが眉をつりあげてアリスターを見る。アリスターはわずかに顔をしかめたが、しばらくして合点がいったというようにため息をついた。「火事のせいか。火事のあと、おれはあの部屋を見ていなかったからな。ヒューの言うとおりかもしれない」

グリーンウェルドは不機嫌そうにうなると、しぶしぶ手を離した。それから拳を開いて腰にあて、男に尋ねる。「この男によれば、その通路は侵入者を惑わせるような横道もない、まっすぐな通路だというが、本当だったか？」

「はい、そのとおりでした。ただ、急なことで松明を持ってこられなかったんです。なかはまっ暗闇だったので、手探りで進むしかありませんでした」

グリーンウェルドが顔をしかめた。「それならわれわれにも松明が必要だな。わたしは兵の半分を連れて通路に入るつもりだ。残りの兵たちには、引き続き新しい投石器をつくらせよう。そうすれば連中は何も疑うまい」

イリアナはヒューと呼ばれている男に目をやった。彼女を連れ去るところを見られたので、通路は今ごろ封鎖されているということをグリーンウェルドに報告するものとばかり思ったのだ。ところが、ヒューはその知らせを報告するつもりはないらしい。それどころか、青ざめた顔で震えながら、石のように押し黙り、不安げな表情でグリーンウェルドの拳に視線を向けたまま、じりじりと遠ざかろうとしている。イリアナはアリスターに目を移した。アリスターがグリーンウェルドの計画に賛同するようにうなずいた。

「迅速に行動したほうがいいだろう。イリアナがいなくなったことがばれるのは時間の問題だ」

「ああ。娘をわたしの天幕に隠すといい。わたしは家臣に松明を持ってこさせよう」そう言うと、グリーンウェルドは草地から去っていった。

イリアナはどこかほっとしていた。アリスターが一族の裏切り者だということはわかっているが、少なくとも自分に乱暴するつもりはないようだ。わたしを殴りつけようとしたグリーンウェルドをアリスターはとめた。もしかしたら、彼にも人間らしい血が一滴か二滴は残っているのかもしれない。自分が説得すれば、アリスターをもう一度味方に引き戻すことだってできるのではないか。

促した。

「来い」アリスターがイリアナの腕をとった。草地をあとにすると、彼女を引っ張りながら鬱蒼《うっそう》とした森を抜け、イングランド人たちの野営地へ連れていく。そこには、三つの天幕が木々の下に寄り添うように張られていた。いちばん大きな天幕に入るよう、彼はイリアナを促した。

なかに入ると、アリスターは彼女を天幕の端にある寝床のほうへ押しやった。そして自分は反対側にある小さなテーブルの前の椅子に腰かける。彼はテーブルの上にあった傷だらけのジョッキをつかむと、横に置かれた、ふたが開いたままの樽からエールをすくって口もとに運んだ。酒を飲みながらも、その目はジョッキ越しにイリアナへ向けられている。

乱れた寝床を見おろした彼女は、立っていたほうがましだと判断した。アリスターと向きあっていると、このあとはどうなるのだろうと不安が募る。最初のうちは何も起こらなかった。彼はぐらぐらするテーブルの上にかがみこんで酒を飲みながら、考えこむようにイリアナを見据えていただけだ。しばらくして、ついに彼が口を開いた。

「たいして驚いていないと言ったのは、どういう意味だ？」アリスターは何気ない口調で尋ねたが、その答えが彼にとって重要なのはイリアナにもわかっていた。

「言ったとおりの意味よ。驚いていなかっただけ」

アリスターが口もとを引きしめ、いらだたしげに身を起こす。「なぜだ？」

「だって寝室でわたしを殺そうとしたのはあなただったから」

さっと青ざめたアリスターを見て、もう少しで落胆の声が口からもれそうになった。間違いであってほしかった。グリーンウェルドに寝返ったのがアリスターの唯一の罪だと信じたかった。だがエルジンに起こされたときから、自分に襲いかかった人間がブレードを身につけていたという事実が、胸のなかでずっとくすぶっていた。だから草地で顔を見たとたん、残念ながらアリスターが最近起こった出来事のすべてにかかわっているとすぐにわかったのだ。とはいえ、それを信じたくはなかった。アリスターはダンカンのいとこだ。それにアリスターはショーナへの愛を大っぴらに示していた。それなのに、どうしてこんなふうに裏切ることができたのだろう？　その理由はなんなの？

「襲撃者がおれだと、あの夜に気づいていたと言うのか？」こわばっていた顔が、突如、疑わしげな表情に変わった。「いや、それはないな。もし気づいていたら、ダンカンに言っただろう。そして今ごろ、おれはダンカンに殺されていたはずだ」

「最初はあなただと気づいていなかったのよ。わたしに襲いかかった男がブレードを身につけていたことを今朝思いだすまでは」イリアナはしかめっ面で説明しているうちに、だんだん怒りがこみあげてきた。「それより、どうしてあなたはグリーンウェルドと組んで、わたしの母を殺そうとしているの？　母があなたに何をしたっていうのよ？」

アリスターが手を払った。「おれの本当のねらいはあんたの母親じゃない。ダンカンだ」

イリアナは呆然と彼を見つめた。「でもあの夜、わたしが襲われたのは――」

「おれはダンカンを殺すつもりだったんだ」

「でも、どうやって知ったの？　母が……」

「もうあの部屋で寝ていないことか？」アリスターがわずかに顔をほころばせた。「あの晩、おれはあんたの隣に座っていた。覚えていないのか？　あんたの左にはおれが座り、右にはあんたの母親が座っていた。あの夜、母親があんたに言ったことは全部聞こえていたのさ。彼女が最後に言っただろう、あんたたち夫婦にあの寝室を返すって。まさにおあつらえ向きだったよ。ほかには誰もこのことを知らない。だからみんなは、レディ・ワイルドウッドがねらわれたんだと考えるに違いないってな」

　ただぽかんと見つめることしかできないイリアナを見て、アリスターは頭を振った。

「まだわかっていないようだな？　あんたにはがっかりだよ。あんたはそこらの頭の空っぽなイングランド女とは違うと思っていたのに。考えてみろよ。おれがただやみくもにダンカンを殺したとしよう。その場合、犯人が誰かと見当をつけるのは、みんなにとってそう難しいことじゃない。結局のところ、誰がダンカンの死を願うというんだ？　やつを殺す理由として唯一思いつくのは――」

「後継者としての地位を奪うため」突然、イリアナの頭のなかに答えがひらめいた。

「そのとおり！　よくできました」アリスターがパチパチと拍手する。

「でも、あなたは彼のいとこでしょう」彼女はすぐに抗議するように言った。「血のつながった家族なのに」

「そのとおり」アリスターが穏やかな顔でうなずいた。「やつの父親とおれの父親はきょうだいだ。だが、おれの父親は弟のほうだった。そのせいでおれは後継者にはなれないんだ。ダンカンが生きている限り」

アリスターがイリアナの言葉の意味をわざととり違えたことに気づいて、彼女はかぶりを振った。「アンガス卿はあなたたちを引きとってくれたじゃない。彼はあなたたちを自分の子供たちと一緒に育てて――」

「自分のテーブルからパンくずを恵んでくれた」アリスターが冷たい声でさえぎった。「施しを与えてくれたのさ。そして、その恩を忘れることは許されなかった」

「ダンカンもアンガス卿も絶対にそんなつもりは――」

「ああ、やつらもそこまではあからさまじゃなかったさ。だけど、ほかのみんなは違った。彼らは、いろんなやり方でおれたちに教えこんだのさ。たとえば、ダンカンとショーナは領主の子供として城のなかに部屋を持っているが、おれたちきょうだいがどこに寝ているか、あんたは知ってるか?」

イリアナは動揺した。「いいえ」

「ギルサルの小屋だ。おれたちの母親と彼女は姉妹なんだ。だから彼女と一緒に住んでいる。たしかにおれたちは、偉大なる領主さまとそのすばらしい子供たちと一緒に三度の食事は与えてもらえたが、同じ屋根の下で寝る資格はないってわけさ」

イリアナは驚くとともに困惑して頭を振った。そんなことをするなんて、自分が知っているアンガス・ダンバーらしくない。

「信じていないようだな」アリスターがかすかに笑みを浮かべた。「それなら、ご立派なあんたの夫がここに着いたら尋ねてみるといい」

「ここに着いたら？」彼女は警戒するように目を見開いた。

「ああ。ねらいはあんたじゃないと言っただろう、おれにとっても、グリーンウェルドにとっても。おれたちが本当に死を望んでいるのは、あんたの母親とダンカンだ。巻きこまれたのは不運だったが、あんたは知りすぎた」

彼が言ったことの意味を考えたくなかったイリアナは、とりあえず無視することにした。

「ダンカンは来ないわ」

「いや、来るさ。コルクホーンに到着して、手紙の内容が嘘だとわかったら戻ってくる。理由もなくコルクホーンを襲ったせいで、殺されていなければの話だが。ダンカンが城に戻れば、あんたが連れ去られたことを知るだろう。そうなれば、やつはあんたのためにここへやってくるさ」

「いいえ」彼女は首を横に振った。

「やつは来る。いとこのことはよく知ってるんだ。ダンカンはあんたのために必ず来る」

「あの日の夕食の席で、母との会話をちゃんと聞いていたのなら、わたしと夫がうまくいっていないこともわかっているはずよ。あなたがダンカンを殺そうとした夜に、彼が寝室にいなかったのは、愛人と一緒にいたからなんだもの」

「知ってる。ケリーはおれの愛人でもあるんだ」アリスターが楽しそうに言う。おかげであの晩、夫と一緒にいた女性の名前をイリアナは知るはめになった。「これもまた、おれがおこぼれにありつくことが許されている偉大なるダンバーのお恵みのひとつさ。あの晩、ダンカンがケリーと一緒にいたことは知っている。彼女が全部話してくれたよ。どうやらあんたはやつを骨抜きにしちまったようだな。彼女がどんなに技巧を駆使してみせても、やつは彼女を抱けなかったらしい」

この知らせを喜んでいいものかどうか、イリアナにはわからなかった。ダンカンが自分を裏切っていなかったと知って心は舞いあがったが、一方で、自分のためにダンカンがやってくることはないとアリスターを説得するのが難しくなった。ダンカンならきっとやってくるだろうと自分自身も恐れているくらいなのだからなおさらだ。一緒に過ごすうちに、夫についてたくさんのことがわかってきた。彼は自分の庇護《ひご》下にいる人間に対する責任をとても重く受けとめている。だから、妻のために必ず姿を現すだろう。そうなったら、ダンカンも自分も死ぬことになるかもしれない。いとこの裏切りを彼は知らないのだから。

「ダンカンさえ死ねば、おれが氏族の長になれる」

アリスターの満足げな言葉に、イリアナは体をこわばらせた。「アンガス卿のことをお忘れのようね」

「忘れてはいないさ。アンガスは老いぼれだ。やつの後継者としておれが認められたら、事故に見せかけて殺すことなどたやすいことだ」

「ショーナのことは?」

その名前を耳にして、彼の口もとがほころんだ。「ショーナはおれの妻となって、おれの隣で氏族を率いるんだ。ショーナは美しくてすばらしい女だ。おれはずっと彼女を愛してきた。彼女のような女はほかにいない。強くて、自由で、賢くて……」

「そして兄のことを愛してる」イリアナは淡々と指摘した。「誰が兄を殺したかを知ったら、怒り狂うでしょうね」

「ショーナが知ることはないさ。あんたとダンカン以外に誰も知ることはないし、あんたたちが告げ口することもできない。ショーナの悲しみはおれが癒す。そして、できるだけ早く結婚式をあげるつもりだ」

イリアナが嘲るように鼻で笑うと、アリスターがいらだたしげな顔で彼女を見据えた。

「シャーウェル卿のことを忘れているんじゃない? わたしから見ると、あなたの計画は支離滅裂だわ。ダンカンが死んだらショーナが後継者になる。そしてショーナがシャーウェル卿と結婚したら、彼が次の領主になるのよ」

「その結婚が実現することはないさ」アリスターが言い放った。「それについては、グリーンウェルドが手を打ってくれる」

イリアナの背中をぞくぞくと悪寒が這いのぼった。「グリーンウェルドがそこまでの便宜をはかってくれるなんて、あなたは彼のために何をするの？」

「なんだと思う？」

「わたしの母ね？」彼女は消え入るような声で尋ねた。

「そうだ。残念なことに、おれが後継者となった姿をあんたの母親には見てもらえないが、それはしかたがないな」

「しかたがない？」イリアナはかすれ声で繰り返した。「どうかしちゃったんじゃない？あなたの計画は穴だらけよ。自分の息子を殺した男を、アンガス卿が後継者に指名するわけないわ」

「アンガスがそれを知ることはない――」

「さっきからそればっかり」彼女はいらだたしげに言った。「ショーナは知ることはない、アンガスは知ることはない、ダンカンは手遅れになるまで知ることはない。でも、わたしは……この頭の空っぽなイングランド女は、あなたが犯人だと突きとめたわ」いやみをこめて先ほどのアリスターの言葉を投げ返す。「このわたしにもできたんだから、ほかのみんなにだって犯人を突きとめられるはずよ」

イリアナの言葉に彼が凍りつくと、彼女は満足げにうなずいた。「あなたはたくさんのヒントを残してくれた。あとはそれをつなぎあわせればいいだけよ」

「ヒントなんて残していない」アリスターが顔をゆがめて言う。

「そうかしら？　手紙については？」

「それがどうした？」

「ダンカンが遠方に駆りだされた翌日にグリーンウェルドが城への攻撃を仕掛けてくるなんてできすぎだし、誰にも怪しまれずに、どうやって連中がこの近辺まで旅を続けてこられたのかという疑問もある。レディ・マクイネスは、ささいなことでもすぐに氏族の長の耳に入るし、領主が知らないことはほとんどないと言っていたわ。でも、グリーンウェルドは誰にも知られずにスコットランドを縦断してきただけじゃなく、ダンバーの領地にも侵入した。彼を手引きする人間がいたのは間違いないわ」

アリスターがほっとしたように笑みを浮かべた。「そのとおりだ。使者さ」

「使者？」

「ああ」アリスターの笑みがゆがんだ。「グリーンウェルドは貪欲なだけじゃなく、ずる賢い。やつはローランド地方で使者とでくわしたんだ。使者の持つ王の旗を見て、その使者が運んでいる手紙が自分の妻に関係するものではないかと疑った」

「わたしの母はあの男の妻じゃないわ」イリアナはいらいらして口を挟んだ。

アリスターが申し訳なさそうに肩をすくめる。「残念だが、やつの妻だ」

「今に妻じゃなくなるわ」

「とにかく、グリーンウェルドは自分が利用できるような手紙を使者が持っているんじゃないかと考えた。それで偽名を名乗って、自分の野営地に招待したんだ。たき火を囲むうちに、使者がダンバーをめざしていることを知ると、グリーンウェルドは警護すると申し出た。使者は大勢で旅したほうが安全だと考えて、申し出を受けた。実際には、使者のほうがグリーンウェルドに安全な旅を提供したのだとも知らずに」

眉をひそめるイリアナに、アリスターが説明した。「使者は王の旗を掲げながら旅する。われわれスコットランド人は、王の臣下とはもめごとを起こさないほうが得策だということを何年も前に学んだんだ。王の怒りを買うはめになるからな」

「つまり、グリーンウェルドは王の使者と一緒だったから安全に旅ができたということ？」

「そうだ。使者に近づいて、どういう用向きか尋ねる者なんていない。せいぜいロルフ卿の任務と関係しているんだろうと推察するだけだ」

「でもダンバーに着いてしまえば、使者はもう必要ない」イリアナは険しい顔で言った。

「おれがグリーンウェルドと出会ったとなれば、なおさらな」

「それはダンカンが出発した日？」

「そうだ。布商人を連れて戻ってくるとき、木の陰に誰かがさっと身をひそめるのが目に入ったと言ったのは本当だ。あれだけ大勢の兵の痕跡を隠すのは難しいものだ」

「だからあなたは様子を見に戻ったのね」

アリスターがうなずいた。

「殺されていたかもしれないのに」イリアナは真顔で指摘した。

彼が肩をすくめる。「その可能性もあったが、そうはならなかった。実際、グリーンウェルドにはおれが必要だった。おれがやつを必要としているのと同じように」アリスターは樽のほうを向くと、またジョッキにエールをすくい入れた。

「グリーンウェルドがどうやってここまで無事にたどり着いたのかはわかったけど、まだみんなが疑問に思うことはいくつかあるわ」

「たとえば？」

イリアナは寝床に腰かけて、穏やかな顔でアリスターを見つめた。「手紙よ」

彼が眉をつりあげる。「それがどうした？」

「ショーナがセント・シミアン修道院へ行ったことを、グリーンウェルドが知るはずがないわ。わたしでさえ、ロルフ卿がシャーウェル卿と戻るまで知らなかったんだもの。おそらくグリーンウェルドは、わたしの夫に妹がいること自体知らないはず。コルクホーンがダンバーの敵であることも、彼らがそんな報復を仕掛けてくる可能性があるということもね」

「スコットランド人なら誰でもダンバーとコルクホーンが敵対していることを知っている」

アリスターが愉快そうに否定した。「セント・シミアン修道院については、ロルフ卿からの本物の手紙にも書かれていた。それによると、ロルフ卿とシャーウェルは修道院からショーナを連れだしたが、その後、彼女に逃げられたらしい。それも何度も」彼の顔に笑みが広がる。「やつらは彼女を追ってスコットランドじゅうを駆けずりまわっているとか。ロルフ卿はアンガスを心配させないために手紙を送ってきたんだ」アリスターがふたたびかぶりを振った。「だからグリーンウェルドがショーナについて知っていたからといって、おれが疑われることはない」

「そうかもしれないわね」しばらく無言でアリスターを見つめたあと、イリアナは口を開いた。「攻撃がはじまった朝、どうしてあなたは城からいなくなったの？」

「攻撃のさなかにおれが城にいるわけにはいかなかったからだ」

彼女は眉をつりあげた。「どうして？」

「あたり前だろう？　おれが城にいたら、グリーンウェルドへの反撃に加わらないわけにはいかなくなる。だけど、イングランド人に城を攻め落とされた人間を領主にしたいなんて誰も思わないだろう？」

「なるほど」イリアナは感情のこもらない声で言った

「いずれにしても、それがいちばんいい方法だったんだ。城にどれだけの男が残っているかとか、そういった情報をグリーンウェルドは知る必要があったからな」

「城に残った男たちが少ないことを知っていたのに、グリーンウェルドはどうしてダンカンが出発した日に襲ってこなかったの？」

アリスターが肩をすくめた。「連中はあの朝、到着したばかりだった。何日もかけて行軍してきたから兵を休ませる必要があったんだ。それに、おれにもいくつか準備しなきゃならないこともあったし」

「どんなこと？」

「煮立てたピッチの始末とか」

釜の火が消えていたせいでピッチが冷めてしまったという報告を受けたときのアンガスのいらだちを思いだし、イリアナは口をすぼめた。すると、アリスターが首をかしげながらにやにや笑いだした。彼女は眉をつりあげた。「何よ？」

「なんでもない」アリスターが肩をすくめたあとで尋ねた。「ピッチの代わりに何を使ったんだ？　グリーンウェルドの兵士たちは、味はうまいが地獄のように熱かったと言ってたぞ」

「エルジンのつくったシチューよ。あなたからのほめ言葉はエルジンに伝えておくわ。それで鍋をだめにしたことを帳消しにしてくれるかもしれないし」

「きみはエルジンにもう二度と会えない」アリスターが穏やかな声で念押しする。

イリアナは肩をすくめてみせた。「どうかしら。まだわからないわよ」

あまり心配していない様子のイリアナを見て、アリスターは不満げに顔をこわばらせ、彼女のほうへ向かってこようとした。

彼の気をそらそうと、イリアナはあわてて口を開いた。「つまり、ダンカンが出発した日にグリーンウェルドが襲ってこなかったのは、兵士を休ませるためだったってこと？　それは信じがたいわね。あの男が誰かをいたわるところなんて、これまで一度も見たことがないもの」

立ちあがりかけていたアリスターが動きをとめる。しばらくためらったものの、結局また腰をおろして肩をすくめた。「兵士ではなく、自分が疲れていたからなのかもしれないな。それに、ダンカンがなんらかの理由で戻ってくる可能性もないわけではなかったし。だから一日待ったほうがいいと思ったんだろう」

「もしダンカンが早く戻ってきたら？」

アリスターがわずかに顔をほころばせた。「あと一、二時間以内に戻ってこなければ問題ない。グリーンウェルドが兵士を連れて通路に入ってしまえば、おれたちの計画は成功する」

「ああ、そうね。あの通路のことがあったわ」

彼は、突然笑顔になったイリアナに向かって顔をしかめた。「通路がどうした？　なんでそんなにうれしそうなんだ？」

「なんでもないわ。ただ、ほかのことはごまかせても、通路については無理なんじゃないかしらって思っただけ」

アリスターが身をこわばらせる。

「あれは秘密の通路だったんでしょう？　領主の近親者だけにしか知らされていないんじゃない？」イリアナは穏やかな声で尋ねると、彼の表情を見てほほえんだ。城の外へとつながる通路のことをジャンナが知らなかったことが、心のなかで引っかかっていたのだ。それに、あの通路のことを誰も自分に教えてくれていなかったことも。アリスターの表情を見て確信できた。あの通路は領主と非常に近しい家族だけが知っているものなのだ。イリアナはうなずきながら続けた。「通路を通っているときに、そのことに気づいたの。だから草地であなたの顔を見ても驚かなかったのよ。ダンカンは留守にしていて、ショーナとあなたの妹も同じく留守にしている。アンガス卿は城壁のなかにいて、城を守るために最善をつくしている。だからこの四人が通路の存在をもらす可能性はない。通路のことを知っているのが限られた家族だけだとすれば――」

「疑わしいのはおまえだけだ」

そのうつろな声に、アリスターとイリアナは天幕の入口を振り返った。そこにはダンカンが立っていた。両側にふたりの男性をしたがえて立つ夫を目にして、アリスターと同じくらいイリアナも驚いていた。両隣にいる男性たちのひとりはイアン・マクイネスだった。もうひとりの男性は誰だかわからないが、イングランド人の衣装を身につけている。

「おれがここにいて驚いたか？」幽霊を見ているかのような目をしているアリスターに向かってダンカンが冷ややかに言った。

アリスターの顔がこわばる。「グリーンウェルドの兵は？」

「マクイネスとダンバーの兵だけじゃなく、自分たちの王の兵にも囲まれているとわかったとたん、抵抗もせずに降伏した」

「王の兵だと？」

ダンカンがうなずいた。「王はレディ・ワイルドウッドからの手紙を受けとると、すぐにグリーンウェルドを見張らせたんだ。やつがレディ・ワイルドウッドを追って北に向かったという知らせを受けて、王はやつを追うために兵を送りだした。おまえにだまされて送りだされた無意味な遠征からおれたちが戻ったとき、ちょうどダンバーの境界に到着した王の兵と鉢あわせしたのさ」

「おまえはどうやって……」

「これが策略だと知ったかときいているのか？　北へ向かう途中でキャンベルの連中と遭遇したんだ。やつらはちょうど、ショーナとロルフ卿とシャーウェルと一緒に火を囲んで、楽しい夜を過ごしたばかりだった。連中の話を聞いてすぐに、あの手紙は策略で、ダンバーには兵士がろくに残っていないことに気づいて、おれたちは急いで引き返した。途中でイアン・マクイネスも拾って、ダンバーに戻ったところで王の兵と合流した。で、彼らによっておれの不安が裏づけられたってわけだ。さっき言ったように、グリーンウェルドの兵士たちは降伏した。あとはグリーンウェルド本人を見つけるだけだ」

「あの男なら秘密の通路から城に侵入しようとしているところよ」イリアナは言った。夫の顔にさっと緊張が走るのを見て、あわててつけ加える。「侵入はできないわ。グリーンウェルドの手先にわたしが連れ去られたとき、アンガス卿もその場にいらしたの。わたしが連れ去られるのをとめることはできなかったけど、通路はもうふさいだと思うわ」

ほっとしたダンカンは、彼の背後にいかめしい顔つきで立っているふたりの男性に目をやった。「イアン、兵を連れて、母のお気に入りだった洞窟の外にある草地へ行ってくれ。妻が言った通路の入口はそこにある。ほかの兵士たちと同じように、たいして抵抗はしないと思うが、もし手に余るようならおれを呼んでくれ」

ふたりの男性はうなずいて天幕から出ていった。天幕には、イリアナとダンカンとアリスターの三人だけが残された。

最初に口を開いたのはダンカンだった。彼はどっと疲れが押し寄せたかのように力なくつぶやいた。「つまり、血のつながったおれの家族がおれを裏切っていたということか」

アリスターがさっとイリアナに目を走らせる。彼女を人質にするには離れすぎていると判断したのか、アリスターはあきらめたように息を吐くと、ジョッキを置いてゆっくりと剣を引き抜いた。

「武器をおろせ」ダンカンが怒鳴った。

「いや、断る」アリスターが悲しげな笑みを浮かべながら、剣をいとこに向ける。

「おまえはおれに勝てない。おまえだってそれはわかっているはずだ。おまえの腕が折れていなかったとしても、おれには勝てっこない。これまで何度も手あわせしたが、一度もおまえが勝ったことはないんだから。さあ、武器をおろせ」

「それでどうなる？　おれを追放するのか？　一族から遠く離れた土地におれを追いやるのか？　おれが唯一知っているこの土地から去れというのか？　愛する女のもとから去れというのか？」アリスターの声がわずかに震えだす。その顔が突然、怒りでゆがんだ。「ショーナはおれのものになるはずだったんだ」アリスターは剣を掲げ、いとこに向かっていった。

イリアナが悲鳴をあげて飛びすさったとき、アリスターの剣とダンカンの剣がぶつかった。彼女は両手を握りしめながら、剣を突きあわせてにらみあうふたりをなすすべもなく見つめた。

「おまえを殺したくはない、アリスター。おまえはおれの家族だ」

アリスターがわずかに笑って肩をすくめる。「だからなんだというんだ？　おれは自分のほしいものを手に入れるためなら、おまえを殺すことに躊躇《ちゅうちょ》などしなかったぞ。おまえの妻を刺したときだって、おまえの頭を殴りつけて、燃えさかる部屋におまえらを閉じこめたときだって」

ダンカンがその言葉を理解するあいだに、アリスターはいったん剣を引っこめて、ふたたび振りおろした。ダンカンは動揺しながらも、その一撃を払いのけた。

アリスターが息を切らしながら笑い声をあげる。彼らはふたたび剣を合わせながらにらみあった。

「おまえの妻を人質にすることだって躊躇しなかったぞ。おれはショーナを愛しているが、おまえの妻もなかなかいい女だ。殺してしまう前に味見したいと思ってたんだ」アリスターはふたたび剣を引くとにやりと笑った。「まだその機会は残ってるかもしれないいな」

夫の顔色が変わるのがイリアナにも見てとれた。アリスターの命は長くはないだろう。イリアナは彼の魂のために、急いで祈りを捧げた。そのときアリスターが剣を振りあげ、ダンカンに突進した。今回、ダンカンはいとこの剣を途中で払いのけようとはしなかった。それどころか、アリスターが目前に迫るまで、じっとかまえたまま微動だにしなかった。剣が振りおろされた瞬間、ダンカンはさっと身をかわした。と同時に、その剣をアリスターの心臓めがけて深々と突き刺す。小さくうめきをもらしたアリスターがダンカンの顔を見つめた。何か言いかけて口を開いたものの、すぐに膝が崩れ落ち、束の間、その体勢でぐらぐらと体を揺らしていたが、やがて地面に突っ伏した。アリスターの剣がそのかたわらに転がった。

イリアナはアリスターの遺体から目をそむけ、夫に目をやった。その顔には苦悩が浮かんでいた。彼女は、アリスターのことを愛していた家族の顔を思い浮かべた。アンガス、ショーナ、そしてイルフレッドの顔を。「みんなにはなんて言うつもり？」

「何も」ダンカンが険しい顔つきで答えた。「アリスターの裏切りを知ってもつらいだけだ。家族は彼のことを心から愛していた。だから戦いで死んだとだけ伝えるつもりだ」

イリアナは神妙な顔でうなずいた。天幕を出て、新鮮な空気を深く吸いこむ。

後ろを振り返ると、ダンカンが最後にもう一度いとこを見おろしているところだった。彼は天幕の隅にあった寝床から毛布をとり、そっとアリスターの上にかけると、天幕から出て妻に追いついた。

22

「奥さま！　ご無事だったんですね！　どうやって逃げてらしたんですか？」

城の扉を閉めながら、イリアナはエバに疲れた笑みを向けた。そんな彼女たちをガーティーとジャンナとエルジンがとり囲む。「ダンカンが助けてくれたの」イリアナは答えた。「ダンカンたちがマクイネスや王の兵を連れて戻ってきたのよ。グリーンウェルドの兵士はすぐに降伏したわ」

「グリーンウェルドはどうなったんですか？」ガーティーが心配そうに尋ねる。

イリアナは、最後に見たグリーンウェルドの姿を思いだして顔をしかめた。彼の遺体は草地に転がっていた。

イリアナとダンカンが洞窟の外にいたマクイネスたちに合流したのは、ちょうどグリーンウェルドが兵士を連れて憤然と草地に戻ってきた直後だった。通路がしっかりふさがれていたことに激怒していた彼は、草地に戻ると自分たちが包囲されていることを知って、怒りにわれを失った。そして剣を掲げると、咆哮をあげながら、なりふりかまわず突進してきた。

兵士たちはあとに続かなかった。彼らは武器を手放すと、突っ立ったまま、自分たちの指揮官がたったひとりで三つの部隊にたち向かっていくさまを黙って見ていた。グリーンウェルドの最期はあっけないものだった。

「もう婚姻無効の訴えは必要ないわ。お母さまはまた未亡人になったんだから」イリアナはガーティーに向かって厳かな顔でうなずいたあと、大広間を見渡して眉をひそめた。この知らせにもっとも関心を持つはずの母が見あたらない。「お母さまはどこ?」

「あら」

「まあ」

エバとジャンナが不安と後ろめたさの入りまじった視線を交わす。イリアナはふたりに向かって目を細めた。

「あなたたち、いったい何をしたの?」

「お母上を縛りつけて寝室に閉じこめたんですよ」ガーティーがおもしろがるような口調で答えた。

「なんですって?」イリアナは信じられないというように口をぽかんと開けた。

ガーティーがにやにや笑って肩をすくめる。「イリアナさまを救うために、お母上は自ら投降すると言って聞かなかったんです。それに、何があろうとお母上から目を離さないよう命じたのはイリアナさまですよ」

「必要なら縛りつけてもいいとまでおっしゃいました」ジャンナが小さな声で指摘する。

「なんてこと」イリアナは息をのむと、すぐに侍女たちに背を向け、階段に向かって駆けだした。

寝室のドアに手をのばしたときには、イリアナはすっかり息があがっていた。ドアを開けた瞬間、彼女が悲鳴をあげなかったのは、ひとえにそれが理由だった。母は椅子に縛りつけられてなどいなかった。それどころか、ベッドに横になっていた……アンガスと一緒に。母はダンバーの領主の腕のなかにいた。その体にはアンガスの腕がしっかりと巻きつけられている。アンガスはレディ・ワイルドウッドに情熱的にキスをしていた。

体を絡ませあっているふたりに驚いてイリアナが呆然と立っているところに、ダンカンがやってきた。彼女の隣で足をとめ、何事かと部屋をのぞきこんだダンカンも、口をあんぐりと開けた。

「父上！」

「お母さま！」

ふたりは同時に叫んでいた。

楽しみを突然邪魔された熟年のふたりが、後ろめたそうに立ちあがる。

「誤解しないで。そんなんじゃないのよ」レディ・ワイルドウッドが言った。髪を整えたり、くしゃくしゃになったドレスを撫でつけたりと、両手をそわそわと動かしている。「わたしは椅子に縛られていたの。そうしたら……その……」

「ちょうどわしが通りかかったんだ」レディ・ワイルドウッドにすがるような目で見つめられたアンガスが助け船を出した。「何か聞こえたような気がしたから部屋をのぞいてみたら、彼女が縛りあげられていたんだ」

「そうなのよ。彼が親切にもわたしを解放してくれたの」

「そうなんだ」ふたりはうなずいた。まるで、お菓子を盗むところを見とがめられた子供のようだ。

イリアナもダンカンも驚きのあまり何も言えなかった。だがしばらくして、ダンカンが突然吹きだし、げらげら笑いはじめた。残りの三人が気まずそうにダンカンを見つめるなか、彼が頭を振りながら言う。「まったく、盛りのついた牛みたいだ」

レディ・ワイルドウッドの顔がまっ赤になった。その隣ではアンガスの顔が紫色に染まっている。アンガスが息子に言い返そうと背筋をのばしたとき、イリアナはダンカンをしかりつけた。「ダンカン！　よくもそんなことが言えるわね？　わたしの母はそんな……ふしだらじゃないわ。ふたりが何もなかったと言うなら、本当になかったのよ」

「もちろんそうだろうとも」ダンカンが楽しそうに唇の端をつりあげてうなずく。「おれたちが部屋に入ってきたとき、父上がきみの母上を解放するのに忙しくしていたのは一目瞭然だったよ。紐をほどくのに、両手ではなく、舌を使っていたのがどうにも不思議だが。手を使ったほうがずっと簡単だっただろうに」今度は自分の言った皮肉に大笑いする。

「いい加減にしろ！」アンガスが怒鳴った。「まだまだ若造のくせに。わしは今でもおまえの尻をたたいてやることができるんだぞ。その生意気な口を閉じなければ、今すぐそれを証明してやる」

気まずい沈黙が流れた。四人はしばらくのあいだ無言で立っていたが、やがてイリアナが母の顔を見つめながら一歩前に進みでた。「お母さま、ドレスがしわくちゃだわ。夕食の前に着替えたほうがいいんじゃなくて？」ぎこちない口調で提案する。

レディ・ワイルドウッドが自分のドレスを見おろし、ため息をつきながらうなずいた。ドレスはしわだらけなだけでなく、すっかり汚れていた。混乱をきわめたこの二日間、イリアナと同様、入浴する暇も着替える暇もなかったのだ。

イリアナは夫と義父につくり笑顔を向けた。「おふたりにはお風呂の手配をお願いしてもいいかしら？　母とわたしは身支度をさせていただくわ」

反論しようと口を開きかけたアンガスは、レディ・ワイルドウッドの表情に気づくと、あきらめたようにため息をついた。うなずきながらドアへ向かう。「さあ、ダンカン、一緒に来い。レディたちだけにしてやろう」

「すごく怒ってる？」

アンガスとダンカンが部屋のドアを閉めて出ていくと、イリアナは気まずそうに母を振り返った。「怒る?」イリアナは言葉を濁した。自分がどう感じているのか、はっきりとはわからなかった。心のなかのある部分では、父の代わりに傷つき、裏切られたように感じていた。別の部分では、ひたすらショックを受けていた。そしてまた別の部分では……自分の気持ちがわからなかった。

「いいえ、もちろん怒ってなんかいないわ」イリアナは穏やかな声で答えながら、壁沿いに並べられた衣装箱へ向かった。手近な衣装箱を開いて、なかをかき分けはじめたイリアナの手をレディ・ワイルドウッドが握る。イリアナは顔をあげて振り向いた。

「わたしはあなたのお父さまを心から愛していたわ」

イリアナは無言のままうなずいた。母と目を合わせることができなかった。

「グリーンウェルドがお父さまの死の知らせを持ってやってきてから、お父さまのことを考えなかったときは一瞬たりともなかったわ。お父さまを失ったつらさは、とても言葉では言い表せない」レディ・ワイルドウッドはうつむいたままのイリアナの手を放した。そして床に座り、胸のうちを吐きだしはじめた。「お父さまを失い、そのあとグリーンウェルドから虐待されて、何度も自分の命を絶とうと考えたものよ」

イリアナは顔をあげた。

レディ・ワイルドウッドが続けた。「わたしが生きることを選んだのはあなたがいたからなの。あなたのことが心配だったわ。あなたの未来だけでなく、あなたが受け継いだものも心配だった。あなたへの愛があったから、わたしは自分の人生を終わらせるわけにはいかなかったのよ。せめてあなたの幸せを見届けるまでは」

「ああ、お母さま」イリアナは涙を流しながら母の腕のなかに飛びこむと、母をぎゅっと抱きしめた。

「あなたを愛しているわ、イリアナ。お父さまと同じくらい愛してる。でももうお父さまはいない。お父さまに対して抱いていたような感情は、もう二度と抱くことはないと思っていたの」

イリアナはわずかに体を離して母と目を合わせた。

レディ・ワイルドウッドはかすかにほほえむと、話を続けた。「そしてそれは正しかった」

イリアナは母の言葉に驚いた。「でもお母さまとアンガス卿は――」

「わたしは彼に惹《ひ》かれているわ。それは確かよ」レディ・ワイルドウッドは優しくほほえむと、心の目でアンガスを見ているかのようにその視線を漂わせた。「彼は魅力的で、強い男性だわ。ちょっと粗削りなところもあるけど、そこはわたしが直してあげられると思う」

イリアナはすっかり混乱していた。「でも、お母さまはさっき……」

言いよどむイリアナに、レディ・ワイルドウッドは笑いながら片手を振った。「彼との関係はそこまでのものじゃないわ。お父さまを愛していたように誰かを愛することがないのは本当よ。お父さまはわたしの初恋の男性だった。彼は強くて高潔な紳士だったわ。これ以上は望めないほど、わたしを大事にしてくれた。彼が死んだあと、自分の心も彼と一緒に死んでしまったのだとずっと思っていたわ。でも、そうじゃなかった。わたしはまだ生きているし、まだ感情もある。アンガス卿がそれをわたしに気づかせてくれたのよ」

イリアナはため息をついて、床に腰をおろした。自分の両手をしばらく見おろしたあと、顔をあげて尋ねる。「彼を愛しているの？」

レディ・ワイルドウッドはふたたび視線を漂わせた。イリアナの質問について考えているようだ。しばらくして肩をすくめた。「どうかしら。まだわからないわ。でも、それがわかるようになるまでの過程を大いに楽しみたいの」

イリアナは母の答えに目をぱちくりさせたものの、やがて肩の力を抜いた。「愛してるわ、お母さま」身をのりだして母を抱きしめる。父はもういない。自分にとっていちばん大事なことは、母が苦しまないことだ。

そのときドアがノックされた。母と娘は体を離した。

「どうぞ！」互いの声が重なり、ふたりは顔を見あわせてほほえんだ。ガーティーが召使いの一団をしたがえて部屋に入ってくる。最初のふたりが重そうな浴槽をよろよろと部屋に運び入れ、その後ろにバケツを持った召使いたちが続いた。湯気がたちのぼる熱い湯が入れられたバケツもあれば、そうでないバケツもあった。

イリアナは手をのばし、母の手をぎゅっと握ってほほえむと、ドアへ向かった。「わたしはもう行くから、お母さまはお風呂を楽しんで。夕食の席で会いましょう。わたしも自分のお風呂を用意させるわ」

「用意はできておりますよ」ガーティーが言う。

イリアナはドアの手前で足をとめ、振り返った。「なんですって？」

「お風呂は廊下のつきあたりの新しいお部屋にご用意してあります」

「あら」イリアナはにっこり笑って肩をすくめた。「アンガス卿が手配してくださったのね。なんて優しいんでしょう」ドアを開けながら、からかうように母を見る。「彼はお母さまが思っているほど粗削りではなさそうね」

ドアを閉める前に、顔を赤らめてほほえむ母の顔がちらりと目に入った。笑みを浮かべたまま廊下に出たイリアナは、妙にそわそわとした様子のアンガスと鉢あわせした。

わずかに眉をつりあげながら、彼女は義父に会釈した。「アンガス卿」

アンガスが落ち着きなく咳払いをする。「きみが風呂に入る前に、少し話がしたくてな。その、きみの母上のことなんだが……」

「その必要はありませんわ」イリアナは落ち着きのない義父の手を握りながら、安心させるように言った。「母とわたしで話をしたんです。母は……その、とにかく、わたしは母が幸せならそれでいいんです」

アンガスはわずかに緊張を解いたものの、まだ不安げだった。「それなら、わしがきみの義理の父親だけではなく、継父になったとしてもかまわんかね？」

イリアナは目をしばたたいた。アンガスの言葉が徐々に理解できると、母がいる部屋のドアをさっと振り返った。

「まだ彼女には何も言っておらん」その言葉で、イリアナの注意はふたたびアンガスのほうに引き戻された。「それに正直に言うと、まだしばらくは彼女に結婚を申しこむつもりはないんだ。だからそれまでは、このことを内緒にしておいてくれると助かる。ただ、もしわしらが結婚するとしたら、きみは賛成してくれるかどうか、気持ちを確かめておきたくてな」

「もちろんわたしは賛成です」イリアナは請けあった。「でもお母さまが結婚したいと思うかどうか――」そう言いかけた彼女を、アンガスが無言のまま手を払ってさえぎった。

「彼女はわしと結婚するさ。まだわしのことを愛してはいないが、そのうち愛してくれるようになる。そのときにわしらは結婚するだろう」彼は自信たっぷりに言うと、イリアナの肩をぽんぽんとたたいて立ち去った。

彼女はその背中をしばらく見つめていたが、苦笑して首を振りながら、ダンカンが新しくつくった部屋へと向かった。実を言うと、ダンカンが力を注いでつくりあげた新しい寝室をまだこの目で確かめていなかった。ああ、見るのが楽しみでならない。あれだけ一生懸命つくっていたのだから、その努力に見あう結果になっているといいのだけど。

新しい寝室のドアを開けた瞬間、イリアナは驚いた。その衝撃は、母がアンガスの腕に抱かれているのを目のあたりにしたときと同じくらい大きかった。その部屋は、ワイルドウッドにあった彼女の部屋をほぼ忠実に再現したものだった。

ゆっくりとドアを閉めたイリアナは、部屋の奥へと足を進めた。ベッドはダンカンの寝室にあったものだった。故郷の部屋と異なっているのは、このベッドだけだ。ベッドはイリアナのものよりもずっと大きかった。火事のあとにきれいに磨かれたようで、その木枠が窓からさしこむ日の光で輝いている。以前、このベッドに天蓋として垂らしてあった、煙のにおいが染みこんだ色あせたカーテンはとり払われ、故郷のベッドで使われていたものとそっくりな布地に換えられていた。

イリアナは驚嘆しながらほかの家具にも目を移した。ベッドの両脇に置かれたテーブル、暖炉の前に置かれたふたつの大きな椅子。これもまた故郷の部屋とは違う点だ。彼女の以前の部屋には、暖炉の前に椅子がひとつだけしかなかった。

そのとき水が跳ねるような音がして、ガーティーが用意してあると言っていた風呂のことを思いだした。イリアナは困惑したように眉をひそめた。この部屋のどこにも浴槽がない。ふたたび水の音がして、彼女の目がベッドの横にあるドアに吸い寄せられた。部屋に入ってきたときは気づかなかったし、故郷の部屋にはこんなドアはなかった。どうやらこの寝室は別の部屋とつながっているらしい。風呂はその部屋に用意されているようだ。

召使いが浴槽に湯をためている最中なのだろうと考えながら、イリアナはドアに近づき、わくわくしながらふたつ目の部屋をのぞきこんだ。たしかに浴槽はあった。それは、これまで見たことがないほど巨大な浴槽だった。だが、水の音は召使いが湯をためる音ではなかった。浴槽のなかで夫が体を洗っていたのだ。

「背中を洗うのを手伝ってくれないか？」

イリアナは驚いた。ダンカンはこちらを見てもいないのに、妻がいることがわかったようだ。「どうしてわたしがここにいるとわかったの？」彼女は無意識のうちにそう質問していた。彼がゆっくりと顔をあげて、イリアナと目を合わせる。そのまなざしは真剣そのものだった。

「きみがそばに来るとすぐにわかるんだ。目をつむっていたってわかるさ」そう言うと、ダンカンは優しくつけ加えた。「きみは野の花の香りを運んでくる」

驚きながらも、イリアナの目は夫の広い胸に吸い寄せられていた。「この部屋……」イリアナが口ごもると、彼は洗う手をとめて浴槽に寄りかかり、彼女を見あげた。

「慣れ親しんだ部屋と同じようにすれば、きみがもっとくつろげるんじゃないかと思ったんだ。きみの母上とエバが手伝ってくれた」

「そこまでする必要はなかったのに」

「ああ、わかってる。おれは間違っていた。きみは変化を怖がってなどいない。もし怖がっていたとしても……おれほどではない」ダンカンは視線を浴槽のなかに落としたが、すぐにゆがんだ笑みを浮かべた。「結婚したとき、おれは妻を迎えるということをちゃんと理解していなかったんだ。きみのことは、新しく増えた、おれが養わなきゃならない家族のひとりで、夜にはおれのベッドをあたためてくれる存在だとしか思っていなかった」

イリアナが眉をつりあげると、彼は肩をすくめた。

「当時のおれはどうかしていたんだ。今はもうそこまでばかじゃないが、それでもときどき、安全とかそういったことばかりを優先して、慰めとか思いやりとか優しさとかを忘れてしまう。それがほとんどの男に共通する欠点なんだろうな。だからこそ、神は女をつくりたもうたんだろう。そういった繊細なことに対処するために」ダンカンはもどかしげにため息をつきながら頭を振った。「うまく伝えられないが、おれがあの部屋をつくったのは……」

「あなたの言いたいことはちゃんと伝わってるわ」イリアナは一歩近づきながら優しく否定した。口もとに浮かんだ笑みが震える。「あなたの言葉と行動の両方から、ちゃんと伝わってる」

彼はわずかに首をかしげると、厳かな顔で尋ねた。「おれがなんと言っていると思う？」

イリアナは口ごもり、後ろを振り返って、夫が自分のために用意してくれた部屋を見たあと、ふたたび浴槽に腰をおろしている夫に向き直った。自信なさげな笑みを浮かべる。「わたしのことが大事だから、わたしを幸せにしたいと思ってくれているということかしら？」

「大事？」ダンカンがあきれたように言った。「いや、きみに対するおれの感情は、大事だとかそんなことではないんだ。きみは何度もおれをばかにしたし、おれの権利をないがしろにした。おれの言うことにはしたがわないし、反抗的だし、頑固でどうしようもない」イリアナが反論しようと口を開きかけると、さらにつけ加える。「だがそれでも、グリーンウェルドに攻撃されている城に、兵士もろくにいない状態できみを残してきてしまったと気づいたときほど恐ろしい思いをしたことは、これまで一度もなかった。それに、きみが自分自身と城を守るためにやったことをラビーから洗いざらい聞かされたときほど誇らしい気持ちになったこともなかった。きみはおれの血をわきたたせる。おれの感情のすべてを目覚めさせる。きみと一緒にいると、生きていることを実感するんだ」

「あなた」イリアナは浴槽に一歩近づいた。ところが突然立ちあがったダンカンから、近寄るなというように手を前に突きだされた。彼の体から水がしたたり落ち、浴槽や周囲の床に飛び散る。立ちあがった夫の体には、水滴がきらめいていた。

「だめだ。まずおれの話を聞いてくれ」真剣な声でダンカンに言われ、イリアナはしぶしぶ視線を彼の顔に戻した。「おれはきみを愛している。そのことは、きみが火事で死んだと勘違いしたときからわかっていたんだ。あのときおれは、きみなしで一生を過ごさなきゃならないと思って愕然とした。イリアナ、おれはきみを愛してる。きみが自分の気持ちを打ち明けてくれたときに、すぐに伝えなくてすまなかった。城に戻ったときに伝えようと思ってたんだ。特別な瞬間に伝えたかったから。気持ちを伝える前にきみを失うはめになったかもしれないなんて、あのときは思いもしなかった。だけど今、言わせてくれ。イリアナ・ダンバー、きみを愛している。きみが必要なんだ」

もう自分を抑えることはできなかった。イリアナは小さく歓声をあげると、浴槽の端にいる夫に駆け寄って、その胸に身を投げだした。

ダンカンがよろけながらイリアナの体を抱きとめたあと、彼女にキスをする。それはいつもの情熱を注ぎこむようなキスではなく、優しさのこめられたキスだった。

イリアナはゆっくりと目を開け、彼にほほえみかけた。「あなた?」

「なんだ?」ダンカンが彼女の頭を自分の濡れた胸に押しつけ、その髪を撫でる。

「お風呂に入ったのね」彼の胸の水滴を指でぬぐいながら、イリアナは指摘した。

「ああ。妻を喜ばせるためなら、そんなに面倒なことでもないな。それに、意地を張るのをやめたら、風呂に入るのも悪くないと思えてきた」

イリアナは顔をあげ、いぶかしげにダンカンを見つめた。「お風呂が気に入ったっていうの?」

「まあ……条件しだいだが」彼がにやりと笑った。

「条件?」イリアナの眉がわずかにつりあがる。

「そう。たとえば……」ダンカンは彼女を自分の体から引き離し、プレードの紐をほどきはじめた。「きみが裸になって一緒に入ってくれるなら、かなり風呂を好きになれるだろうな」

イリアナはくすくすと笑いながら、彼の体に手を這わせた。「わたしに背中を洗わせたいのね」からかうように言う。

ダンカンはそれについて少し考えから、うなずいた。「そうだな。正直に言えば、泡だらけになったきみの柔らかな体で、おれの体を洗ってくれるほうがうれしいが」

「まあ」ふたりがはじめて結婚を完成させたとき、泡だらけの体をこすりあわせたことを思いだして、イリアナはあえいだ。

ダンカンがようやく最後の紐をほどき終わった瞬間、寝室のほうからかすかなノックの音が聞こえてきた。

「無視しろ」きっぱりと命じながら、彼女の肩からプレードを脱がせる。プレードはそのまま床に滑り落ちた。

「でももし重要なことだったら？」ふたたびノックが聞こえてきたので、イリアナは尋ねた。「わたしたちがお風呂に入っていることは知っているんだもの。重要なことでない限り、邪魔をしようとは思わないはずよ」

ダンカンは脱がせようとしていたアンダードレスから手を離し、ため息をついて浴槽を出た。水をしたたらせながら、浴室と寝室を結ぶドアを出て怒鳴る。「なんだ？」

「ショーナさまが戻られました」寝室のドアの向こうからエバの声が聞こえてきた。イリアナも夫の後ろから顔を出す。「少し前に城門に到着なさいました。ロルフ卿とウィカム司教、シャーウェル卿も一緒です」

「そうか」ダンカンは厳しい声で答えると、振り返ってイリアナにほほえみ、彼女を腕に包みこんだ。「わかったから、もう行け！」

「ですが……ショーナさまはご自分の寝室に閉じこもったまま出ていらっしゃいません」

ダンカンが目をぐるりとまわした。「父に言ってくれ。これは父の問題だ」

「アンガスさまにもお伝えしました。ですが……その……お忙しいとのことで」

「忙しいだと？　何に忙しいんだ？」ダンカンがいぶかしむように尋ねる。

しばらくためらったあと、城じゅうに聞こえるような大声で答えるのははばかられるというように、エバがささやき声で答えた。「アンガスさまは……その……レディ・ワイルドウッドのお手伝いをなさってます」

「お母さまの？」イリアナは顔をしかめた。「でもお母さまは今……」

「風呂に入ってる、か？」口ごもった妻にほほえみながらダンカンが尋ねた。

イリアナは眉をつりあげた。「どうしてわかったの？」

「父が話してくれたんだ。昔、母の入浴を手伝うのが好きだったと」ダンカンがいたずらっ子のような笑みを浮かべながら答える。「おれがきみを手伝っているのと同じように」

「旦那さま？」侍女が不安げな声をあげる。「聞こえていらっしゃいますか？」

「聞こえている！　だがおれも忙しいんだ。イングランド人たちは待たせておけばいい！」

ダンカンはドアに向かって怒鳴ると、イリアナを腕に抱きあげた。

「ダンカン！　何してるの？」浴室のドアを足で閉め、イリアナを浴槽へと運ぼうとしている夫に驚いて、彼女は尋ねた。

「父を見習って、妻の入浴を手伝っているのさ」

「でもお母さまとあなたのお父さまが――」

「ふたりともいい大人だ。おれたちが干渉する必要なんてないし、したところで感謝もされないさ」

イリアナは顔をしかめたものの、この件については放っておくことにした。「でも、ショーナのことはどうするの？」

「ショーナなら自分の面倒は自分で見られる」

「でも彼女は部屋に閉じこもっているのよ。シャーウェル卿は部屋から出てくるよう、あなたに彼女を説得してほしいんじゃないかしら？」

「それはシャーウェルの問題だ。男なら誰だって自分の価値を証明しなきゃならないのさ」

ダンカンはそう言うと笑いだした。

「何がおかしいの？」

「気の毒な男だ。ショーナは手ごわいぞ。それに、妻を教育する難しさについては、おれもよく知っているからな」

「妻を教育する、ですって？」浴槽の手前の床におろされると、イリアナは夫をにらみつけた。

「そうだ。結婚した男が妻に教育しなきゃならないことはたくさんある」ダンカンは神妙な顔で言うと、彼女のアンダードレスを脱がせて床に放り投げた。

「あら、それってどんなことかしら？」イリアナは口をとがらせながら尋ねた。

「いろんなことだ」ダンカンは彼女を持ちあげ、膝の高さの湯のなかにおろしたあと、自分も浴槽に入った。「たとえば沈黙の価値とか」

イリアナは目をしばたたいたが、身をかがめた夫にキスされると目を閉じた。ダンカンの唇が彼女の唇を優しく撫でる。しばらくしてようやく彼の唇が離れると、イリアナは笑みを浮かべてゆっくりと目を開けた。先ほどの腹だちが深い理解にとって代わる。「叫び声のあげ方を教えてくれたときとはまったく反対なのね？」

「ああ」満足げにうなずくと、ダンカンは石鹸を拾い、両手で湯につけた。石鹸が泡だちはじめる。「きみはのみこみが早いな。すぐにすべてを習得してしまうだろう」

「あまり早すぎないといいんだけど」彼の手が泡だてた石鹸を胸に塗りたくりはじめると、イリアナはため息をついた。

「大丈夫」ダンカンがしゃがれ声でそう請けあい、彼女の鼻の頭と唇にキスをする。「だが、この教えは忘れがたいものにすると誓うよ」

「あなたに教育されるのが好きになってきたわ」イリアナはつぶやいた。ダンカンの泡だらけの手が彼女のヒップに滑り、体が彼のほうにぐいと引き寄せられる。「ええ」自分の腹部に押しつけられるダンカンの男らしさに息をのんだ。「とても気に入ったわ」

訳者あとがき

『夢見るキスのむこうに』に続く〈約束の花嫁〉シリーズ第二弾、『めくるめくキスに溺れて』（原題："*The Key*"）をお届けします。今回、イングランド国王リチャード二世の命を受けて結婚へとあいなるのは、遠征の際に命を落とした裕福な男爵の息女イリアナと、スコットランドの氏族長の跡取りダンカン。イングランド娘との結婚など冗談ではないと息巻いていたダンカンですが、多額の持参金で老朽化した城を改修するために、身をかためる決意をします。見ず知らずの男との結婚と引き替えに、それだけの大金を払うのだから、きっとふた目と見られない醜女《しこめ》に違いない、と覚悟していたのですが……。

一方のイリアナも、粗野な花婿と城内の様子に尻ごみするものの、選択の余地はありませんでした。早急に、故郷から遠く離れた場所で、強い夫に身を守ってもらう必要があったのです。

今回も、読者のみなさまに良質な笑いと最高にハッピーな気持ちを届けてくれることは間違いありません。そんなリンゼイ・サンズ自身は作品の神髄とも言える〝ユーモア〟について、どのように考えているのでしょうか？　インタビュー記事から一部ご紹介したいと思います。

インタビュアー　あなたの作品には一貫してユーモアの要素が含まれています。何か明確なねらいがあるのでしょうか？

リンゼイ　わたしは笑うことが大好きなの。ただそれだけ。実際の生活は楽しいことばかりじゃないでしょう。それどころか、ときにはものすごくつらいこともある。せっかく才能や機会に恵まれたんだから、ハッピーエンドの楽しい物語をみなさんに提供したいのよ。

インタビュアー　気持ちが落ちこんでいるときに、ユーモアにあふれた場面を書くのは大変じゃないですか？　そういうときはどうしますか？

リンゼイ　たしかに、楽しい気分でないときに、くすっと笑えるような場面を書くのは容易じゃないわね。でも、つらいときこそ、ユーモアのセンスを発揮すると気持ちが明るくなるものよ。

（中略）

インタビュアー　ロマンスにユーモアの要素をとり入れるときに心がけていることはありますか？　あなたのような作品を書きたいと思っている方々にアドバイスをお願いし

ます。

リンゼイ　自分自身の言葉で書くこと。何かに対しておもしろいと思う感覚があれば、それを物語にとり入れればいいし、そういうふうに感じないのであれば、無理にユーモアを入れる必要はないと思うの。自分自身の言葉で書かれてはじめて、その人独自のすばらしい作品になるのだから。結局のところ、物語は作家自身の思いを形にするものだしね。ロマンスとはこうあるべき、という固定観念にとらわれて執筆すると、往々にしてうまくいかないものよ。

固定観念にとらわれないことこそが、リンゼイ・サンズならではの物語を生みだす秘訣のようですね。実際、今回の作品において、ヒーローのダンカンは年に二回しか入浴しないため、ひどいにおいを漂わせているという、一般的にロマンス小説ではありえない設定になっています。ほかにも随所に彼女の奇想天外な発想が出てきますので、どうぞご期待ください。

さらに、こんなおもしろい回答もありました。

インタビュアー　あなたの公式ウェブサイトに載っていない内容で、友達になるのを敬遠したくなるようなプロフィールを三つ教えてください。

リンゼイ　そうねえ……腕が短いから、そのせいですごくいらいらするの。音楽を爆音で聴くのが好き。それから、犬が大好きなんだけど、友達と犬、どちらかしか助けられないとしたら、友達に遺言を残してと言うかもしれないわね。

常に自分の心も、読者の心も明るく照らすような楽しい物語を生みだし続けているリンゼイ・サンズだからこそ、とっさに鋭いユーモアのセンスも発揮できるのですね。そんな彼女の思い入れがつまったシリーズ二作目も、期待を裏切らない作品になっていますので、ぜひ楽しんでください。

また、続く三作目では本作のヒーロー、ダンカンの妹ショーナがヒロインとして登場します。結婚をいやがり修道院へ逃げこんだショーナを、婚約者のシャーウェル卿が追いかけるうち、それぞれの気持ちに変化が生まれます。ふたりの心の変化を丹念に描いた"*The Chase*"ぜひみなさまにご紹介できる日が来ることを願っています。

二〇一五年九月

ザ・ミステリ・コレクション

めくるめくキスに溺《おぼ》れて

著者　リンゼイ・サンズ
訳者　西尾《にしお》まゆ子《こ》

発行所　株式会社 二見書房
東京都千代田区三崎町2-18-11
電話 03(3515)2311［営業］
03(3515)2313［編集］
振替 00170-4-2639

印刷　株式会社 堀内印刷所
製本　株式会社 関川製本所

落丁・乱丁本はお取り替えいたします。
定価は、カバーに表示してあります。

ISBN978-4-576-15160-1
http://www.futami.co.jp/

永遠の夜をあなたに
リンゼイ・サンズ
藤井喜美枝［訳］〔アルジェノ&ローグハンターシリーズ〕

検視官レイチェルは遺体安置所に押し入ってきた暴漢から〝遺体〟の男をかばって致命傷を負ってしまう。意識を取り戻した彼女は衝撃の事実を知り…!? シリーズ第二弾

秘密のキスをかさねて
リンゼイ・サンズ
田辺千幸［訳］〔アルジェノ&ローグハンターシリーズ〕

いとこの結婚式のため、ニューヨークへやって来たテリー。ひょんなことからいとこの結婚相手の実家に滞在することになるが、不思議な魅力を持つ青年バスチャンと恋におち…

はじめての愛を知るとき
ジェニファー・アシュリー
村山美雪［訳］〔マッケンジー兄弟シリーズ〕

〝変わり者〟と渾名される公爵家の四男イアンが殺人事件の容疑者に。イアンは執拗な警部の追跡をかわしつつ、歌劇場で出会ったベスとともに事件の真相を探っていく…

一夜だけの永遠
ジェニファー・アシュリー
村山美雪［訳］〔マッケンジー兄弟シリーズ〕

ひと目で恋に落ち、周囲の反対を押しきって結婚したマックとイザベラ。互いを愛しすぎるがゆえに別居中のふたりは、ある事件のせいで一夜をともに過ごす羽目に…

月夜にささやきを
シャーナ・ガレン
水川 玲［訳］

誰もが振り向く美貌の令嬢ジェーンに公爵の息子ドミニクとの婚約話が持ち上がった。出逢った瞬間なぜか惹かれうふたりだったが、彼女にはもうひとつの裏の顔が?

その唇に触れたくて
サブリナ・ジェフリーズ
石原未奈子［訳］

父親の仇と言われる伯爵を看病する羽目になったミナ。だが高熱にうなされる彼の美しい裸体を目にしたミナは憎しみを忘れ…。ベストセラー作家サブリナが描く禁断の恋!

そして、イラストの麻々原絵里依先生に多大な助けをいただきました！　ノベルズの頃からイラストに大きな後押しをもらっていたわけですが、今回は麻々原先生が有佐や敷を魅力的に描いてくださり感謝してもしきれません。ありがとうございます。麻々原先生の絵はクールな中にも繊細さを感じます。ややヘタレ要素もある敷もカッコよく、並々ならぬツンの有佐にも美点が生まれ、私も本を手にするのが楽しみです。

今回も文庫にしていただくにあたって、多くの方に大変お世話になりました。

ルチルさんでの文庫化は、なんと八冊目になります。ほぼすべてのノベルズを文庫にしていただき、こちらでおそらく最後かと。最初はデビュー作の「シンプル・イメージ」の二〇〇八年で、文庫化の始まりすら七年前！　どうりでノベルズの中で比較的新しかったはずのものまで昔の作品に変わるはずです。

本当に貴重な経験をさせていただきました。文庫化で実際内容が変わったのか、相変わらずなのかは、今回の作品に限らず自分では判りづらいです。うっかりノベルズと文庫の両方を手に取ってしまった方がいらっしゃいましたら、ご感想をお聞かせいただけると嬉しいです。もちろん、『文庫だけ読んだよ！』という方のご感想も大歓迎です。

お手に取ってくださった皆様、ありがとうございます。どうかまたお会いできますよう！

２０１５年２月　　　　　　　　　　　　　　　　　　砂原糖子。

✦初出　ロマンスの演じかた……アイスノベルズ「ロマンスの演じかた」（2003年6月）
ロマンスの続けかた……書き下ろし

砂原糖子先生、麻々原絵里依先生へのお便り、本作品に関するご意見、ご感想などは
〒151-0051 東京都渋谷区千駄ヶ谷 4-9-7
幻冬舎コミックス　ルチル文庫「ロマンスの演じかた」係まで。

幻冬舎ルチル文庫

ロマンスの演じかた

2015年3月20日　　第1刷発行

✦著者	砂原糖子　すなはら とうこ
✦発行人	伊藤嘉彦
✦発行元	株式会社 幻冬舎コミックス 〒151-0051 東京都渋谷区千駄ヶ谷 4-9-7 電話 03(5411)6431［編集］
✦発売元	株式会社 幻冬舎 〒151-0051 東京都渋谷区千駄ヶ谷 4-9-7 電話 03(5411)6222［営業］ 振替 00120-8-767643
✦印刷・製本所	中央精版印刷株式会社

✦検印廃止

ISBN978-4-344-83374-6　C0193　Printed in Japan